21世纪高等院校规划教材

Dreamweaver 8 基础与实例教程

主　编　马宪敏

副主编　高巍巍　南　洋　盛琳阳　李天辉

中国水利水电出版社
www.waterpub.com.cn

内 容 提 要

本书是一部实用的 Dreamweaver 8 中文版教程，内容包括 Dreamweaver 8 的站点管理、文字和图像、表格和图层应用、CSS 样式表、表单、行为、JavaScript 语句、框架和模板的使用技巧。书中每章至少有一个完整的网站作为综合实例，对创建网站的实际操作步骤进行了系统的讲解，使读者能够在短时间内全面地掌握网站建设的完整制作流程。

本书结构清晰、语言流畅、实例丰富、图文并茂。根据知识点的学习进程，精心安排具有针对性的精彩实例，强调理论知识与实际应用的结合，让读者快速理解和掌握使用 Dreamweaver 8 进行网页设计的各种实用功能和编辑技巧，轻松提高学习效率，以具备优秀的网页制作能力。

本书既可作为高等院校相关专业网页设计课程的教材，也可作为各类社会培训班的教学用书，还可作为从事网页制作、网站开发、网页编程等行业人员学习的参考书。

本书配套的电子教案可以从中国水利水电出版社网站免费下载，网址为：http://www.waterpub.com.cn/softdown/。

图书在版编目（CIP）数据

Dreamweaver 8 基础与实例教程 / 马宪敏主编．—北京：中国水利水电出版社，2009
21 世纪高等院校规划教材
ISBN 978-7-5084-6096-3

Ⅰ．D… Ⅱ．马… Ⅲ．主页制作—图形软件，Dreamweaver 8—高等学校—教材 Ⅳ．TP393.092

中国版本图书馆 CIP 数据核字（2009）第 007071 号

书　　名	21 世纪高等院校规划教材 Dreamweaver 8 基础与实例教程
作　　者	主　编　马宪敏 副主编　高巍巍　南　洋　盛琳阳　李天辉
出版　发行	中国水利水电出版社（北京市三里河路 6 号　100044） 网址：www.waterpub.com.cn E-mail：mchannel@263.net（万水） sales@waterpub.com.cn 电话：（010）63202266（总机）、68367658（营销中心）、82562819（万水）
经　　售	全国各地新华书店和相关出版物销售网点
排　　版	北京万水电子信息有限公司
印　　刷	北京蓝空印刷厂
规　　格	184mm×260mm　16 开本　15.5 印张　378 千字
版　　次	2009 年 2 月第 1 版　2009 年 2 月第 1 次印刷
印　　数	0001—4000 册
定　　价	26.00 元

前　言

近年来，随着互联网的飞速发展，网络已经成为人们生活中不可缺少的一部分，越来越多的企业、个人都拥有了自己的网站。建立网站、制作网页已成为宣传自己、发布信息的重要手段，于是，网页制作软件 Dreamweaver 得到了广泛的使用。Dreamweaver 集网页设计、网站开发和站点管理功能于一身，具有交互性、可视化、支持多平台和跨浏览器的特性，是目前网站设计、开发、制作的首选工具。

本书共分 13 章，通过基础知识和实例的讲解，由浅入深、条理清楚地介绍了 Dreamweaver 8 网页制作软件的具体使用方法和操作技巧，各章节的主要内容如下：

第 1 章：介绍网页设计和网站开发的基础知识和基本操作，如 Dreamweaver 8 的工作界面、网页的创建和保存、站点的创建和管理，另外，还通过一个具体的实例来介绍网页制作的一般步骤，为后面的网页制作打下基础。

第 2 章：介绍文本的添加和设置，包括普通文本和特殊字符等，还介绍 CSS 样式的创建、编辑和滚动字幕的设置等实用技巧。

第 3 章：介绍在网页中添加图像以及对图像的编辑，另外，还介绍如何在网页中创建超级链接，包括图片超级链接、文本超级链接、锚点超级链接、热点超级链接等，利用这部分知识读者可以对网页进行简单的多页面设计。

第 4 章：介绍表格及使用表格布局页面。包括表格的创建、在表格中添加内容、表格的基本操作、设置表格及单元格属性的方法，以及制作各种特殊的表格。

第 5 章：介绍布局视图的应用，如布局视图页面、布局视图参数设置等。

第 6 章：介绍层的使用及其基本操作、层与表格的相互转换、层动画的创建步骤。

第 7 章：介绍模板创建的使用，包括模板的创建与编辑、模板的应用，并通过一个具体实例介绍应用模板制作网页的详细过程。

第 8 章：介绍框架网页的制作，包括创建框架、设置框架属性以及为框架网页创建链接等。

第 9 章：介绍表单的制作，包括表单的创建、编辑，以及各表单对象的功能、特点和用途。

第 10 章：介绍如何在网页中添加各种行为，包括添加背景音乐、弹出消息、显示及隐藏层的设置等。

第 11 章：介绍 JavaScript 语句的基本语法，以及通过具体实例介绍如何在网页中插入 JavaScript 语句的详细步骤。

第 12 章：介绍站点的测试与发布，包括申请主页空间及域名、发布站点、宣传站点、测试站点和管理站点等知识。

第 13 章：介绍完整制作网站的流程，包括建立站点的结构、网页外观的设计和制作。

本书讲解详尽、图文并茂、深入浅出、讲练结合。网页设计和网站开发是一个强调实践能力的课程，本书突出了应用实例的教学。在讲述基础概念、功能以及操作的同时，配合讲解一些有针对性的实例，使读者在实践中轻松掌握网页制作和网站开发的方法和技巧，制作出精美的网页作品。

本书由马宪敏任主编，高巍巍、南洋、盛琳阳和李天辉任副主编。具体分工为：第 1、2 章由潘忠立编写，第 3、4 章由马宪敏编写，第 5 章由高巍巍编写，第 6 章由李云波编写，第 7 章由盛琳阳编写、第 8 章由王喻红编写，第 9 章由南洋编写，第 10 章由苍圣编写，第 11 章由刘建伟编写，第 12 章由马玲编写，第 13 章由邓玉洁编写。在编写过程中，我们力求做到严谨细致、全面深入地讲解 Dreamweaver 8 在各个方面的具体应用，并争取做到系统全面。

由于作者水平有限，书中难免有错误和疏漏之处，恳请广大读者批评指正。作者邮箱：hljmxm@163.com。

编 者

2008 年 11 月

目　录

第 1 章　Dreamweaver 8 界面及站点建设

制作网页是网络时代学习信息技术需要掌握的基本技能之一。制作的网页发布到网络服务器上，网络用户通过浏览器进行浏览，这就是 Internet 上应用最广泛的 WWW 服务。

随着信息技术的飞速发展，网络正在从各个方面改变人们的生活，上网漫游、电子邮件、电子商务、网上聊天等已经成为许多人生活的重要部分。宽带网、无线网的逐渐普及，为网络的应用又开发出了极大的空间。在网络的海洋中，网页是提供信息最主要的手段。

Dreamweaver 是目前最流行的网页制作工具，是集网页制作和管理网站于一身的所见即所得的网页编辑器，利用它可以轻而易举地制作出跨越平台限制和跨越浏览器限制的充满动感的网页。

1.1　Dreamweaver 8 简介

Dreamweaver 8 在 Dreamweaver MX 2004 版本的基础上增加了许多功能，使得网页制作更专业、更方便。

Dreamweaver 8 是一款专业的 HTML 编辑器，用于对 Web 站点、Web 页和 Web 应用程序进行设计、编码和开发。无论用户是喜欢直接编写 HTML 代码的驾驭感还是偏爱在可视化编辑环境中工作，Dreamweaver 8 都会提供很多帮助工具，丰富用户的 Web 创作体验。

Dreamweaver 是一款网页编辑软件，可将图像、动画等各种素材有机地整合在同一网页中，通过超链接实现网页间的相互切换。

利用 Dreamweaver 中的可视化编辑功能，可以快速地创建页面而无需编写任何代码，可以查看所有站点元素或资源并将它们从易于使用的面板直接拖到文档中，也可以在 Fireworks、Photoshop 或其他图形应用程序中创建和编辑图像，然后将它们直接导入 Dreamweaver，或者添加 Flash 对象，从而优化开发工作流程。

1.1.1　Dreamweaver 8 的启动和退出

1. *启动* Dreamweaver 8

在 Windows 操作系统下，单击“开始”按钮，选择“程序”→Macromedia→Macromedia Dreamweaver 8 命令即可启动 Dreamweaver，如图 1-1 所示。

2. *退出* Dreamweaver 8

退出 Dreamweaver 8 的方法很简单，有以下几种方式退出编辑界面：

（1）单击 Dreamweaver 8 窗口右上方的关闭按钮；

（2）按下 Alt+F4 组合键。

（3）选择“文件”→“退出”命令，或按快捷键 Ctrl+Q 退出系统。

1.1.2　Dreamweaver 8 的工作环境

Dreamweaver 8 的操作窗口如图 1-2 所示。

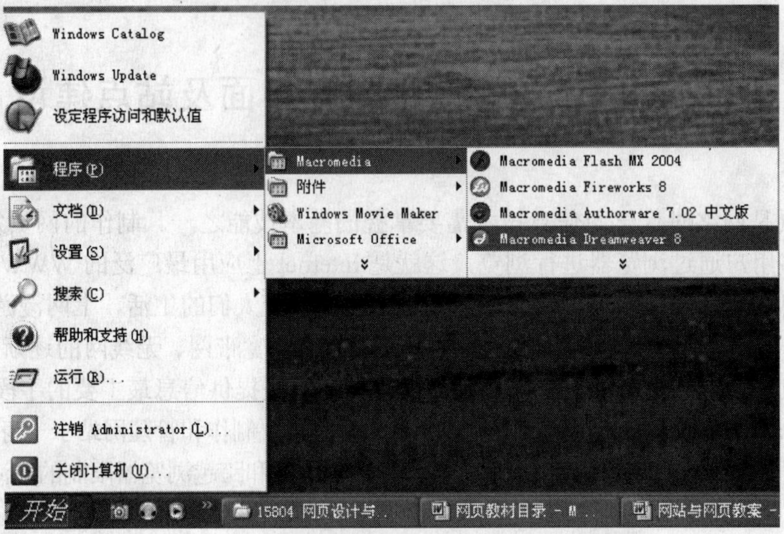

图 1-1　启动 Dreamweaver 8

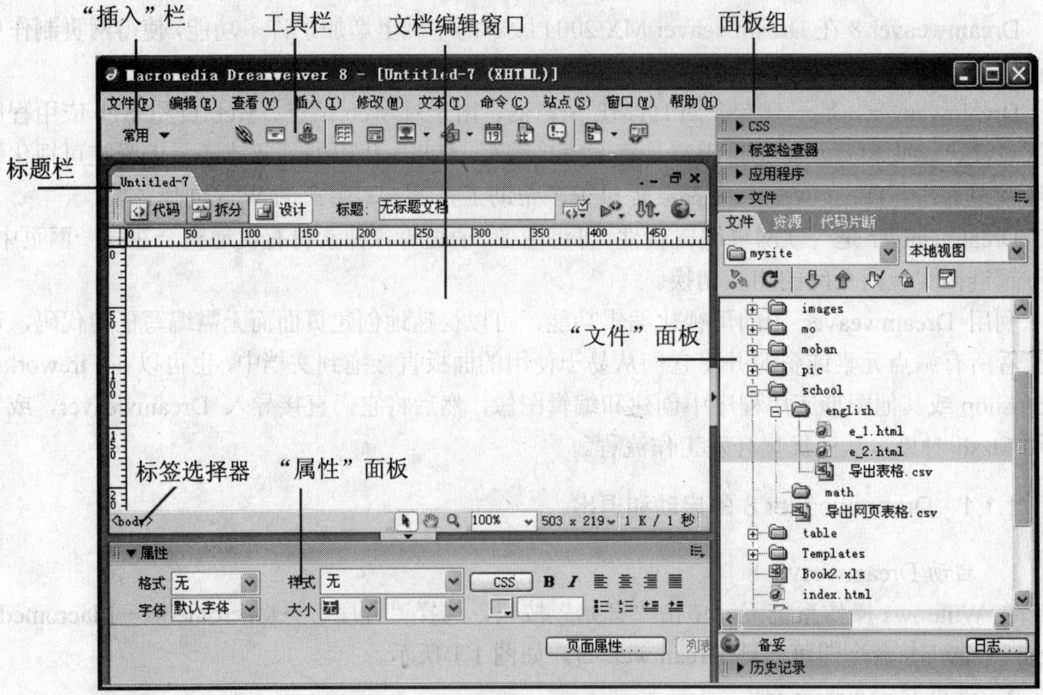

图 1-2　工作界面

下面简要介绍 Dreamweaver 8 工作区的一些元素。

- “插入”栏：包含用于将各种类型的“对象”（如图像、表格和层）插入到文档中的按钮。每个对象都是一段 HTML 代码，允许在插入时设置不同的属性。例如，可以在“插入”栏中单击“表格”按钮插入一个表格。如果愿意，可以不使用“插入”栏而使用“插入”菜单插入对象。
- 工具栏：包含各种按钮，它们提供各种“文档”窗口视图（如“设计”视图和“代码”

视图）的选项、各种查看选项和一些常用操作。

- 文档编辑窗口：显示当前创建和编辑的文档。
- “属性”面板：用于查看和更改所选对象或文本的各种属性。每种对象都具有不同的属性。在“编码器”工作区布局中，“属性”检查器默认是不展开的。
- 标签选择器：位于“文档”窗口底部的状态栏中，它显示环绕当前选定内容的标签的层次结构。单击该层次结构中的任何标签可以选择该标签及其全部内容。
- 面板组：是组合在一个标题下面的相关面板的集合。若要展开一个面板组，请单击组名称左侧的展开箭头；若要取消停靠一个面板组，请拖动该组标题条左边缘的手柄。
- “文件”面板：可以管理文件和文件夹，无论它们属于 Dreamweaver 站点的一部分还是位于远程服务器上。还可以访问本地磁盘上的全部文件。

1.2　创建站点

认识了 Dreamweaver 8 的工作环境之后，接下来将要迈出制作网页的第一步了。无论是网页制作的新手，还是专业的网页设计师，都要从构建站点开始，理清网站结构。只有定义好了网站，正确无误地把网站上传到网站空间后，才可以保证网站能够被正常访问。下面就来学习一下怎样定义网站。

1.2.1　创建本地站点

首先开始为“数学与计算机系”制作网站。在本任务中先建立一个没有内容的空白网站。在后面的章节中再逐渐充实网站内容，使它变得越来越丰富多彩，最终成为一个完整的网站。

（1）在本地硬盘上建立一个用来存放站点的文件夹，命名为 site，该文件夹就是本地站点的根目录，是为网站特别建立的一个文件夹。

（2）打开 Dreamweaver 8，选择“站点”→“管理站点”命令，或者选择如图 1-3 所示的“文件”面板中的“管理站点”命令，打开如图 1-4 所示的“管理站点”对话框。

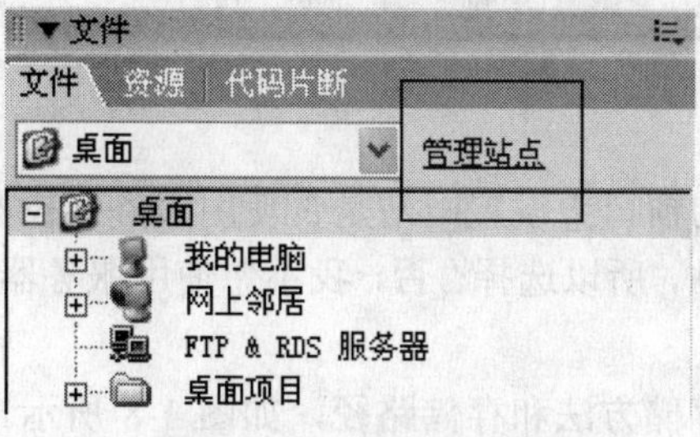

图 1-3　“文件”面板

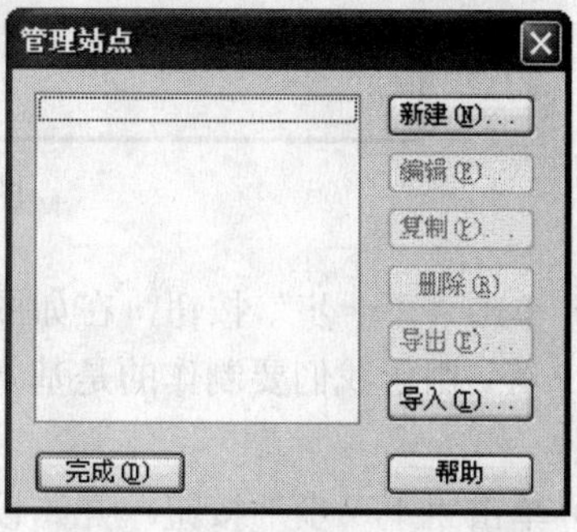

图 1-4　“管理站点”对话框

（3）单击“新建”按钮，在弹出的快捷菜单中选择“站点”命令，如图 1-5 所示。

（4）单击“站点”命令后，会弹出如图 1-6 所示的对话框，这是一个定义站点的向导，选择“基本”选项卡，给网站定义一个名称，如“数学与计算机系”。

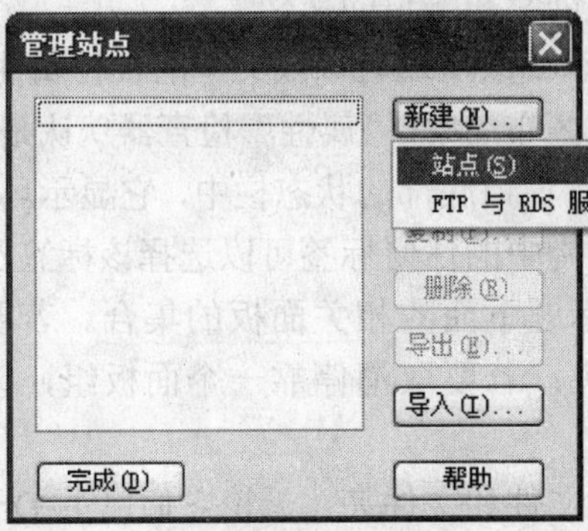

图 1-5　新建站点

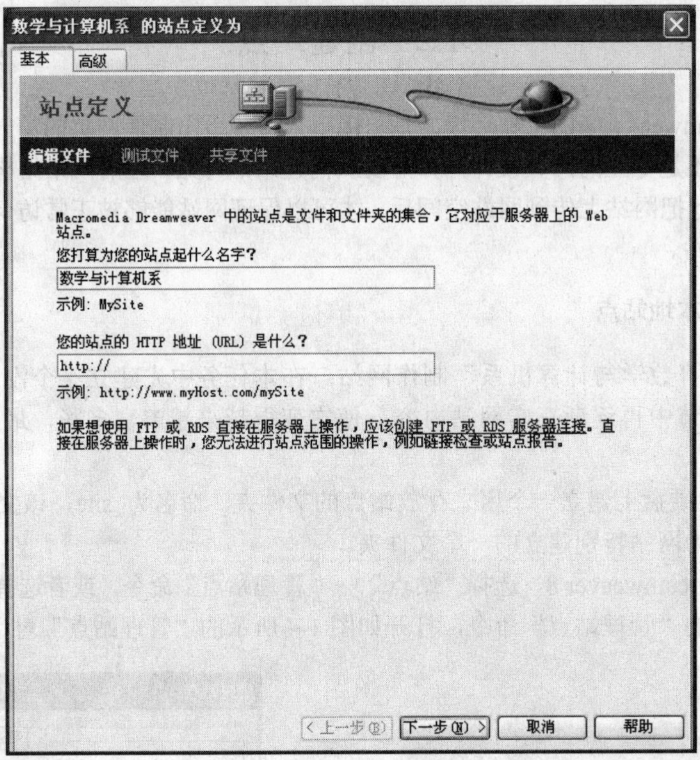

图 1-6　给站点命名

（5）单击“下一步”按钮，在如图 1-7 所示的窗口中设置网站是否使用服务器技术，如 ASP、PHP 等。由于我们要制作的是基本的静态网站，所以选择“否，我不想使用服务器技术”单选按钮。

（6）单击“下一步”按钮，开始设置网页的存储方法和存储路径，如图 1-8 所示。在上半部分的单选项中选择第一项“编辑我的计算机上的本地副本，完成后再上传到服务器（推荐）”。如果申请的网站空间支持在线编辑功能，那么可以选择“使用本地网络直接在服务器上进行编辑”单选按钮。

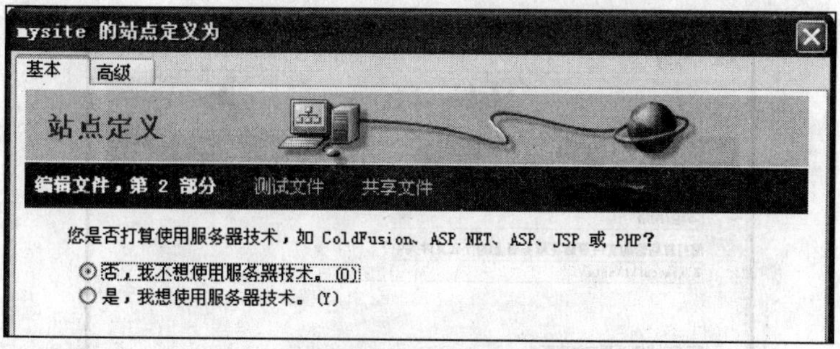

图 1-7　确定是否使用服务器技术

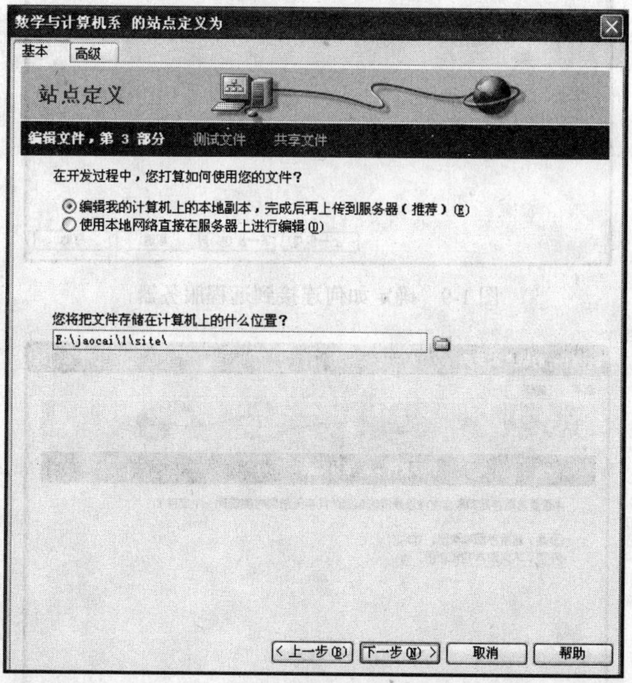

图 1-8　确定站点的存储位置

选择第一项后，可以在下面的文件选择中单击后面的文件夹图标选择文件的存储位置，本例中将文件存在“E:\jaocai\1\site\”文件夹下。

（7）完成以上的设置后，单击“下一步”按钮进入如图 1-9 所示的对话框，在这里选择连接服务器的方式，以及网页在服务器上的存储位置。以后站点的所有文档、资源都需要保存在这个目录下的文件夹中，此文件夹也就是将来站点在服务器端的根目录。

一般来说，连接到服务器的方式是由申请的网站空间的支持方式来决定的，因此一般选择“本地 / 网络”。而在选择网页文件的存储位置时，要把远程服务器端的文件夹和本地计算机上的文件夹设置为同一个。这样可以方便今后对网站进行维护。如果需要自动刷新远程文件列表，可以勾选“自动刷新远程文件列表”复选框。

（8）单击“下一步”按钮，进入如图 1-10 所示的对话框。这里选择是否使用“存回”和“取出”。选中“是，启用存回和取出”单选按钮，可以多人共同完成网站的维护工作。如果只需一个人就能够完成网站的维护工作，可以选择“否，不启用存回和取出”单选按钮。

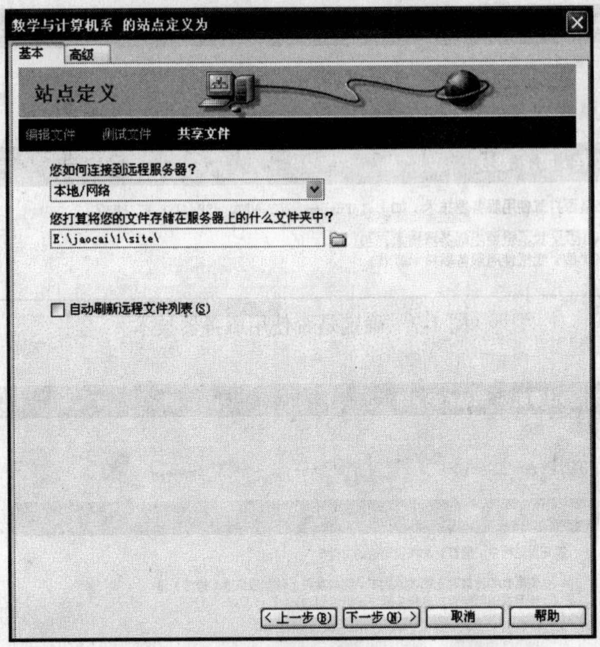

图 1-9　确定如何连接到远程服务器

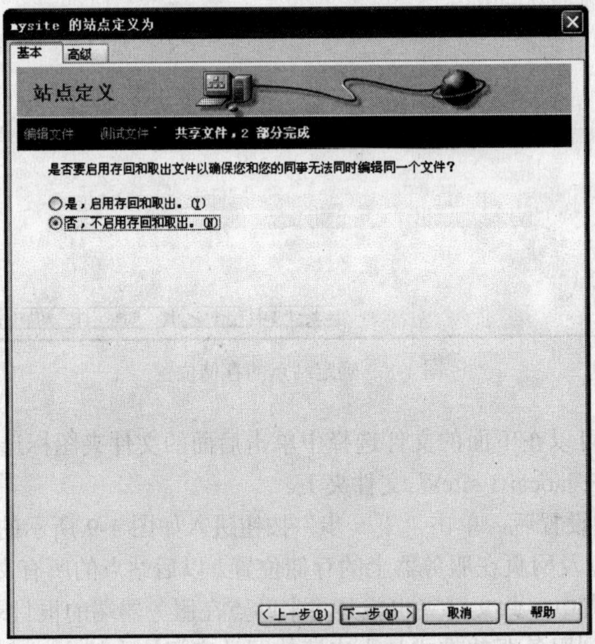

图 1-10　确定是否要启用存回和取出文件

（9）至此完成了对网站的基本定义。单击“下一步”按钮，Dreamweaver 8 会弹出对话框询问设置的信息是否准确，如图 1-11 所示，单击“完成”按钮，本地站点就创建成功了。

（10）单击“完成”按钮，可以看到编辑界面上的“文件”面板中已存在了我们刚刚建好的站点，如图 1-12 所示。可以说，定义站点对于整个网站的规划和布局是非常重要的。在一开始制作网站的时候，就应该为今后的上传、维护和管理网站打下一个良好的基础。

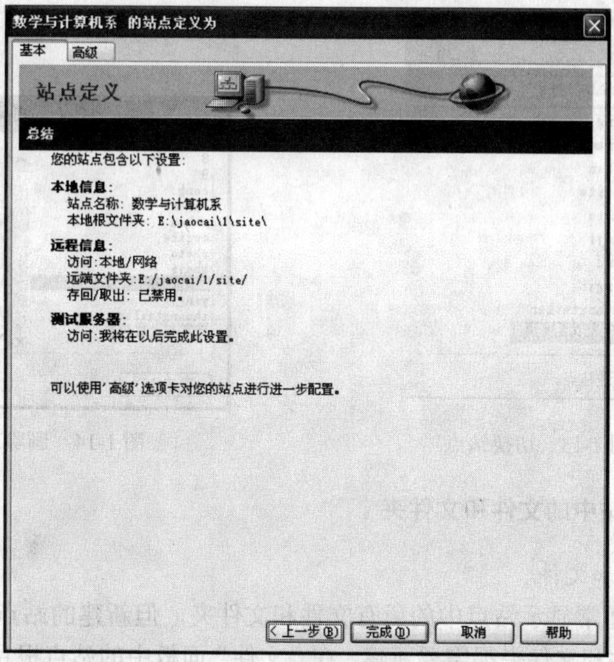

图 1-11　站点定义信息的最后确认

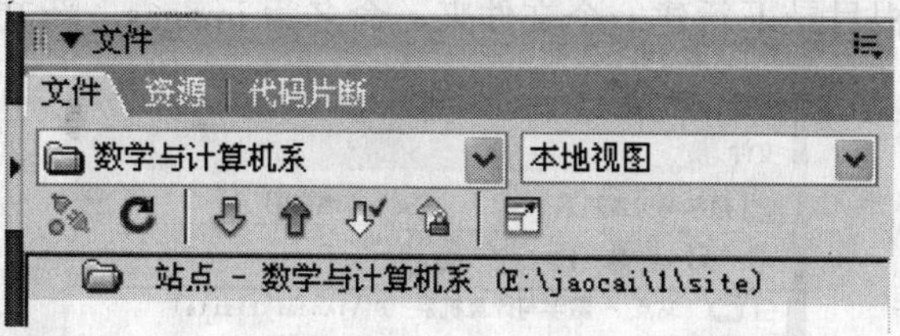

图 1-12　“文件”面板

1.2.2　管理站点

1. 切换站点

Dreamweaver 8 中可以同时存在多个站点，在“文件”面板左边的下拉列表框中选中某个已创建的站点，就可以切换到对这个站点进行操作的状态。如图 1-13 所示，在“文件”面板中存在 dream 和 mysite 两个站点，如果想编辑 mysite 站点，可以在下拉列表中单击 mysite 图标。

2. 编辑站点

如果要对站点进行编辑，可以在“管理站点”对话框中选择要编辑的站点，然后单击“管理站点”对话框中的“编辑”按钮，重新打开“站点定义”向导，根据需要一步一步修改站点的属性即可。

3. 删除站点

如果不需要某个站点时，可以将其从站点列表中删除。选择“站点”→“管理站点”命令，打开“管理站点”对话框，在该对话框中选择一个站点，单击“删除”按钮，即可删除一个站点，对某一个站点进行删除操作后，网站的文件仍保存在硬盘原来的位置上，并没有从硬盘上删除，如图 1-14 所示。

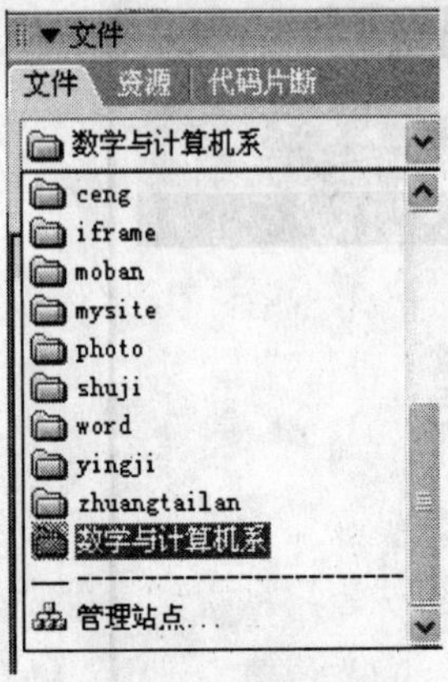

图 1-13 切换站点

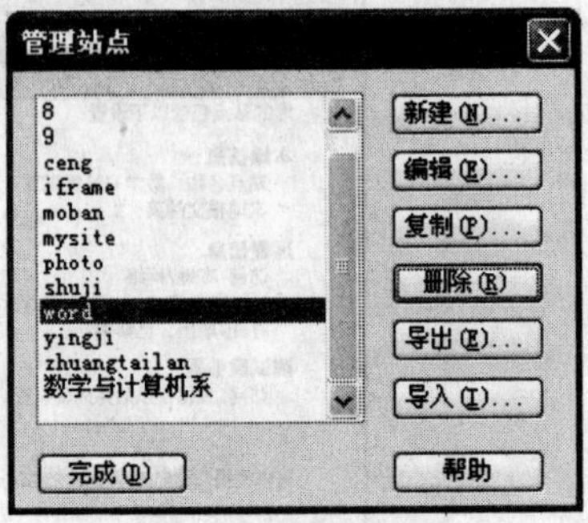

图 1-14 删除站点

1.2.3 管理网站中的文件和文件夹

1. 创建文件夹和文件

“文件”面板通常显示站点中的所有文件和文件夹，但新建的站点中不包含任何文件或文件夹。所有的文件和文件夹都需要新建，在“文件”面板中的站点根目录上右击，然后从弹出的快捷菜单中选择“新建文件夹”或“新建文件”命令，接着给新的文件夹或文件命名。如图 1-15 所示，在站点根目录下新建一个文件夹，命名为 images，新文件命名为 index.html。

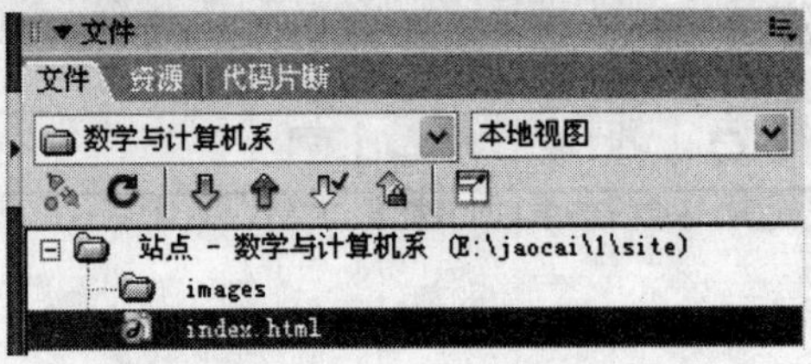

图 1-15 创建文件夹和文件

给文件和文件夹命名要遵循一个命名原则，文件名称统一用小写的英文字母、数字和下划线的组合。每个目录中文件的默认扩展名为.html，主页的名称通常为 index.html。当在浏览器地址栏中输入某个网站的网址并回车后，服务器就会自动寻找并打开名为 index 的网页文件。网站的目录结构也要遵循一定的规则，清晰的目录会为以后的链接和维护带来方便。以下是建立站点目录的几个要点。

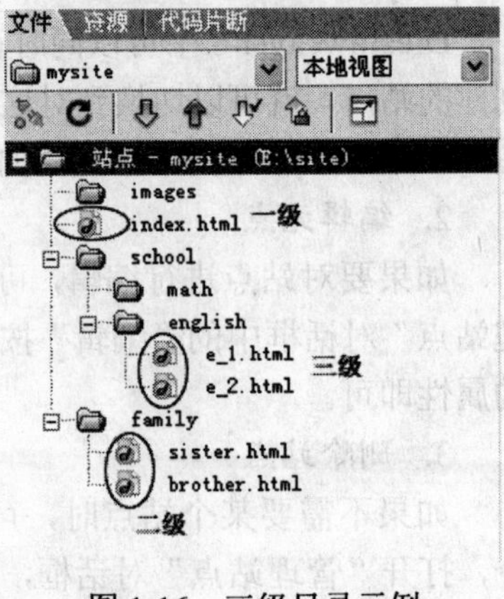

图 1-16 三级目录示例

（1）不要将所有文件都存放在根目录下，这会造成文件管理的混乱，影响工作效率，上传时间过大。

（2）子目录的建立，按子菜单主栏目建立，所有需要下载的内容最好放在一个目录下，一些相关性强不需要更新的内容放在一个目录下，如图 1-16 所示，该目录是一个三级个人主页目录，一级目录下有主页，存放主页的图片文件夹 images 和 school、family 文件夹，在 family 文件夹存放的文件是二级文件，如

sister.html、brother.html。在 school 文件夹下又建了两个文件夹，分别命名为 math（数学）、english（英语），在这两个文件夹下的文件为三级文件，如 e_1.html、e_2.html。

（3）主栏目建立一个独立的 images 目录是最方便管理的，而且根目录的 images 只是用来放首页图片。

（4）不要使用中文目录，不要使用过长的目录。

（5）为了维护管理的方便，目录的层次建议不要超过 3 层。

2. 重命名文件夹或文件

先选中需要重命名的文件夹或文件右击，在弹出的快捷菜单中选择“编辑”→“重命名”命令或者按 F2 快捷键，文件夹或文件的名称变为可编辑状态，重新输入新的名称，按 Enter 键确认即可。

3. 移动和复制文件

从“文件”面板的本地站点文件列表中选中要移动或复制的文件夹或文件，如果要进行移动操作，在弹出的快捷菜单中选择“编辑”→“剪切”命令；如果要进行复制操作，则执行“编辑”→“拷贝”命令，然后执行“编辑”→“粘贴”命令，将文件夹或文件移动或复制到相应的文件夹中。

4. 删除文件夹或文件

要从本地站点文件列表中删除文件夹或文件，先选中要删除的文件夹或文件，然后执行“编辑”→“删除”命令或按 Delete 键，这时系统会弹出一个提示对话框，询问是否要真正删除文件夹或文件，单击“是”按钮确认后即可将文件夹或文件从本地站点中删除。

1.3 网页文件的基本操作

1.3.1 创建网页和打开网页

1. 新建网页

选择“文件”→“新建”命令，即可弹出“新建文档”对话框，如图 1-17 所示。

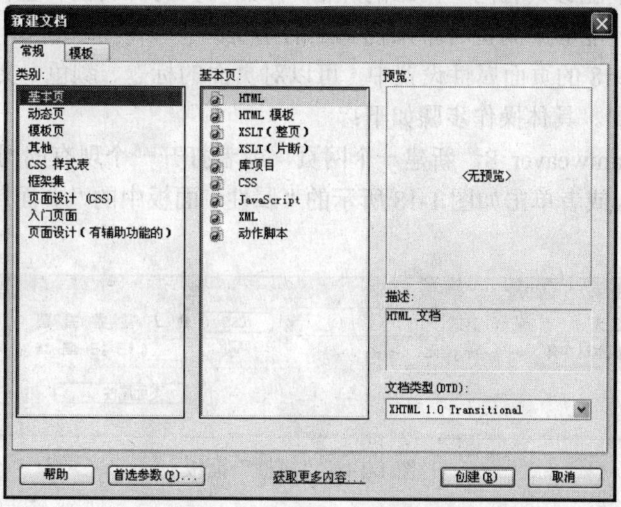

图 1-17 “新建文档”对话框

从该对话框可以看出，利用它可以建立各种类型的文件。从“类别”列表框中选择“基本页”选项，然后选择“基本页”列表框中的 HTML 选项。单击“创建”按钮，即可新建一个空白的 HTML 网页文档。也可以通过“文件”面板，在站点根目录上右击，在弹出的快捷菜单中选择“新建文件”命令，也能完成此项操作。

2. 打开网页文件

选择“文件”→“打开”命令，弹出“打开”对话框。在该对话框内选中要打开的 HTML 文档，单击“打开”按钮，即可将选定的 HTML 文档打开。在“文件”面板中双击“站点目录”中的网页文件也可以打开网页文件。

在 Dreamweaver 中，除了可以打开 HTML 文档或任何动态文档类型外，也可以打开非 HTML 文本文件，如 JavaScript 文件、XML 文件、CSS 样式表或文本编辑器保存的文本文件等。

1.3.2 保存网页

在完成创建、编辑的网页之后，关键的一步就是保存网页，否则一切都是徒劳的，保存网页有如下几种方法：

（1）选择“文件”→“保存”命令，可以原名字原路径保存当前的文档。

（2）选择“文件”→“另存为”命令，可弹出“另存为”对话框。利用该对话框可以将当前的文档以其他名字保存。

（3）选择“文件”→“保存全部”命令，可将当前正在编辑的所有文档以原名保存。

1.3.3 在浏览器中预览网页

单击标准工具栏上的预览按钮或按 F12 键可在浏览器中预览所编辑的网页。

1.4 设置页面属性

当进行网页制作时，要在开始制作具体页面之前就先对整个网站的页面属性进行设置，这样在制作的过程中能够具有同一网站的风格，保证网页的协调性和整体性，给人以美观的感觉。网站风格的统一能够给浏览者带来视觉上的享受。

在 Dreamweaver 8 的页面属性设置中，可以对页面的标题、颜色、文字、超链接等几乎每个网页元素进行设置。具体操作步骤如下：

（1）打开 Dreamweaver 8，新建一个网页，或者打开一个现有的网页，选择“修改”→“页面属性”命令，或者单击如图 1-18 所示的“属性”面板中的“页面属性”按钮，打开“页面属性”对话框。

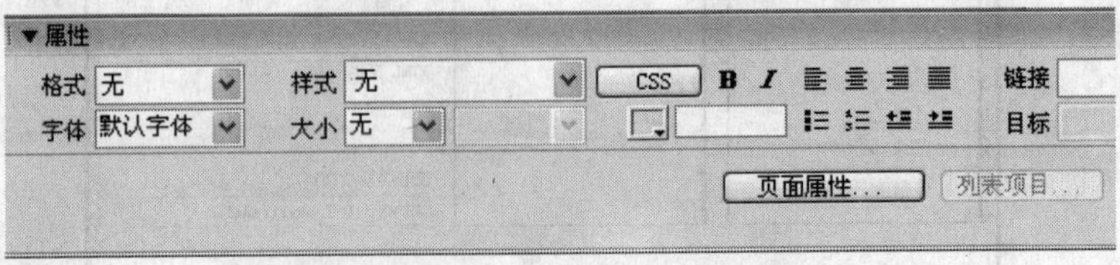

图 1-18 “属性”面板

（2）在“页面属性”对话框中设置“外观”参数，选择“页面属性”中的“外观”选项卡，在右侧可以设置具体的参数，如图 1-19 所示。

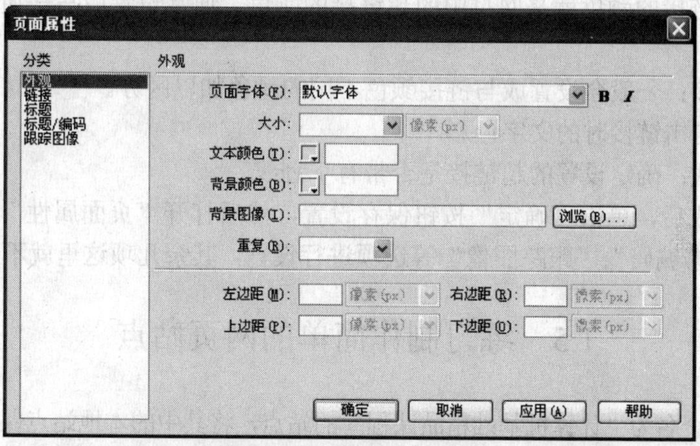

图 1-19　“页面属性”对话框

页面字体：设置网页中文本的字体样式，可以从后面的下拉列表中选择所需的字体。如果在下拉列表中没有需要的字体，可以选择最后一项“编辑字体列表”增加字体，完成后，新的字体会显示在字体库中。下拉列表后面的两个按钮还可以设置字体的“加粗”和“斜体”属性。

大小：页面中文本文字的字号。

文本颜色：设置网页中文本的颜色。可以从前面的下拉列表中直接选择颜色，也可以在后面的文本框中输入颜色的代码。

背景颜色：设置界面的背景颜色，设置方法同上。

背景图像：设置图片为界面的背景。单击后面的“浏览”按钮选择图片即可。要注意的是：设置完的界面背景是平铺于整个页面的。

（3）页面属性设置完成后，单击“确定”按钮保存设置，然后再打开“页面属性”对话框，选择左侧“分类”列表中的“链接”选项卡，在右侧可以对链接的样式进行详细的设置，如图 1-20 所示。

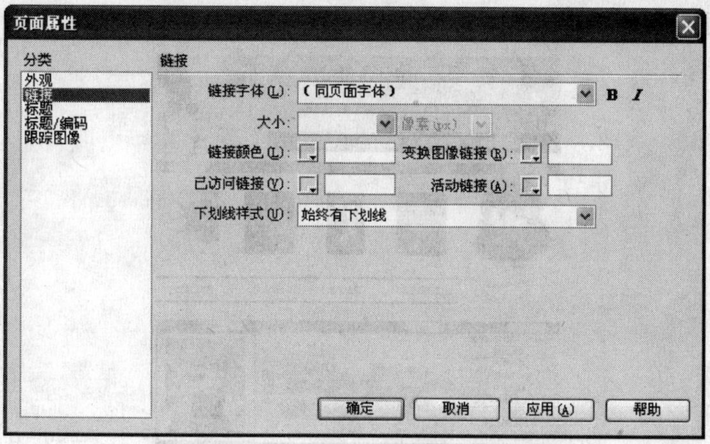

图 1-20　链接属性

链接字体、大小：设置方法与设置网页中的文字大小的方法相同。

链接颜色：链接的颜色就是网页中的超链接的颜色，通常设置成与普通文本有区别的颜色加以区分。

已访问的链接：一般会设置成与链接颜色不同的颜色加以区分。

活动链接：点击链接时的文字色彩。

下划线的样式：确定设置的超链接是否带有下划线。

页面设置完成后，单击“确定”按钮保存设置，然后打开“页面属性”对话框，分别选择“标题”、“标题/编码”、“跟踪图像”等选项进行设置，其余几项这里就不做介绍了。

1.5 练习制作简单的网页站点

（1）创建一个名为“计算机基础精品课程”的站点，将其中的本地站点保存在 D:\computer 文件夹下，远程站点保存在 D:\computer 文件夹下。根据如图 1-21 所示的网站逻辑图，为“计算机精品课程站点”网站建立一个存放图片的文件夹 images，并新建名为 index.html、teacher.html、jiaoxue.html、shiyan.html、rili.html、kejian.html 和 luxiang.html 的网页文件，最后设置 index.html 的页面属性。

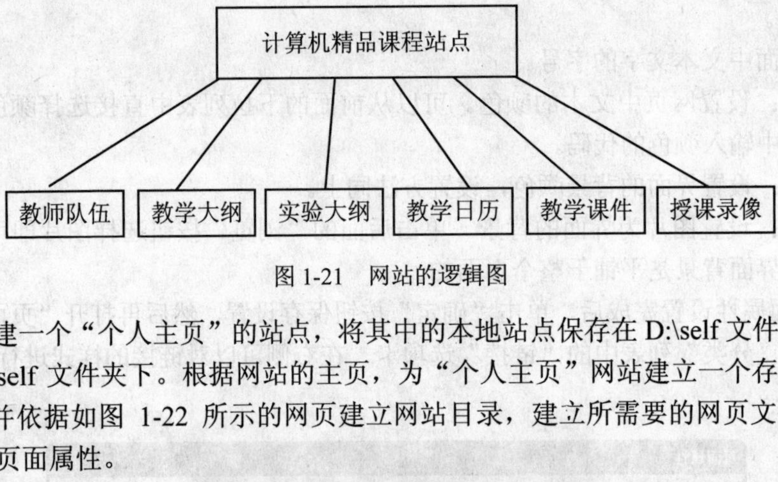

图 1-21 网站的逻辑图

（2）创建一个“个人主页”的站点，将其中的本地站点保存在 D:\self 文件夹下，远程站点保存在 D:\self 文件夹下。根据网站的主页，为“个人主页”网站建立一个存放图片的文件夹 images，并依据如图 1-22 所示的网页建立网站目录，建立所需要的网页文件，最后设置 index.html 的页面属性。

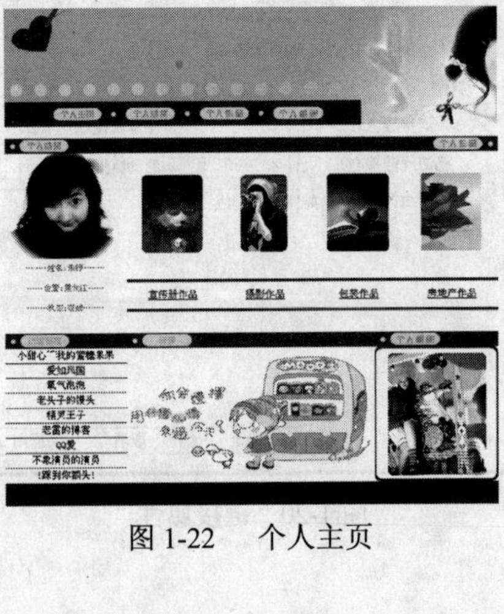

图 1-22 个人主页

（3）创建一个名为“数学与计算机系”的站点，根据网站的主页，为“数学与计算机系”网站建立一个站点，并依据如图 1-23 所示的导航条建立网站目录，建立所需要的网页文件，最后设置 index.html 的页面属性。

图 1-23　“数学与计算机系”网站

第2章 设置文字

网页上的信息大多都是通过文字来表达的，文字是网页的主体和构成网页最基本的元素，它具有准确、快捷地传递信息、存储空间小、易复制、易保存、易打印等优点，其优势很难被其他元素所取代，制作网页时，文本的输入与编辑占了制作工作的很大部分。

本章主要学习文本的各项操作。通过编辑网页文本、对网页文本进行格式化处理，使网页内容更加丰富，网页布局更加美观。

2.1 文字的应用

2.1.1 文字的输入

在 Dreamweaver 8 中输入的文字分为普通文本和特殊字符两种，下面分别进行介绍。

1．普通字符

普通字符可以直接在页面上输入：单击网页编辑窗口中的空白区域，窗口中随即出现闪动的光标，标识输入文字的起始位置。选择适当的输入法即可输入文字。也可以在其他文本编辑软件（如记事本、写字板、Word）中输入后，将其复制，然后在 Dreamweaver 8 中选择“编辑”→“粘贴”命令。

也可以把 Word 文件直接导入到编辑窗口，选择“文件”→“导入”命令，在弹出的子菜单中选择“Word 文档”，打开“导入 Word 文档”对话框，在对话框中选择要导入的文档，单击“打开”按钮，即可导入文本，如图 2-1 所示。

图 2-1 “导入 Word 文档”对话框

2. 特殊字符

在 Dreamweaver 8 中编辑文本时，往往会遇到一些无法通过键盘直接输入的特殊字符，如版权符号©、注册商标符号®等，这时可通过 Dreamweaver 8 插入特殊字符的功能进行插入。

定位光标后，选择“窗口”→“插入”命令，打开“插入”面板，在面板中的下拉列表中选择“文本”选项，如图 2-2 所示，单击“其他字符”图标下拉按钮，从中选择要插入的特殊字符，如果没有，可以单击“其他字符”命令，此时出现“插入其他字符”对话框，在其中可以选择所需要的字符。

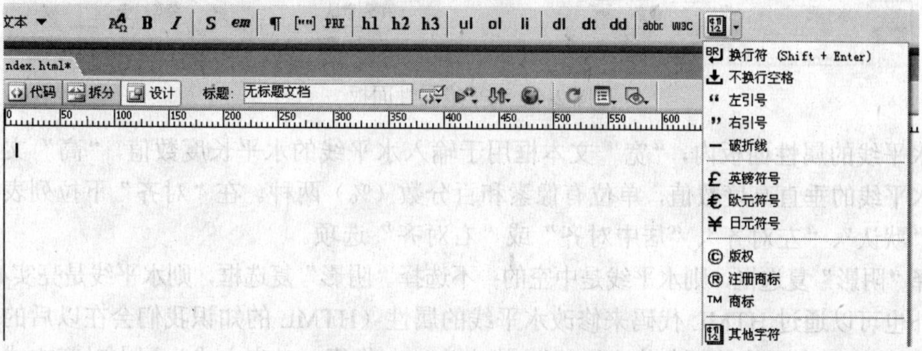

图 2-2　“插入”面板文本选项

也可以选择“插入”→HTML→“特殊字符”命令，如图 3-3 所示。在“特殊字符”的级联菜单中选择需要插入的特殊字符插入所需要的特殊字符。

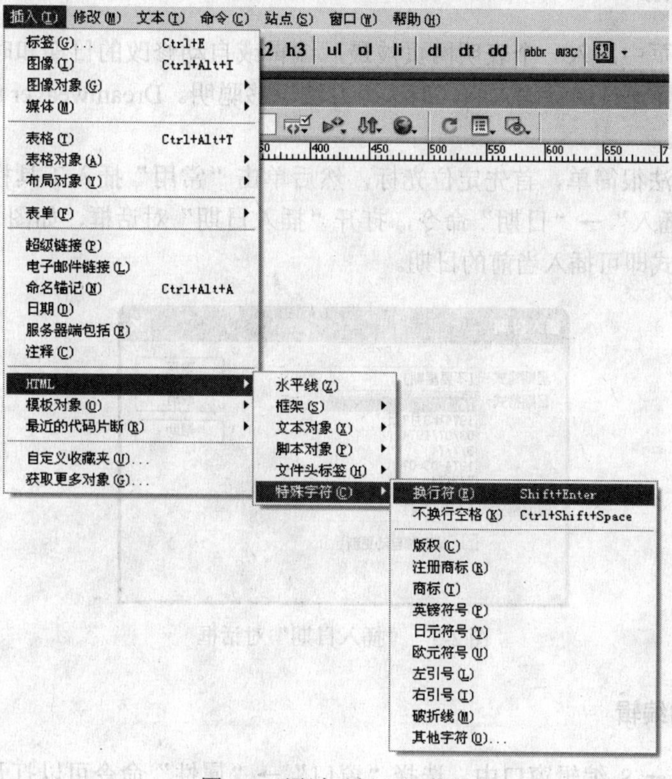

图 2-3　通过“插入”菜单

2.1.2 插入水平线

在文档编辑区将插入点定位到所需位置，选择“插入”→HTML→“水平线”命令或单击“插入”栏中的 HTML 选项卡，在其中单击水平线按钮即可添加水平线。

初始绘制的水平线的格式往往不能满足实际需要，此时可通过“属性”面板对其进行修改，如图 2-4 所示。

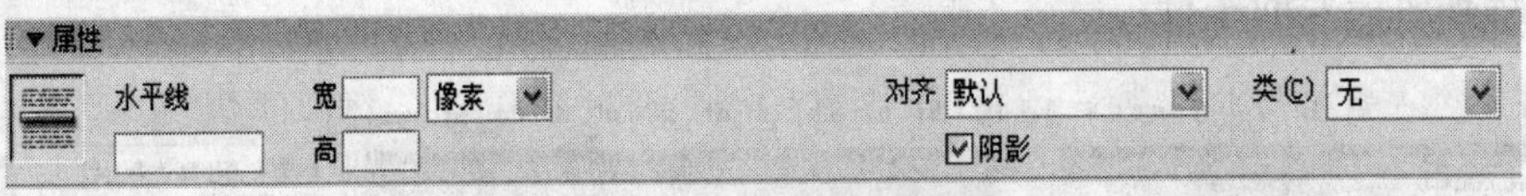

图 2-4 水平线属性面板

在水平线的属性面板内，“宽”文本框用于输入水平线的水平长度数值，“高”文本框用于输入水平线的垂直高度数值，单位有像素和百分数（%）两种。在“对齐”下拉列表框内可以选择“默认”、“左对齐”、“居中对齐”或“右对齐”选项。

选择“阴影”复选框，则水平线是中空的；不选择“阴影”复选框，则水平线是亮实心的线。

另外也可以通过 HTML 代码来修改水平线的属性（HTML 的知识我们会在以后的章节详细介绍），如设置水平线的颜色为“红色”，线宽为 600 像素，对齐方式为居中对齐方式的代码如下：

```
<hr color="#FF0000" width="600" align="center"/>
```

2.1.3 插入日期

经常需要在网页中加入一个表明网页被最后编辑或自动修改的日期和时间。我们可以像键入普通的文字一样通过键盘输入它，但这个方法不够聪明。Dreamweaver 8 提供了快速插入日期和时间的功能。

插入日期的方法很简单，首先定位光标，然后单击“常用”插入工具栏中的插入日期图标，或者选择“插入”→“日期”命令，打开“插入日期”对话框，如图 2-5 所示，在对话框中选择合适的格式即可插入当前的日期。

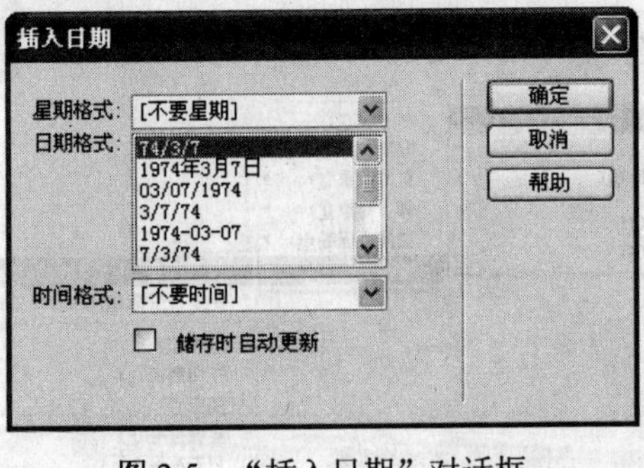

图 2-5 “插入日期”对话框

2.1.4 文字的编辑

在 Dreamweaver 8 编辑窗口中，选择“窗口”→“属性”命令可以打开属性面板，如图

2-6 所示，然后选中要格式化的文本，此时属性面板上显示的就是当前文字的属性。

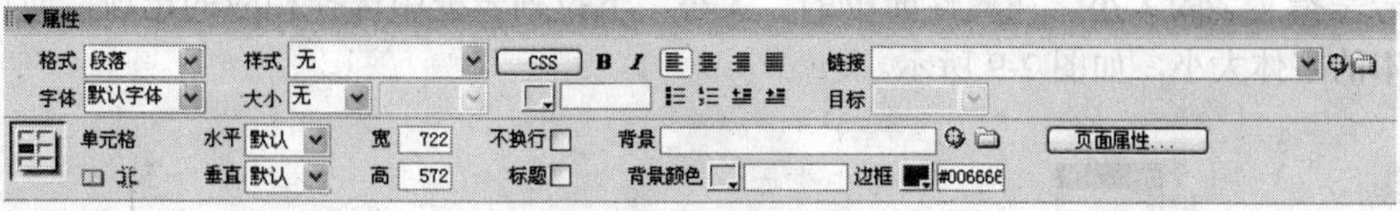

图 2-6　文字属性面板

1. 设置字体

文字输入后，字体的设置可以在文本菜单中进行，也可以在属性面板中进行，设置字体的具体步骤如下：

选中需要设置的文本，在属性面板中单击“字体”后面下拉列表右侧的小三角按钮，在出现的下拉列表中选择相应的字体，如图 2-7 所示。

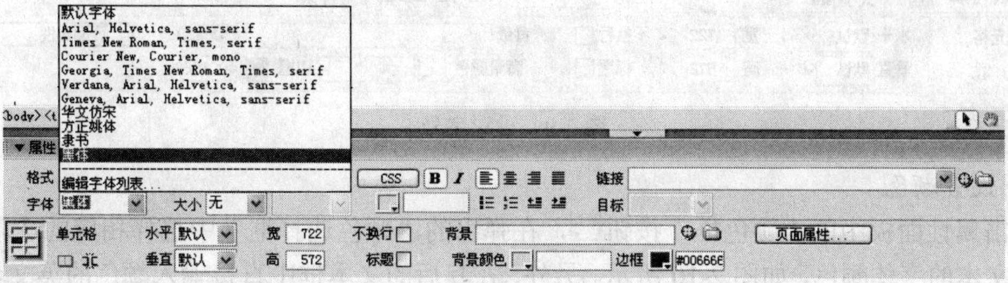

图 2-7　“字体”下拉列表

在默认的属性面板中字体比较少，如果需要更多的字体，可以进行加入，加入新字体的方法如下：

（1）在属性面板的“字体”下拉列表中选择“编辑字体列表”项。在出现的“编辑字体列表”对话框右侧的“可用字体”项目中选择需要加入的字体。例如，选择“黑体”，如图 2-8 所示。

图 2-8　“编辑字体列表”对话框

（2）单击左侧的按钮，字体出现在“选择的字体”列表框中。

（3）如果需要继续加入其他字体，需要单击左上角的按钮，继续添加字体，最后单击“确定”按钮。

2. 设置字号

字号是指文字的大小，在属性面板的“大小”下拉列表框中选择相应的选项，即可设置所选文本的字体大小，如图 2-9 所示。

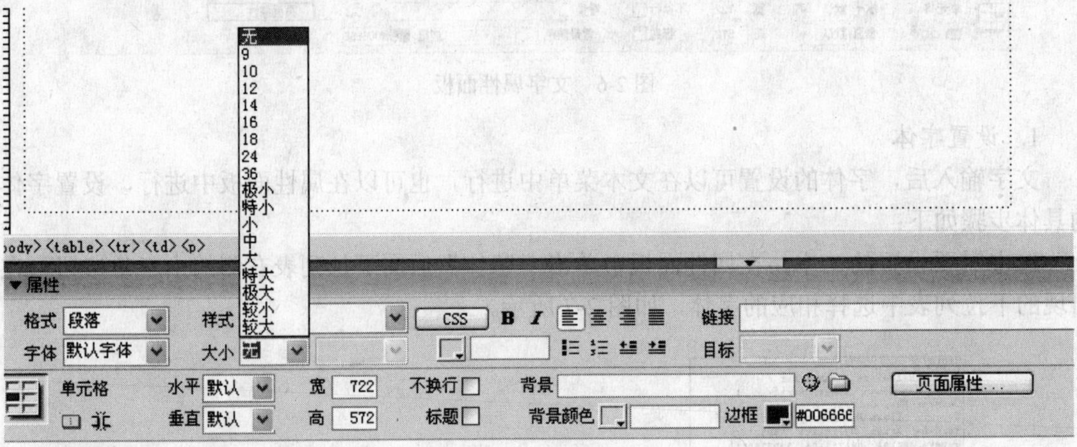

图 2-9 设置字号

3. 设置颜色

单击属性面板中的“颜色框”按钮，在弹出的“颜色选择框”中选择相应的选项可设置所选文本的字体颜色，如图 2-10 所示。另外，在其后的文本框中直接输入颜色的英文名（如 Red、Green 等）或以“#”开头的十六进制颜色代码（如#ff0000、#00ff00）设置所选文本的颜色，也可以用吸管从屏幕上的任何位置取色。

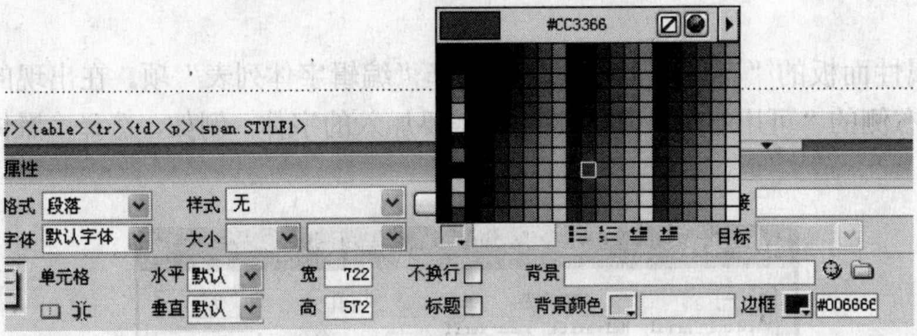

图 2-10 文字颜色的设置

4. 设置字体样式

对所选文本加粗或者设置斜体，只需单击属性面板上的**B**按钮或*I*按钮即可，再次单击按钮可取消“加粗”或“斜体”设置。

5. 设置对齐方式

通过属性面板中的“左对齐”按钮、“居中对齐”按钮、“右对齐”按钮和“两端对齐”按钮可设置文本的对齐方式。

6. 设置标题格式

在属性栏的“格式”下拉列表框中可设置标题格式，其中“段落”是应用<p>标签的默认格式，“标题 1”选项应用<H1>标签，设置该选项可以将所选的文本设置成各种标题。标题号越小，字体越大，如图 2-11 所示。

7. 加入项目列表和编号列表

在 Dreamweaver 8 中可以为分段的文字加入项目列表和编号列表，无序列表又称为项目列表，是一系列无顺序级别关系的项目文本组成的列表，一般前面是用项目符号作为前导字符，如图 2-12 所示。

有序列表又称为编号列表，是有一定排列顺序的列表，一般前面有数字前导字符，其中前导字符可以是阿拉伯数字、英文字母或罗马数字等，如图 2-13 所示。

图 2-11　设置标题

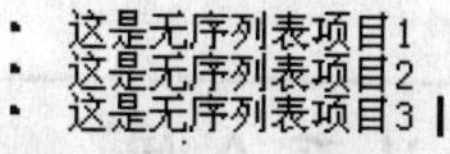

图 2-12　项目列表

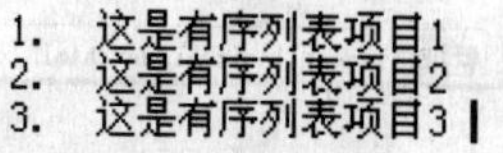

图 2-13　有序列表

设置列表的方法很简单，首先要选中文本，然后单击属性面板上的按钮可以设置无序列表，按按钮可以设置有序列表，如果对所选的列表样式不满意，还可以重新指定列表样式，单击属性面板上的“列表项目”按钮，打开“列表属性”对话框，使用“列表属性”对话框可以设置列表项的外观，包括编号样式、项目符号样式等，如图 2-14 所示。

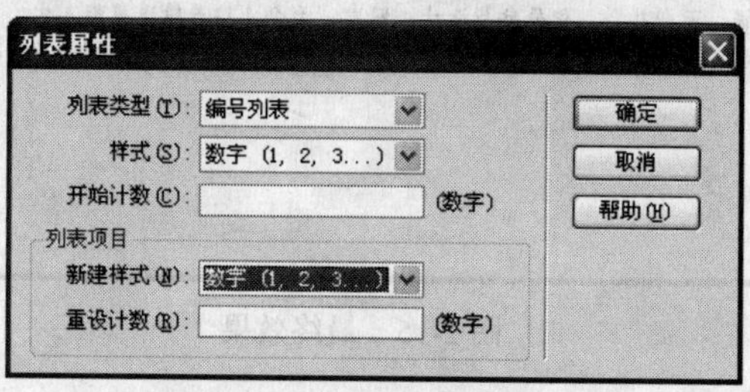

图 2-14　“列表属性”对话框

8. 实现文本换行

输入多行文本，要实现换行，可以按 Enter 键或者按 Shift+Enter 组合键来实现。按 Enter 键，换行的行距较大；按 Shift+Enter 组合键，换行的行距较小。

9. 输入文本空格

输入法切换到半角状态，按空格键只能输入一个空格。如果需要输入多个连续的空格可以通过以下几种方法来实现：

（1）将输入法切换到中文全角状态。

（2）直接按 Ctrl+Shift+Space 组合键。

（3）在“文本”工具栏选择“不换行空格”命令，可以插入多个连续的空格。

（4）也可以打开“代码”或“拆分”视图窗口，在要插入空格的地方输入代码“ ”（注意不要漏掉“;”），每个“ ”代码表示 1 个半角字符空位，如果想要空出 2 个汉字的位置，需要添加 4 个“ ”代码。

2.2 制作一个简单的网页

本节通过一个小例子来掌握在网页中输入文字、为文字设置各种格式的方法；能够利用背景图片及水平线等修饰网页。

在认识了 Dreamweaver 之后，接下来将利用文字和图片完成“数学与计算机系”（简称数计系）网站主页的内容，学习在 Dreamweaver 中输入并设置文字格式的基本操作，完成后的效果如图 2-15 所示。

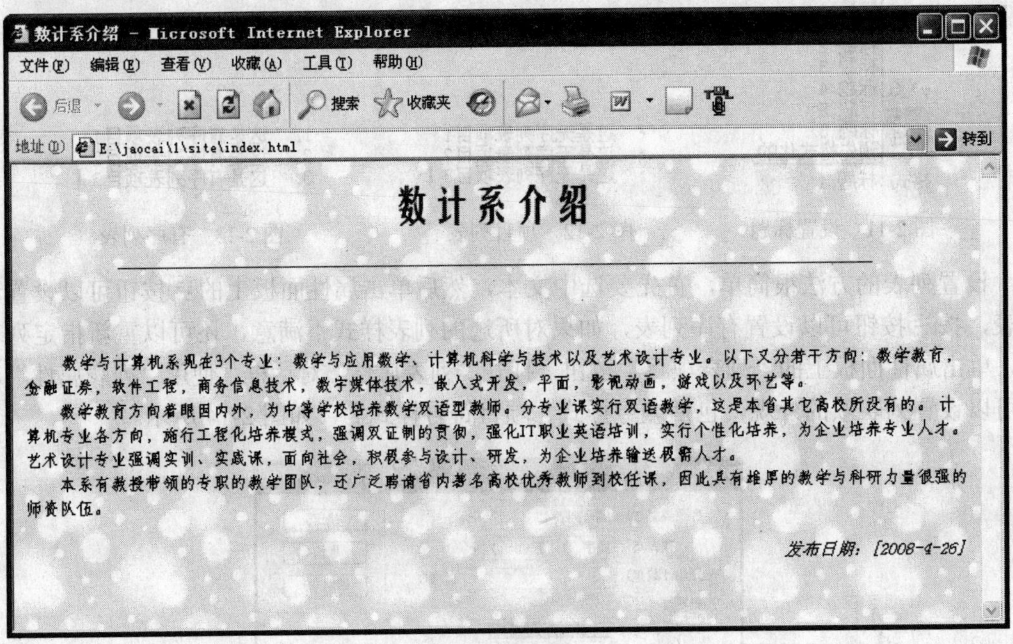

图 2-15 最终效果

操作步骤如下：

（1）启动 Dreamweaver，打开上次编辑过的“数学与计算机系”网站。进入“文件”面板中的“站点”选项卡，然后在其下面的网页文件列表中双击 index.html 文件，打开这个网页。

（2）在编辑窗口中输入如图 2-16 所示的文字内容，文字输入完毕后，将插入点光标放在窗口顶端的“标题”框中，将其中的“无标题文档”删除，然后输入“数计系介绍”几个字，作为网站主页的标题，选择“文件”→“保存”命令，保存所做的修改。

当网页中有未保存的修改内容时，文件名后面会有一个“*”符号（见图 2-16 编辑窗口的左上角），它可以提示我们及时保存已完成的工作。

（3）将光标定位在第二行，然后选择常用“工具栏”中的 HTML 选项卡，在该工具栏中单击“水平线”按钮，插入一条水平线，选中该水平线，在属性面板上设置水平线的宽为 80%，高为 1 像素。然后，在编辑窗口中按“拆分”按钮拆分视图，设置水平线的颜色为红色，代码为 color="#FF0000"，如图 2-17 所示。

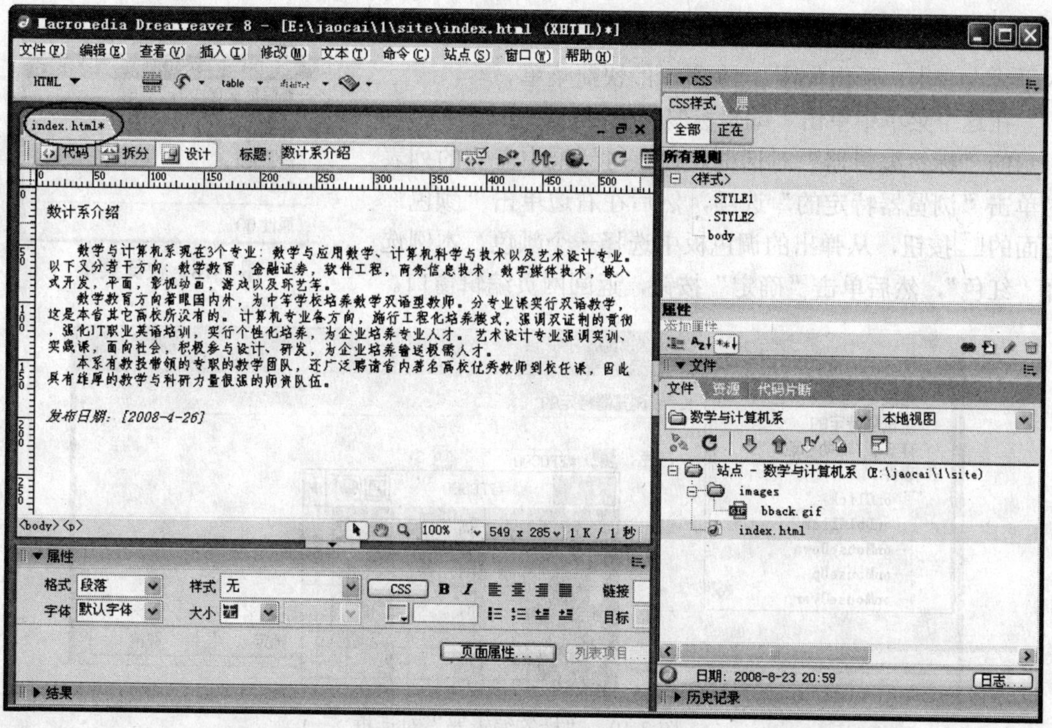

图 2-16　输入文字内容并保存

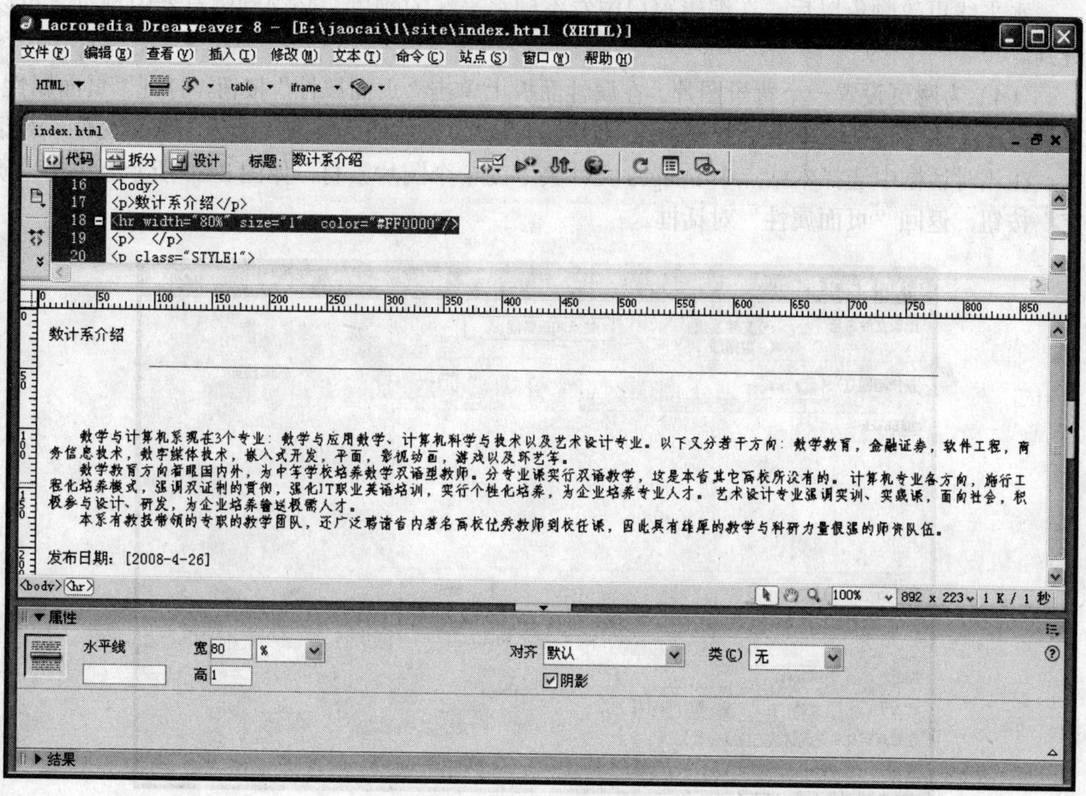

图 2-17　设置水平线的属性

另外，也可以通过另一种方法设置水平线的颜色：在水平线上右击，弹出如图 2-18 所示的快捷菜单。

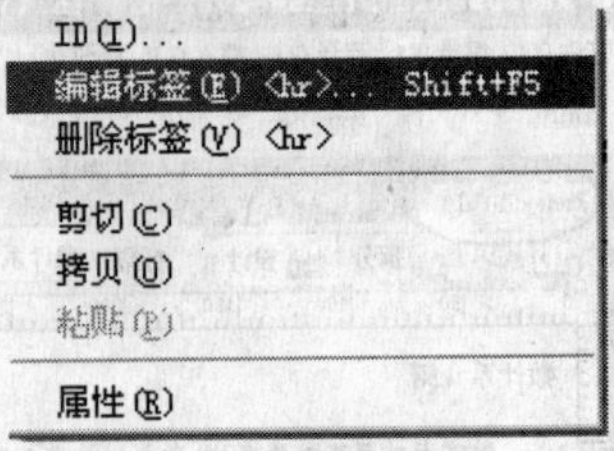

图 2-18 快捷菜单

在这个菜单中单击“编辑标签”命令，弹出如图 2-19 所示的“标签编辑器”对话框。在该对话框中左侧的列表中单击“浏览器特定的”选项，然后在右边单击“颜色”后面的按钮，从弹出的调色板中选择一个颜色。本例选择“红色”，然后单击“确定”按钮，返回网页编辑窗口。

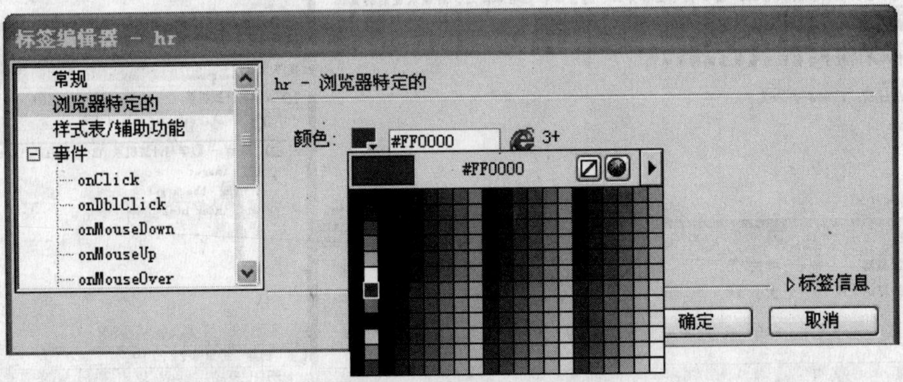

图 2-19 “标签编辑器”对话框

水平线更改颜色以后，在编辑窗口中看不到水平线的颜色，必须到浏览器中预览才可以看到。

（4）为网页设置一个背景图片。在属性面板上单击“页面属性”按钮，打开“页面属性”对话框，在该对话框中单击“背景图像”后面的“浏览”按钮，打开“选择图像源文件”对话框，在该对话框中选择本站点中 images 文件夹下的一个图片素材，如图 2-20 所示。单击“确定”按钮，返回“页面属性”对话框。

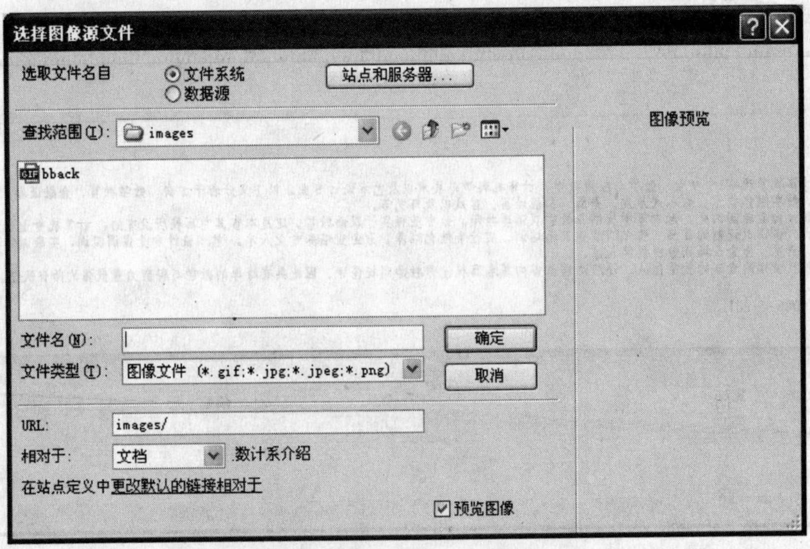

图 2-20 “选择图像源文件”对话框

这时，在“页面属性”对话框的“背景图像”后面的文本框中将显示选择背景图片的路径，如图 2-21 所示，然后单击“确定”按钮，背景图片设置完毕。

（5）设置标题的对齐方式为“居中对齐”，格式为“标题 1”，字体为“方正姚体”。

（6）设置段落文字的字体为“华文仿宋”、字号为 14 号、颜色为“蓝色”；设置“发布日期”的对齐方式为右对齐，字形为斜体。

（7）保存网页后，选择“文件”→“在浏览器中预览”→IExplore 6.0 命令，即可打开浏览器浏览网页。另外按 F12 键也可以打开浏览器浏览网页。

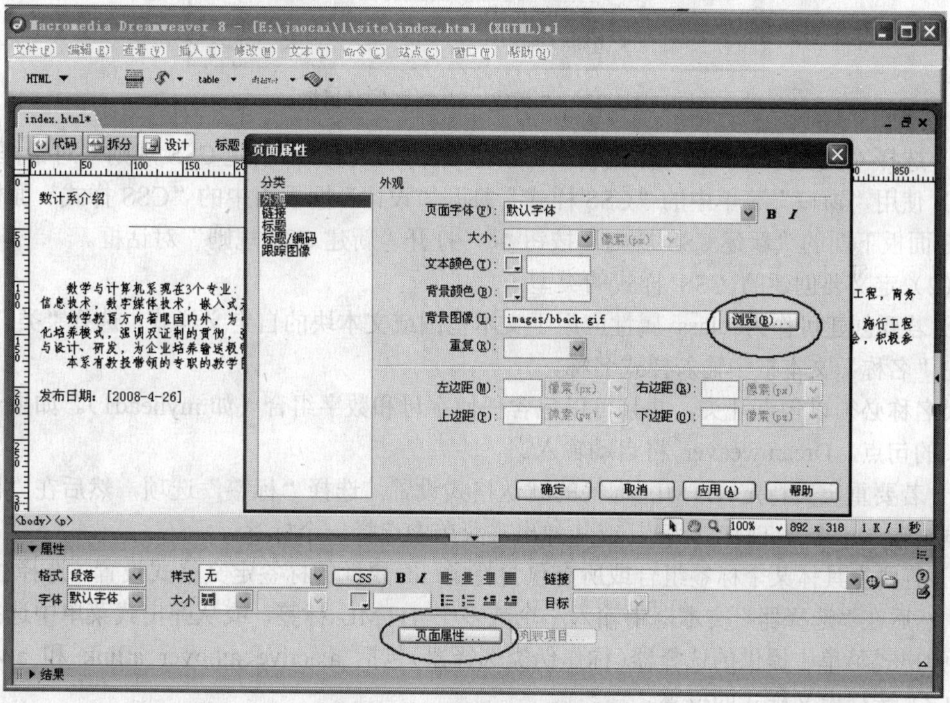

图 2-21　“页面属性”对话框

2.3　CSS 样式

在 Dreamweaver 8 中进行文字设置时，对于相同参数的文字可以应用样式，在以前各章节中，对页面上文字的属性都是一个一个独立设置的，如果网页中有许多处的文字都采用同样的属性设置，那么每处文字也都需要进行相同的属性设置，这无疑会给网页制作带来许多重复性的工作，同时也使网页的文件庞大，造成网页传输和下载速度变慢。

为了解决该问题，可以对页面中经常出现的相同或相近属性的对象进行整体属性的设置，即建立样式表。1996 年发明的层叠式样式表（Cascading Style Sheet，CSS）可以对页面布局、背景、字体大小、颜色、表格等属性进行统一的设置，然后再用于页面各个相应的对象。

2.3.1　创建 CSS 样式

CSS 样式一般分为嵌入式和外部链接式两种类型。嵌入式是在独立的文档中应用的 CSS

样式，外部链接式样式应用于多个文档，生成专门的*.css 文件。

（1）将插入点放在文档中，然后执行以下操作之一打开“新建 CSS 规则”对话框，如图 2-22 所示。

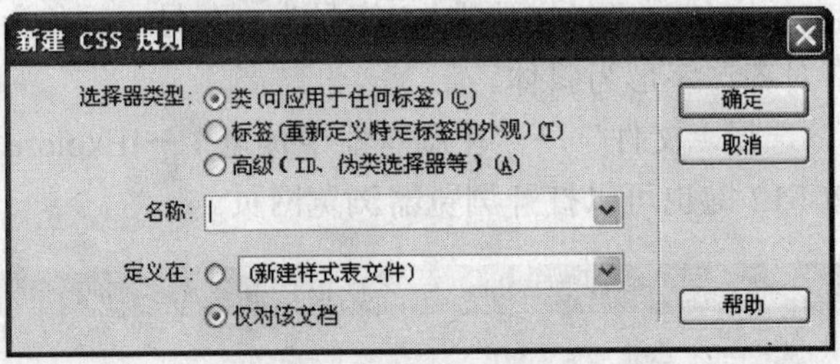

图 2-22 “新建 CSS 规则”对话框

1）选择“文本”→“CSS 样式”→“新建”命令，打开“新建 CSS 规则”对话框，

2）使用“窗口”菜单中的“CSS 样式”打开“设计”面板组中的“CSS 样式”面板，单击 CSS 面板下面的“新建 CSS 规则”按钮，打开“新建 CSS 规则”对话框。

（2）定义要创建的 CSS 样式的类型。

1）若要创建可作为 class 属性应用于文本范围或文本块的自定义样式，选择“类”选项，然后在“名称”文本框中输入样式名称。

类名称必须以句点开头，并且可以包含任何字母和数字组合（如.myhead1）。如果没有输入开头的句点，Dreamweaver 将自动输入。

2）若要重定义特定 HTML 标签的默认格式设置，选择“标签”选项，然后在“标签”文本框中输入一个 HTML 标签，或从弹出式菜单中选择一个标签。

3）若要为具体某个标签组合或所有包含特定 Id 属性的标签定义格式设置，选择“高级”选项，然后在“选择器”文本框中输入一个或多个 HTML 标签，或从弹出式菜单中选择一个标签。弹出式菜单中提供的选择器(称作伪类选择器)包括 a:active、a:hover、a:link 和 a:visited。

（3）选择定义样式的位置。

1）若要创建外部样式表，选择“新建样式表文件”。

2）若要在当前文档中嵌入样式，选择“仅对该文档”。

（4）单击“确定”按钮，即可退出该对话框，弹出“CSS 规则定义”对话框，如图 2-23 所示。

利用“CSS 规则定义”对话框进行样式表内各个对象属性的定义。在“分类”项目中包括类型、背景、区块、方框、边框、列表、定位和扩展 8 个类别，每个类别都有各自的一些属性可以设置，例如：在“类型”选项卡里可以对字体、字体大小、颜色等属性进行统一的设置。

（5）定义完成后，单击“确定”按钮，即可完成样式表的定义。

此时，在“CSS 样式”面板内会显示出新创建的样式表的名称。

2.3.2 将外部样式表导入到当前文档

（1）在 CSS 面板中，单击附加样式表按钮，打开“链接外部样式表”对话框，如图 2-24 所示。单击“浏览”按钮，浏览到外部 CSS 样式表，或者直接在“文件/URL”框中键入该样式表的路径。

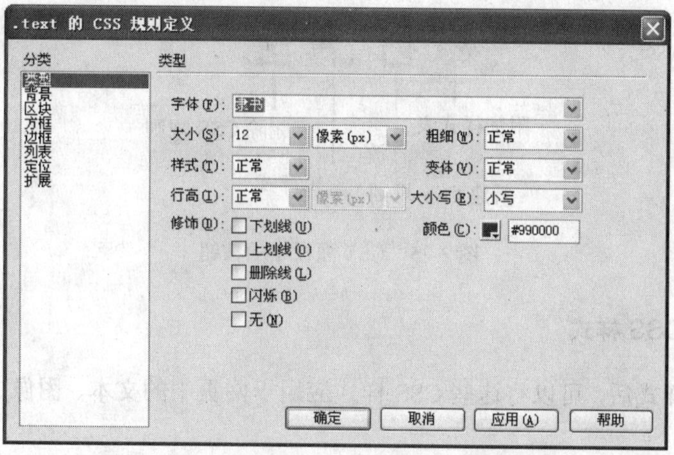

图 2-23 “CSS 规则定义”对话框（类型分类）

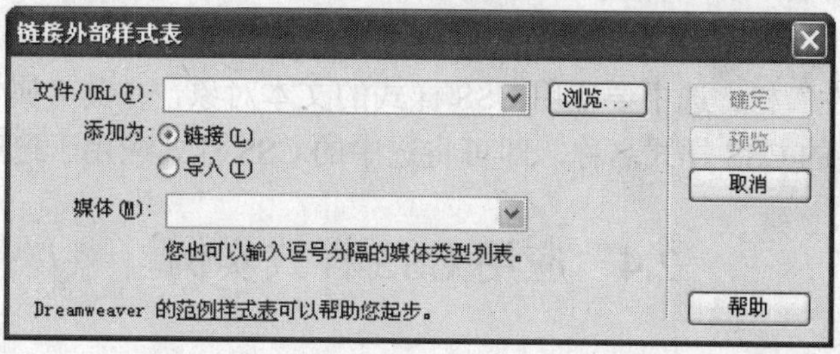

图 2-24 “链接外部样式表”对话框

（2）在“添加为”选项中，选择其中的一个选项：若要创建当前文档和外部样式表之间的链接，选择“链接”单选按钮。该选项在 HTML 代码中创建一个 link href 标签，并引用已发布的样式表所在的 URL，Microsoft Internet Explorer 和 Netscape Navigator 都支持此方法；不能使用链接标签添加从一个外部样式表到另一个外部样式表的引用。如果要嵌套样式表，必须使用导入指令。某些（但不是所有）浏览器也能识别页面中（而不仅仅在样式表中）的导入命令。当在链接到页面与导入到页面的外部样式表中存在重叠的规则时，解决冲突属性的方式具有细微的差别。如果希望导入而不是链接到外部样式表，选择“导入”单选按钮。

（3）在“媒体”弹出式菜单中，指定样式表的目标媒介。

（4）单击“预览”按钮确认样式表是否将所需的样式应用于当前页面。

如果应用的样式没有达到预期效果，请单击“取消”按钮删除该样式表。页面将回复到原来的外观。

（5）单击“确定”按钮，完成导入操作。

2.3.3 重新编辑和删除 CSS 样式

首先在“CSS 样式”面板中选择一种不需要的样式，然后单击“编辑样式”按钮，就可以重新编辑 CSS 样式了；如果单击“删除 CSS 规则”按钮，就可以删除“CSS 样式”面板中所选的样式，并从应用该规则的所有元素中删除格式，如图 2-25 所示。

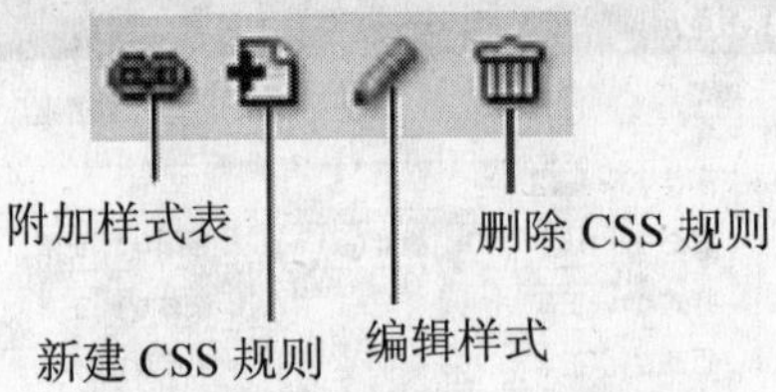

图 2-25 CSS 面板中的按钮

2.3.4 应用 CSS 样式

定义了 CSS 样式后，可以将这些 CSS 样式应用于网页中的文本、图像、Flash 等对象。具体的方法如下：

（1）利用“CSS 样式”面板。首先选中要应用 CSS 样式的对象，可以是文本、图像和 Flash 等对象，然后右击“CSS 样式”面板中相应的样式名称，在弹出的快捷菜单中选择“套用”命令。

（2）利用“属性”栏。选中要应用 CSS 样式的文本对象，在其“属性”栏的“样式”下拉列表框中选择需要的 CSS 样式名称，即可将选中的 CSS 样式应用于选中的文本对象。

2.4 应用 CSS 样式实例

通过本例的制作，要学会如何创建、修改、应用及删除样式，以设置“数学与计算机系”网站中的网页为例，利用 CSS 样式设置网页中文字的行距为 1.5 倍行距。具体操作步骤如下：

（1）在 Dreamweaver 8 中打开“数学与计算机系”网站的主页，选择“窗口”→“CSS 样式”命令打开 CSS 面板，在 CSS 面板中单击“新建 CSS 规则”按钮，如图 2-26 所示。

图 2-26 CSS 面板

（2）在弹出的对话框中设置 CSS 的名称，作如图 2-27 所示的设置，并命名为.font。注意，名称前面有一个小数点，目的是避免与其他 HTML 标记混淆。

（3）单击“确定”按钮，在弹出的“保存样式表文件为”对话框中把 CSS 样式保存在站点文件夹内，命名为 style.css，如图 2-28 所示。

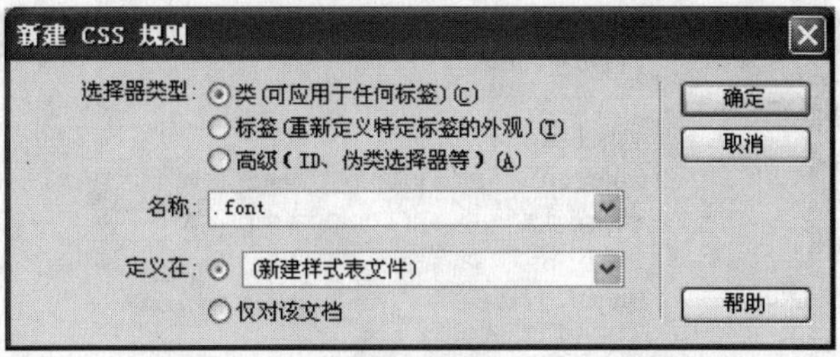

图 2-27　命名 CSS 样式

（4）在弹出的对话框中设置“类型”分类选项的内容。首先要改变文本的行间距，单击“行高”栏右侧的下三角按钮，在下拉列表中选择“(值)”，此时其右侧的选项变为可用状态。单击“像素（px)”右侧的下三角按钮，在下拉列表中选择“倍行高”，如图 2-29 所示。

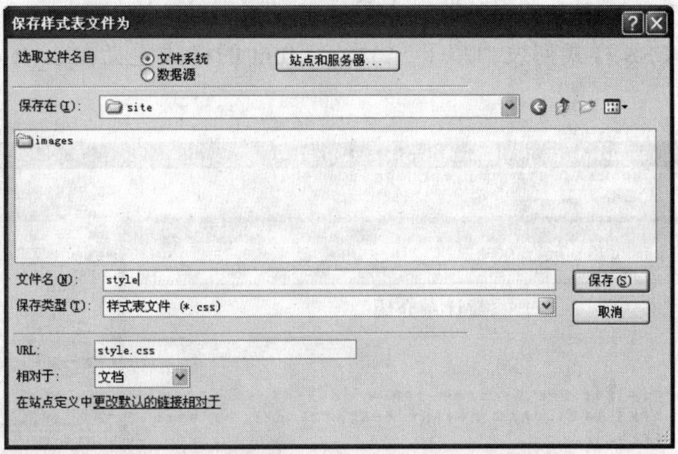

图 2-28　“保存样式表文件为”对话框

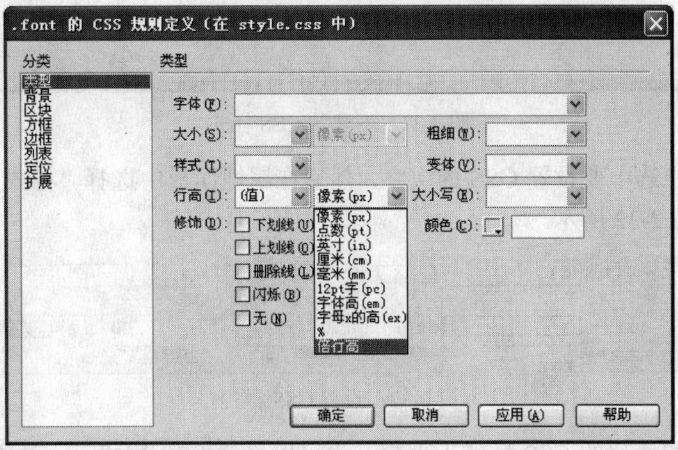

图 2-29　“类型”选项卡

将“行高”框中的“(值)”删除，输入 1.5，即设置行高为 1.5 倍，然后设置其他的属性，如图 2-30 所示。设置完毕后，单击“确定”按钮关闭该对话框。

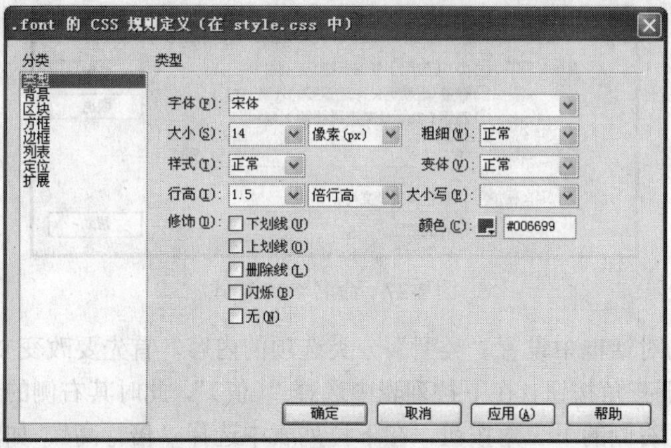

图 2-30 “CSS 规则”定义对话框

（5）此时在 CSS 样式列表中多了一个名为 font 的样式定义在 style.css 中，如图 2-31 所示。

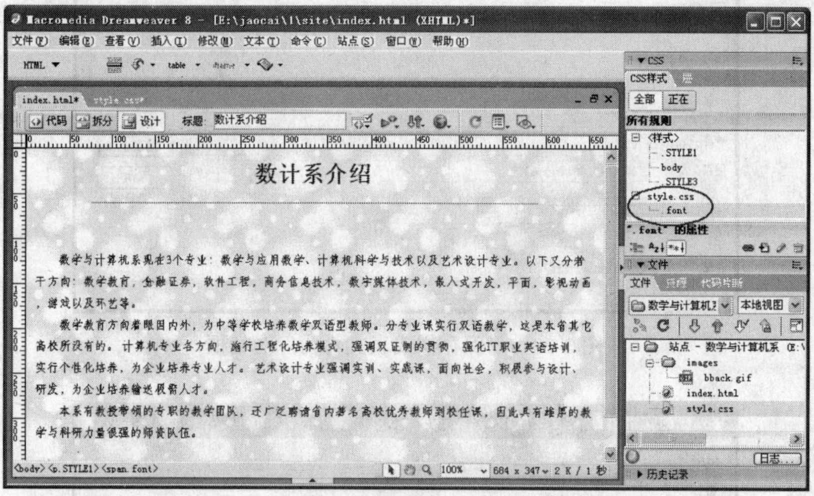

图 2-31 新建的 CSS 样式

（6）在网页中选中要设置 CSS 的文字，然后在属性面板中选择“样式”下拉列表中新建的 font 样式，如图 2-32 所示。

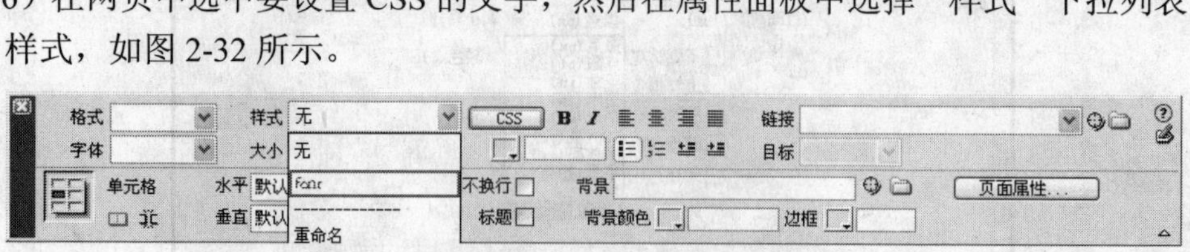

图 2-32 设置 CSS 样式

（7）如果觉得所建的 CSS 样式不理想，也可以修改 CSS 样式。方法很简单，在 CSS 面板中选中要修改的 CSS 样式，然后单击面板下方的“编辑样式”按钮，重新编辑 CSS 样式，如图 2-33 所示。

（8）在弹出的对话框中重新设置就可以了，例如把原来的颜色设置成如图 2-34 所示的颜色，最后单击“确定”按钮，则文本中所有使用这种样式的文本的属性全都自动变成新设置的属性。

图 2-33　编辑样式

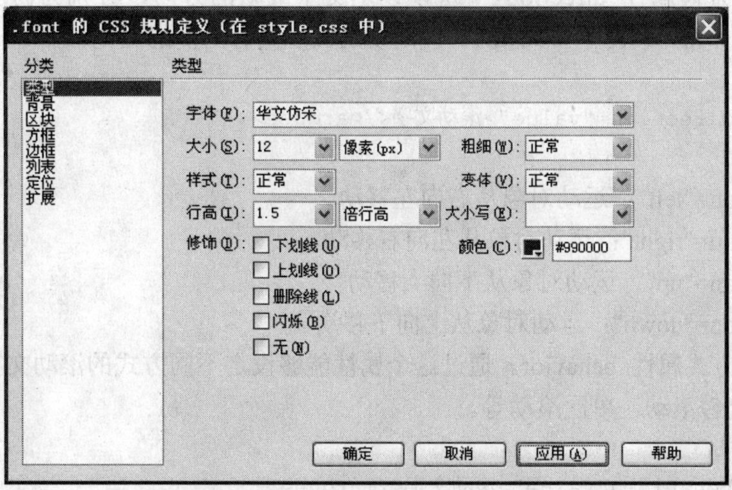

图 2-34　重新设置 font.css 的属性

（9）保存网页，按 F12 键预览效果，如图 2-35 所示。

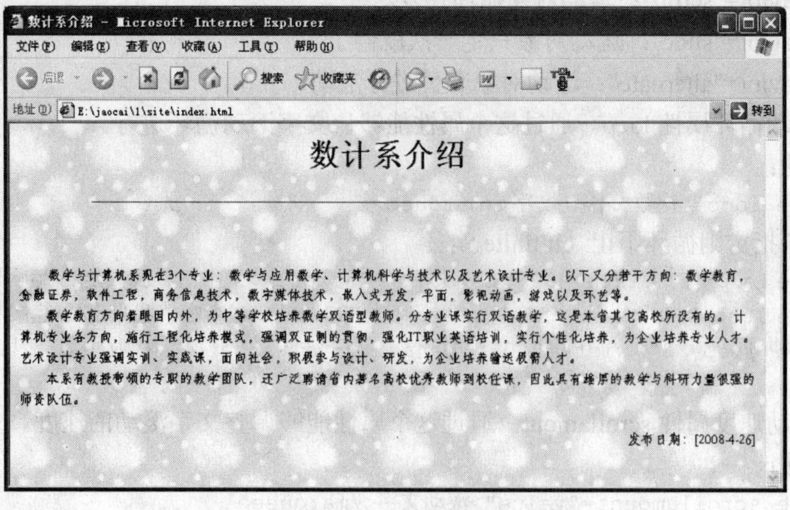

图 2-35　最终效果

至此，本例制作完毕，可以看到添加了 CSS 样式的页面比原来更好看了。

2.5 插入滚动字幕

2.5.1 滚动文字基础知识

1. 基本语法

```
<marquee>滚动文字 </marquee>
```

语法解释：

<marquee>和</marquee>之间的是要滚动的内容。

2. 文字移动属性的设置

（1）滚动方向属性 direction。可以设定文字滚动的方向，分别为向左（left）、向右（right）、向上（up）和向下（down），使滚动的文字具有更多的变化。

基本语法：

```
<marquee direction="value">滚动文字</marquee>
```

语法解释：

- direction="left"：运动对象从右向左移动。
- direction="right"：运动对象从左向右移动。
- direction="up"：运动对象从下向上移动。
- direction="down"：运动对象从上向下移动。

（2）滚动方式属性 behavior。通过这个属性能够设定不同方式的滚动文字效果。如滚动的循环往复、交替滚动、单次滚动等。

基本语法：

```
<marquee behavior="value">滚动文字</marquee>
```

语法解释：

value 的取值可以为 scroll、slide、alternate 三个值。

- behavior="scroll"：运动对象循环往复。
- behavior="slide"：运动对象只走一次就停了。
- behavior="alternate"：运动对象交替进行滚动。

（3）滚动循环属性 loop。通过这个属性能够让文字滚动循环进行。

基本语法：

```
<marquee loop="次数">滚动文字</marquee>
```

次数若未指定则循环不止（infinite）。

```
<marquee loop="3" width="50%" behavior="scroll">啦啦啦，我只走 3 趟哟！</marquee>
<marquee loop="3" width="50%" behavior="slide">啦啦啦，我只走 3 趟哟！</marquee>
<marquee loop="3" width="50%" behavior="alternate">啦啦啦，我只走 3 趟哟！
</marquee>
```

（4）滚动速度属性 scrollamout。通过这个属性能够调整文字滚动的速度。

基本语法：

```
<marquee scrollamount="value">滚动文字</marquee>
```

语法解释：

Scrollamount 定义的是文字滚动的速度，值越大速度越快。

（5）滚动延迟属性 scrolldelay。通过这个属性可以在每一次滚动的间隔产生一段时间的延迟。

基本语法：

```
<marquee scrolldelay="value">滚动文字</marquee>
```

语法解释：

scrolldelay 定义的是文字滚动的延迟。

例如：

```
<marquee scrolldelay=500 scrollamount=100>啦啦啦，我走一步，停一停！</marquee>
```

3．外观（Layout）设置

（1）滚动文字对齐方式 align。

基本语法：

```
<marquee align="对齐方式">滚动文字</marquee>
```

对方方式有 top、middle、bottom，分别是对齐上沿、中间、下沿。

例如：

```
<marquee align=middle width=400>啦啦啦，我会移动耶！</marquee>
```

（2）滚动背景颜色属性 bgcolor。在滚动文字的后面，可以添加背景颜色。

基本语法：

```
<marquee bgcolor="color_value">滚动文字</marquee>
```

语法解释：

bgcolor 定义的是文字滚动的背景颜色。

颜色=rrggbb，十六进制数码，或者是下列预定义色彩：

Black、Olive、Teal、Red、Blue、Maroon、Navy、Gray、Lime、Fuchsia、White、Green、Purple、Silver、Yellow、Aqua。

例如：

```
<marquee bgcolor=aaaaee>啦啦啦，我会移动耶！</marquee>
```

（3）滚动范围属性 width、height。对于各种方式的滚动方式，可以设定文字滚动的区域。

基本语法：

```
<marquee height="高度" width="宽度">滚动文字</marquee>
```

语法解释：

width、height 定义的是文字滚动的区域。沿垂直方向（up 或 down）滚动时，必须设置一定的高度值，否则看不到滚动的文字。例如：

```
<marquee height=40 width=50% bgcolor="#aaeeaa" direction="up" >啦啦啦，我会移动耶！</marquee>
```

2.5.2　文字移动的实例

通过本例的制作，要学会如何使网页中的文字运动起来，并学会使用滚动标识<marquee></marquee>中的各种属性，如滚动文字的方向、速度、延迟、背景颜色、区域等。

本例制作一个会移动文字的网页，最终效果如图 2-36 所示。

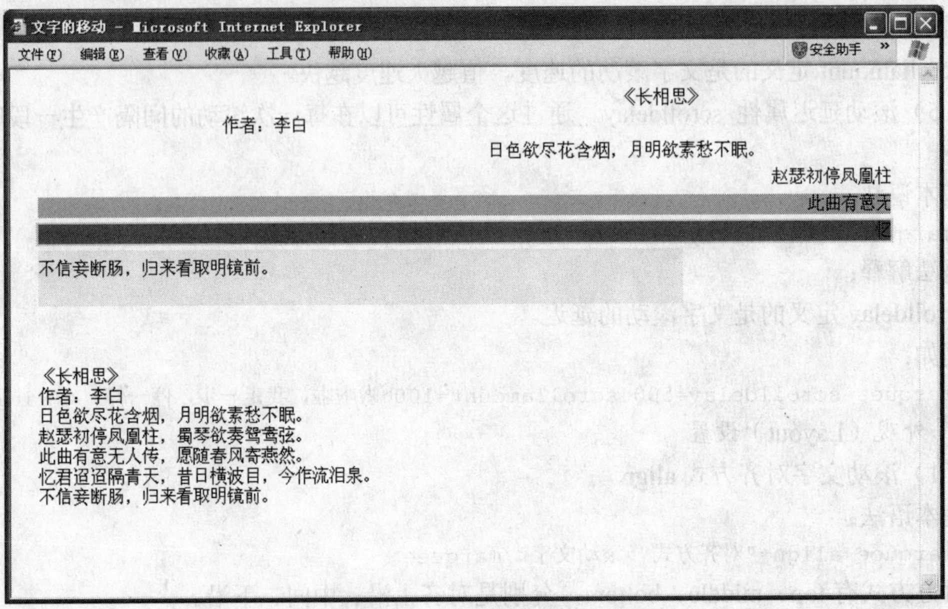

图 2-36 文字移动的最终效果

（1）在“插入”工具栏上单击“插入表格”按钮，设置表格属性，如图 2-37 所示。

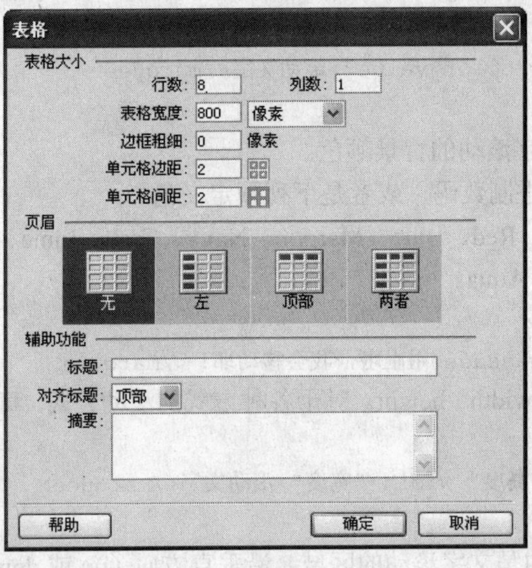

图 2-37 “表格”对话框

（2）向表格中输入文字，效果如图 2-38 所示。

文字资料是一首唐诗，如下所示。

《长相思》

作者：李白

日色欲尽花含烟，月明欲素愁不眠。

赵瑟初停凤凰柱，蜀琴欲奏鸳鸯弦。

此曲有意无人传，愿随春风寄燕然。

忆君迢迢隔青天，昔日横波目，今作流泪泉。

不信妾断肠，归来看取明镜前。

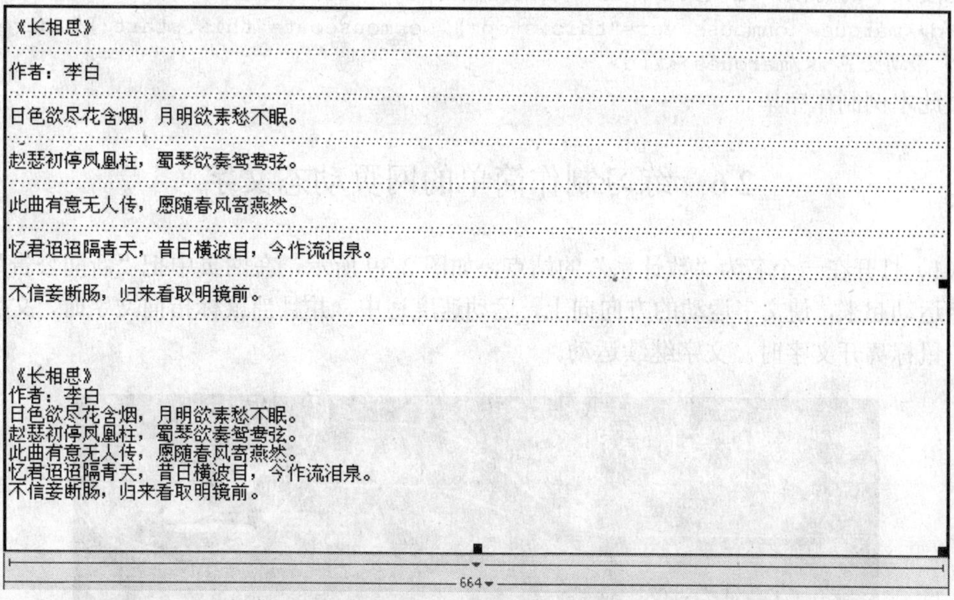

图 2-38　输入文字效果

（3）选中第 1 个单元格，单击“拆分”按钮，在第 1 个单元格的代码中添加如下代码：

```
<td> <marquee>《长相思》</marquee></td>
```

这样，第 1 个单元格中的内容就会从右向左动起来了。

（4）选中第 2 个单元格，单击“拆分”按钮，在第 2 个单元格的代码中添加如下代码：

```
<td> <marquee direction="right" >作者：李白</marquee></td>
```

这样，第 2 个单元格中的内容就会从左向右动起来了。

（5）选中第 3 个单元格，单击“拆分”按钮，在第 3 个单元格的代码中添加如下代码：

```
<td><marquee behavior="alternate" scrolldelay="100" >日色欲尽花含烟，月明欲素愁
不眠。</marquee></td>
```

这样，第 3 个单元格中的内容就会左右来回动起来了，并且在运动过程中还有延迟效果。

（6）选中第 4 个单元格，单击“拆分”按钮，在第 4 个单元格的代码中添加如下代码：

```
<td><marquee scrollamount="50">赵瑟初停凤凰柱，蜀琴欲奏鸳鸯弦。</marquee></td>
```

<marquee scrollamount="数值">，其中数值越大速度越快。

（7）选中第 5 个单元格，单击“拆分”按钮，在第五个单元格的代码中添加如下代码：

```
<td><marquee bgcolor="#00FFFF">此曲有意无人传，愿随春风寄燕然。</marquee></td>
```

可以为运动的文字添加一个背景景色。

（8）选中第 6 个单元格，先设置单元格的背景色 bgcolor="#CCFF33"，然后单击“拆分”按钮，在此单元格的代码中添加如下代码：

```
<td bgcolor="#CCFF33"><marquee bgcolor="#FF00FF">忆君迢迢隔青天，昔日横波目，今
作流泪泉。</marquee></td>
```

（9）选中第 7 个单元格，单击“拆分”按钮，在这个单元格的代码中添加如下代码：

```
<td><marquee  height="50"  width="600"  bgcolor="#CCFFFF"  direction="down"
```

```
scrollamount="1">不信妾断肠，归来看取明镜前。</marquee></td>
```

（10）选中最后一个单元格，给这个单元格中的文字添加一个效果，在浏览中，用鼠标指向这段文字的时候，这段文字停止；当鼠标离开时，这段文字重新运动，运动的方向向上。

```
<td><marquee onmouseover="this.stop()" onmouseout="this.start()" direction
="up"> 滚动文字  </marquee></td>
```

至此本例制作完毕。

2.6 练习制作简单的网页动态文字

（1）打开在一个名为“数计系”的站点，如图 2-39 所示，在网页中把“新闻公告”栏下的文字运动起来，使文字运动的方向向上，运动速度适中，并且当鼠标指向文字时，文字停止运动；鼠标离开文字时，文字继续运动。

图 2-39 “数学与计算机系”网站

提示：在文字所在单元格<td>…</td>内添加<marquee>…</marquee>，参考代码如下所示。

```
<td width="30%"> <marquee direction="up" scrollamount="1" class="font STYLE2"
onmouseover="this.stop()" onmouseout="this.start()">文字</marquee> </td>
```

（2）为第 1 题的网站建立一个 CSS 样式，使网页上的文字为 1.5 倍行距，字号为 12 号，颜色为蓝色。

第 3 章 网页中的图像和链接

图像是网页制作中不可缺少的部分，精心的网页布局，如果没有好的图像去为之装扮，也会令人遗憾。几乎所有的网站都使用图像来增加吸引力，有了图像，网站才能够吸引更多的网友驻足，才能够更好地表现主题。

3.1 图像的应用

3.1.1 图像基础

处理图像的程序非常多，相应的图像文件格式也就多种多样。常用的格式包括 BMP、TIF、GIF、JPEG（JPG）、PSD、EPS、WMF 等。

由于网络对文件的容量要求非常苛刻，因此，网页中只能使用压缩比非常高的 GIF（图形交换格式）、JPG（静止图像压缩格式）及 PNG（可移植网络图形）三种格式的图像。也就是说，网络中使用的图像不是这三种格式时，必须将其转换。下面分别对这三种类型的图片文件进行简单介绍。

（1）GIF 格式。GIP（Graphics Interchange Format）是目前网络中应用最为广泛的图像压缩格式，采用 LZW 无损失压缩算法，不会出现图像效果的失真。它分为静态 GIF 和动画 GIF 两种，支持透明背景图像，适用于多种操作系统，文件很小，可以极大地节省存储空间，因此常用于保存作为网页数据传输的图像文件。

GIF 格式的图像最多只能显示 256 种颜色。对于包含颜色数目较少的图像，可选用 GIF 格式，如卡通、徽标、包含透明区域的图形以及动画等。

（2）JPEG 格式。JPEG 格式（Joint Photo graphics Experts Group）简称 JPG，是应用最广泛的图片格式之一，它采用一种特殊的有损压缩算法，将不易被人眼察觉的图像颜色删除，从而达到较大的压缩比，所以"身材娇小，容貌姣好"，特别受网络青睐。

JPEG 支持 24 位真彩色，因此 JPEG 格式显示图像色彩丰富。对于使用的颜色数较多、含有大量过渡颜色的区域，并且追求图像质量的图像应选用 JPEG 格式，如扫描的照片、使用纹理的图像和任何需要 256 种以上颜色的图像等。

（3）PNG 格式。PNG 格式（Portable Network Graphics）是一种新兴的网络格式。该格式是目前保证最不失真的格式，它汲取了 GIF 和 JPEG 格式的优点，存储形式丰富，兼有 GIF 和 JPEG 格式的色彩模式。采用的也是一种无损压缩算法，能真实再现图像原貌，最多可以支持 32 位的颜色，因此它同时具有 GIF 格式和 JPEG 格式的优点。PNG 格式的图像在不同的计算机平台上可以显示完全相同的效果，避免了不少网页测试时的繁复的工作。

PNG 格式是 Fireworks 的默认标准格式，对于网页上传后发现的图像错误及不妥之处，重新修改、编辑都非常方便，现在越来越多的软件开始支持这一格式。

3.1.2　图像的插入

将图像插入到 Dreamweaver 8 文档时，Dreamweaver 会自动在 HTML 源代码中生成对该图像文件的引用。用在网页上的图像必须保存在当前站点中。如果图像不在当前的站点，Dreamweaver 会询问是否要将此文件拷贝到当前站点中。

1. 直接插入

选择“插入”→“图像”命令，也可以单击插入栏的“常用”选项卡中的图像按钮，或按 Ctrl+Alt+I 组合键。

2. 占位符插入

制作网页时还未选定需插入的图像，但确定了图像大小时，可以使用占位符来代替图像的方式插入到文档中。方法是：选择“插入”→“图像对象”→“图像占位符”，或在“常用”插入工具栏中选择“图像”按钮旁边的小三角形，在弹出的下拉菜单中选择“图像占位符”，打开“图像占位符”对话框，如图 3-1 所示。

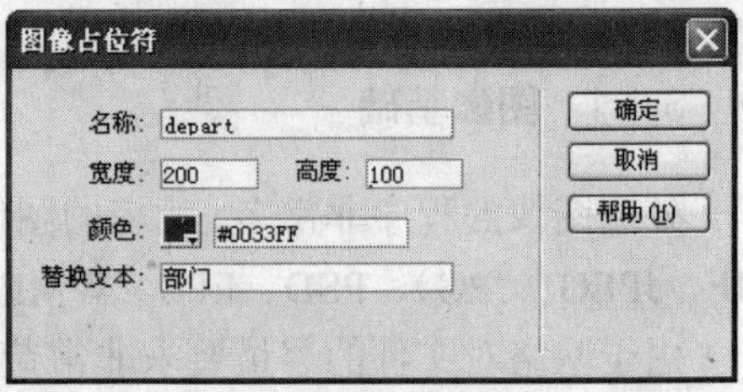

图 3-1　“图像占位符”对话框

在“图像占位符”对话框中设置占位符的属性，在“名称”文本框中输入要插入图片的名称；在“宽度”和“高度”文本框中输入图片的宽度和高度的数值；在“颜色”选择器中设置占位符的颜色；在“替换文本”文本框中输入图片的替代文字。

图像占位符的属性设置完成后，单击“确定”按钮，这样一幅实际上并不存在的图片将出现在页面上。等图像确定后，双击占位符，在打开的对话框中设置后插入即可。

3.2　图像的编辑

3.2.1　设置图像大小

1. 拖动改变大小

在文档中选择需要调整大小的图像。图像的底部、右侧及右下角出现调整大小的手柄，如图 3-2 所示，拖动图像的这三个控制点可以快速改变图像大小。按住 Shift 键，同时用鼠标拖曳图像顶点的小控制柄，可以在保证图像长宽比不变的情况下调整图像的大小。

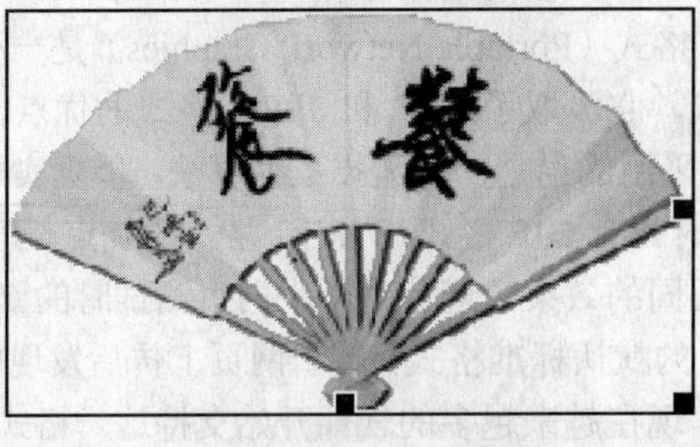

图 3-2　拖动控制点改变图像大小

2. 使用属性面板

用属性面板可以精确调整图像的大小，在“宽”文本框内输入图像的宽度，系统默认的单位是像素（Pixels）。用同样的方法可在“高”文本框内输入图像的高度。

如果要还原图像大小的初始值，可单击宽和高文字或删除“宽”和“高”文本框中的数值；要想将宽度和长度全部还原，则可单击“重设大小”按钮。在属性面板的“宽”和“高”栏输入宽、高的像素值，可改变图像大小。

3. 使用代码编辑器

显示模式设为代码模式或拆分模式，可直接编辑图片文件的 HTML 代码中的 width 和 height 属性的值来改变图像大小。

3.2.2　移动和复制图像

选中要编辑的图像，这时图像周围会出现几个黑色方形的小控制柄。如果要移动或复制图像，可以像移动文字那样，用鼠标拖曳图像到目标点，即可移动图像；按住 Ctrl 键并用鼠标拖曳图像到目标点，即可复制图像。

3.2.3　图片和文本的对齐方式

当网页内有文字和图像混排时，系统默认的状态是图像的下沿和它所在的文字行的下沿对齐。如果图像较大，则页面内的文字与图像的布局会很不协调，如图 3-3 所示，因此需要调整它们的布局。调整图像与文字混排的布局需要使用图像的“属性”栏。

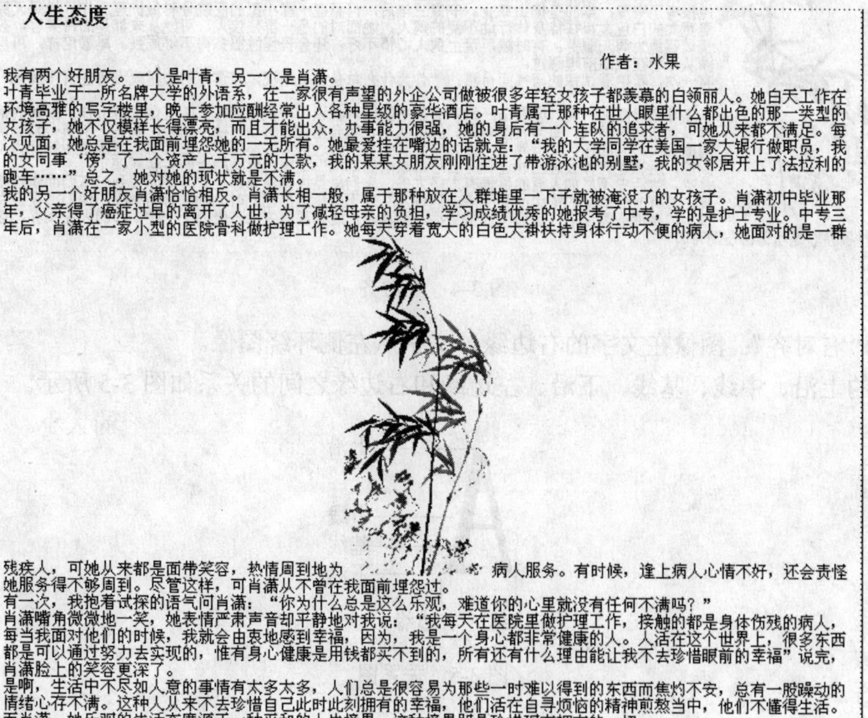

图 3-3　默认对齐方式

1. 图像与文字相对位置的调整

在图像属性工具栏内的“对齐”下拉列表框中有10个列表项，用来进行图像与文字相对位置的调整。这些列表项的含义如下：

- “默认值”：使用浏览器默认的对齐方式，不同的浏览器会稍有不同。
- “基线”：图像的下沿与文字的基线水平对齐。
- “顶端”：图像的顶端与当前行中最高对象（图像或文本）的顶端对齐。
- “中间”：图像的中线与文字的基线水平对齐。
- “底部”：图像的下沿与文字的基线水平对齐。
- “文本上方”：图像的顶端与文本行中最高字符的顶端对齐。
- “绝对中间”：图像的中线与文字的中线水平对齐。
- “绝对底部”：图像的下沿与文字的下沿水平对齐。文字的下沿是指文字的最下边，而基线不到文字的最下边。
- “左对齐”：图像在文字的左边缘，文字从右侧环绕图像，如图3-4所示。

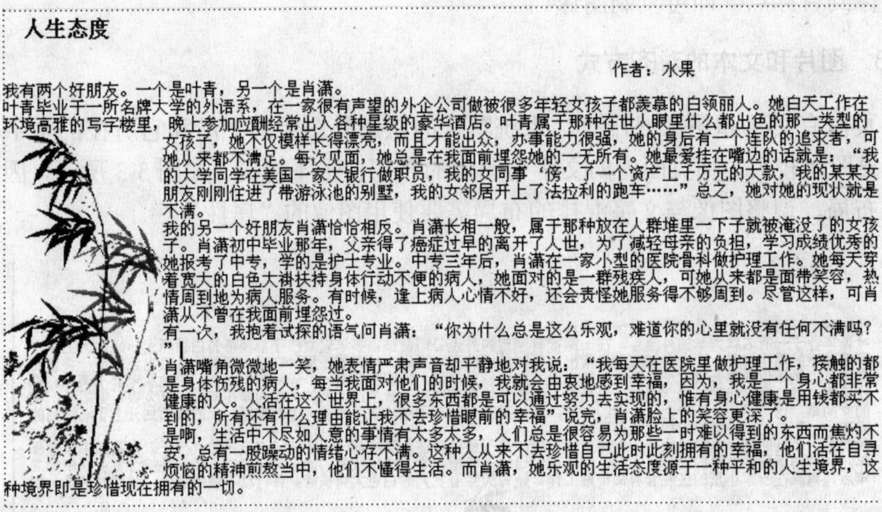
人生态度

作者：水果

我有两个好朋友。一个是叶青，另一个是肖潇。
叶青毕业于一所名牌大学的外语系，在一家很有声望的外企公司做被很多年轻女孩子都羡慕的白领丽人。她白天工作在环境高雅的写字楼里，晚上参加应酬经常出入各种星级的豪华酒店。叶青属于那种在世人眼里什么都出色的那一类型的女孩子，她不仅模样长得漂亮，而且才能出众，办事能力很强，她的身后有一个连队的追求者，可她从来都不满足。每次见面，她总是在我面前埋怨她的一无所有。她最爱挂在嘴边的话就是：“我的大学同学在美国一家大银行做职员，我的女同事‘傍’了一个资产上千万元的大款，我的某某女朋友刚刚住进了带游泳池的别墅，我的女邻居开上了法拉利的跑车……”总之，她对她的现状就是不满。
我的另一个好朋友肖潇恰恰相反。肖潇长相一般，属于那种放在人群堆里一下子就被淹没了的女孩子。肖潇初中毕业那年，父亲得了癌症过早的离开了人世，为了减轻母亲的负担，学习成绩优秀的她报考了中专，学的是护士专业。中专三年后，肖潇在一家小型的医院骨科做护理工作。她每天穿着宽大的白色大褂扶持身体行动不便的病人，她面对的是一群残疾人，可她从来都是面带笑容，热情周到地为病人服务。有时候，逢上病人心情不好，还会责怪她服务得不够周到。尽管这样，可肖潇从不曾在我面前埋怨过。
有一次，我抱着试探的语气问肖潇：“你为什么总是这么乐观，难道你的心里就没有任何不满吗？”
肖潇嘴角微微地一笑，她表情严肃声音却平静地对我说：“我每天在医院里做护理工作，接触的都是身体伤残的病人，每当我面对他们的时候，我就会由衷地感到幸福，因为，我是一个身心都非常健康的人。人活在这个世界上，很多东西都是可以通过努力去实现的，惟有身心健康是用钱都买不到的，所有还有什么理由能让我不去珍惜眼前的幸福”说完，肖潇脸上的笑容更深了。
是啊，生活中不尽如人意的事情有太多太多，人们总是很容易为那些一时难以得到的东西而焦灼不安，总有一股躁动的情绪心存不满。这种人从来不去珍惜自己此时此刻拥有的幸福，他们活在自寻烦恼的精神煎熬当中，他们不懂得生活。而肖潇，她乐观的生活态度源于一种平和的人生境界，这种境界即是珍惜现在拥有的一切。

图 3-4 左对齐

- “右对齐”：图像在文字的右边缘，文字从左侧环绕图像。

文字的上沿、中线、基线、下沿、左边缘和右边缘之间的关系如图3-5所示。

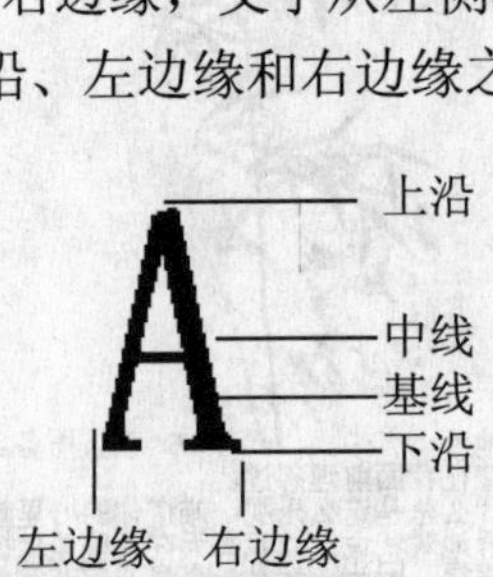

图 3-5 关系图

2. 图像与文字间距的调整

图像与文字的间距是指图像与文字水平方向和垂直方向的间距，可以在属性面板中改变

“水平边距”和“垂直边距”文本框内的数值来实现，数值的单位是像素，如图 3-6 所示。

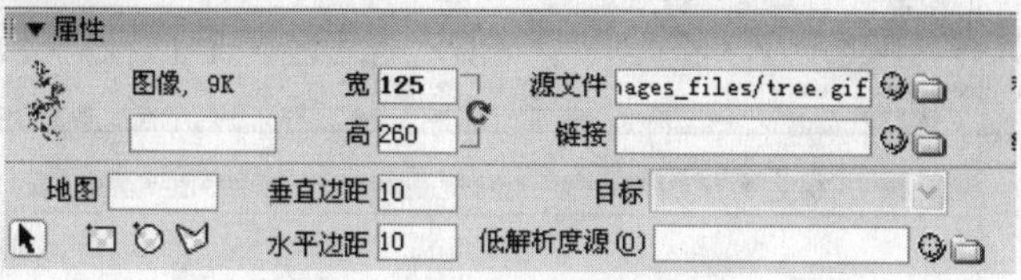

图 3-6　调整图像与文字的间距

3.2.4　设置图像边框

可以通过给图像添加一个边框来美化图像，选取图像后，在属性面板的“边框”文本框中可以设置图像边框的宽度，单位为像素，0 表示无边框，默认为图像无边框，如图 3-7 所示。

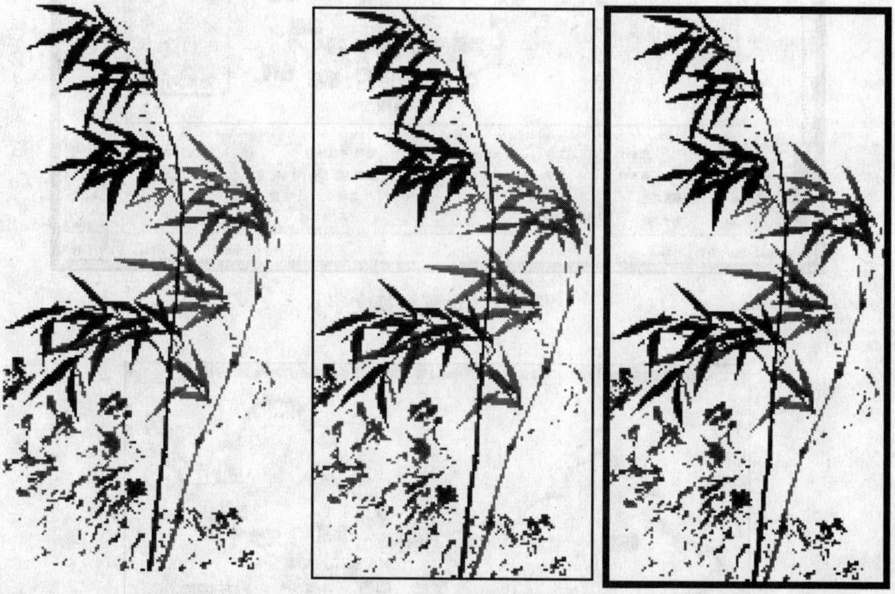

（a）边框为 0　（b）边框为 1　（c）边框为 3 的图像

图 3-7　不同边框

3.2.5　为图像设置替换文字

为图像设置替换文字后，在浏览网页时，如果图片未显示出来或者图片无法显示，替换文字就会代替图片出现在网页中；即使图片显示出来了，当鼠标指针停留在图片上时，替换文字也会显示出来，对图片进行说明。

例如：选中如图 3-8 所示的图片，在它的属性面板中的“替换”框中输入“中国地图”这几个字。

保存网页，然后在浏览器中预览。当鼠标指针移动到该图片上时，会显示“中国地图”几个字，如图 3-9 所示。

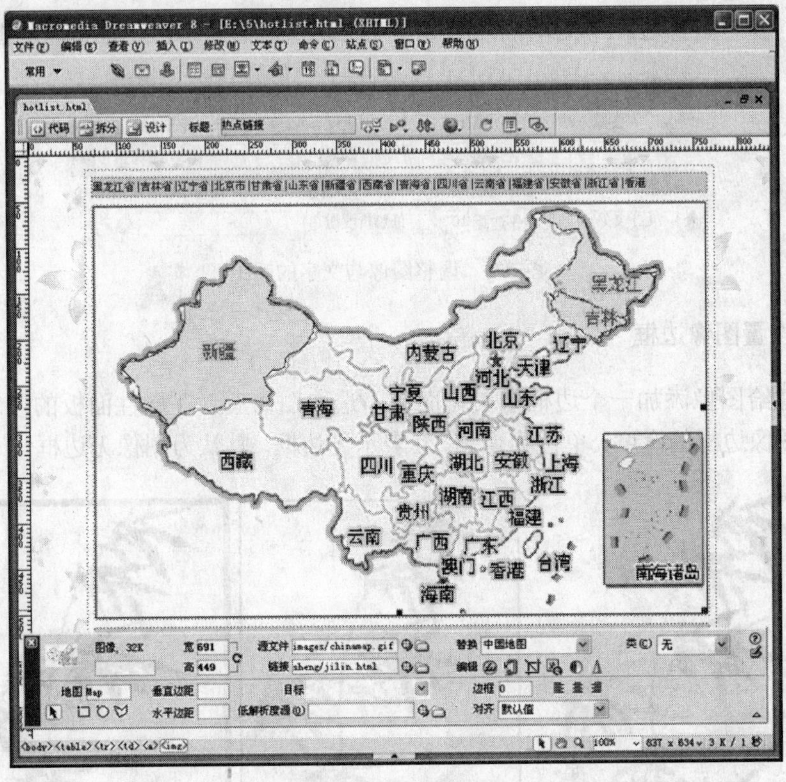

图 3-8 设置替换文字

图 3-9 在浏览的网页中显示替换文字

3.3 使用外部图像编辑器

在 Dreamweaver 中工作时，可以在外部图像编辑器中打开选定的图像，然后进行修改，这些外部编辑器可以包括浏览器、HTML 编辑器、图像编辑程序及动画编辑程序等。修改的图像保存后返回到 Dreamweaver 时，可以在文档窗口中看到对图像所做的任何更改。

在网页中选择图像之后，单击属性面板中的按钮，打开图像处理软件，对图像进行处理。如果安装了 Fireworks，那么 Fireworks 将被默认为图像处理软件。如果没有安装，用户也可自己设置使用其他软件处理图像。

为现有的文件类型设置 Photoshop 外部图像编辑器的具体操作步骤如下：

（1）选择“编辑”→“首选参数”命令，打开“首选参数”对话框，从中选择图像的编辑器，从左边的“分类”列表中选择“文件类型/编辑器”，如图 3-10 所示。

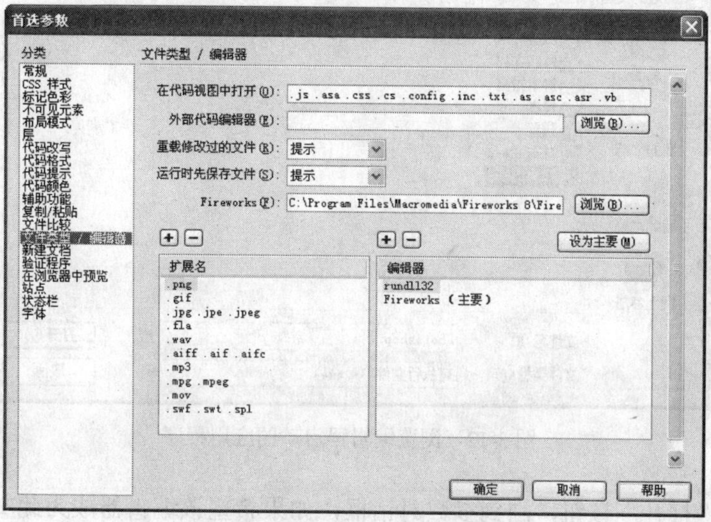

图 3-10　“首选参数”对话框

（2）在“扩展名”列表中，选择要为其设置外部编辑器的文件扩展名，如图 3-11 所示，选择了名为.jpg.jpe.jpeg 的扩展名。

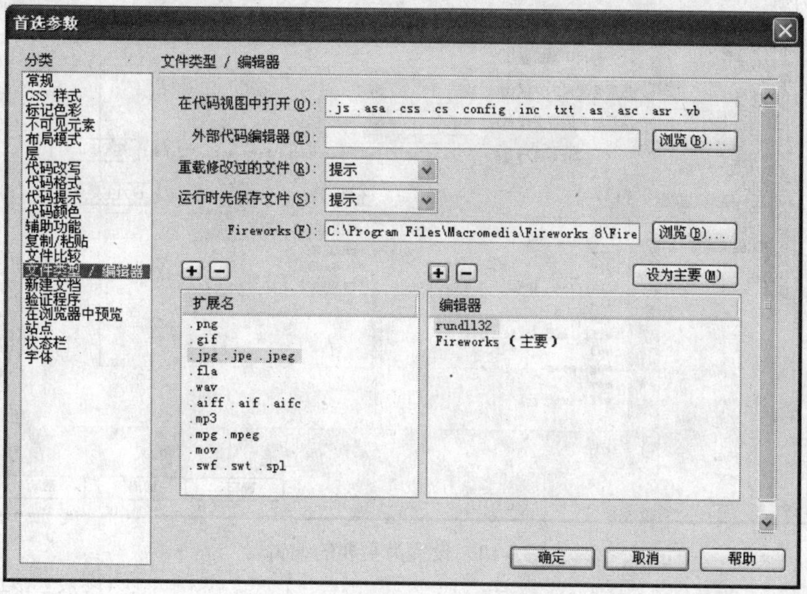

图 3-11　选择扩展名

（3）单击“编辑器”列表上方的加号按钮，在出现的“选择外部编辑器”对话框中，浏览要作为此文件类型的编辑器启动的应用程序，这里选择 Photoshop，如图 3-12 所示。

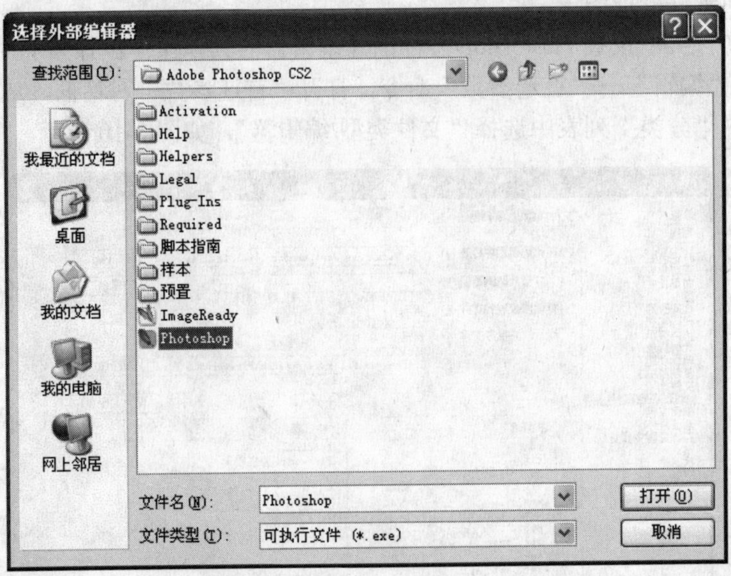

图 3-12　浏览编辑器启动的应用程序

（4）单击“打开”按钮，回到参数对话框，如果希望该编辑器成为此文件类型的主编辑器，单击“设为主要”按钮，Photoshop 后面就加入了“主要”字样，如图 3-13 所示。

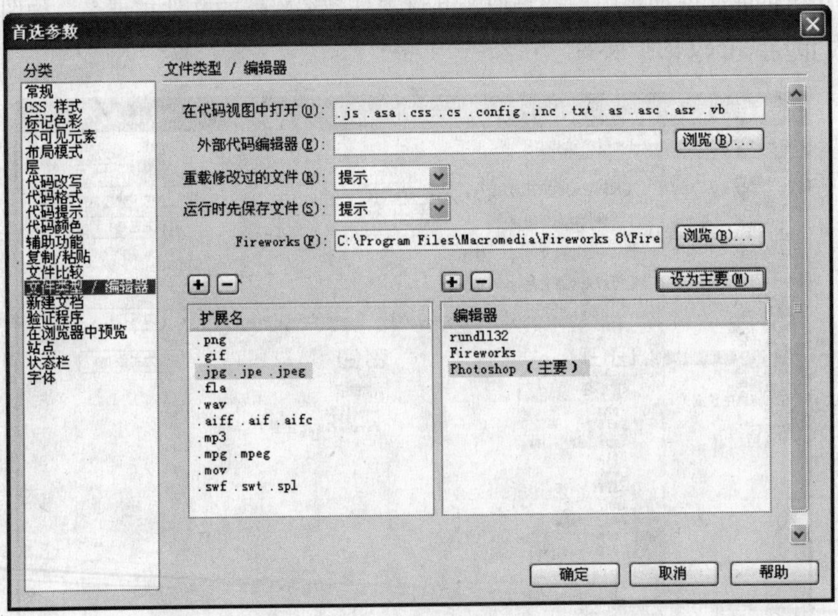

图 3-13　设置为主要的编辑器

（5）如果想要为此文件类型设置其他编辑器，则重复第（3）步。编辑此图像类型时，Dreamweaver 会自动使用主编辑器。

3.4 实例制作

3.4.1 在网页中插入图片实例

一个漂亮的网页必然少不了漂亮的图片作为点缀。下面介绍在“数学与计算机系”网站的主页中插入两幅图片。

操作步骤如下：

（1）打开“数学与计算机系”网站的主页，单击“插入”面板“常用”选项卡中的“插入图像”按钮，弹出如图 3-14 所示的“选择图像源文件”对话框。

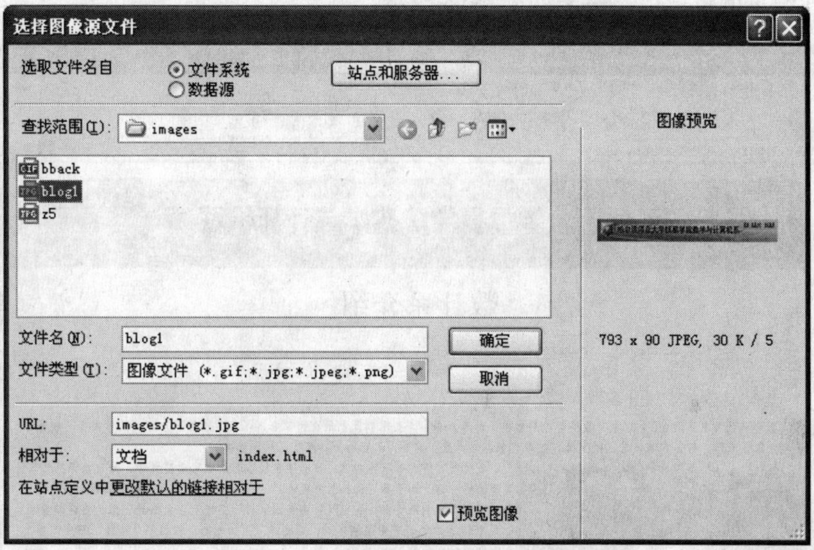

图 3-14　“选择图像源文件”对话框

从中选择要插入的图像文件，单击“确定”按钮，但是如果选择的图像文件不在当前站点根文件夹内，则弹出如图 3-15 所示的对话框，要求把该文件保存到站点的根文件夹内，如果所选文件位于站点根文件夹以外的话，当发布站点后可能无法访问。

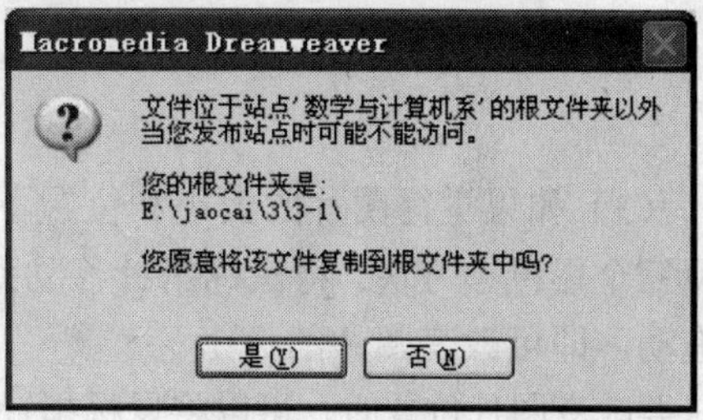

图 3-15　提示对话框

单击“是”按钮，弹出“复制文件为”对话框。同样选择将图片保存到网站文件夹下的 images 文件夹中，如图 3-16 所示。

（2）单击“确定”按钮关闭对话框，弹出“图像标签辅助功能属性”对话框，如图 3-17 所示。

在该对话框中可以为图片设置“替换文本”，为图片设置替换文字以后，在浏览网页时，如果图片未显示出来或者图片无法显示，替换文字就会代替图片出现在网页中；即使图片显示出来了，当鼠标指针停留在图片上时，替换文字也会显示出来，对图片进行说明。

图 3-16 “复制文件为”对话框

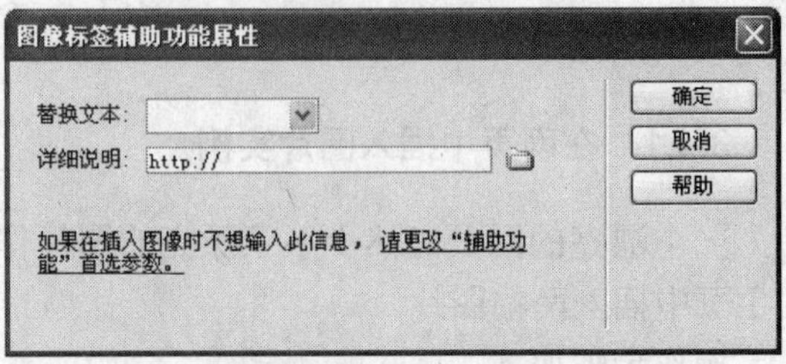

图 3-17 “图像标签辅助功能属性”对话框

写完替换文本后，单击“确定”按钮，如果不想设置“替换文本”，只要单击“取消”按钮即可，返回网页编辑窗口。结果如图 3-18 所示。

图 3-18 插入图像后的效果

（3）如果觉得图片的大小和位置不合适，可以对图片进行调整。单击图片，在图片上会出现三个黑色小方块。将鼠标指针移动到小方块上，当指针变成双向箭头←→时，按住鼠标左键拖动，即可改变图片的大小。

要改变图片位置时，可以将鼠标指针移动到图片上，按住鼠标左键拖动到合适的位置即可。

然后可以在图片的属性面板中，设置替换文字为“数学与计算机系”，垂直边距和水平边距为 5 像素，对齐方式为“左对齐”，在属性面板中还可以看到该图片源文件所在的路径，如图 3-19 所示。

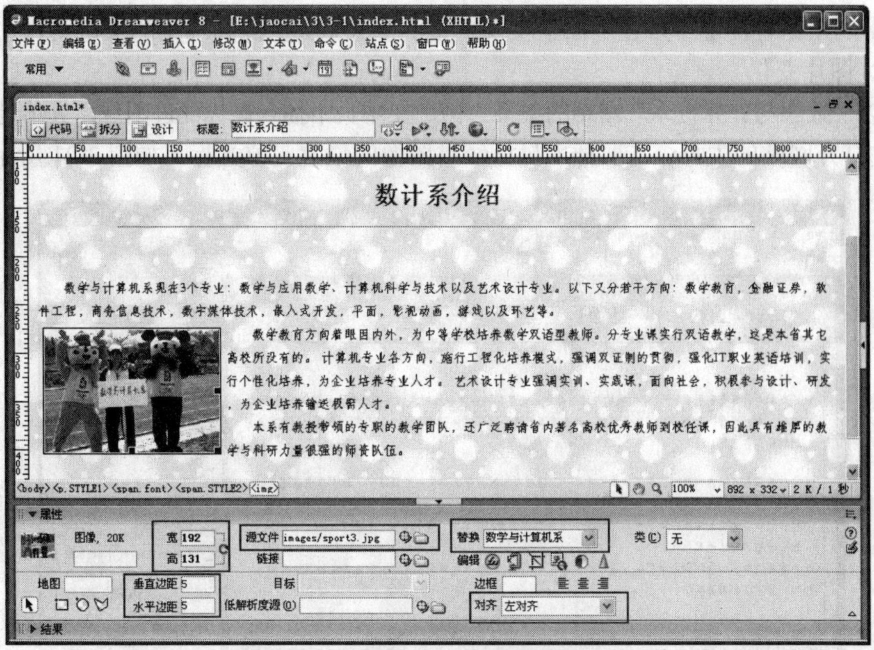

图 3-19　通过属性面板修改图片属性

（4）保存网页，然后在浏览器中预览网页，最终效果如图 3-20 所示。

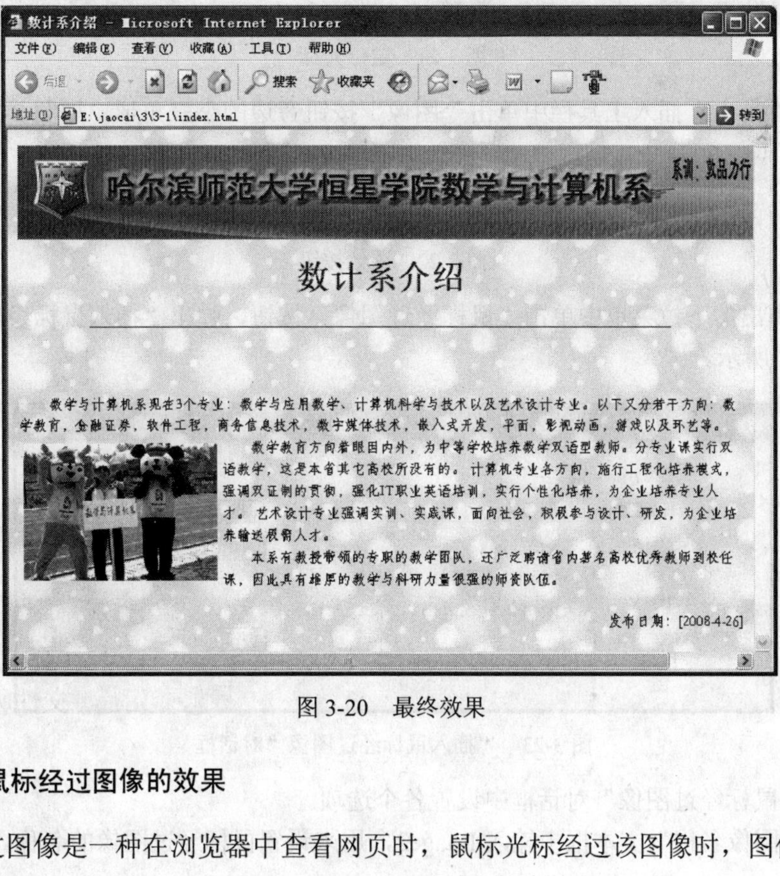

图 3-20　最终效果

3.4.2　鼠标经过图像的效果

鼠标经过图像是一种在浏览器中查看网页时，鼠标光标经过该图像时，图像发生变化的动态图像。利用这种图像可以在页面中实现丰富的交互效果，例如常见的按钮变化、导航栏效果的变化、图片变化。

下面以“数学与计算机系”网站的主页为例，在主页中插入鼠标经过图像，具体过程如下：

（1）打开网站的主页，在要插入鼠标经过图像的位置定位光标，如图 3-21 所示。

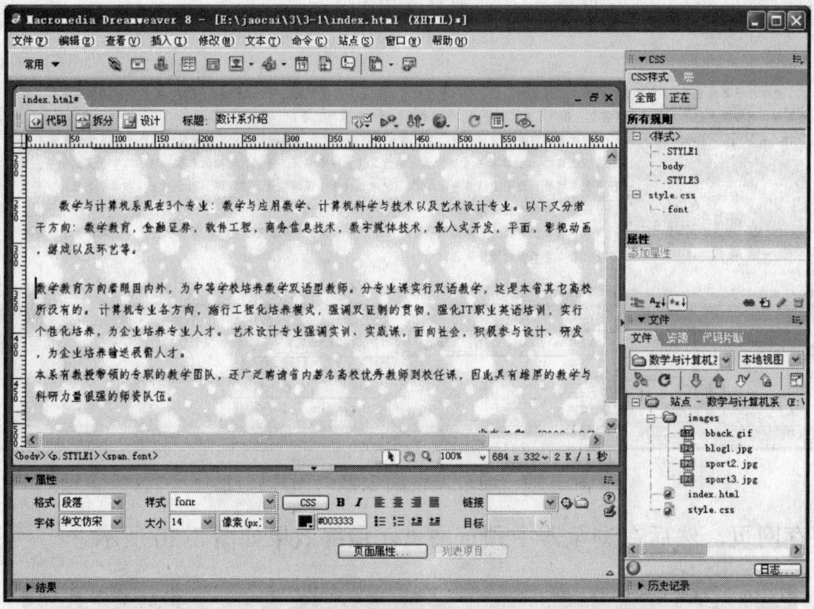

图 3-21　定位光标

（2）在“常用”插入工具栏中单击“图像”按钮旁边的小三角形，如图 3-22 所示。

图 3-22　图像按钮

（3）在弹出的下拉菜单中单击“鼠标经过图像”按钮，弹出“插入鼠标经过图像”对话框，如图 3-23 所示。

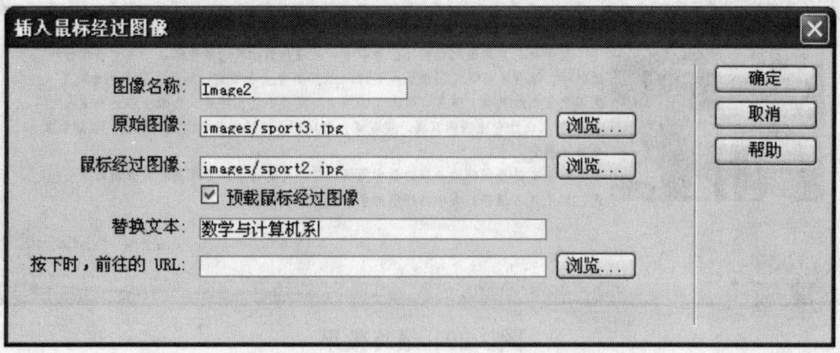

图 3-23　“插入鼠标经过图像“对话框

在“插入鼠标经过图像”对话框中设置各个选项。

- 在“图像名称”文本框中输入 Image2，用来设置鼠标经过图像的名称。

- 在“原始图像”文本框中输入原始图像的路径及名称，或者单击文本框右侧的“浏览”按钮打开 Original Image 对话框，在其中选择原始图像，这里选择 sport3.jpg。
- “鼠标经过图像”文本框用来设置当鼠标经过图像时，原始图像被替换成的图像，在其后的文本框中输入该替换图像的路径及名称，这里选择 sport2.jpg。
- 如果选中“预载鼠标经过图像”复选框，则网页一打开即预下载替换图像到本地机，鼠标经过图像时，能迅速切换到替换图像；如果取消对该复选框的选择，鼠标经过图像时才下载这个替换图像，替换时可能会有画面不连贯的情况出现。
- “替换文本”文本框用来设置鼠标经过图像的替换文本，当图像无法显示时，将显示这些替换文本，本例的替换文本为“数学与计算机系”。
- “按下时，前往的 URL”用来设置鼠标经过图像上应用的超链接。这里可以不输入链接。

单击“确定”按钮，即可完成插入“鼠标经过图像”的操作。

（4）保存网页并按 F12 键预览，当鼠标指向图片时，图片就变成另一幅图片了，如图 3-24 所示。

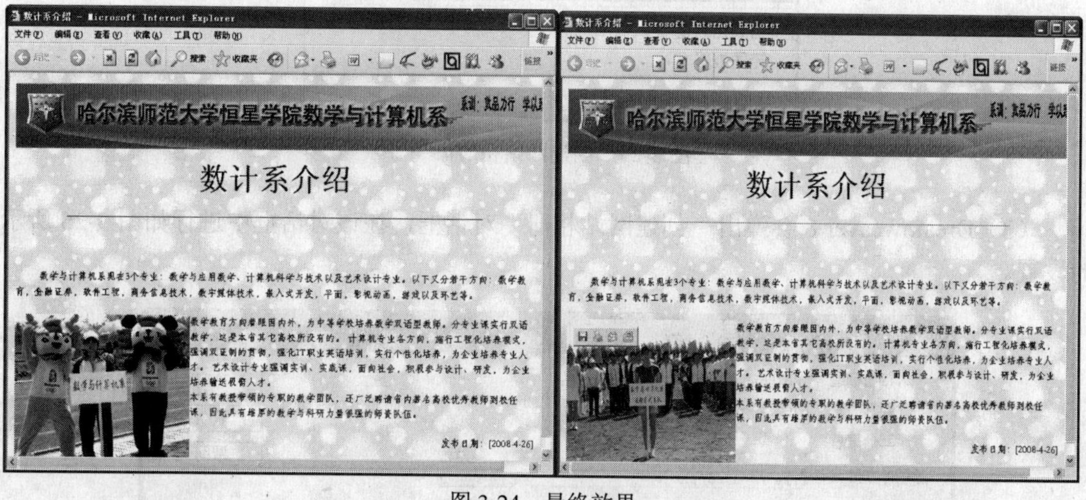

图 3-24　最终效果

3.4.3　精美的网站相册

在 Internet 上申请了自己的主页空间，并且制作好个人主页后，很多朋友都想把自己的、朋友的或者自己喜欢的一些照片放到上面。

一般的做法是先将这些图片制作成大图和小图两类，然后在主页面上制作一个缩略图，把小的图片放到主页面上，小图片再链接大图片的页面。当需要制作成网页相册的图片很多时，这种做法非常麻烦，它会在一定程度上延长我们的工作时间并增大工作量。Dreamweaver 8 提供了制作网站相册的功能，让我们可以迅速地创建自己的相册。

网站相册的制作方法如下：

（1）首先要做一些准备工作。先把需要制作成相册的图片存放到一个目录文件夹下，为了使做出的相册规格相同，最好将所有的图片都制作成一样的大小规格，保证网页的美观，例如 600 像素×800 像素，图片的格式最好是 JPEG 或 GIF。

然后把这些图片放到同一个目录下，例如“...\photo”下，并且为每个图片起一个名字。

（2）打开 Dreamweaver 8，建立一个名为“网站相册”的站点，新建一个空白的文件并保存。选择“命令”→“创建网站相册”命令，如图 3-25 所示。

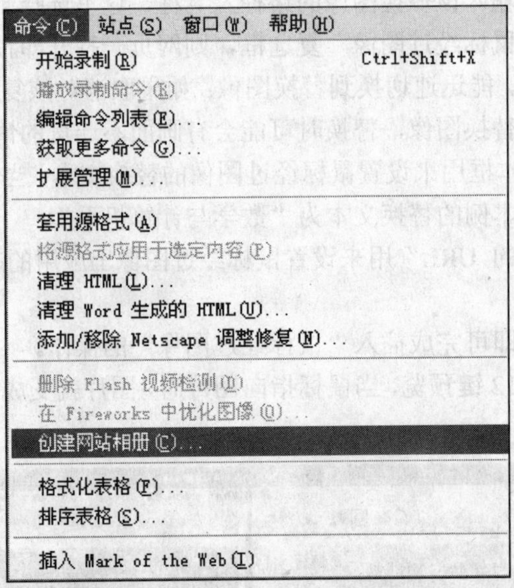

图 3-25 创建网站相册命令

（3）Dreamweaver 8 会弹出“创建网站相册”对话框，在该对话框中进行如图 3-26 所示的设置。

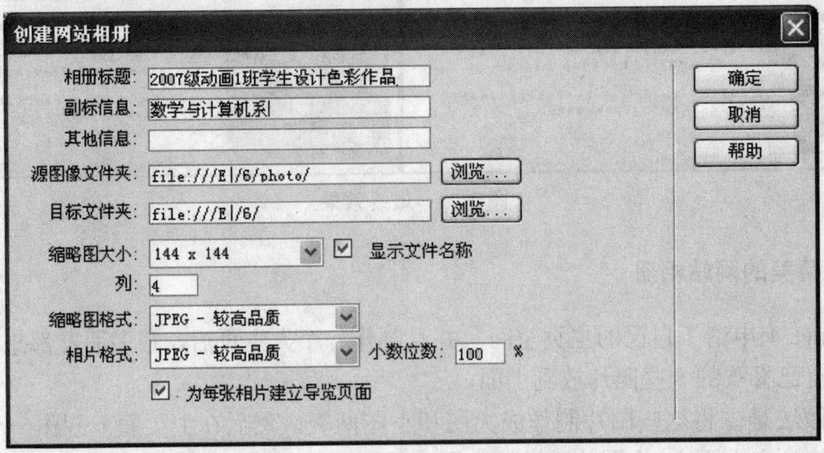

图 3-26 “创建网站相册”对话框

- 相册标题：给相册命名，可以随便填写，如“2007 级动画 1 班学生设计色彩作品”。
- 副标信息：解释说明相册标题，可以填写一些该相册概括性的信息，如“数学与计算机系”。
- 其他信息：如果还有信息需要补充就填写在这里，也可以不填。
- 源图像文件夹：图片所在的文件夹，单击“浏览”按钮，选取已放好图片的文件夹目录。

- 目标文件夹：如果没有把图片的源文件放在站点内，建议选择一个站内的文件夹；如果源文件夹已经存在于站内，选择该文件夹即可。
- 缩略图大小：指在相册中显示的图像的尺寸，可选取合适的尺寸。选中后面的“显示文件名称”复选框，系统就会自动添加图片标题。
- 列：设置相册缩略图的列数。
- 缩略图格式和相片格式：设置相册中缩略图和放大图片的画质。
- 小数位数：指缩放比例，一般都是 100。

设置好各选项后，单击“确定”按钮，系统会自动打开 Fireworks 处理这些图片，图片处理完毕后，会弹出如图 3-27 所示的对话框，提示相册已经建立完成。

图 3-27　提示对话框

（4）单击“确定”按钮，回到编辑窗口，系统会自动新建三个名为 images、pages、thumbnails 的文件夹和一个名为 index.htm 的网页，如图 3-28 所示。其中 images 文件夹用来存放目标图片，pages 文件夹用来存放自动生成的新的页面，thumbnails 文件夹用来存放图片的缩略图，index.htm 网页文件是网站相册的首页，如图 3-29 所示。

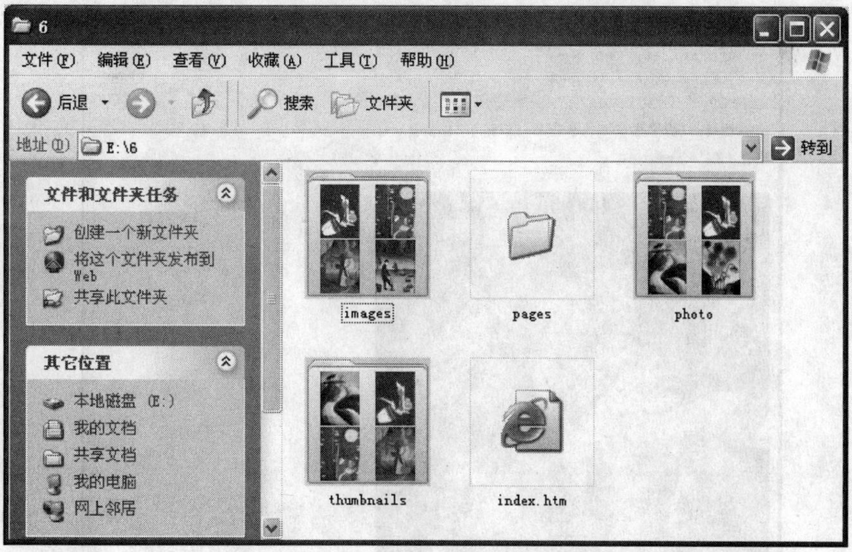

图 3-28　自动生成的文件夹及网页文件

（5）按 F12 键在 IE 浏览器中预览，可以单击某一个缩略图进入相册。相册中还有前进后退的功能，如图 3-30 所示。

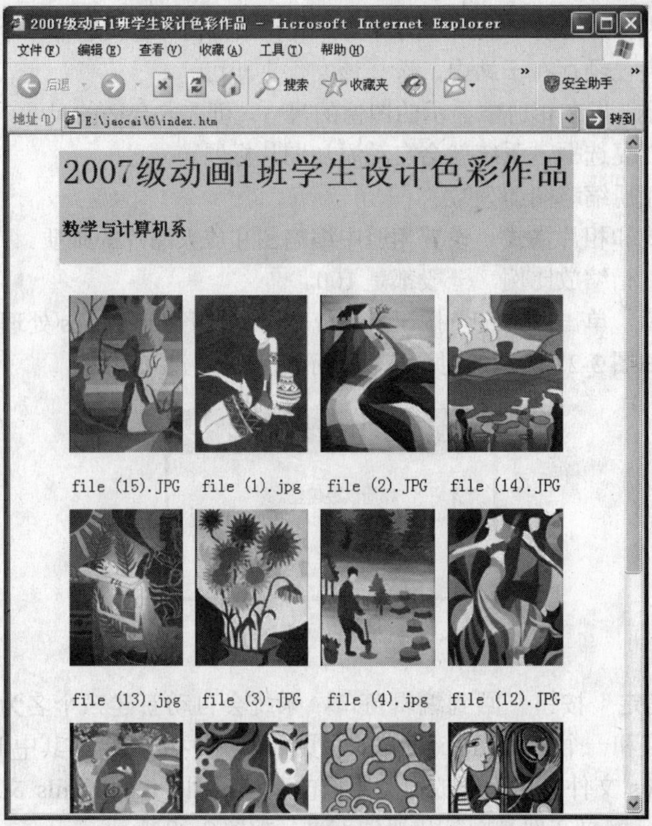

图 3-29　网站相册首页

图 3-30　浏览器中的效果

（6）生成的网站相册不论是首页还是子页，与其他网页没有区别，同样可以进行编辑美化，例如，添加页面背景，设置表格边框颜色、字体、字号等，如图 3-31 所示。

图 3-31　美化后的相册首页

（7）自动产生的相册中的二级子页默认都是左对齐，可以通过如下设置使它居中对齐。首先选中<table>标签，然后在属性面板的“对齐”下拉列表中选择“居中对齐”选项即可，对应的代码是“<table border=0 align="center" >”，效果如图 3-32 所示。

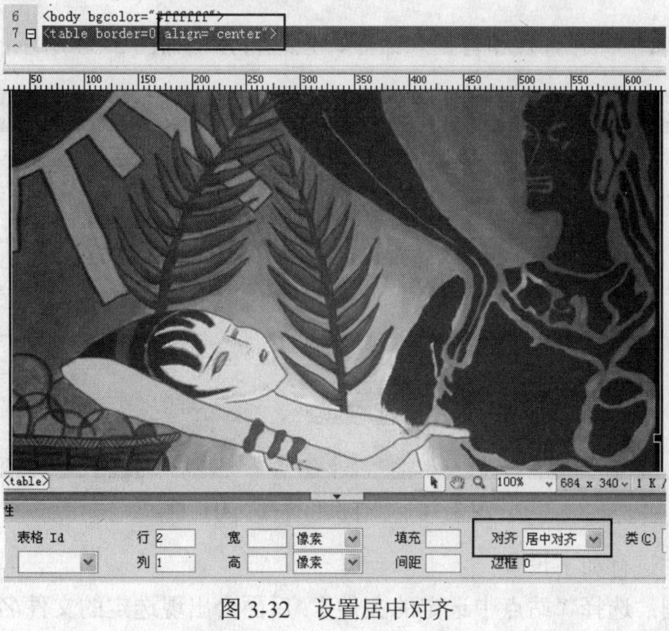

图 3-32　设置居中对齐

（8）如果对自动生成的 16 个页面依次进行设置会非常麻烦，Dreamweaver 8 有一个非常简单的方法，只需要一次设置就能达到一改全改的效果。

1）在编辑窗口中的文件面板中展开 pages 文件夹中的所有网页文件，先选中第 1 个网页文件 file(1)_jpg.htm，然后按住 Shift 键，选中最后一个文件，将这个文件夹中的文件全部选中，如图 3-33 所示。

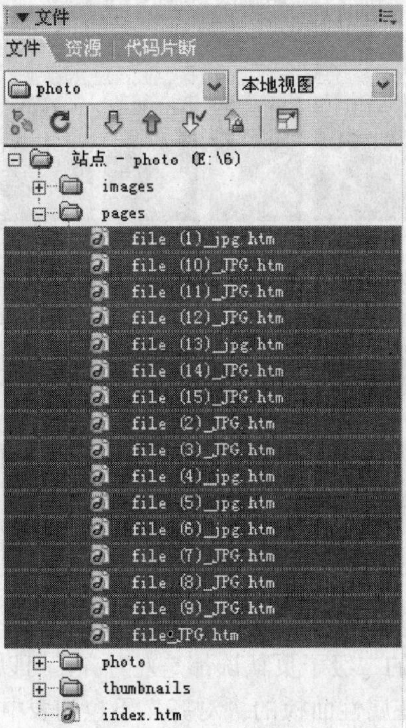

图 3-33　选中全部文件

2）选择“编辑”→“查找和替换”命令，系统将弹出如图 3-34 所示的对话框。

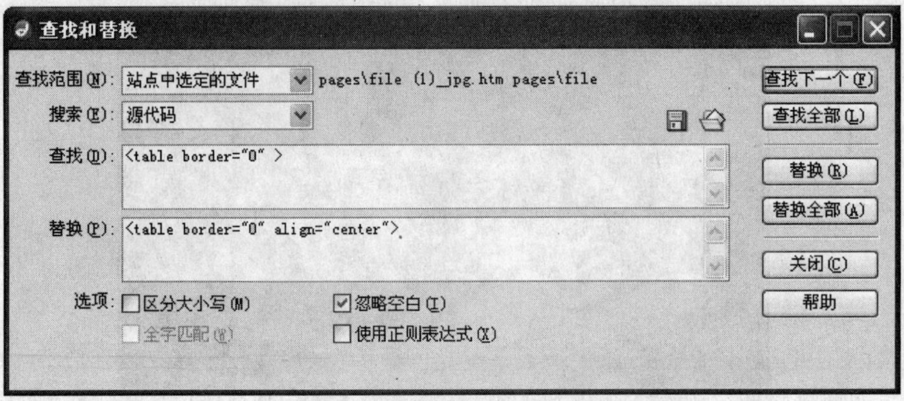

图 3-34　“查找和替换”对话框

在该对话框中进行如下设置：

- 查找范围：选择“站点中选定的文件”，后面会出现选定的文件名。

- 搜索：选择“源代码”。
- 查找：在文本框中输入“<table border="0" >”。
- 替换：在文本框中输入“<table border="0" align="center">”。
- 选项：选中“忽略空白”复选框。

3）全部设置好以后单击“替换全部”按钮，Dreamweaver 8 会弹出对话框说明哪些文档将会改变且不能恢复，并询问是不是要继续，如图 3-35 所示。单击“是”按钮，同意替换

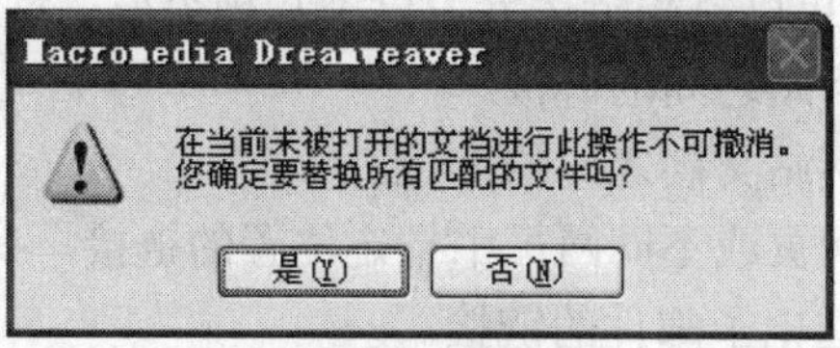

图 3-35　提示框

这样，那些在 pages 文件夹内的文件全部改变了，按 F12 键浏览，会发现大图片都居中排列了，如图 3-36 所示。

图 3-36　居中后的页面

3.5　创建超链接

超链接是指页面对象之间的链接关系，它是网页的灵魂，能合理、协调地把网站中的各个元素、页面通过超链接构成一个有机的整体，使浏览者能快速地访问到想要访问的页面。

3.5.1　超链接的类型

链接的定义是单击 HTML 文件（叫做源文件）中的一些文字（叫做热字）或图像，即可

用浏览器显示相应的 HTML 或图像文件（叫做目标文件）等内容。也可以说，在这些源文件中的文字或图像与相应的目标文件的 HTML 和图像文件之间建立了链接。

根据链接载体的特点，一般把链接分为文本链接和图像链接两大类。

（1）文本链接：用文本作为链接载体，简单实用。

（2）图像链接：用图像作为链接载体，可以使网页美观、生动活泼，它既可以指向单项链接，也可以根据图像不同的区域建立多个链接。

如果按链接目标分类，可以将超链接分为以下几种类型：

（1）内部链接：同一网站之间的链接。

（2）外部链接：不同网站文档之间的链接。

（3）锚点链接：同一网页或不同网页中指定位置的链接。

（4）E-Mail 链接：发送电子邮件的链接。

3.5.2　创建超链接的方法

在属性面板中“链接”右边的文本框内给出了被链接文件的路径。超链接所指向的对象可以是一个网页，也可以是一个具体的文件。设置图像超链接后，用户在浏览网页时只要单击该图像，即可打开相关的网页或文件（被打开的文件也称为目标文件）。

在属性面板中建立超链接有以下 3 种方法：

（1）直接输入链接地址即 URL。

（2）拖曳指向文件图标到“站点”窗口要链接的文件上。

单击该文本框右边的文件夹按钮，弹出“选择文件”对话框，利用该对话框选定文件，如图 3-37 所示为在属性面板中设置链接的位置。

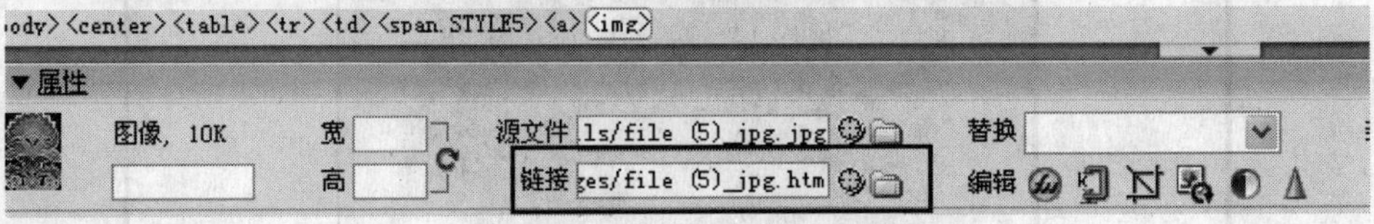

图 3-37　文字链接

3.5.3　创建锚点链接

当页面的内容很长时，在浏览器中查看某一部分的内容会很麻烦，这时可以在要查看内容的地方加一个定位标记，即锚点（也叫锚记）。这样，可以就建立页面内的文字或图像与锚点的链接，单击页面内的文字或图像后，浏览器中会迅速显示锚点处的内容。也可以建立页面内的文字或图像与其他 HTML 文件中的锚点链接。在页面内设置锚点的方法如下：

（1）单击页面内要设置锚点的地方，将光标移至此处。再单击“插入”面板中“常用”选项卡内的“命名锚记按钮”，弹出“命名锚记”对话框，如图 3-38 所示。

（2）在“锚记名称”文本框内输入锚点的标记名称（例如 MD1），单击“确定”按钮，退出该对话框。这时，在页面光标处就会产生一个锚点标记。

（3）选中页面内的文字或图像，再按照下述方法之一建立它们与锚点的链接。

1）在“属性”面板栏内的“链接”文本框内输入“＃和锚点的名字”。例如，输入“#MD1”，即可完成选中的文字或图像与锚点的链接。

图 3-38　“命名锚记”对话框

2）用鼠标拖曳“链接”栏的指向图标到目标锚点上，再松开鼠标，即可完成选中的文字或图像与锚点的链接。

3.5.4　创建 E-Mail 链接

电子邮件在网络应用中十分广泛，在网页中建立电子邮件链接可以方便网页浏览者与设计者之间的联系。

在 Dreamweaver 8 中，将插入电子邮件链接的操作集成为了一个按钮，这个按钮位于“常用”工具栏中，如图 3-39 所示。

图 3-39　“电子邮件链接”按钮

创建电子邮件链接的方法：首先定位光标，然后单击“插入”工具栏上的“电子邮件链接”按钮，打开“电子邮件链接”对话框，如图 3-40 所示。在第 1 个文本框中输入要链接的文字，在第 2 个文本框中输入收件人的邮箱地址。单击“确定”按钮返回编辑窗口，完成操作。

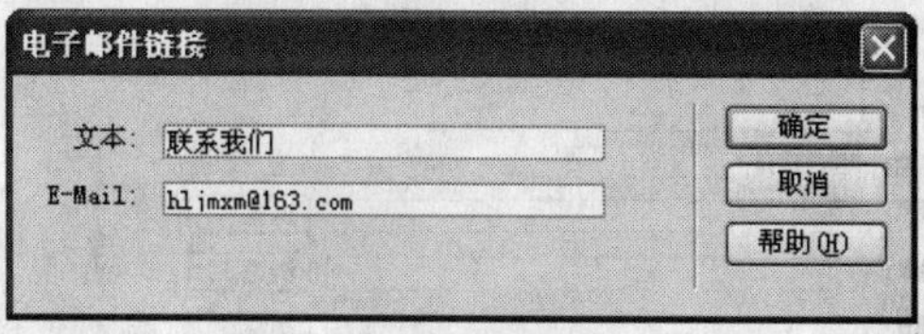

图 3-40　“电子邮件链接”对话框

也可以通过属性面板设置邮箱链接。选择要链接的对象，对象可以是文本，也可以是图像。例如在编辑窗口中输入“联系我们”，然后在属性窗口中“链接”文字后面的文本框中输入以“mailto:”并加入需要链接的邮箱地址，如图 3-41 所示。

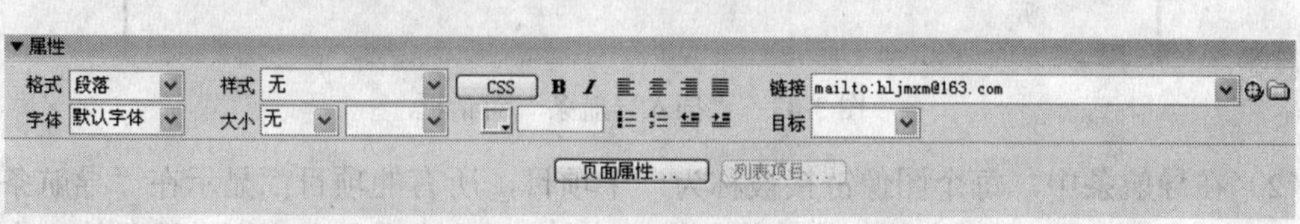

图 3-41　通过属性面板设置邮件链接

还可以在链接属性中加入更复杂的参数，与链接邮件地址参数之间用问号分隔，并且用

&连接多个参数设置条件。各参数如下：

- Subject=邮件的标题。
- CC=抄送邮件地址。
- BCC=暗送邮件地址。
- Body=正文内容。

这些都是可以指定的，例如在属性面板的“链接”栏中输入“mailto:missyouma@163.com? subject=您好&CC=hljmxm@163.com&BCC=starnit@163.com&body=你好吗？有时间请回信。”

设置完成后保存文档，按 F12 键在 IE 中预览。单击该超链接以后，系统会自动启动默认的电子邮件编辑软件来撰写和发送电子邮件，如图 3-42 所示。

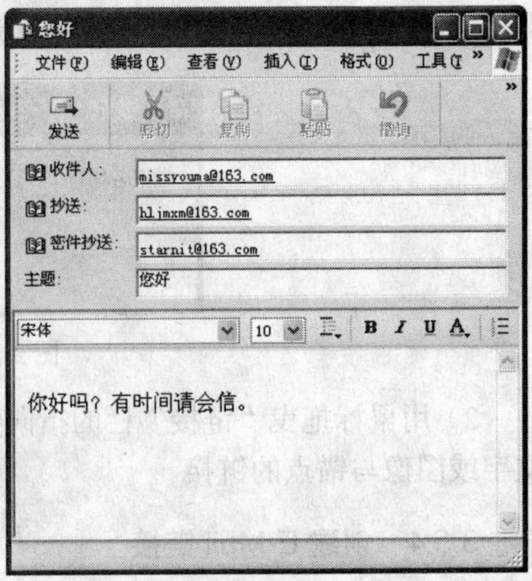

图 3-42 启动 Outlook 发送邮件

3.5.5 创建导航条

“导航条”通常是由一系列的栏目按钮组成的，并且一个网页中一般只有一个“导航条”。“导航条”可以有 4 个状态，分别为“状态图像”、“鼠标经过图像”、“按下图像”和“按下时鼠标经过图像”，这可以令链接按钮的变化更加丰富。

制作导航条的具体过程如下：

（1）定位光标，在“常用”插入工具栏中，单击“图像”按钮旁边的小三角形，在弹出的菜单中单击“导航条”按钮，弹出“插入导航条”对话框。然后在该对话框中设置各参数，如图 3-43 所示。

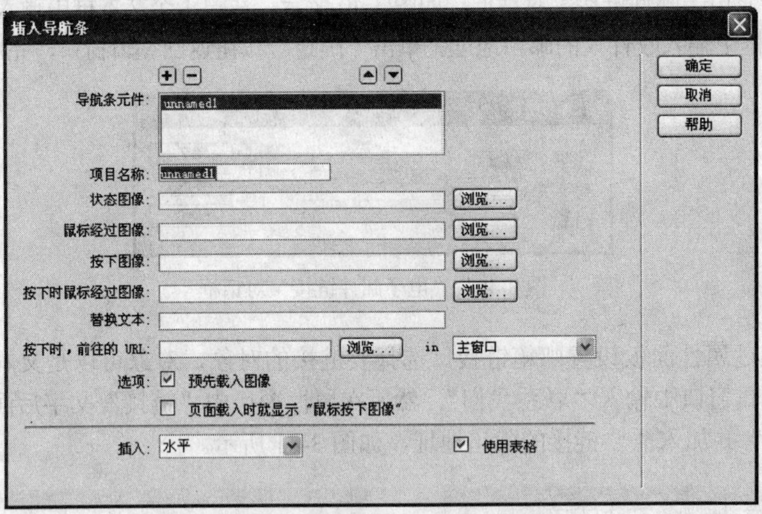

图 3-43 “插入导航条”对话框

（2）在导航条中，每个图像链接被称为一个项目，所有的项目都显示在“导航条元件”列表框中，刚开始只存在一个默认的导航条按钮。在“项目名称”文本框中输入第 1 个导航条元件的名称为 button1。

（3）在“状态图像”文本框中输入图像文件的路径和名称，也可以通过单击文本框右侧的“浏览”按钮，从磁盘上选择已有的图像文件。同插入图像的操作一样，如果图像文件不在站点根文件夹内，会弹出对话框询问是否将图片复制到站点文件夹中。

使用同样的方法为“鼠标经过图像”、“按下图像”、“按下时鼠标经过图像”分别选择图像。

（4）在“替换文本”文本框中输入项目的描述性名称。替换文本在纯文本浏览器或设为手动下载图像的浏览器中会替代图像出现在应显示图像的位置。屏幕阅读器读取替换文本，而且有些浏览器在鼠标滑过导航条项目时显示替换文本。

（5）在“按下时，前往的 URL”文本框中输入要打开的链接文件，单击“浏览”按钮，然后从弹出菜单中选择打开文件的位置。

（6）选择“预先载入图像”复选框，可在载入页面时下载图像。如果未选择此选项，在鼠标指针滑过“鼠标经过图像”时可能会出现延迟。选中“页面载入时就显示‘鼠标按下图像’”复选框，访问者浏览该网页时会先显示在“按下图像”文本框中设置的图像；如果取消对该复选框的选择，浏览该网页时，会先显示在“状态图像”文本框中设置的图像。

（7）在“插入”下拉列表框中可以选择导航条的排列方式：“水平”和“垂直”。如果选择“水平”，则导航条将水平排列；如果选择“垂直”，则导航条将垂直排列。这里选择“水平”。

（8）对于“使用表格”复选框，如果选中它，则使用表格来排列导航条中的元件。

（9）单击加号按钮向导航条添加另一个项目，然后重复上述步骤定义该项目。

完成导航条项目的添加及定义后，单击“确定”按钮关闭“插入导航条”对话框。

（10）保存网页文档，然后按 F12 键浏览该网页。

3.5.6　网页中的图像热点链接

在网页中，文字可以作为超链接，图片也同样可以。对于一张图片，我们可以设置它是指向唯一地址的链接，也可以给它设定不同的热点区域，图像地图指已被分为多个区域（或称“热点”）的图像；当用户单击某个热点时，会发生某种操作（例如，打开一个新文件）。

创建图像热点链接，执行以下操作：

（1）在“文档”窗口中插入一张图像，如图 3-44 所示。

图 3-44　插入一幅图片

（2）在属性检查器中，单击右下角的展开箭头，查看所有属性。在“地图”文本框中为该图像地图输入唯一的名称。如果在同一文档中使用多个图像地图，要确保每个地图都有唯一的名称。

在属性面板左下角选择“绘制热点工具”，根据需要选择不同形状的热点区域绘制工具，如图 3-45 所示。

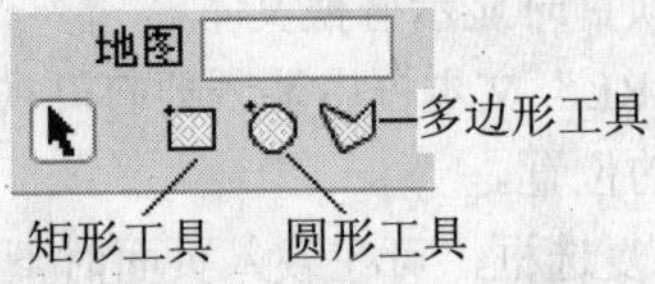

图 3-45 属性窗口中的绘制热点工具

选择圆形工具，并将鼠标指针拖至图像上，创建一个圆形热点；选择矩形工具，并将鼠标指针拖至图像上，创建一个矩形热点；选择多边形工具，在各个顶点上单击一下，定义一个不规则形状的热点；然后单击箭头工具封闭此形状。

（3）创建热点后，出现“热点”属性面板，如图 3-46 所示，可以进行如下设置。

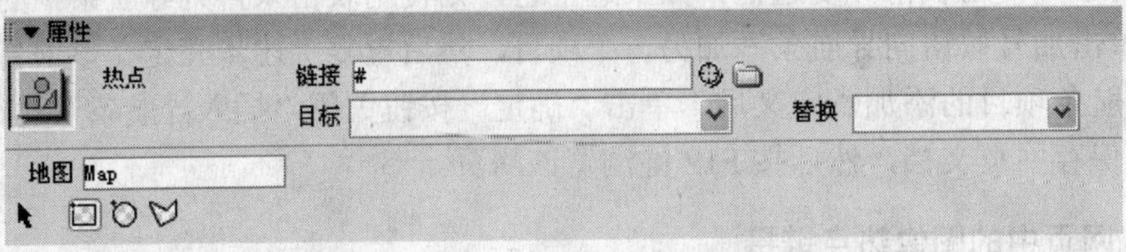

图 3-46 “热点”属性面板

在“热点”属性面板的“链接”文本框中输入链接的目标，也可以通过“指向文件”按钮或者通过浏览文件按钮来定位链接。

- 在“目标”下拉列表中选择一个窗口，在该窗口中，该文件应在“目标”文本框中打开。
- 当前文档中所有已命名框架的名称都显示在此弹出式列表中。如果指定的框架不存在，当文档在浏览器中打开时，所链接的页面载入一个新窗口，该窗口使用指定的名称。也可以选用下列保留目标名：
  - ➢ _blank：将链接的文件载入一个未命名的新浏览器窗口中。
  - ➢ _parent：将链接的文件载入含有该链接的框架的父框架集或父窗口中。如果包含链接的框架不是嵌套的，则链接文件加载到整个浏览器窗口中。
  - ➢ _self：将链接的文件载入该链接所在的同一框架或窗口中。此目标是默认的，所以通常不需要指定它。
  - ➢ _top：将链接的文件载入整个浏览器窗口中，因而会删除所有框架。
- 在“替换”下拉列表框中键入希望在纯文本浏览器或设为手动下载图像的浏览器中作为替换文本出现的文本。有些浏览器在用户鼠标指针暂停于该热点之上时，将此文本显示为工具提示。

重复第（2）、（3）步，定义该图像地图中的其他热点，如图 3-47 所示是绘制热点之后的图片。

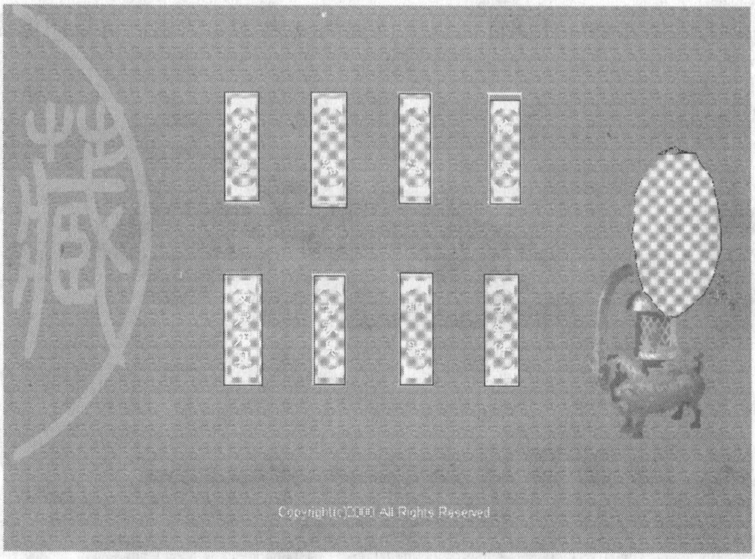

图 3-47　用矩形和多边形热点工具绘制的热点

完成绘制图像地图后，在该文档的空白区域单击，以便更改所绘热点的大小和位置。

3.6　实例制作

3.6.1　锚点制作实例

通过本实例学会如何在网页中建立锚点链接，如何在网页中设置图片的属性，例如图片的对齐方式、水平边距、垂直边距、边框等。制作步骤如下：

（1）插入一个表格，具体设置如图 3-48 所示。

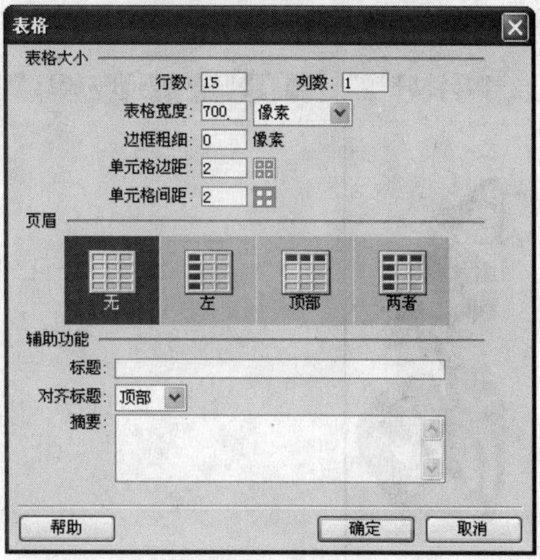

图 3-48　“表格”对话框

（2）选中第 1 个单元格，在属性面板中设置高度为 210 像素，背景图像为 bg.jpg，效果如图 3-49 所示。

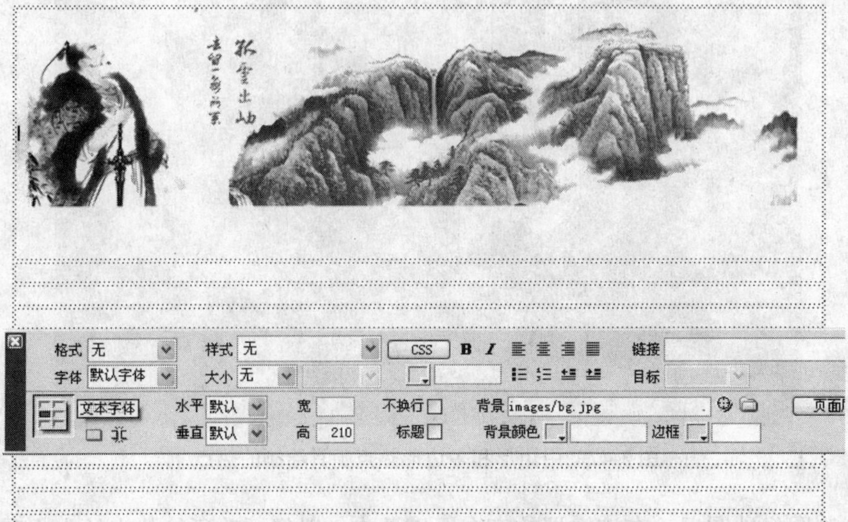

图 3-49　设置背景图像

（3）在第 2 个单元格中添加素材中的文字，然后在第 3 个单元格中定位光标，单击工具栏上的“插入图像”按钮，插入图片 1.jpg，如图 3-50 所示。

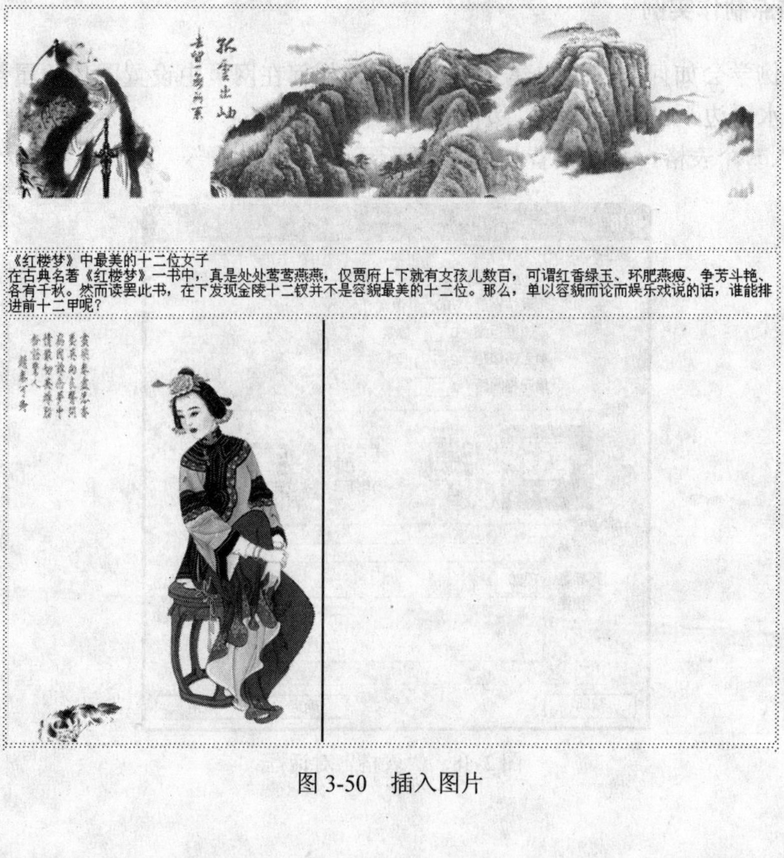

图 3-50　插入图片

（4）接着向单元格中添加文字，如图 3-51 所示。

第一名：秦可卿，可卿乳名兼美，其鲜艳妩媚，有似乎宝钗，风流袅娜，则又如黛玉。钗、黛本已是人间极品，可卿却能兼二人之美于一身，于是便生得形容袅娜纤巧，行事温柔和平，性格又妩媚风流。无怪乎其仙去之后，贾珍都哭成了泪人，宝玉也为之吐血。

图 3-51　输入文字

（5）用同样的方法向其余的单元格中添加图片和图片说明文字。

（6）在属性面板中将插入的图片都设置为左对齐，垂直边距与水平边距分别为 10 像素，如图 3-52 所示。

图 3-52　设置图片属性

（7）设置整个表格的对齐方式为“居中对齐”，背景颜色为白色，并为整个页面设置一个背景图片，如图 3-53 所示。

图 3-53　设置背景图片

（8）建立一个 CSS 样式，为网页中的文字设置一种格式。在 CSS 面板中单击“新建样式”按钮，然后在弹出的对话框中为 CSS 文件起名，接着在弹出的对话框中设置 CSS 文件的属性，如图 3-54 所示。

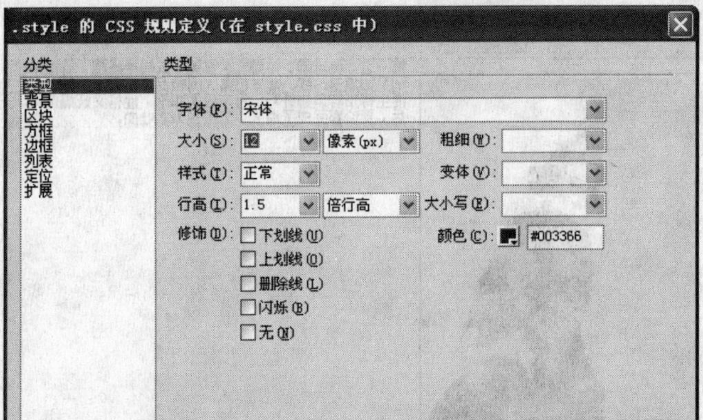

图 3-54　设置 CSS 样式

（9）单击“确定”按钮退出设置，返回到编辑界面，选中网页中的文字，然后设置刚才设置好的样式即可。

（10）在第 2 个单元中定位光标，插入一个水平线，设置它的宽度和颜色。

（11）为此网页建立锚点链接。首先在第 1 个单元格中输入文字，如图 3-55 所示。

（12）在“第一名”文字前定位光标，单击“常用”插入工具栏上的“插入锚点”按钮，在弹出的“命名锚记”对话框中为锚点命名，如图 3-56 所示，注意尽量不要使用中文作为名称，因为很多时候中文名称不能被网页代码识别。本例的第 1 个锚点命名为 d1，然后单击“确定”按钮，在网页中会出现锚点的标记。这个标记只是页面中用于标识锚点的，在浏览网页的时候不会出现。

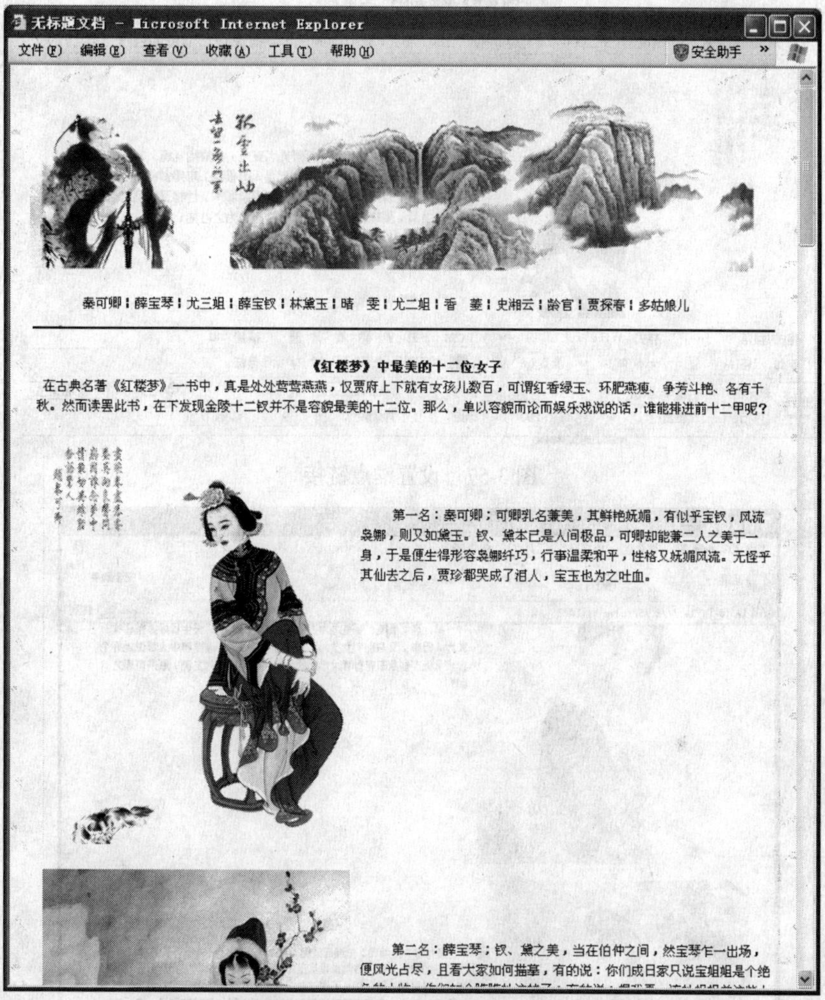

图 3-55　输入要链接的文字

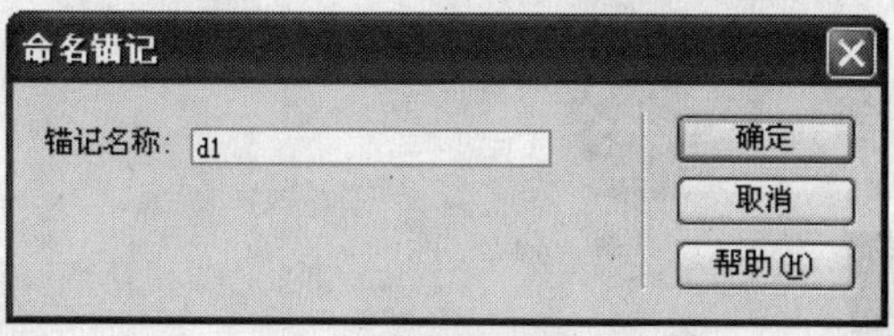

图 3-56　“命名锚记”对话框

（13）制作锚点链接。先选中导航区中第 1 个要链接的文字“秦可卿”，在属性面板中的“链接”栏中输入“#d1”，如图 3-57 所示，这样锚点链接就设置好了。

（14）用同样的方法为后面的文字分别在相应位置建立锚点链接，最后按 F12 键浏览网页效果。如单击“香菱”链接文字，页面会转到该链接锚点所在的那一屏上，效果如图 3-58 所示。

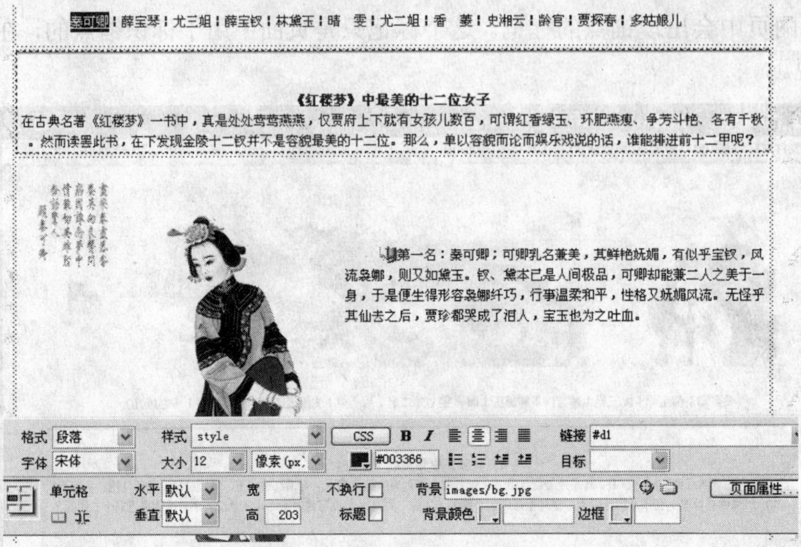

图 3-57　设置锚点链接

图 3-58　链接效果

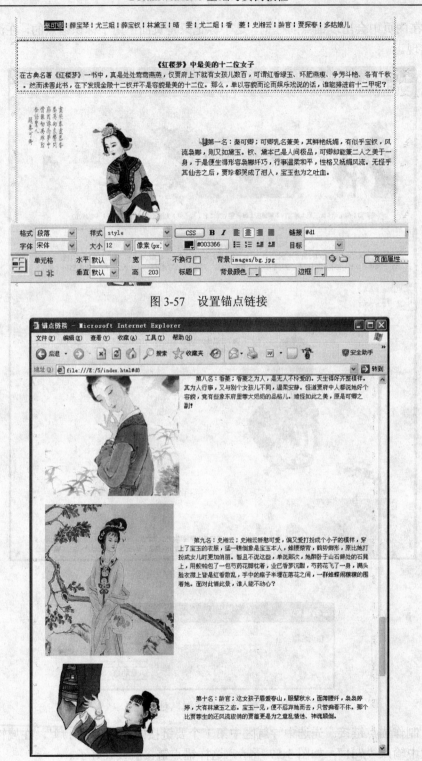

通过上面的实例制作，可以掌握用锚点在同一网页中进行链接的方法，在网页元素的定位方面变得更加方便和快捷了，同时也为浏览网页中文字较多、章节较多的文章时带来了方便。

3.6.2　热点链接制作实例

通过本实例可以学会如何在网页中建立热点链接，如何在网页中为图片设置热区域，如何对热点区域进行编辑、链接等。具体制作步骤如下：

（1）建立站点，建立一个新页面，在编辑界面插入一个表格，表格属性如图 3-59 所示。

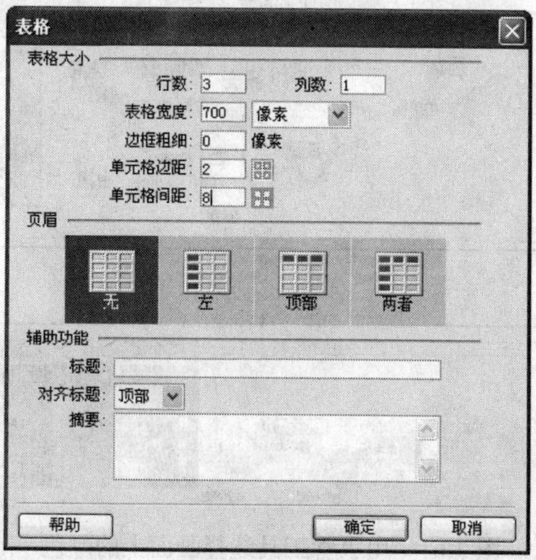

图 3-59　表格属性

（2）向第 1 个单元格中插入文字，第 2 个单元格中插入准备好的地图图片，第 3 个单元格中输入版权信息，并对输入的文字的字体、字号进行修饰，效果如图 3-60 所示。

图 3-60　插入图片和文字

（3）为第 3 个单元格添加背景。首先选中第 3 个单元格，然后单击“背景颜色”选择框，利用出现的“吸管”工具在“南海诸岛”的图上选择蓝色，使单元格的背景颜色与页面中的蓝色相互呼应，浑然一体，如图 3-61 所示。同理为第 1 个单元格选择同样的蓝色背景。

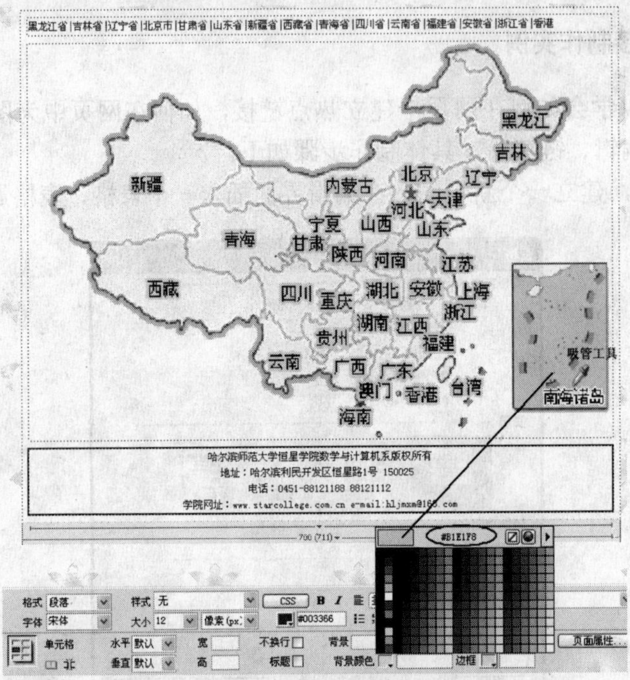

图 3-61　用吸管工具选择画面上的颜色

（4）制作几个网页，例如“黑龙江省简介”和“吉林省简介”页面，让图片的热点区域能够链接相应页面，如图 3-62 和图 3-63 所示。

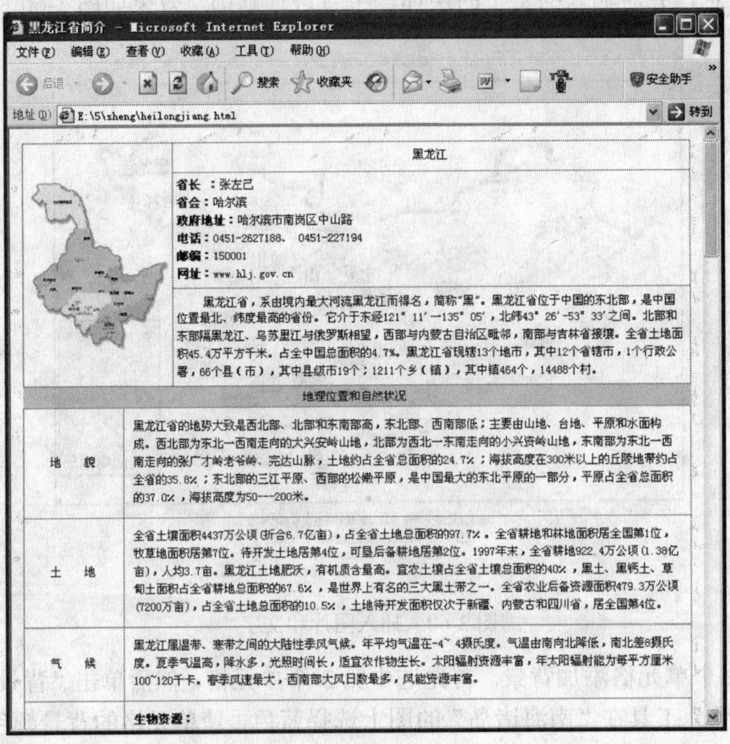

图 3-62　二级页面—黑龙江省简介

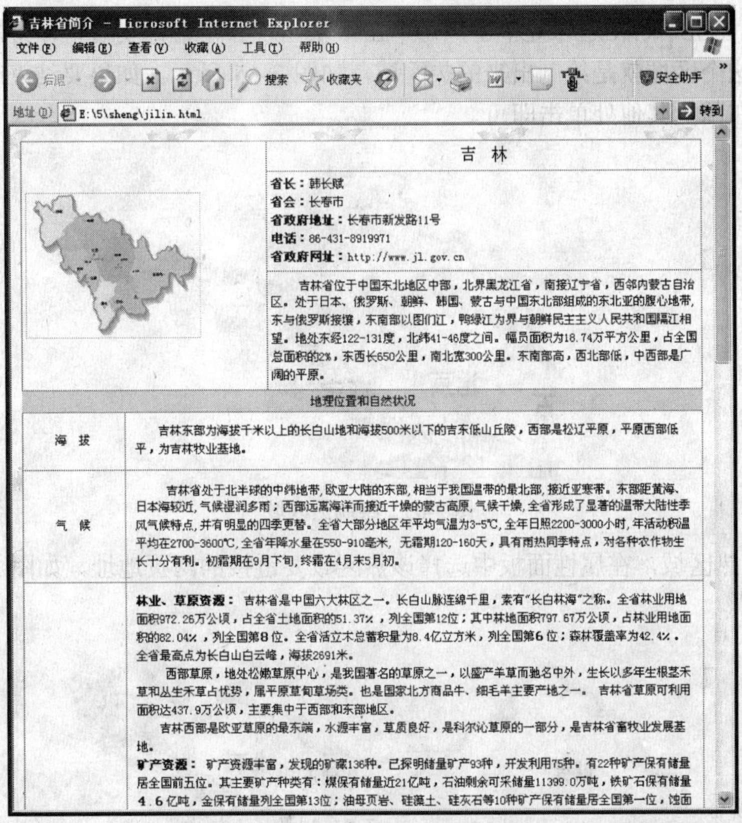

图 3-63　二级页面—吉林省简介

（5）单击第 2 个单元格中的图片，在属性面板左下角选择“绘制热点工具”中的“多边形热点”工具，把鼠标移到地图上，指针变成了十字形，这时就可以在地图上绘制热区域了，如图 3-64 所示。

图 3-64　选择“绘制热点工具”

（6）在地图上不断在边缘处单击，每单击一次出现一个蓝色实心框，最后这些实心框框出一个区域，这个区域就是绘制出来的热区域，如图 3-65 所示。如果要结束绘制，只需把鼠标移出画面，在网页其他处单击即可。

图 3-65　绘制热区域

（7）选中热区域，在属性面板中选择该热区域要链接的网页地址，如图 3-66 所示。

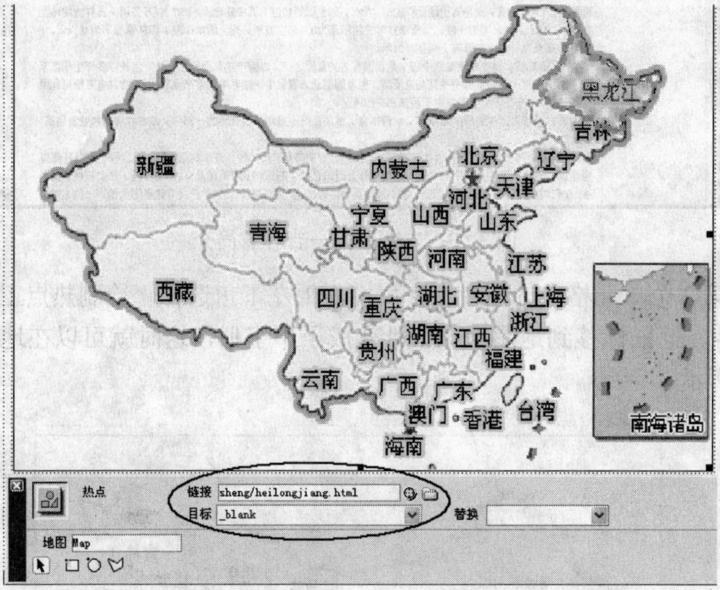

图 3-66　为热区域设置链接地址

（8）用同样的方法，为其他省绘制热区并为每一个热区设置链接，本例制作完毕，保存网页，按 F12 键预览，最终效果如图 3-67 所示。

3.6.3 去掉超链接的下划线

在网页中，多数超链接文本都带有下划线，虽然这些下划线对超链接有提示作用，但往往会影响网页的整体美观。本节以“锚点链接”网站为例用两种方法去掉超链接的下划线。

1. 页面属性方法

（1）建立“锚点链接”网站的站点，打开主页会发现网面中的链接文字都有下划线，如图 3-68 所示。

图 3-67　热点链接主页

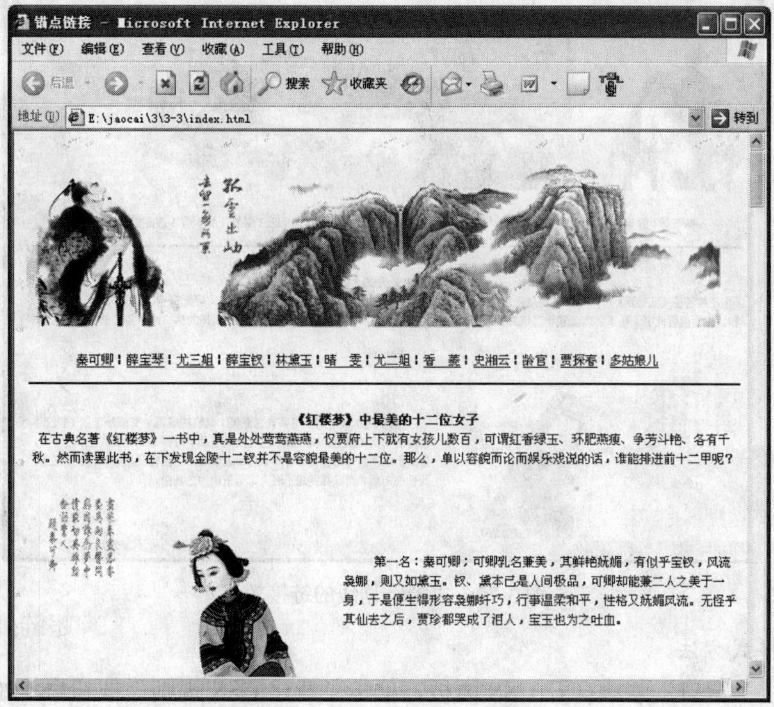

图 3-68　链接文字中的下划线

（2）打开属性面板，在属性面板中单击“页面属性”按钮，打开“页面属性”对话框，在“分类”列表框中选择“链接”项，如图 3-69 所示。

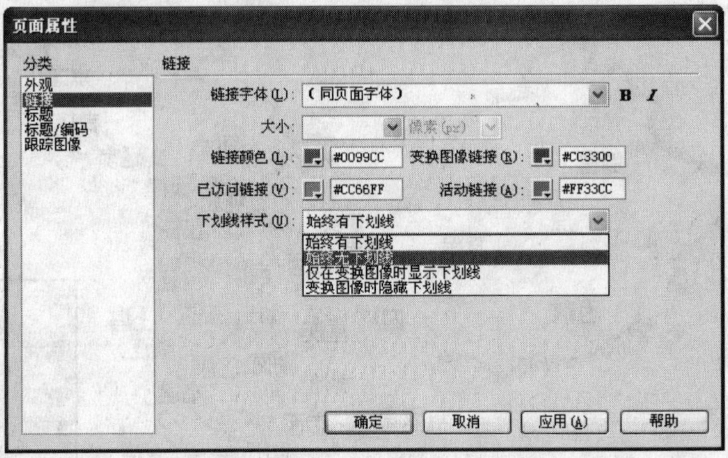

图 3-69 “页面属性”对话框

在该对话框中可以设置链接的字体、字号、颜色和下划线的样式，在“下划线样式”下拉列表中选择“始终无下划线”，单击“确定”按钮即可完成设置，效果如图 3-70 所示。

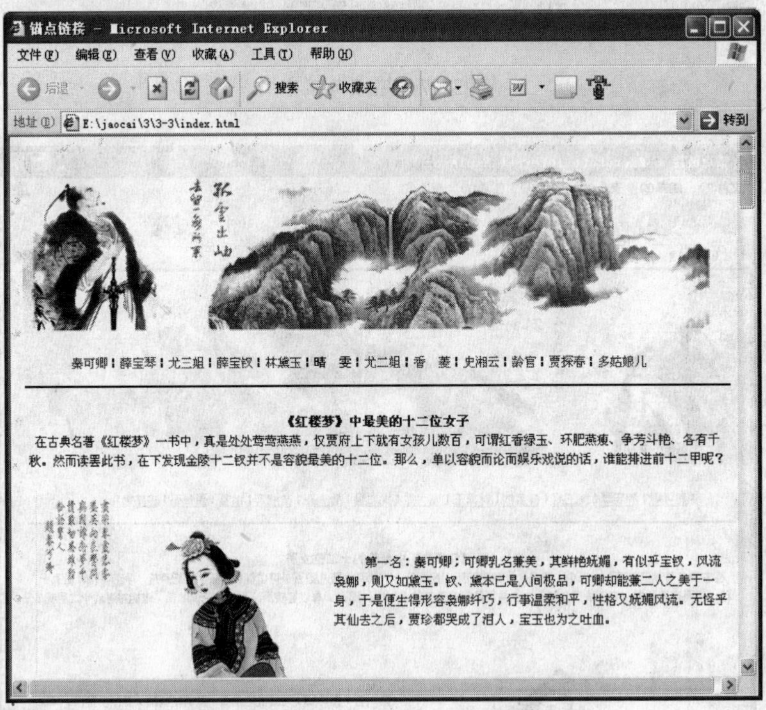

图 3-70 去掉下划线的链接效果

2. *CSS 样式方法*

（1）通过“窗口”菜单打开 CSS 面板，单击“新建 CSS 规则”按钮，如图 3-71 所示。

（2）在打开的“新建 CSS 规则”对话框中进行如图 3-72 所示的设置。在选择器类型中，选择“高级（ID、伪类选择器等）”单选按钮，下面“名称”项随即变成“选择器”，在“选择器”下拉列表中单击选择“a:link”，即对超链接进行操作；在“定义在”栏选择“新建样式表文件”或选择原有的 style.css，然后单击“确定”按钮。

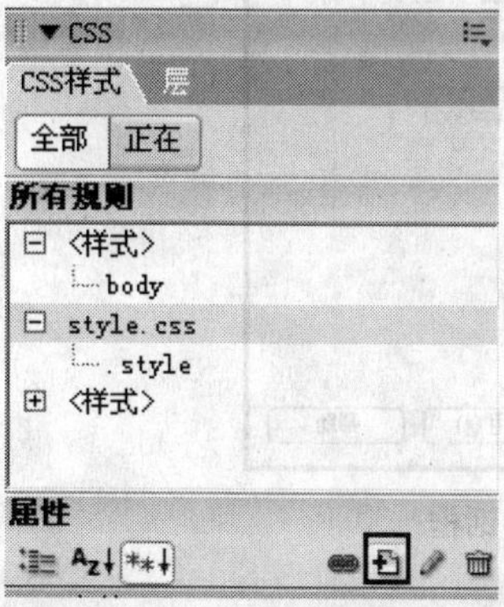

图 3-71　CSS 样式面板

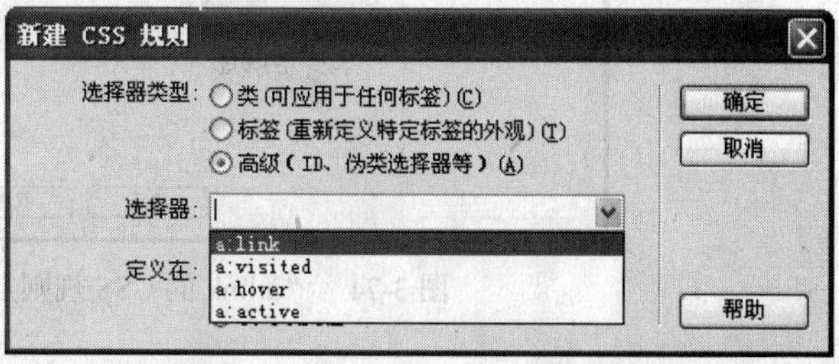

图 3-72　“新建 CSS 规则”对话框

“选择器”下拉列表中的“a:hover”表示当鼠标指针移动到超链接上时进行操作；“a:active”表示当超链接被激活时进行操作；“a:visited”表示对已点击过的超链接进行操作。

（3）若选择 style.css 就是把新建的 CSS 规则建立在原有的 style.css 中，若选择“新建样式表文件”则是新建一个独立的 CSS 样式，同时会打开“保存样式表文件”对话框，为新的样式命名为 link.css，如图 3-73 所示。

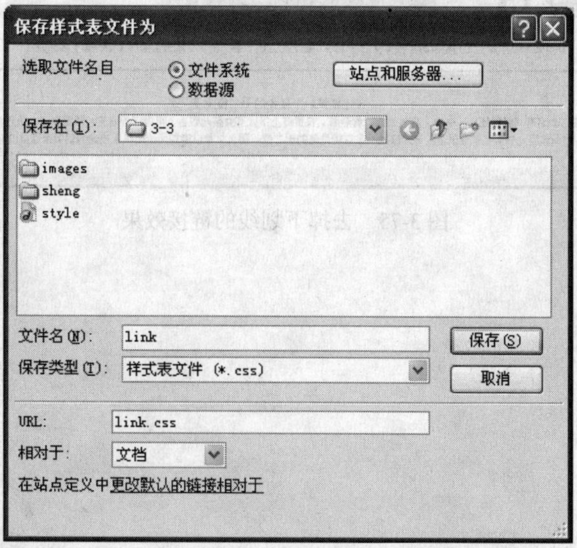

图 3-73　“保存样式表文件为”对话框

（4）自动打开“a:link 的 CSS 规则定义（在 link.css 中）”对话框，在“分类”列表框选择的“类型”项，然后在“类型”分类的设置项中选择“修饰”栏中的“无”复选项，如图 3-74 所示，单击“确定”按钮关闭对话框。

（5）返回网页编辑窗口，此时，所有的超链接文本都没有下划线了。保存并预览，最终效果如图 3-75 所示。

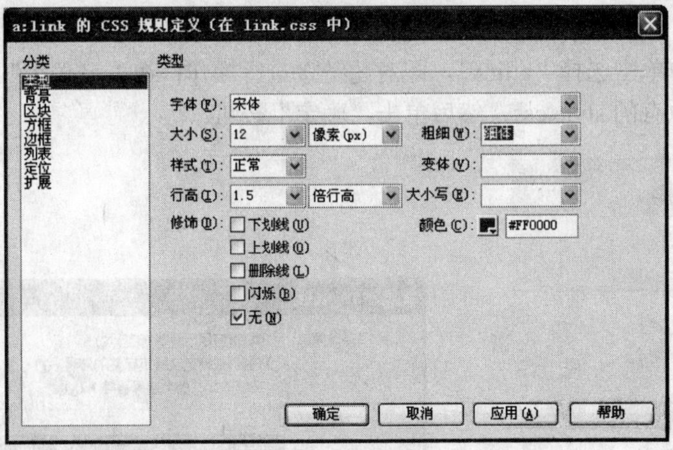

图 3-74　“a:link 的 CSS 规则定义”对话框

图 3-75　去掉下划线的链接效果

第 4 章　表格的应用

表格是网页设计制作不可缺少的元素，它以简洁明了和高效快捷的方式将图片、文本、数据和表单的元素有序地显示在页面上，让用户可以设计出漂亮的页面。使用表格排版的页面在不同平台、不同分辨率的浏览器里都能保持其原有的布局，而在不同的浏览器平台也都有较好的兼容性，所以表格是网页中最常用的排版方式之一。

本章主要介绍表格在网页中的具体应用，包括表格的创建、表格中内容的添加和表格及单元格属性的设置。

4.1　表格的创建

4.1.1　插入表格

（1）在文档窗口中，将光标放在需要创建表格的位置，在“插入”栏的“常用”类别中单击“表格”按钮，或选择“插入”→“表格”命令，弹出“表格”对话框，如图 4-1 所示。

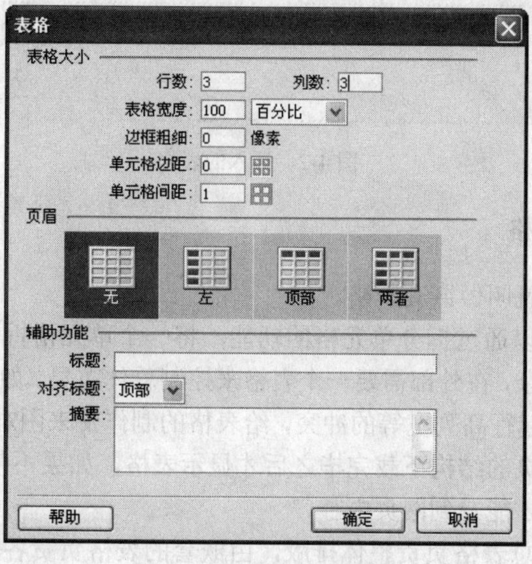

图 4-1　“表格”对话框

（2）对“表格”对话框中的各个参数进行设置。

1）在“表格大小”部分中指定以下选项：

- 行数：确定表格具有的行的数目。
- 列数：确定表格具有的列的数目。
- 表格宽度：以像素为单位或按占浏览器窗口宽度的百分比指定表格的宽度。
- 边框粗细：指定表格边框的宽度。如果没有明确指定边框粗细的值，则大多数浏览器按边框粗细设置为 1 显示表格。若要确保浏览器显示的表格没有边框，请将边框粗细设置为 0。

- 单元格边距：确定单元格边框和单元格内容之间的像素数。
- 单元格间距：确定相邻的表格单元格之间的像素数。如果没有明确指定单元格间距和单元格边距的值，大多数浏览器都将单元格边距设置为 1，单元格间距设置为 2 显示表格。若要确保浏览器不显示表格中的边距和间距，则将“单元格边距”和“单元格间距”设置为 0。

2）在“页眉”部分选择一个标题选项：

- 无：对表不启用列或行标题。
- 左侧：可以将表的第一列作为标题列，以便为表中的每一行输入一个标题。
- 顶部：可以将表的第一行作为标题行，以便为表中的每一列输入一个标题。
- 两者：使您能够在表中输入列标题和行标题。

（3）在“辅助功能”部分指定以下选项：

- 标题：提供了一个显示在表格外的表格标题。
- 对齐标题：指定表格标题相对于表格的显示位置。
- 摘要：给出了表格的说明。屏幕阅读器可以读取摘要文本，但是该文本不会显示在用户的浏览器中。

指定表格的属性后，单击“确定”按钮就可以把表格插到网页中，如图 4-2 所示。

图 4-2　插入的表格

4.1.2　创建嵌套表格

表格之中还有表格就叫做嵌套表格。

在表格中，虽然可以通过拆分单元格的功能，将一个单元格拆分为多行或者多列，但是网页的排版有时会很复杂，在外部需要一个表格来控制总体布局。如果内部排版的细节也通过总表格来实现，容易引起行高列宽等的冲突，给表格的制作带来困难。其次，浏览器在解析网页的时候，是将整个网页的结构下载完毕之后才显示表格，如果不使用嵌套，表格非常复杂，浏览者要等待很长时间才能看到网页内容。

引入嵌套表格，由总表格负责整体排版，由嵌套的表格负责各个子栏目的排版，并插入到总表格的相应位置中，各司其职，互不冲突。另外，通过嵌套表格，利用表格的背景图像、边框、单元格间距和单元格边距等属性可以得到漂亮的边框效果，制作出精美的网页。

制作嵌套表格的步骤如下：

（1）单击一个表格中的单元格，定位插入的光标。

（2）选择“插入”→“表格”命令，打开“表格”对话框。

（3）在“表格”对话框中，为嵌套表格指定所需要的属性，然后单击“确定”按钮完成操作。

在表格中可以直接输入文字或插入图像，也可以进行文字粘贴。

4.2 表格的格式化

4.2.1 选择单元格对象

要编辑表格，首先要了解如何在 Dreamweaver 8 的文档窗口中选中表格元素，包括整个表格、表格行、表格列以及单元格。

1. 选中整个表格

要选中整个表格，有如下几种方法：

（1）选择整个表格的方法是把鼠标放在表格边框的任意处，当鼠标指针右下角出现⊞标志时，单击即可选中整个表格。

（2）在表格内的任意处单击，然后在状态栏的标签选择器中单击<table>标记，即可选中整个表格。

（3）在单元格的任意处右击，在弹出的快捷菜单中选择“表格”→“选择表格”命令或者按 Ctrl+A 组合键，即可选中整个表格。

2. 选中表格行

要选中表格行，有如下 3 种方法：

（1）将鼠标指针移动到表格行左方表格之外的位置，当鼠标指针变为一个指向右方的黑色箭头形状时，单击鼠标左键即可选中相应的表格行，如图 4-3 所示。在此基础上，按住鼠标左键，上下拖动鼠标，即可选中多行。

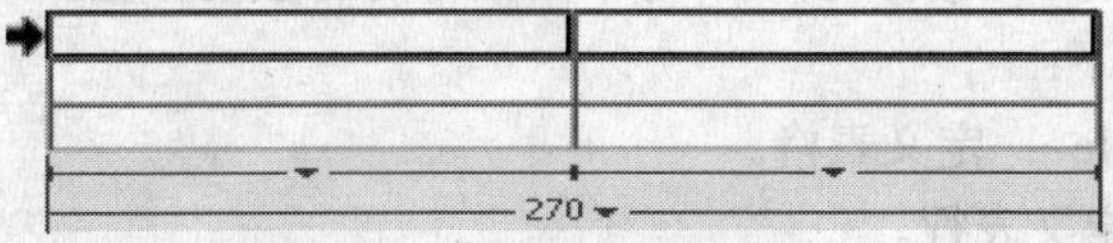

图 4-3　单击选中表格单行

（2）先单击要选中表格行的第一个单元格，然后按住鼠标左键拖动鼠标，直到表格行的最后一个单元格中，再释放鼠标，即可选中表格行，如图 4-4 所示。在此基础上，若继续按住鼠标左键上下拖动鼠标，即可选中多个表格行。

图 4-4　拖动鼠标选中表格行

（3）先单击要选中表格行的任意一个单元格，然后在状态栏的标记选择器中单击<tr>标记，即可选中该表格行。

3. 选中表格列

选中表格列的方法与选中表格行的方法类似，这里不再赘述。

4. 选中单元格

（1）在要选择的单元格中按下鼠标左键，并拖拽鼠标到相邻单元格中，当单元格四周带有黑色粗框时释放鼠标，即可选中该单元格，如图 4-5 所示。

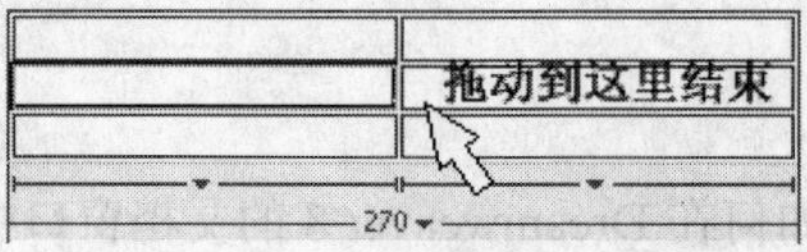

图 4-5 通过拖拽鼠标选中一个单元格

（2）要选中某一单元格，按住 Ctrl 键，用鼠标在需要选中的单元格中单击即可。

（3）在要选中的单元格中单击，然后在状态栏的标记选择器中单击<td>标记，即可选中该单元格。

在 Dreamweaver 中不仅可以选中单个单元格，还可以选中多个单元格，而且既可以选中相邻的单元格，也可以选中不相邻的单元格。

要选中连续的单元格，在相邻单元格中的第一个单元格中按下鼠标左键，并拖动鼠标到最后一个单元格中，当这一组单元格周围均带有黑色边框时释放鼠标，即可将这一组相邻单元格选中。

要选中不连续的几个单元格，在按住 Ctrl 键的同时逐个单击要选中的单元格即可。

4.2.2 表格的 HTML 代码

插入表格后，切换到代码模式或拆分模式，都可以看到一个表格的代码表示。任何表格都有三个基本要素：表行、表头和表项，每个要素都有自己的标签。

其基本定义格式如下：

- <table>…</table>：定义表格。
- <tr>…</tr>：定义表行。
- <th>…</th>：定义表头。
- <td>…</td>：定义表项（单元格）。

熟悉了这些 HTML 代码，我们就可以更加灵活、方便地编辑表格的各种属性了。

1. 表格尺寸设置

一个表由<table>开始，</table>结束，表格的标题和内容全都包含在这两个标记之间。表格的整体外观由<table>标记的属性决定，主要有以下几项表格属性：

（1）表的大小用“width="数值"”和“height="数值"”属性说明。前者为表宽，后者为表高，数值为像素数或占窗口的百分比。

标准形式：

```
<table width="宽度值" height="高度值">
```

【例 4-1】表格的尺寸设置如图 4-6 所示。

（2）定义表格的粗细由“border="n"”说明，n 取整数，单位是像素（如果省略，则不带边框）。将 border 设成不同的值，可以产生不同的效果。

标准形式：

```
<table border="n">
```

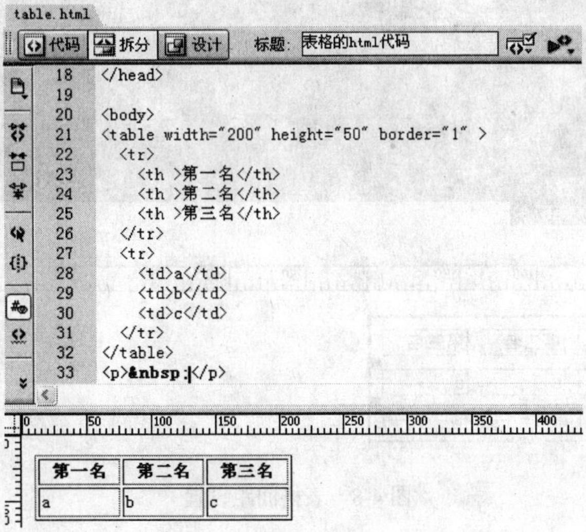

图 4-6　表格的 HTML 代码

【例 4-2】设置表格边框为 6 像素，如图 4-7 所示。

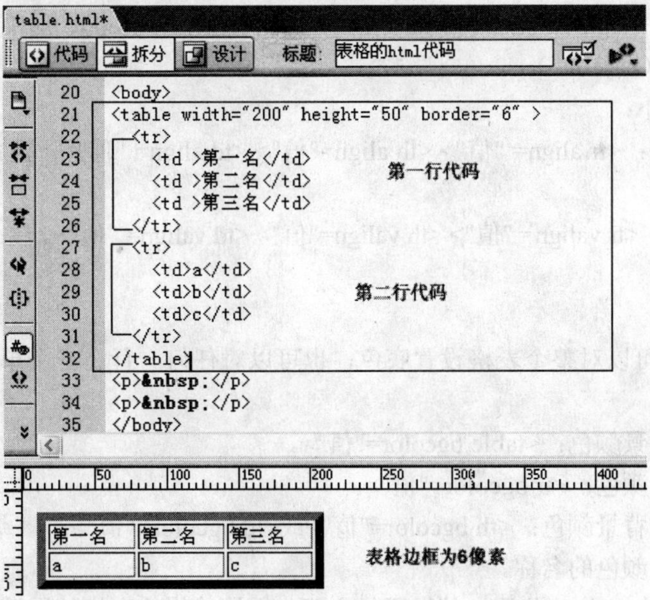

图 4-7　表格边框设置

（3）表格间距用“cellspacing="数值"”表示，“数值”的单位是像素。

标准形式：

```
<table  cellspacing="数值">
```

【例 4-3】将表格中单元格的间距定义为 6 个像素，它看起来像用很粗的线划分的表格，如图 4-8 所示。

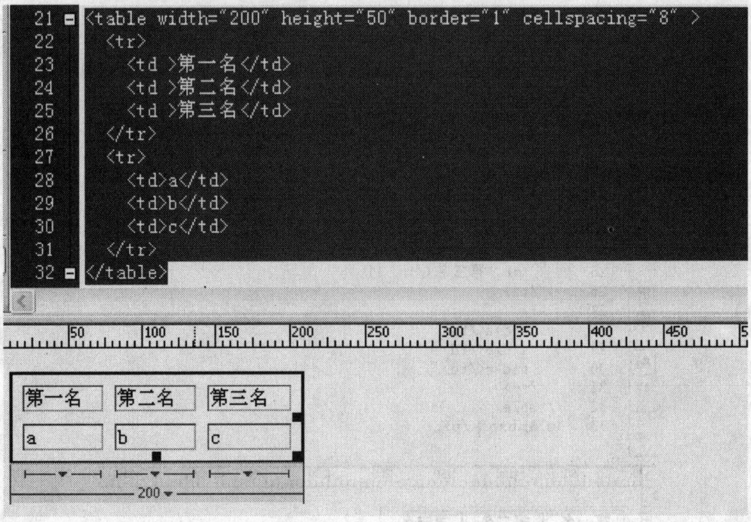

图 4-8 表格间距设置

2. *表格内文字的布局与对齐*

表格中数据的排列方式有两种，分别是左右排列和上下排列。左右排列以 align 属性来设置，而上下排列则由 valign 属性来设置。其中左右排列的位置可以分为 3 种：居左（left）、居中（center）和居右（right）。上下排列常用的有 4 种：上对齐（top）、居中（middle）、下对齐（bottom）和基线（baseline）。

其基本格式如下：

（1）左右对齐：<tr align= "值"> <th align="值"> <td align= "值">。注："值" =left、center 或 right。

（2）上下对齐：<tr valign= "值"> <th valign="值"> <td valign= "值">。注："值" =top、middle、bottom 或 baseline。

3. *表格的颜色*

在表格中，既可以对整个表格设置底色，也可以对任何一行、一个单元格使用背景色。主要有以下三种：

（1）表格的背景颜色：<table bgcolor="值">。

（2）行的背景颜色：<tr bgcolor="值">。

（3）单元格的背景颜色：<th bgcolor="值">或<td bgcolor="值">。

其中，“值”为颜色的名称。

熟练掌握表格的 HTML 代码，能够更加方便、快捷地修改表格的属性。

4.2.3 设置表格属性

在编辑窗口中，单击表格的左上角或在边框线上的任意位置双击，即可选中表格，在属性面板中可进一步设置表格，表格的属性面板如图 4-9 所示。

若要设置表格有如下属性：

- 表格 ID：表格的 ID。
- 行和列：表格中行和列的数目。

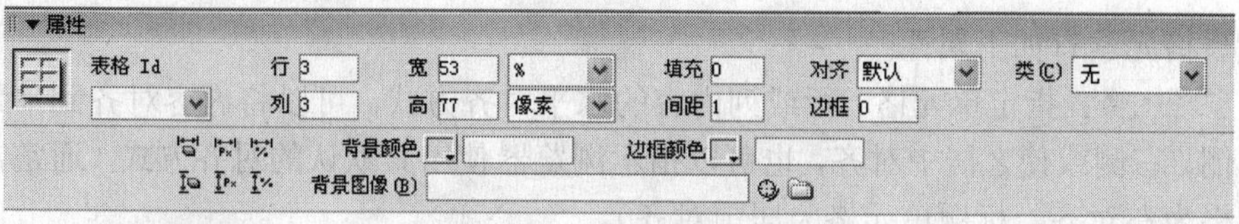

图 4-9　表格属性对话框

- 宽和高：以像素为单位或按占浏览器窗口宽度的百分比计算的表格宽度和高度。
- 单元格边距：单元格内容和单元格边框之间的像素数。
- 单元格间距：相邻的表格单元格之间的像素数。如果没有明确指定单元格间距和单元格边距的值，大多数浏览器都按单元格边距设置为 1，单元格间距设置为 2 显示表格。若要确保浏览器不显示表格中的边距和间距，请将“单元格边距”和“单元格间距”设置为 0。
- 对齐：确定表格相对于同一段落中其他元素（例如文本或图像）的显示位置。其中包括：“左对齐”、“右对齐”、“居中对齐”、“默认”4 种方式。
- 边框：指定表格边框的宽度（以像素为单位）。如果没有明确指定边框的值，则大多数浏览器按边框设置为 1 显示表格。若要确保浏览器显示的表格没有边框，请将“边框”设置为 0。
- 清除列宽和清除行高按钮：从表格中删除所有明确指定的行高或列宽。
- “将表格宽度转换成像素和将表格高度转换成像素”按钮：将表格中每列的宽度或高度设置为以像素为单位的当前宽度（还可将整个表格的宽度设置为以像素为单位的当前宽度）。
- “将表格宽度转换成百分比和将表格高度转换成百分比”按钮：将表格中每列的宽度或高度设置为按占“文档”窗口宽度百分比表示的当前宽度（还可将整个表格的宽度设置为按占“文档”窗口宽度百分比表示的当前宽度）。
- 背景颜色：表格的背景颜色。
- 边框颜色：表格边框的颜色。
- 背景图像：表格的背景图像。

注意：按“百分比”为单位的表格，会按照设置的数值，随浏览器窗口的大小而改变大小。这个选项非常有用，它能够使网页中的表格在任何计算机中都正常显示。而按“像素”定义的表格，其大小则是固定的，不会因浏览器窗口的大小而改变。

4.2.4　设置单元格、行和列属性

表格由很多单元格组成，每个单元格可以设置不同的属性。也可以同时选中多个单元格，设置其共同的属性。单元格属性面板如图 4-10 所示，此“属性”面板允许设置表格元素（单元格、行和列）的属性。

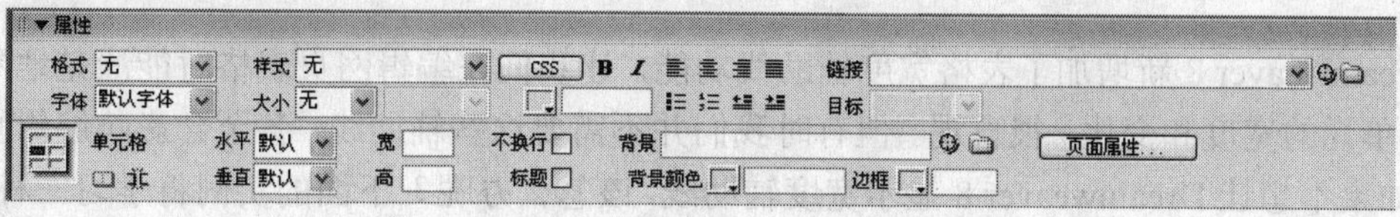

图 4-10　单元格面板

设置表格元素有如下属性：

- 水平 默认：指定单元格、行或列内容的水平对齐方式。可以将内容对齐到单元格的左侧、右侧或使之居中对齐，也可以指示浏览器使用其默认的对齐方式（通常常规单元格为左对齐，标题单元格为居中对齐）。
- 垂直 默认：指定单元格、行或列内容的垂直对齐方式。可以将内容对齐到单元格的顶端、中间、底部或基线，或者指示浏览器使用其默认的对齐方式（通常是居中对齐）。
- 宽和高：以像素为单位或按占整个表格宽度或高度百分比计算的所选单元格的宽度和高度。若要指定百分比，请在值后面使用百分比符号（%）；若要让浏览器根据单元格的内容以及其他列和行的宽度和高度确定适当的宽度或高度，请将此域留空（默认设置）。

默认情况下，浏览器选择一列的宽度来容纳列中最宽的图像或最长的行。这就是为什么当将内容添加到某个列时，该列有时变得比表格中其他列宽得多的原因。

默认情况下，浏览器选择一行的高度来容纳该行中的所有文本和图像。

- 背景：单元格、列或行的背景图像的文件名。单击文件夹图标浏览某个图像，或使用“指向文件”图标选择某个图像文件。
- 背景颜色：使用颜色选择器选择的单元格、列或行的背景颜色。
- 边框：是单元格的边框颜色。
- 合并单元格按钮：可以将所选的单元格、行或列合并为一个单元格。只有当单元格形成矩形或直线的块时才可以合并这些单元格。
- 拆分单元格按钮：可以将一个单元格分成两个或更多单元格。一次只能拆分一个单元格；如果选择的单元格多于一个，则此按钮将禁用。
- 不换行：可以防止换行，从而使给定单元格中的所有文本都在一行上。如果启用了“不换行”，则当键入数据或将数据粘贴到单元格时单元格会加宽来容纳所有数据（通常，单元格在水平方向扩展以容纳单元格中最长的单词或最宽的图像，然后根据需要在垂直方向进行扩展以容纳其他内容）。
- 标题：可以将所选的单元格格式设置为表格标题单元格。默认情况下，表格标题单元格的内容为粗体并且居中。

4.2.5 套用“表格模板”

在 Dreamweaver 8 中提供了多个表格模板供用户选择使用，还可以通过设置模板的参数来调整表格的外观。

在要格式化的表格中单击，选择“命令”→“格式化表格”命令，打开“格式化表格”对话框，在该对话框中选择一种样式，最后单击“确定”按钮，效果如图 4-11 所示。

4.2.6 去除表格辅助线

Dreamweaver 8 新增加了表格宽度辅助线功能，让我们在编辑网页表格时能清楚地看到表格中各单元的宽度和变化，很直观。但有时我们并不需要这些辅助线，甚至会影响编辑页面的效率。如果不想让 Dreamweaver 8 显示宽度辅助线，该怎么办呢？下面的实例将学习三种方法。

方法一：选中表格，单击宽度辅助线上的数字和小三角形，从下拉菜单中选择“隐藏表格宽度”命令，如图 4-12 所示。这样表格的宽度辅助线就被去掉了。

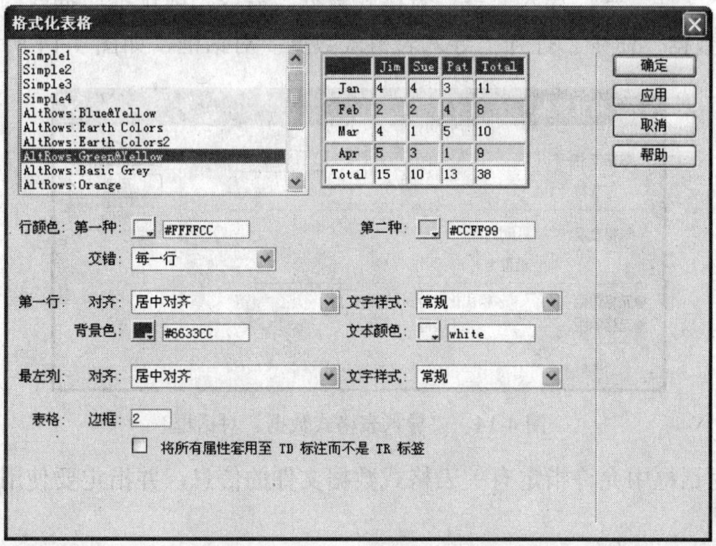

图 4-11　“格式化表格”对话框

方法二：选择工具栏上的“视图选项”图标，从下拉菜单中选择“表格宽度”命令，可看到表格宽度的辅助线没有了，如图 4-13 所示。

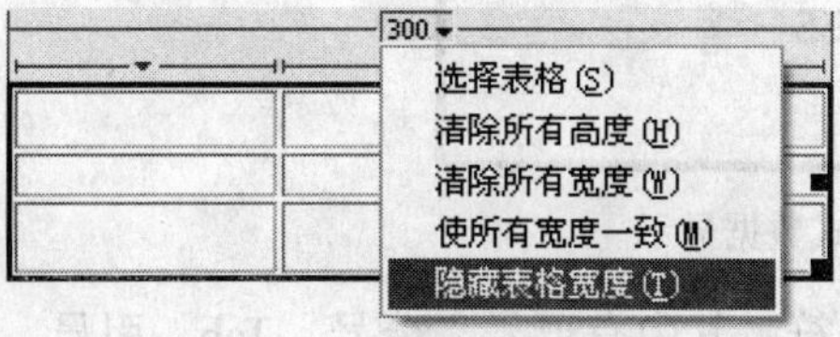

图 4-12　隐藏表格宽度

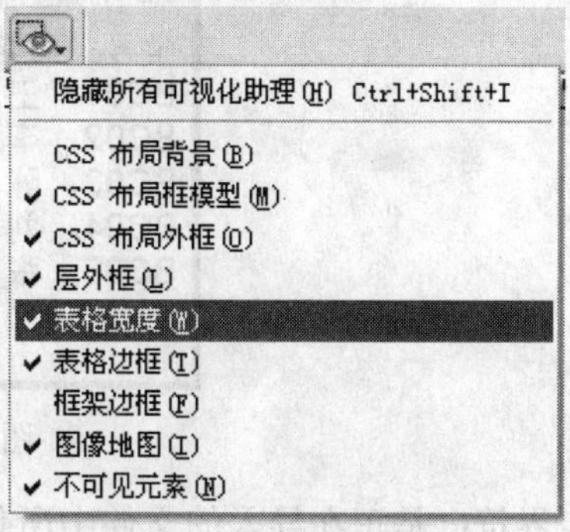

图 4-13　不显示表格宽度

方法三：选择“查看”→“可视化助理”→“表格宽度”命令。这样也可以删除表格的宽度辅助线。

4.3　导入和导出表格式数据

可以将在另一个应用程序（例如 Microsoft Excel）中创建并以分隔文本的格式（其中的项以制表符、逗号、冒号、分号或其他分隔符隔开）保存的表格式数据导入到 Dreamweaver 中并设置为表格的格式。

也可以将表格数据从 Dreamweaver 导出到文本文件中，相邻单元格的内容由分隔符隔开。可以使用逗号、冒号、分号或空格作为分隔符。当导出表格时，将导出整个表格，而不能选择导出部分表格。

1. 导入表格数据

（1）选择“文件”→“导入”→“表格式数据”命令，或选择“插入”→“表格对象”→“导入表格式数据”命令。打开“导入表格式数据”对话框，如图 4-14 所示。

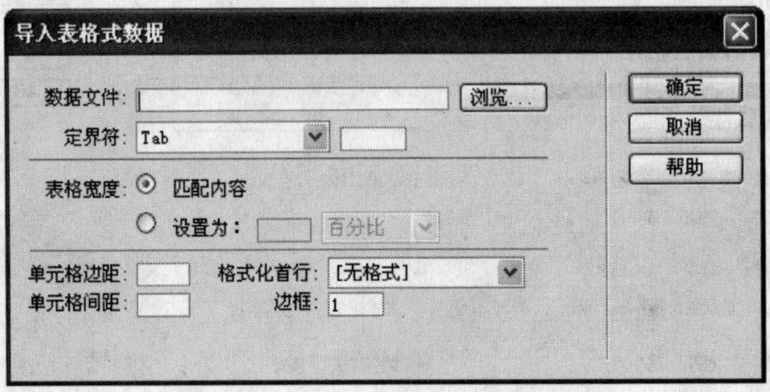

图 4-14 “导入表格式数据”对话框

（2）在该对话框中允许指定有关表格式数据文件的信息，并指定要使用这些数据创建的表格的属性。

数据文件：要导入的文件的名称。单击“浏览”按钮选择一个文件，数据文件可以是纯文本格式，也可以是 Excel 等软件创建的文件，如图 4-15 所示。

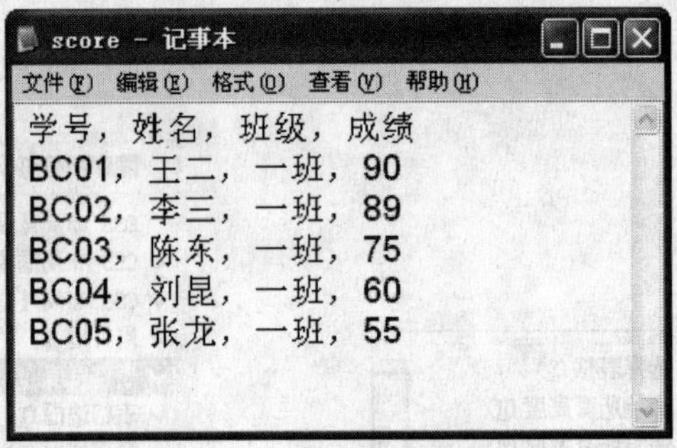

图 4-15 表格式数据显示

定界符：是正在导入的文件中所使用的分隔符，其中有逗号、分号、Tab、引号、其他等几个选项。

如果选择“其他”，则一个文本框出现在弹出式菜单的右侧。输入文件中使用的定界符。

确保指定保存数据文件时使用的定界符。如果未能指定定界符，则无法正确地导入文件，也无法在表格中对数据进行正确的格式设置。

表格宽度：将创建的表格的宽度。

选择“匹配内容”单选项：使每个列足够宽以适应该列中最长的文本字符串。

选择“设置为”单选项：以像素为单位指定固定的表格宽度，或按占浏览器窗口宽度的百分比指定表格宽度。

单元格边距：单元格内容和单元格边框之间的像素数。

单元格间距：确定相邻的表格单元格之间的像素数。

格式化首行：确定应用于表格首行的格式设置（如果存在）。从四个格式设置选项中进行选择：无格式、粗体、斜体或加粗斜体。

边框：指定表格边框的宽度（以像素为单位）。

设置完毕后，单击“确定”按钮，系统完成导入表格数据的操作，如图 4-16 所示。

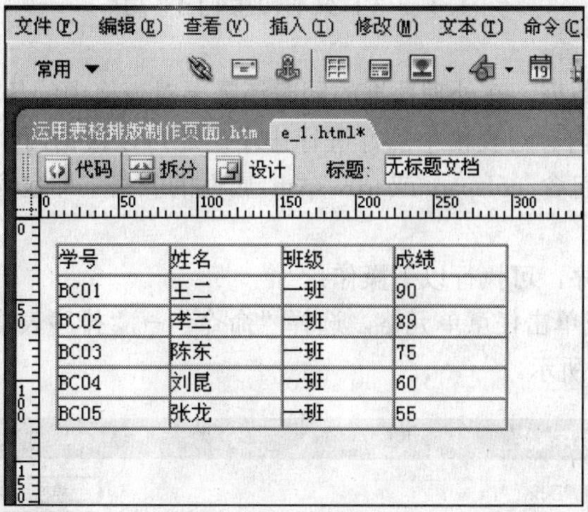

图 4-16　导入的表格显示

2. 导出表格

（1）将插入点放置在表格中的任意单元格中，选择“文件”→“导出”→“表格”命令，弹出“导出表格”对话框，如图 4-17 所示。

（2）在“导出表格”对话框中，指定导出表格的选项。此对话框允许设置分隔符和换行符样式，以通过从表格中导出数据来创建文本文件。

定界符：指定应该使用哪个分隔符字符在导出的文件中隔开各项。

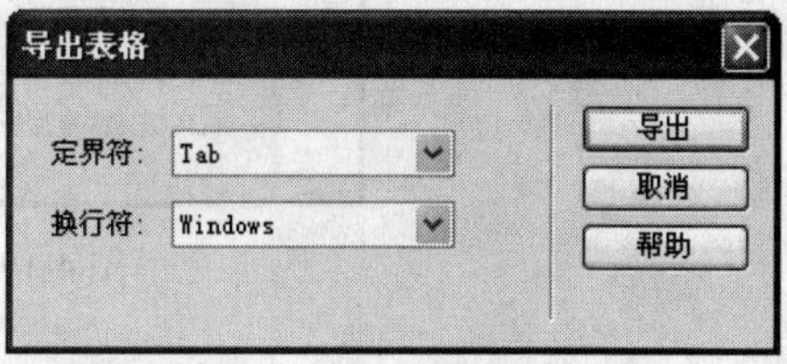

图 4-17　“导出表格”对话框

换行符：指定将在哪个操作系统中打开导出的文件：Windows、Macintosh 或 UNIX（不同的操作系统具有不同的指示文本行结尾的方式）。

设置后单击“导出”按钮，即会弹出“表格导出为”对话框，如图 4-18 所示。

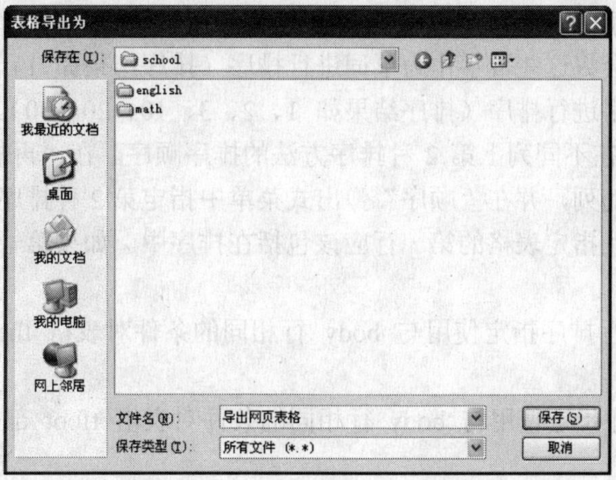

图 4-18　“表格导出为”对话框

（3）在该对话框中输入文件名称，单击“保存”按钮，完成导出表格的操作。

4.4　对表格进行排序

表格一般用来处理数据，在处理数据的同时还需要对表格中的各项进行排序。

可以根据单个列的内容对表格中的行进行排序，还可以根据两个列的内容执行更加复杂的表格排序。但不能对包含 colspan 或 rowspan 属性的表格（即包含合并单元格的表格）进行排序。

若要对表格进行排序，可执行以下操作：

（1）选择该表格或单击任意单元格，选择“命令”→“排序表格”命令，弹出“排序表格”对话框，如图 4-19 所示。

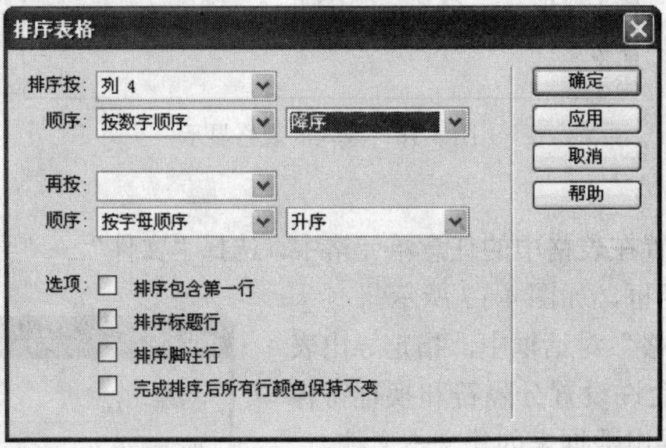

图 4-19　“排序表格”对话框

（2）该对话框允许指定表格的排序方式，有以下选项：

排序按：可以确定哪个列的值将用于对表格的行进行排序。

顺序：确定是按字母还是按数字顺序以及是以升序（A～Z，小数字到大数字）还是降序对列进行排序。

当列的内容是数字时，选择“按数字顺序”。如果按字母顺序对一组由一位或两位数组成的数字进行排序，则会将这些数字作为单词进行排序（排序结果如 1、10、2、20、3、30），而不是将它们作为数字进行排序（排序结果如 1、2、3、10、20、30）。

再按/顺序：确定在不同列上第 2 种排序方法的排序顺序。在“再按”弹出式菜单中指定应用第 2 种排序方法的列，并在“顺序”弹出式菜单中指定第 2 种排序方法的排序顺序。

排序包含第一行：指定表格的第一行应该包括在排序中。如果第一行是不应移动的标题，则不选择此选项。

排序标题行：进行排序指定使用与 body 行相同的条件对表格 thead 部分（如果存在）中的所有行进行排序。

排序脚注行：排序指定使用与 body 行相同的条件对表格 tfoot 部分（如果存在）中的所有行进行排序。

完成排序后所有行颜色保持不变：指定排序之后表格行属性（如颜色）应该与同一内容

保持关联。如果表格行使用两种交替的颜色，则不要选择此选项以确保排序后的表格仍具有颜色交替的行。如果行属性特定于每行的内容，则选择此选项以确保这些属性保持与排序后表格中正确的行关联在一起。

设置完成后，单击“应用”或“确定”按钮完成操作。

4.5　实例制作

在浏览网页时，会发现很多网站排版所用的表格都是经过美化处理的，非常漂亮、新颖。这样的表格不仅起到了网页排版的作用，而且在很大程度上美化了网页，使网页看起来非常清爽、简洁。下面介绍几种特殊的表格。

4.5.1　虚线表格

在浏览 Internet 时，会发现很多网站排版所用的表格都是经过各种美化制作的，非常漂亮，不仅起到了网页排版的作用，而且在很大程度上美化了网页，虚线表格就是其中一种。

本实例将通过 Fireworks 与 Dreamweaver 的配合来制作一个美观大方的虚线框表格。

制作步骤如下：

（1）要制作虚线表格，先要做一些准备工作，首先要制作一个图形。打开 Fireworks 8.0，选择“文件”→“新建”命令，新建一个宽度和高度都是 3 像素的图像，如图 4-20 所示。

（2）单击“确定”按钮，进入编辑界面。选择“视图”→“缩放比率”→“1600%”命令，把图像放大 1600 倍。这样就可以看清楚第一个像素了，如图 4-21 所示。

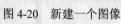

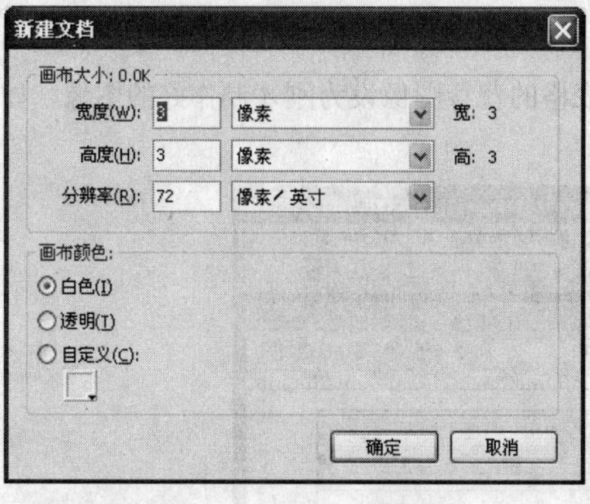

图 4-20　新建一个图像

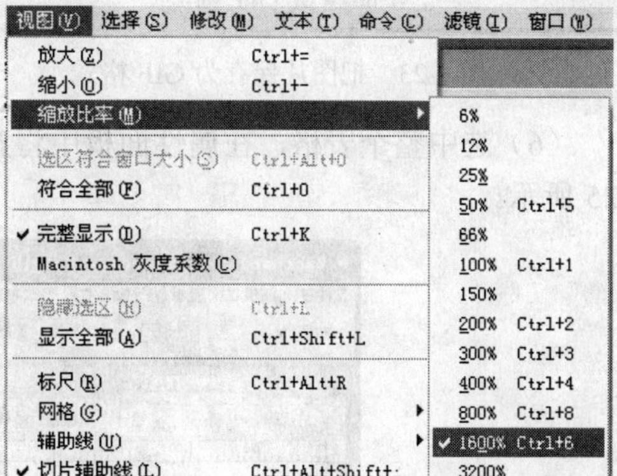

图 4-21　放大图像

（3）单击工具栏上的铅笔工具，绘制如图 4-22 所示的图形。

（4）图形绘制好后，选择“文件”→“另存为”命令，打开“另存为”对话框，把刚才的图片以.gif 为扩展名保存在站点所在的文件夹中，如图 4-23 所示。

（5）制作完成后，打开 Dreamweaver 8，选择“插入”→“表格”命令，插入一个 3 行 3 列的表格，设置“边框粗细”和“单元格边距”都为 0，“单元格间距”为 2，如图 4-24 所示。

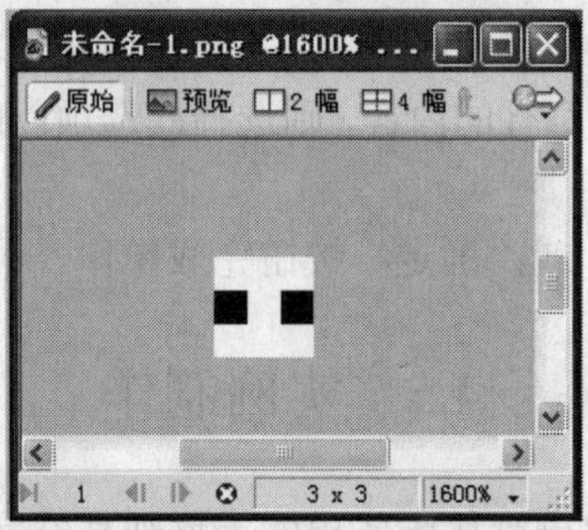

图 4-22　绘制出的图形

图 4-23　把图片保存为 GIF 格式

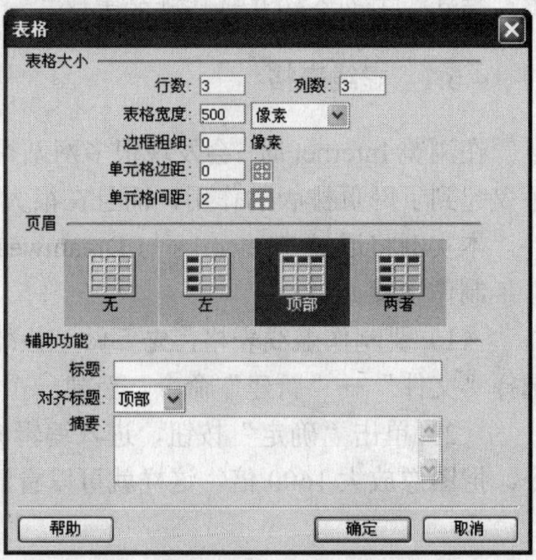

图 4-24　插入表格

（6）选中整个表格，在属性面板中将整个表格的背景图像设为刚才制作好的图像，如图 4-25 所示。

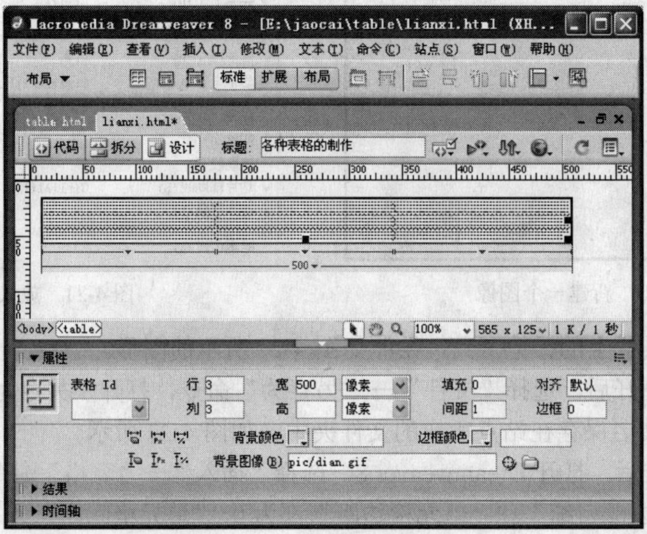

图 4-25　设置表格的背景图像

（7）按住 Ctrl 键不放，分别单击选中 9 个单元格，并且在属性面板中将各单元格的背景颜色均设置为网页的背景颜色（如白色）。

（8）到此为止，一个虚线表格就制作完成了，可以按 F12 键在 IE 浏览器中预览一下效果，如图 4-26 所示。

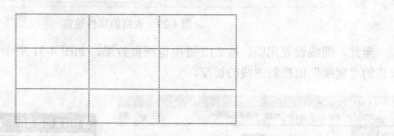

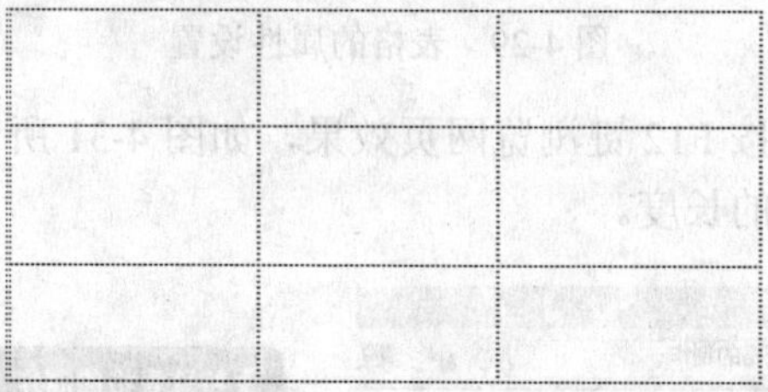

图 4-26　虚线表格

4.5.2　几种特殊表格的制作

表格在网页设计中可以说是非常重要的一个元素，表格运用得好坏，直接影响到网页制作的精美与否。如图 4-27 所示是几种表格的最终效果。下面介绍一些表格属性的设置方法。

【实例 1】通过表格制作 1 像素的细线

制作步骤如下：

（1）单击常用工具面板中的“表格”按钮，插入一个 1×1 的表格，表格设置如图 4-28 所示。

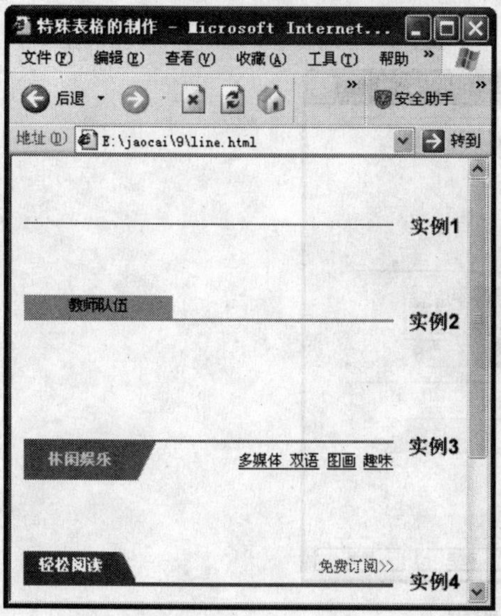

图 4-27　最终效果

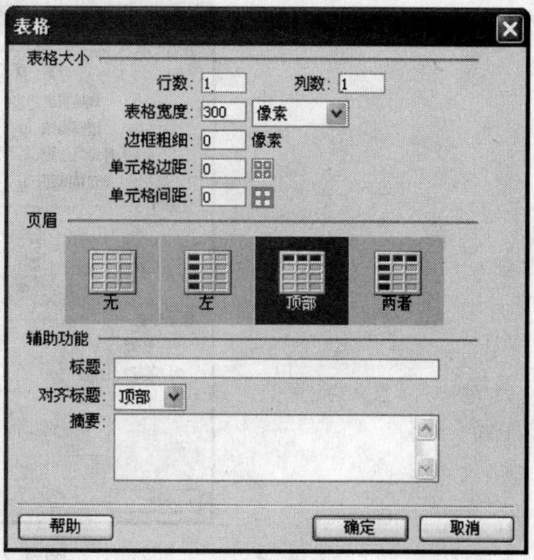

图 4-28　插入 1 行 1 列的表格

（2）选中表格，设置表格的背景颜色为“红色（#FF0000）”（为最后细线的颜色，可根据需要设置），同时把“高度”设置为 1 像素，如图 4-29 所示。

（3）选中表格，然后单击编辑窗口左上角的视图按钮中的“拆分”按钮，切换到“拆分”视图。将该表格中的“ ”代码去掉，如图 4-30 所示。

图 4-29　表格的属性设置

至此，细线设置完毕，按 F12 键浏览网页效果，如图 4-31 所示。此外，还可以通过调整表格的“宽度”值控制细线的长度。

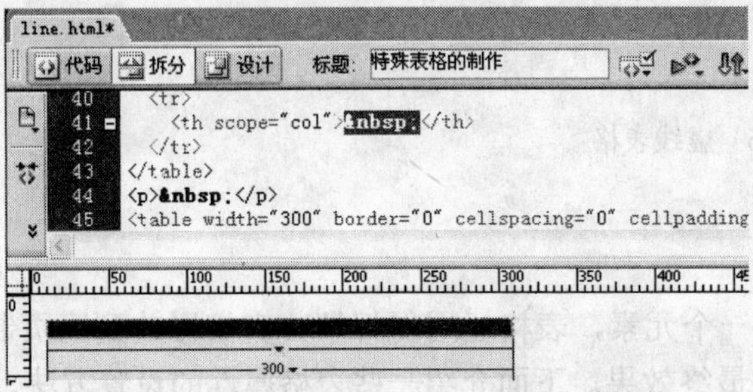

图 4-30　删除“ ”代码

图 4-31　单行线细

【实例 2】制作用 2 行 2 列表格所形成的特殊导航条，效果如图 4-27 中实例 2 效果所示。制作步骤如下：

（1）插入一个 2 行 2 列的表格，表格的设置如图 4-32 所示。表格宽度为 300，边框粗细、单元格边距和单元格间距全为 0 像素。

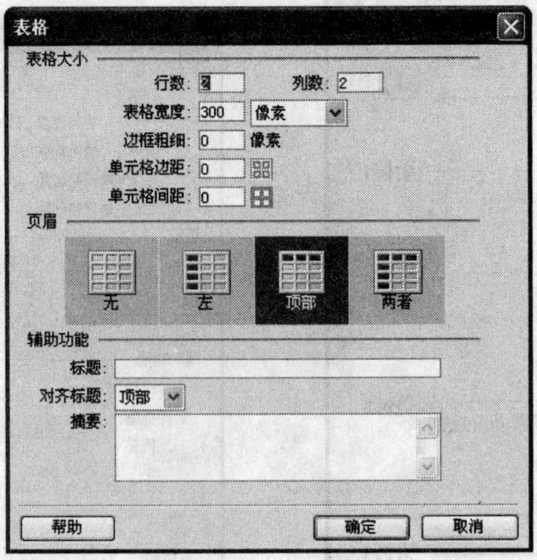

图 4-32　表格设置

（2）选中第 1 行第 1 个单元格，设置它的宽度为 120 像素，并为它设置一个背景，效果如图 4-33 所示。

（3）合并第 2 行的两个单元格，并把它的属性设置为如图 4-34 所示。设置单元格的背景颜色为“#99CC00”（绿色），高为 2 像素。

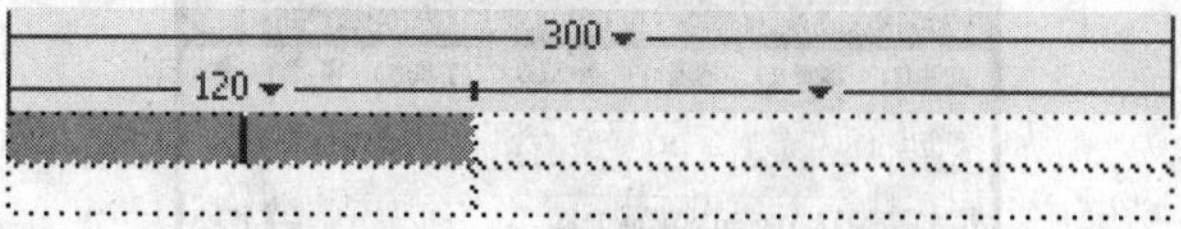

图 4-33　设置第 1 个单元格属性

图 4-34　设置单元格的属性

（4）单击“拆分”按钮，切换到“拆分”视图，删除单元格中的“ ”代码，如图 4-35 所示。

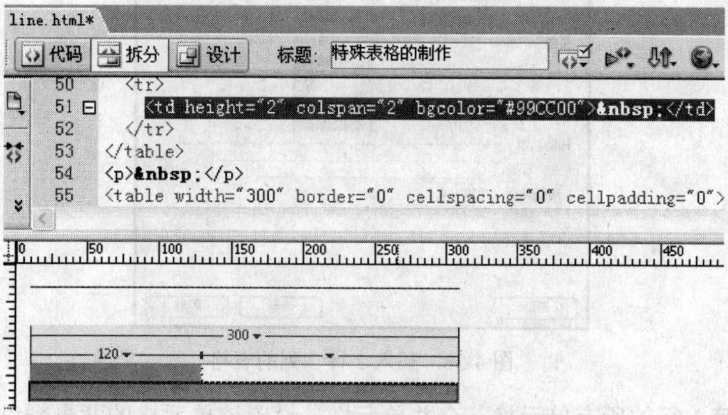

图 4-35　删除“ ”代码

为第 1 个单元格添加文字，按 F12 键浏览网页，如图 4-36 所示，此例制作完毕。

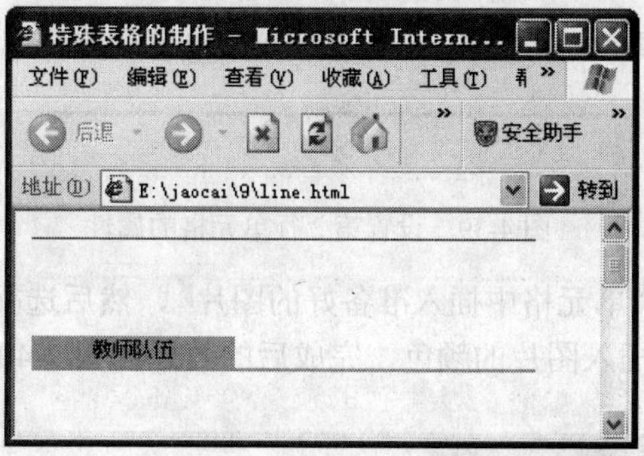

图 4-36　实例 2 的最终效果

【实例 3】制作用 2 行 3 列表格所形成的特殊导航条，最终效果如图 4-37 所示。

图 4-37 实例 3 的最终效果

制作步骤如下：

（1）插入一个 2 行 3 列的表格，表格的属性设置如图 4-38 所示。

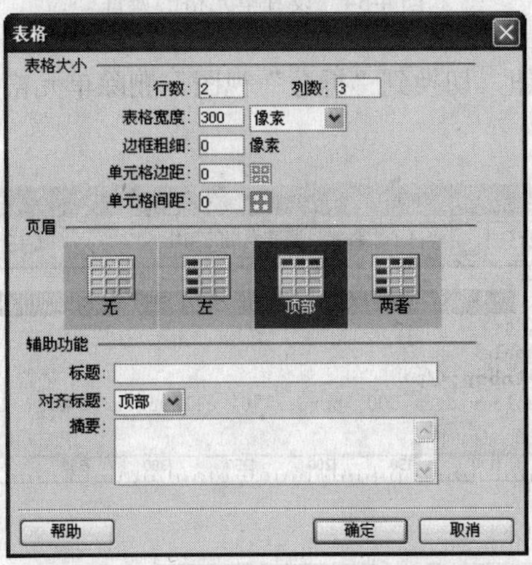

图 4-38 插入 2 行 3 列的表格

（2）选中第 1 行的所有单元格，合并单元格，设置该单元格的背景颜色，设置单元格的高度为 2 像素，单击“拆分”按钮，切换到“拆分”视图，删除该单元格<td>…</td>之间的“ ”代码。使第 1 行单元格形成一条 2 像素高度的细线。

（3）设置第 2 行第 1 个单元格的宽度为 123 像素，高度为 30 像素；第 2 个单元格的宽度为 17 像素，高度为 30 像素；第 3 个单元格的宽度为 260 像素，如图 4-39 所示。

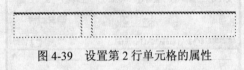

图 4-39 设置第 2 行单元格的属性

（4）向第 2 行第 2 个单元格中插入准备好的图片，然后选择第 2 行第 1 个单元格，设置此单元格的背景颜色为插入图片的颜色，完成后的效果如图 4-40 所示。

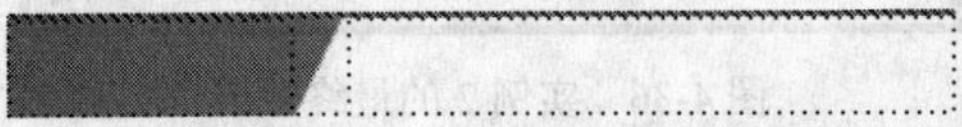

图 4-40 设置单元格的背景颜色为插入图片的颜色

（5）设置第 2 行第 1 个单元格的水平对齐方式为“居中对齐”，并向第 1、3 个单元格中输入文字，设置第 3 个单元格的对齐方式为“右对齐”，如图 4-41 所示。

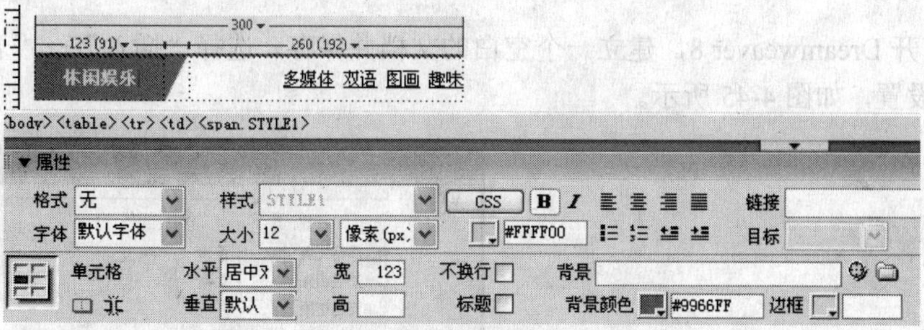

图 4-41　设置单元格的属性

（6）按相同的方法制作图 4-27 中其他的特殊格。按 F12 键预览制作的效果，如图 4-42 所示。

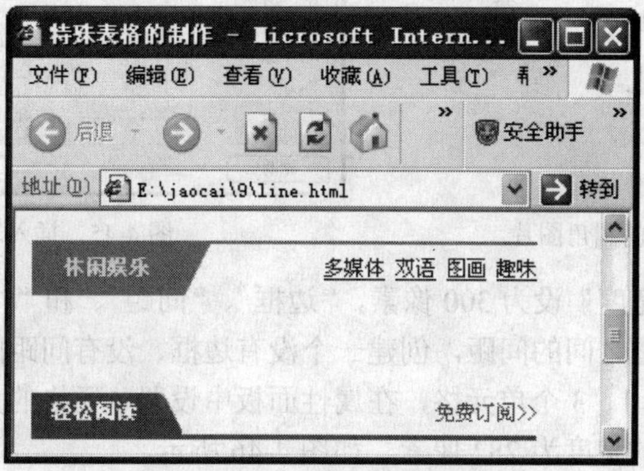

图 4-42　实例 4 的最终效果

4.5.3　圆角表格

在浏览网页时，会看到一些网站使用了圆角的表格。比起直角表格，圆角表格更显活泼、自然，让人耳目一新，如图 4-43 所示。下面通过例子来学习圆角表格的制作过程。

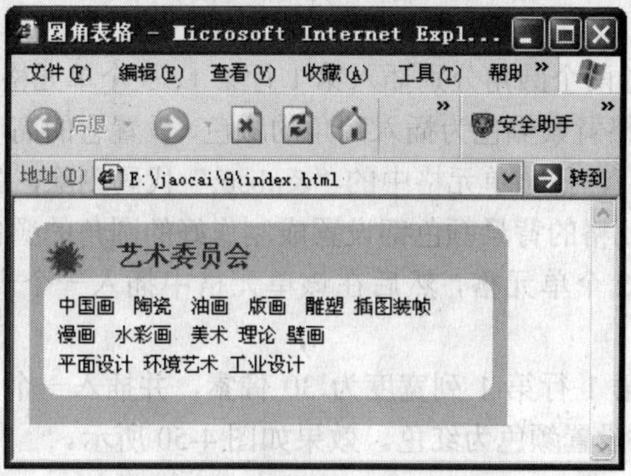

图 4-43　圆角表格最终效果

操作步骤如下：

（1）利用 Fireworks 或其他图像处理软件制作几个圆角，大小为 9×9 像素，如图 4-44 所示。

（2）打开 Dreamweaver 8，建立一个空白的文档并保存。选择“插入”→“表格”命令，对表格进行设置，如图 4-45 所示。

图 4-44　制作好的圆角图片

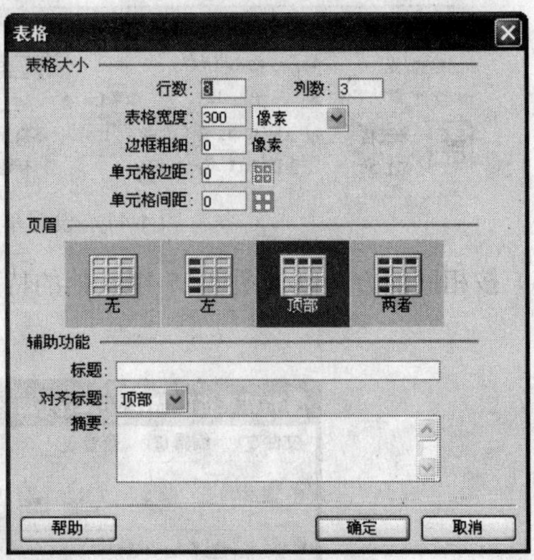

图 4-45　插入表格

把表格属性中的“宽度”设为 300 像素，“边框”、“间距”、和“填充”设置为 0，这样可以去掉表格的边框和边框之间的间距，创建一个没有边框、没有间距的表格。

（3）选择第 1 行第 1、3 个单元格，在属性面板中设置单元格的大小为 9×9 像素，并设置第 1 行第 2 列单元格的宽度为 282 像素，如图 4-46 所示。

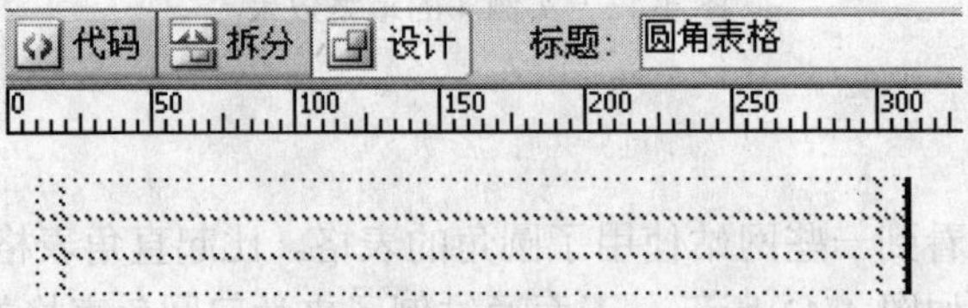

图 4-46　设置单元格的宽度和高度

（4）把开始制作好的两个圆角分别插入第 1 行第 1、3 个单元格中，然后选中第 1 行第 2 列的单元格，设置其单元格背景颜色为插入圆角的颜色，设置它的高度为 9 像素，单击“拆分”按钮，切换到“拆分视图”，把该单元格中的“ ”代码删除，如图 4-47 所示。

（5）把其他所有单元格的背景颜色都设置成制作好的圆角的颜色，效果如图 4-48 所示。

（6）选择第 2 行第 2 个单元格，然后在该单元格中插入一个表格，表格设置如图 4-49 所示。

（7）设置该表格的第 1 行第 1 列宽度为 30 像素，并插入一个已准备好的图片，在第 2 个单元格中输入文字，并设置颜色为红色。效果如图 4-50 所示。

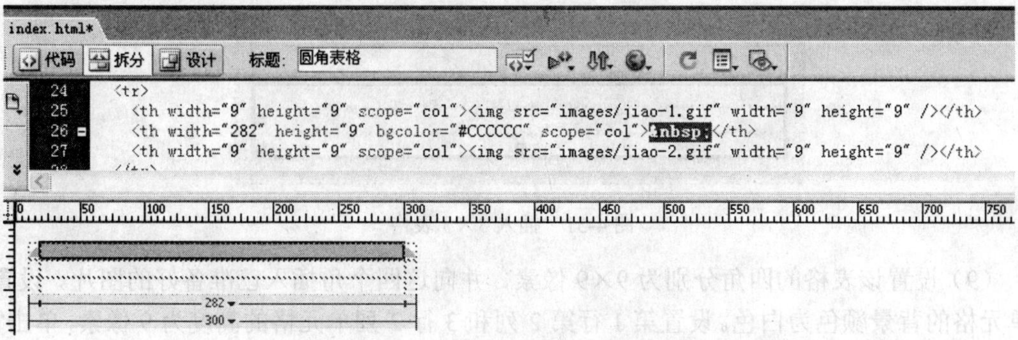

图 4-47　删除“nbsp;”代码

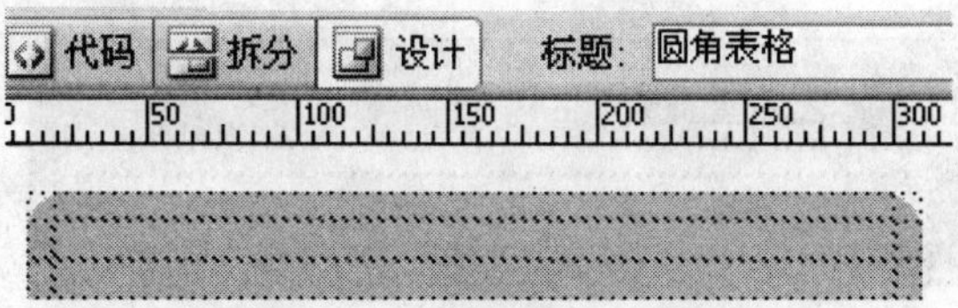

图 4-48　已制成的圆角表格

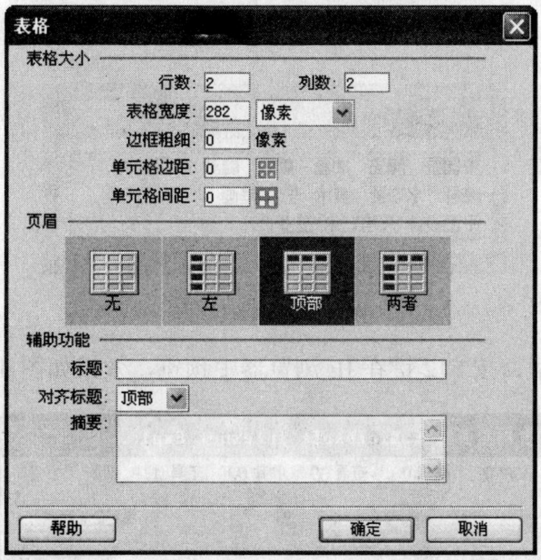

图 4-49　插入表格

图 4-50　插入对象

（8）合并第 2 行的两个单元格，向这个单元格中插入一个 3 行 3 列的表格，设置表格的边距、边框和粗细都为 0 像素，宽度为 282 像素，如图 4-51 所示。

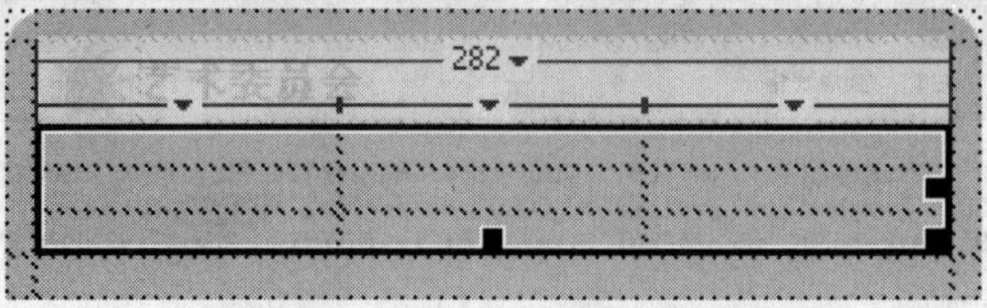

图 4-51　插入 3×3 表格

（9）设置该表格的四角分别为 9×9 像素，并向这四个角插入已准备好的图片。设置其他单元格的背景颜色为白色。设置第 1 行第 2 列和 3 行 2 列单元格的高度为 9 像素，单击“拆分”按钮，切换到“拆分”视图，删除该单元格中的空格占位符“ ”，效果如图 4-52 所示。

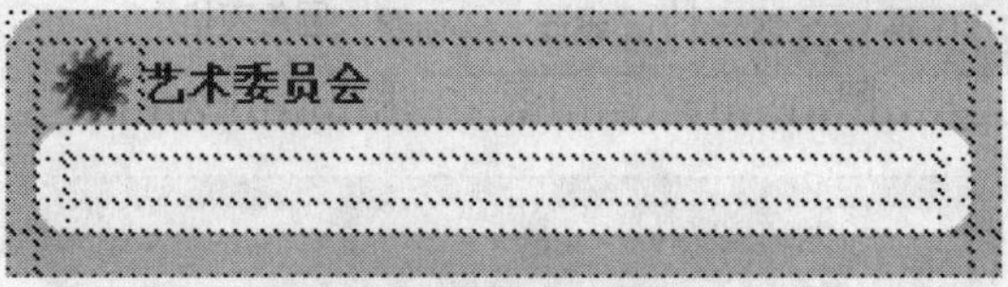

图 4-52　表格效果

（10）在第 2 行第 2 列的单元格中输入文字，适当设置文字的大小和颜色等属性，最终效果如图 4-53 所示。

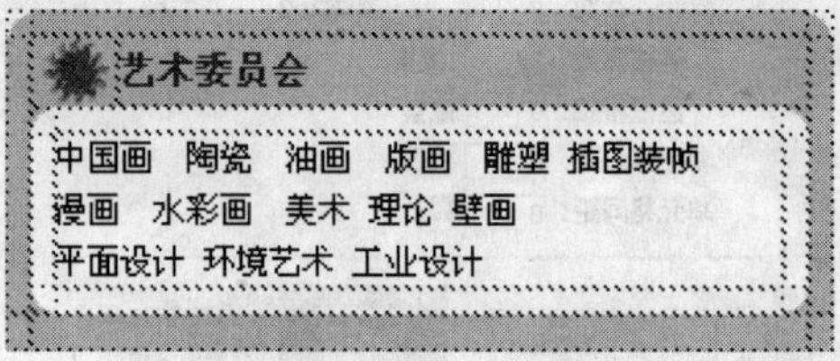

图 4-53　输入文字

至此，本例制作完毕，按 F12 键在 IE 浏览器中预览，效果如图 4-54 所示。

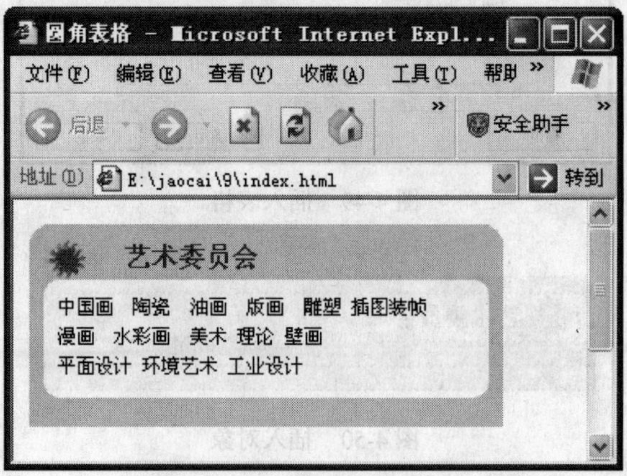

图 4-54　在 IE 中预览的效果

在制作网页中的栏目或版块时可以多用一些圆角表格，这样便于对网页的内容进行分类。

4.5.4　运用表格排版制作页面

在网页中使用表格可以使数据条理化和清晰化，使我们的页面更加整齐。实际上，表格的作用远远不止排列和显示数据，通常网页的布局设计是靠表格来实现的，它在网页定位上一直起着非常重要的作用。

下面通过一个具体的实例来介绍如何用表格定位和对网页进行排版，本例的最终效果如图 4-55 所示。

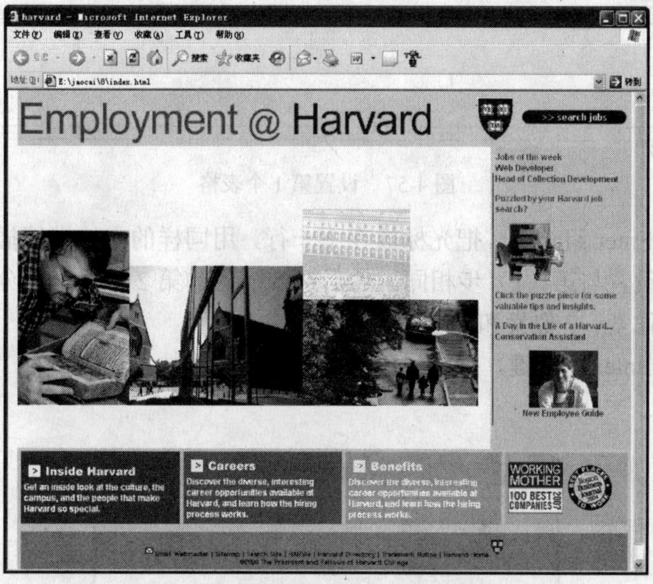

图 4-55　最终效果

操作步骤如下：

（1）在插入面板的“常用”项目中单击表格按钮，在弹出的对话框中设置表格的属性，如图 4-56 所示。设置表格为 1 行、3 列，表格宽度为 880 像素，边框粗细、单元格边框、间距均为 0 像素。

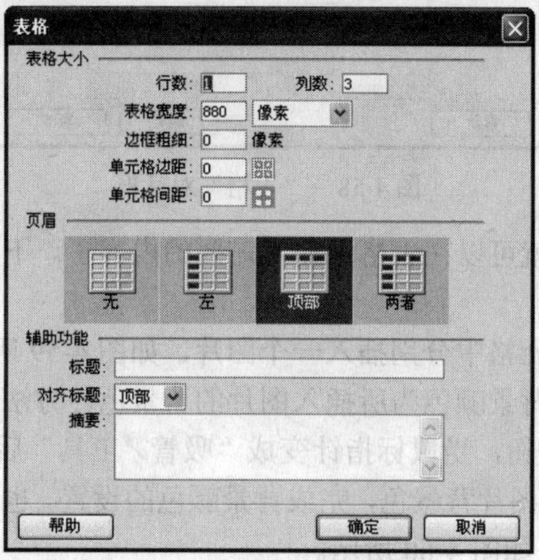

图 4-56　“表格”对话框

（2）在“表格”对话框中设置好以后，单击“确定”按钮，表格就被插入到 Dreamweaver 8 的页面中了，如图 4-57 所示。在编辑窗口中选中表格中的第 1 个单元格，设置它的宽度为 611 像素，高度为 77 像素，然后设置第 2 个单元格宽度为 64 像素，第 3 个单元格的宽度为 204 像素。

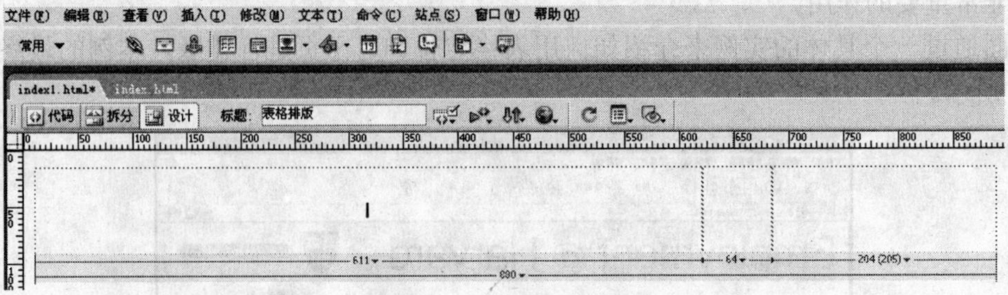

图 4-57　设置第 1 个表格

（3）按 Shift+Enter 组合键，把光标放在下一行，用同样的方法继续插入一个 1 行 3 列的表格，表格的属性设置与第（1）步相同。然后选中插入的第 2 个表格，分别设置 3 个单元格的宽度分别为 675 像素、7 像素和 198 像素。

（4）按 Shift+Enter 组合键，把光标放在下一行，继续插入一个 2 行 1 列的表格，具体设置如图 4-58 所示。

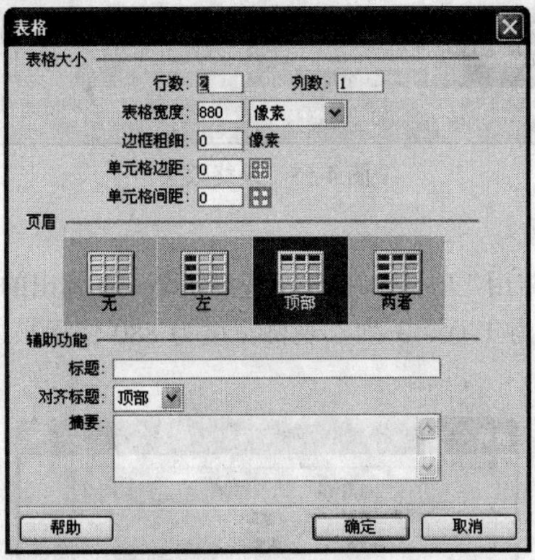

图 4-58　“表格”对话框

（5）表格创建以后，就可以在表格内输入需要的内容了。下面根据需要自上而下设置表格的每一行。

1）向第 1 行的 3 个单元格中分别插入一个图片，如图 4-59 所示。

2）设置第 1 个表格的背景颜色为所插入图片的背景色。方法是：选中表格，单击属性面板中“背景颜色”后面的按钮，当鼠标指针变成“吸管工具”后，移动“吸管工具”到插入图片的背景上，单击采样图片背景色，完成背景颜色的设置。也可以分别对表格中的单元格设置背景颜色，方法相同，如图 4-60 所示。

图 4-59　插入图片内容

（6）为第 2 个表格添加内容。单击第 2 个表格的第 1 个单元格，在此单元格中插入一个 Flash 文件，然后在第 2 个单元格中插入一个图片，在第 3 个单元格中添加文字和图片，如图 4-61 所示。

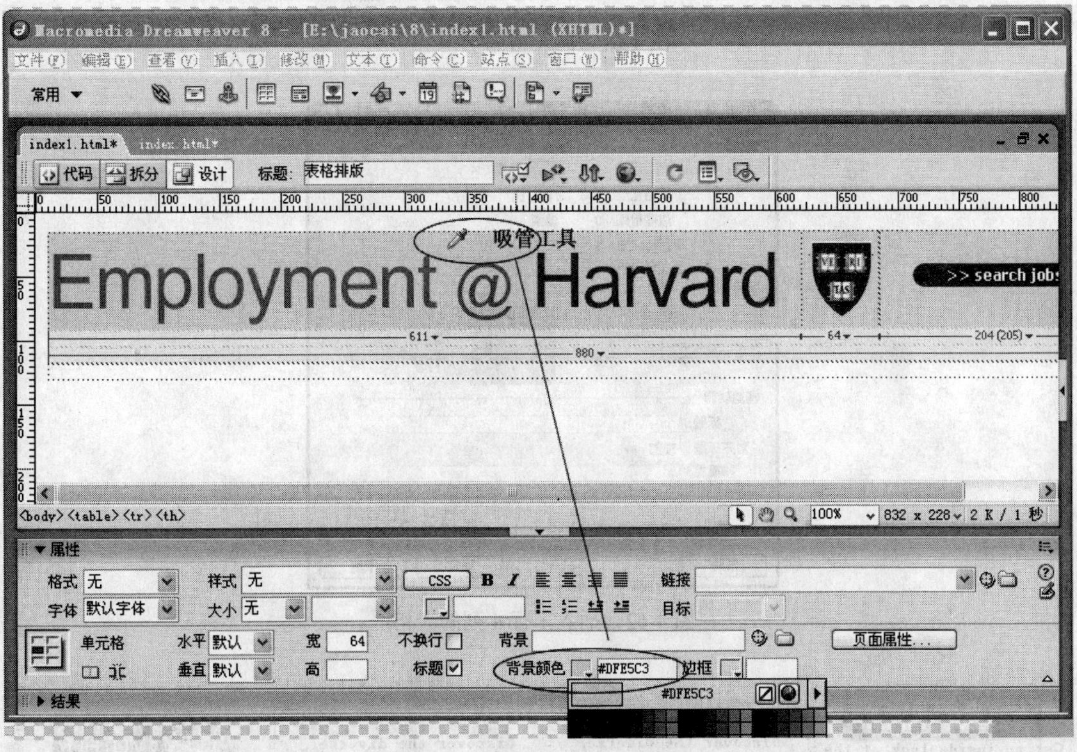

图 4-60　设置单元格的背景颜色

为第 2 个单元格设置与第 1 个表格相同的背景色，并为第 3 个单元格设置背景颜色值为“#fcd88e”，可在属性面板中的“背景颜色输入框”中直接输入颜色值：背景颜色 #fcd88e。

（7）设置第 3 个表格中的第 1 行。先设置第 1 行的背景颜色与第 1 个表格中的背景色相同，然后在此行插入一个嵌套表格，插入的表格设置如图 4-62 所示。

嵌套表格的宽度为 100%，即表格的宽度与所在单元格的宽度相同，边距与间距均为 5 像素。

（8）设置单元格的宽度从左至右依次为 214 像素、214 像素、214 像素和 213 像素。为每一个单元格插入相应的图片和文字内容，如图 4-63 所示。

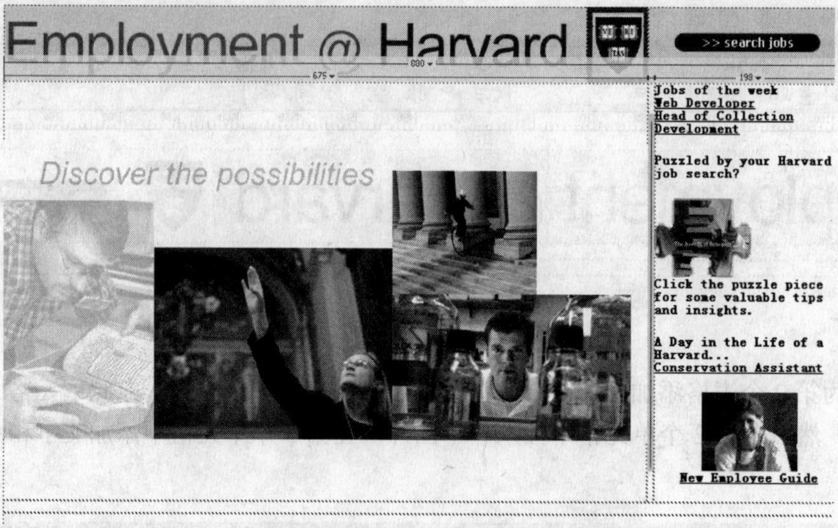

图 4-61 向表格添加内容

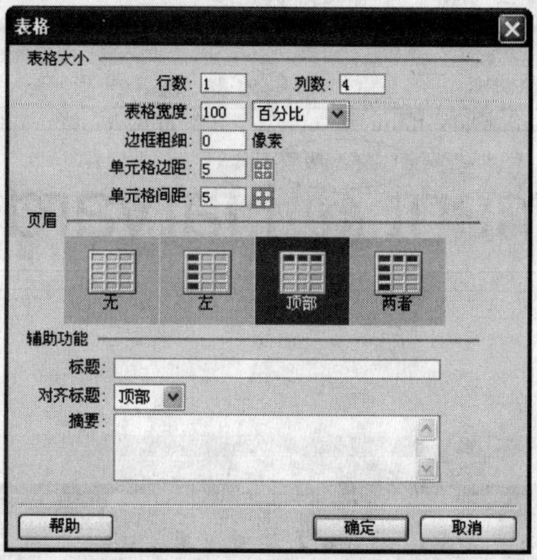

图 4-62 插入 1 行 4 列的表格

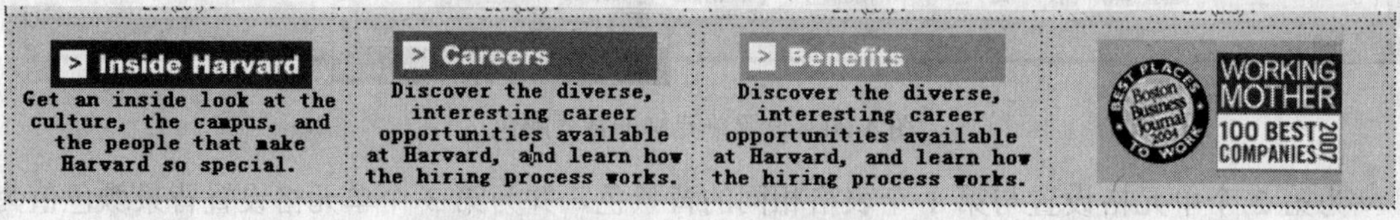

图 4-63 向单元格中插入图片和文字内容

接着为每一个单元格设置背景颜色。本例中单元格的背景颜色与其插入图片的背景颜色相同，设置方法与第 1 个表格背景的设置相同，也可以直接输入颜色值，从左至右依次为：#b74949、#818c4a、#f9aa69、#cbcbcb，效果如图 4-64 所示。

经过以上设置，单元格的背景色与插入单元格中图片的背景色一样，它们就融合在一起了，使网页更具有美感。

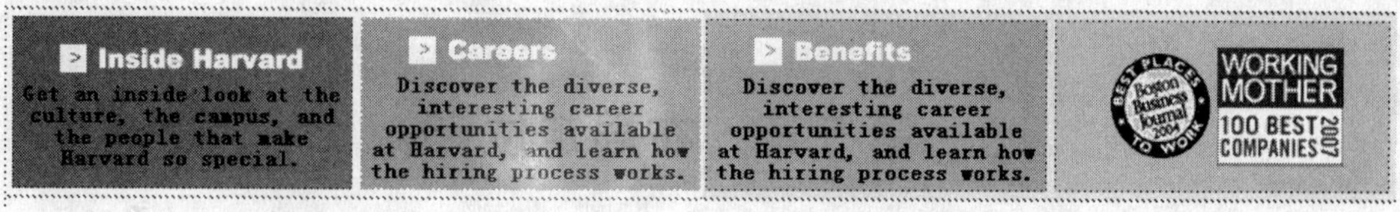

图 4-64　设置每一个单元格的颜色

（9）在最后 1 个单元格中输入版权信息，插入的图片和录入的文字如图 4-65 所示。

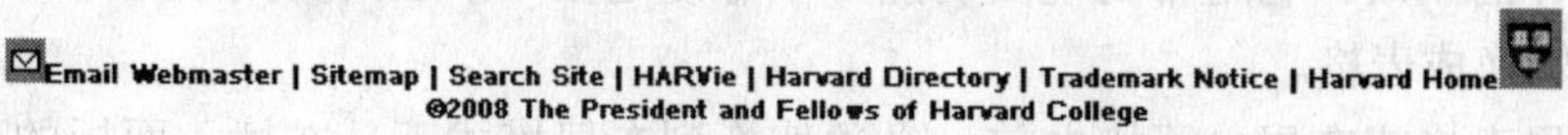

图 4-65　版权信息

然后用同样的方法，设置该单元格的背景颜色与所插入的图片的背景颜色相同。

（10）保存网页。在浏览器中打开网页，可以得到预期的效果。

这样，利用表格对网页进行排版制作的网页就完成了。

说明：很多时候，我们在制作网页时都会用表格进行页面的排版和布局，其中表格的嵌套功能非常重要，尤其是制作一些大型网站，通过嵌套表格可以轻松地将大量信息整齐地展示在浏览者面前。

第 5 章　布局定位

布局设计是网页制作中一项很重要的工作，它涉及网页在浏览器中显示的外观，它往往决定着网页设计的成败。利用布局视图功能可以方便地在一个空白页面上随心所欲地设计布局，并能自动转换成表格。

在绘制布局表格或布局单元格之前，必须切换到布局模式下。在插入面板的“布局”选项中单击“布局”按钮即可切换到布局模式，如图 5-1 所示。

图 5-1　“布局”插入栏

在布局模式中制作完布局表格后，最好退出布局模式到标准模式下进行内容的添加和编辑。以下三种方法都可以退出布局模式：

方法一：在文档编辑区的顶部，单击“退出”超链接。

方法二：在“布局”插入栏中单击“标准”按钮。

方法三：选择“查看”→“表格模式”→“标准模式”命令。

5.1　创建布局表格和布局单元格

在布局模式下使用布局表格和布局单元格进行页面布局时，一般先创建布局表格，再在布局表格中添加布局单元格。如果没有绘制布局表格就绘制布局单元格，则会自动产生一个布局表格。不可以在布局单元格内绘制布局表格和布局单元格。

5.1.1　绘制布局表格

Dreamweaver 8 提供了“布局”栏的两个按钮：“布局表格”按钮和“绘制布局单元格”按钮，利用它们可以方便地制作出网页布局的表格和单元格。

单击“布局”栏中的“布局表格”按钮，鼠标指针变为加号，将鼠标指针放置在页中要开始绘制表格的位置，再用鼠标在设计窗口内拖曳，即可绘制出一个绿色线条的表格。

在绘制表格后，单击“布局”栏中的“绘制布局单元格”按钮，鼠标指针变为加号，将鼠标指针放置在页中要开始绘制单元格的位置，再用鼠标在设计窗口内拖曳，即可绘制出一个单元格。重复上述过程，最终效果如图 5-2 所示。

页面上显示的布局表格外框为绿色，而布局单元格外框为蓝色。

提示：若要绘制多个布局单元格而不必重复选择“绘制布局单元格”，只需在绘制布局单元格时按住 Ctrl 键，便可以连续绘制出多个布局单元格。

5.1.2　绘制嵌套布局表格

可以将一个布局表格绘制在另一个布局表格中，创建嵌套表格。对外部表格所进行的更改不会影响嵌套表格中的单元格。例如，当更改外部表格中行或列的大小时，内部表格中单元格的大小不发生变化。

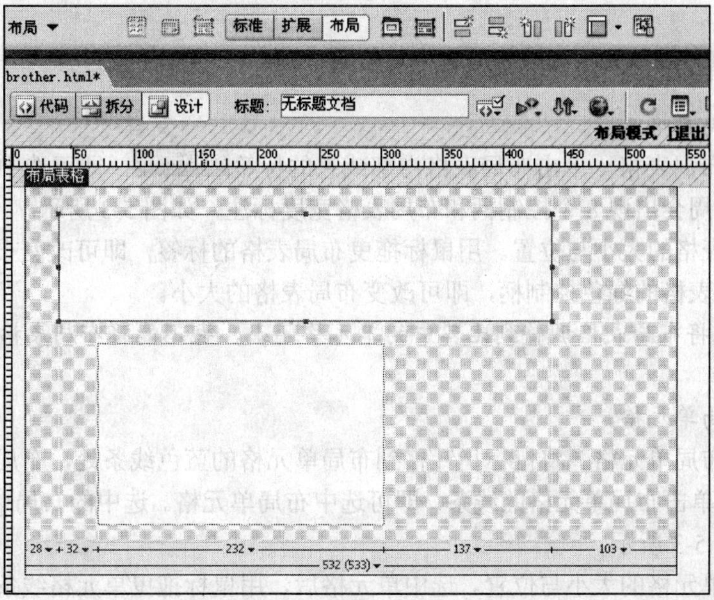

图 5-2　布局表格和单元格的绘制

若要绘制嵌套布局表格，请执行以下操作：

“布局”模式中，在“插入”栏的“布局”类别中单击“绘制布局表格”按钮。鼠标指针变为加号，指向现有布局表格中的空白（灰色）区域，然后拖动指针以创建嵌套布局表格，如图 5-3 所示。

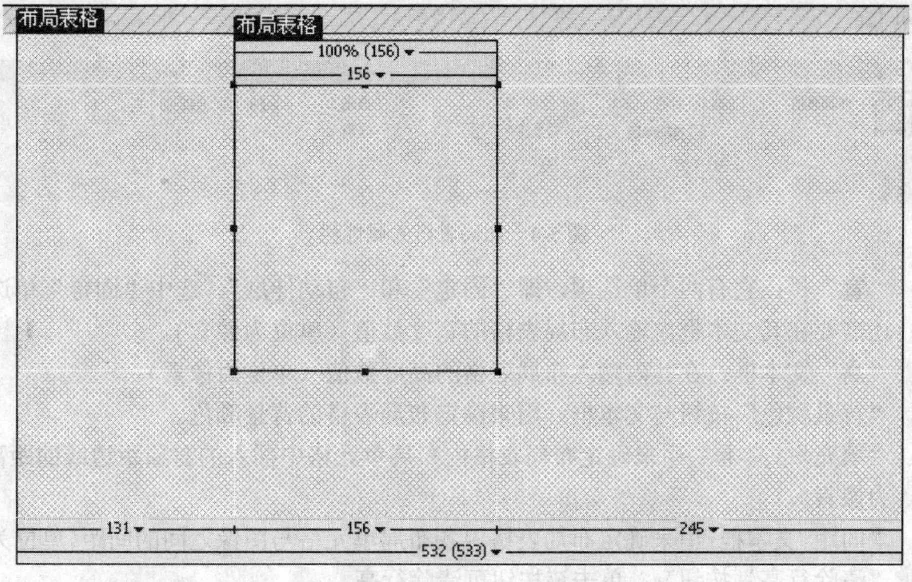

图 5-3　嵌套布局表格

5.2　编辑布局表格和布局单元格

5.2.1　调整布局单元格和表格的大小与位置

1. 设置布局表格

（1）选中布局表格。单击布局表格内部或它的标签布局表格，即可选中布局表格。选中的布局表格的四周会出现 8 个控制柄和布局表格宽度标注，如图 5-3 所示。

（2）调整表格的大小与位置。用鼠标拖曳布局表格的标签，即可改变布局表格的位置；用鼠标拖曳布局表格的绿色控制柄，即可改变布局表格的大小。

注意：不能将布局表格调整到比其中的单元格还小，也不能将布局表格移到其他布局表格之上。

2. 设置布局单元格

（1）选中布局单元格。将鼠标指针移到布局单元格的蓝色线条处，布局单元格的线条会变为红色，此时单击布局单元格的线条，即可选中布局单元格。选中的布局单元格四周会有 8 个控制柄，如图 5-3 所示。

（2）调整单元格的大小与位置。选中单元格后，用鼠标拖曳单元格线条，即可改变单元格的位置；用鼠标拖曳单元格的控制柄，即可改变单元格的大小。

注意：不能将单元格移出所在的布局表格，也不能将单元格移到其他单元格之上。

5.2.2　布局表格和布局单元格的属性栏

1. 布局表格的属性面板

选中布局表格后，即可弹出布局表格的属性栏，如图 5-4 所示。布局表格属性栏内各选项的作用如下：

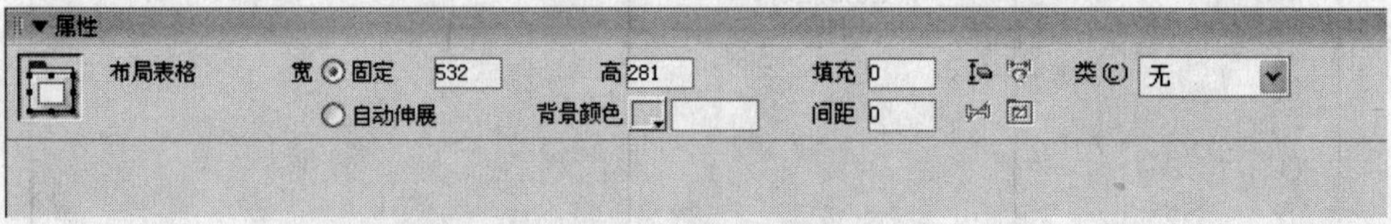

图 5-4　布局表格的属性栏

- “宽”栏：它有两个单选项，即“固定”和“自动伸展”。选中“固定”单选项后，还需要在其文本框内输入布局表格的宽度数值（单位为像素）。
- “高”文本框：在其内输入布局表格的高度数值（单位为像素）。
- “背景颜色”按钮与文本框：用来确定布局表格的背景颜色。
- “填充”文本框：用来确定布局表格内布局单元格中插入的对象距边线的距离（单位为像素）。
- “间距”文本框：用来确定布局表格内各布局单元格与图像之间的间距（单位为像素）。
- “清除行高”按钮：单击该按钮可清除行高。
- “宽度一致”按钮：使单元格宽度一致，创建宽度相同的单元格。

- “删除间隔图像”按钮：删除所有的间隔图像。它在添加间隔图像后才会有效。
- “删除嵌套”按钮：删除嵌套在布局表格内的选中的布局表格。

2. 布局单元格的属性面板

选中布局单元格，可以看到它的属性面板，如图 5-5 所示。

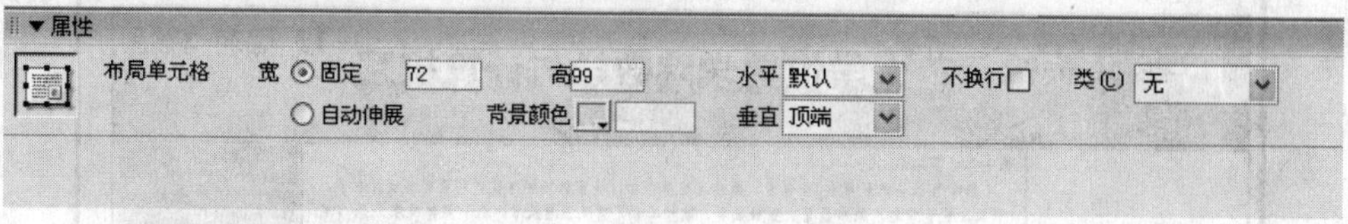

图 5-5　布局单元格属性

- “固定”文本框：将单元格设置为固定宽度。在旁边的文本框中输入宽度数值。
- “自动伸展”：使单元格自动伸展（请参见设置列宽度）。
- “高”：单元格的高度。
- “背景颜色”：布局单元格的背景颜色。单击颜色框并在颜色选择器中选择一种颜色，或在旁边的文本框中输入对应于某种颜色的十六进制数字。
- “水平”：设置单元格内容的水平对齐方式。可以将该对齐方式设置为“左对齐”、“居中对齐”、“右对齐”或“默认”。
- “垂直”：设置单元格内容的垂直对齐方式。可以将该对齐方式设置为“顶端”、“居中”、“底部”、“基线”或“默认”。
- “不换行”复选框：禁止文字换行。当选择了此选项后，布局单元格按需要加宽以适应文本，而不是在新的一行上继续该文本。

5.3　利用布局视图规划网页实例

在 Dreamweaver 8 中，如果要制作不规则的表格布局，需要不断地进行合并单元格和拆分单元格等操作，非常麻烦。使用 Dreamweaver 8 提供的“布局视图”，可以很好地解决这个问题。接下来就在“布局视图”中规划网页的布局。

这里仍以“数学与计算机系”网站为例，重新规划网页的布局，最终效果如图 5-6 所示。

（1）打开 Dreamweaver 8，建立站点，把网页所用到的图片素材全都存放到站点根目录下的 images 文件夹中。

（2）切换到“视图”模式，先画一个布局表格，然后在布局表格内部再单击“单元格按钮”，在布局表格中画 4 个布局单元格，另外，再绘制一个布局表格，其内部绘制三个布局单元格，最终效果如图 5-7 所示。

如果对布局表格中各单元格的大小和位置不满意，可以对它们进行修改，可以通过拖动鼠标指针或属性面板两个方法进行。

（3）在工具栏上单击“标准”按钮，切换到标准视图模式，当网页以标准视图形式显示时，我们可以像编辑表格一样更改布局表格中的各项设置。本例在属性面板中设置表格的宽度为 793 像素，第 2 行从左至右单元格的宽度分别为 160 像素、503 像素和 130 像素，如图 5-8 所示。

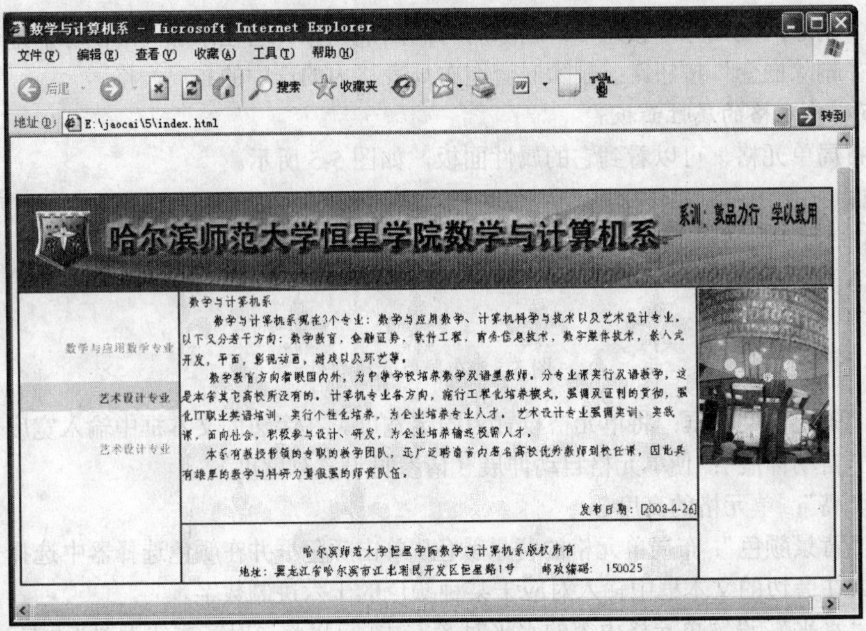

图 5-6 最终效果

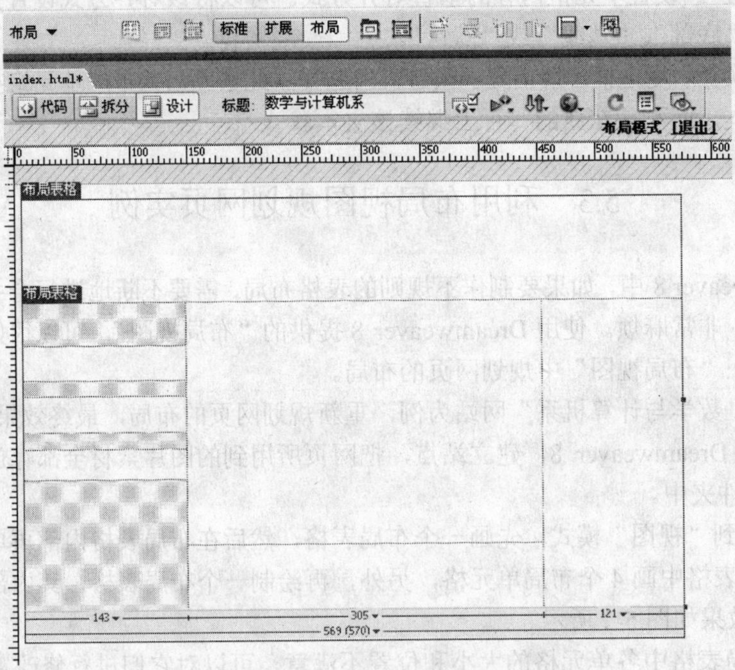

图 5-7 绘制布局表格和单元格

表格的高度可以不用设置，高度会随着内容的增大而自动增大。

（4）在单元格中插入图片和文字等信息，能够得到同前面普通表格布局一样的效果。

1）添加图片：把光标定位在顶部单元格中，选择“插入”→“图像”命令，打开“选择图像源文件”对话框，在对话框中选择要插入的图像，如图 5-9 所示。

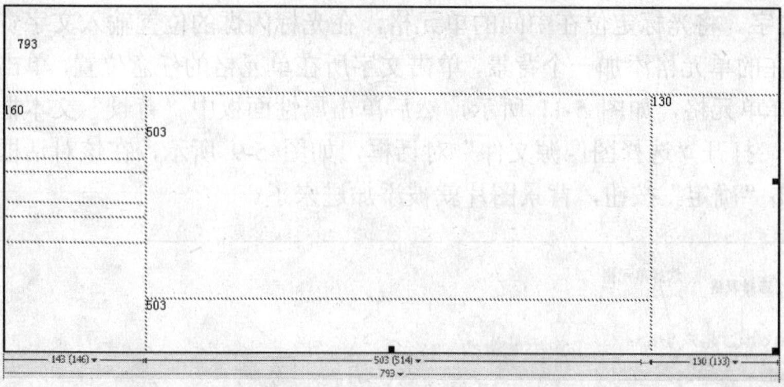

图 5-8　设置表格及单元格的宽度

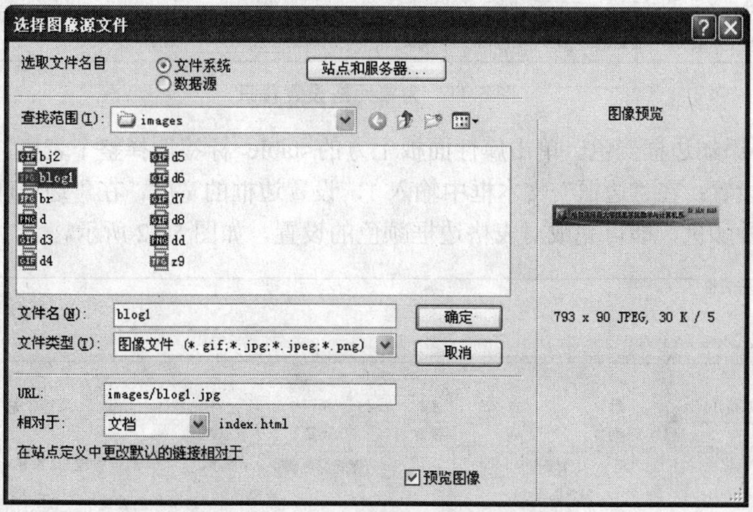

图 5-9　“选择图像源文件”对话框

单击“确定”按钮后图像就加入到所选单元格中了。用同样的方法向最右面单元格中添加一个图片，效果如图 5-10 所示。

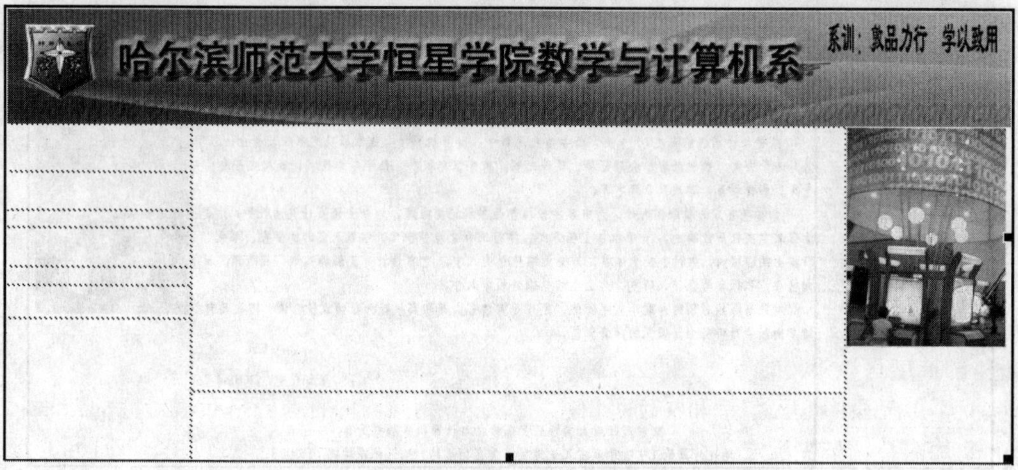

图 5-10　插入图像后的效果

2）添加文字。将光标定位在中间的单元格，在光标闪烁的位置输入文字资料。添加完文字后为文字所在的单元格添加一个背景，单击文字所在单元格的任意位置，单击属性面板上面的<td>标签选择单元格，如图 5-11 所示，然后单击属性面板中“背景”文本框后面的“文件选择”按钮，打开“选择图像源文件”对话框，如图 5-9 所示，在该对话框中选择背景图片 bg.jpg，单击“确定”按钮，背景图片就被添加进来了。

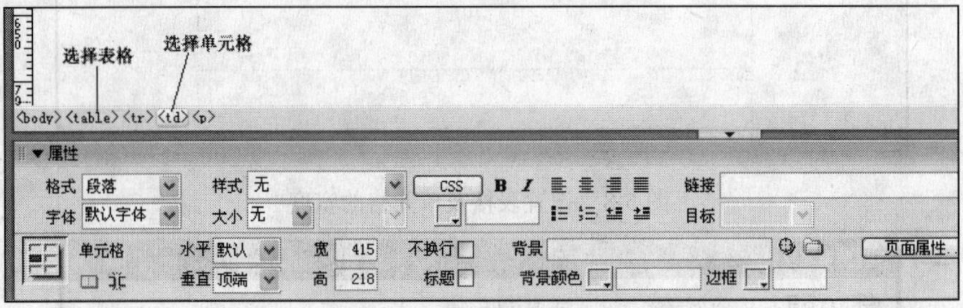

图 5-11　为单元格设置背景

3）为表格添加边框颜色。单击属性面板上方的<table>标签选择整个表格，在表格的属性面板中作如下设置：在“边框”文本框中输入 1，设置边框的宽度，在“边框颜色”后面的文本框中输入一种颜色，即可完成对表格边框颜色的设置，如图 5-12 所示。

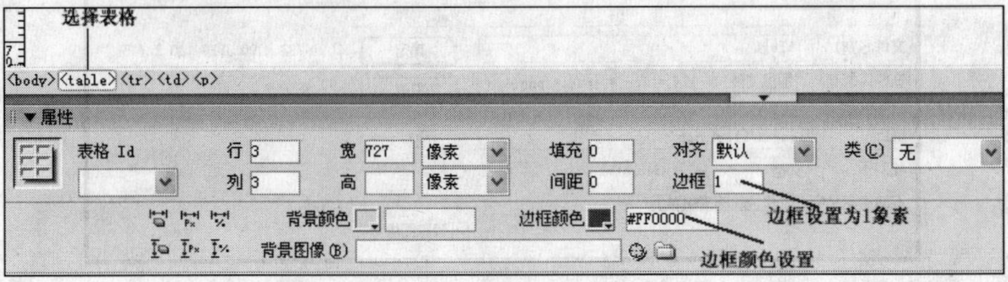

图 5-12　设置表格属性

经过以上的设置，就完成了对表格内容的添加，效果如图 5-13 所示。

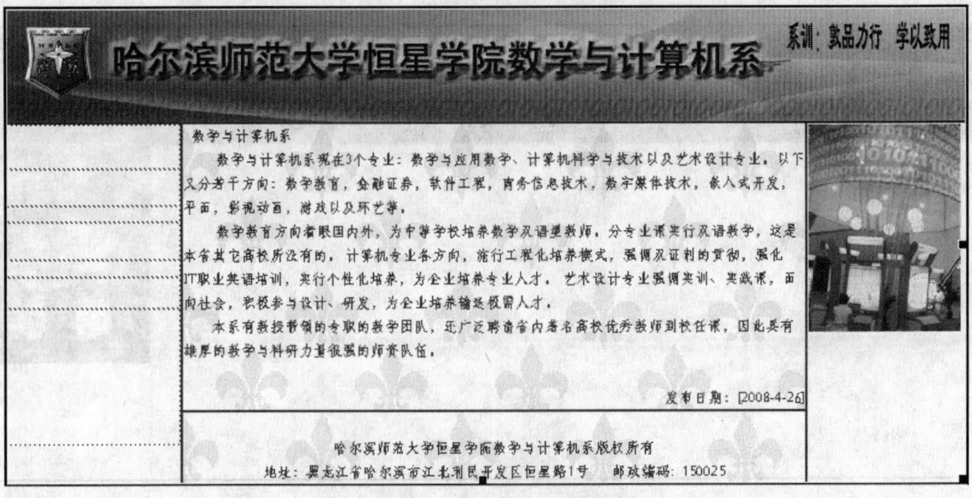

图 5-13　添加表格中的内容

（5）最后为最左面的单元格中添加 3 个“鼠标经过图像”。单击常用工具栏中“图像”按钮后的小三角，在展开的菜单中单击“鼠标经过图像”命令，打开“插入鼠标经过图像”对话框，在该对话框中选择要插入的图片，如图 5-14 所示。

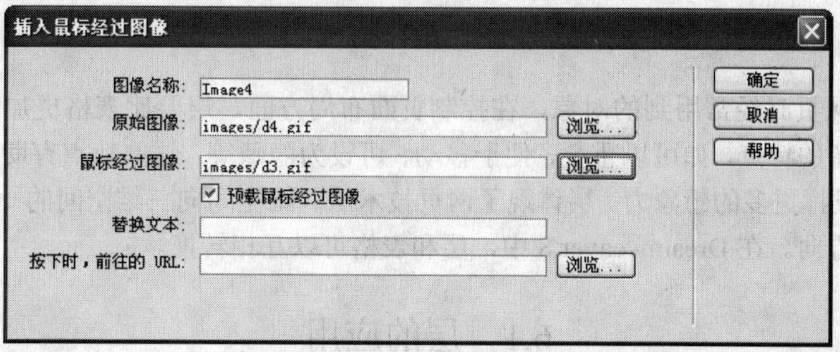

图 5-14　“插入鼠标经过图像”对话框

用同样的方法为其他单元格添加“鼠标经过图像”，完成本例的制作。

第 6 章　层及层动画

层是制作网页时经常用到的对象，在控制页面布局方面，层要比表格更加灵活，层有很多表格所不具备的特点，如可以重叠、便于移动、可设为隐藏等，这些特点有助于设计思维不受局限，从而发挥更多的想象力。层体现了网页技术从二维空间向三维空间的一种延伸，也是一种新的发展方向。在 Dreamweaver 8 中，层和表格可以互相转换。

6.1　层的应用

Dreamweaver 8 中的层（Layer）是一种页面元素，用于控制页面中对象的精确位置，可以将它放置于页面上的任意位置。层可以包含文本、图像、表单、插件或者其他任何可在 HTML 文档正文中放入的内容。

层作为网页中的一个区域，可以显示、隐藏、重叠和嵌套，也可以使用行为来控制层的显示与隐藏，还可以使用时间轴移动层或改变层的内容，层为网页制作提供了更多的选择和更快捷的途径。

6.1.1　插入新层

将鼠标光标置于需要插入层的位置，选择“插入”→“布局对象”→“层”命令，或在“插入”面板中单击“布局”选项卡，选择“绘制层”图标，将其拖动到页面上。

这两种方法建立的新层的效果如图 6-1 所示，在页面的左上角会有一个标志出现。

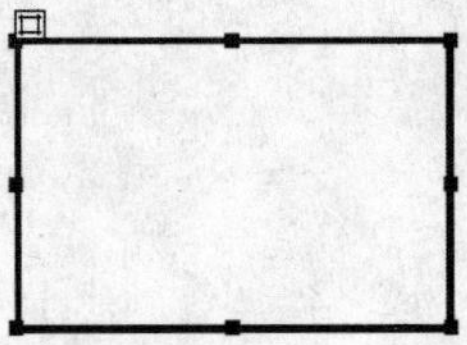

图 6-1　创建的新层

6.1.2　选择层与激活层

对层进行操作时，应先选择层，选择层后可以对层进行对齐、定位、移动、调节大小等操作；向层中插入对象时，应先激活层。激活层不等于选定层，两者有区别。

1. *选择层*

在 Dreamweaver 8 中可以选择一个或多个层来进行操作或更改它们的属性。

（1）选择一个层。将鼠标指针指向层边框，边框线变成红色，鼠标指针变成✣形状，单击边框线，层的边框将出现 8 个蓝色实心正方形，表示该层已被选中。

（2）选择多个层。按住 Shift 键，然后依次选中所需选择的多个层，当选中多个层时，最后选定的层的控制柄将以蓝色实心突出显示，其他层的控制柄以蓝色空心显示。

2. *激活层*

单击层中的任意位置可以激活层，此时层的左上角将显示一个正方形的选择柄。激活一个层后，便可以向其中插入对象了。

6.1.3 设置层的属性

层建立完成后，可以使用属性面板设置层的属性，如图 6-2 所示。

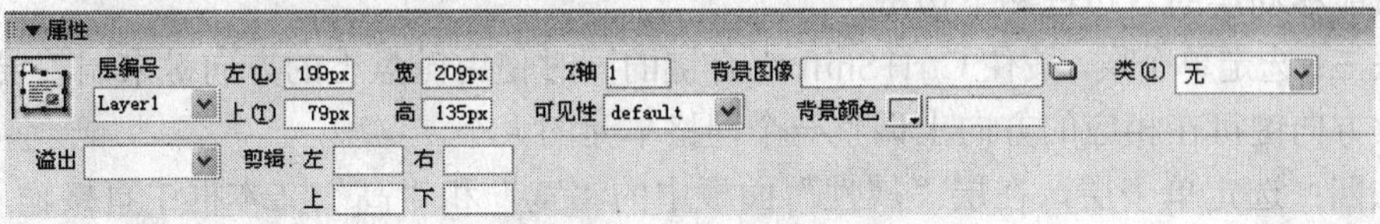

图 6-2　层的属性面板

- 层编号：用于指定一个名称，以便在“层”面板和 JavaScript 代码中标识该层。

注意：层的名字只应使用标准的字母数字字符，而不要使用空格、连字符、斜杠或句号等特殊字符。每个层都必须有它自己的唯一层编号。

- 左和上（左侧和顶部）：指定层的左上角相对于页面（如果嵌套，则为父层）左上角的位置。
- 宽和高：指定层的宽度和高度。
- Z 轴：确定层的 Z 轴（即排列顺序）。在浏览器中，编号较大的层出现在编号较小的层的前面。值可以为正，也可以为负。当更改层的排列顺序时，使用“层”面板要比输入特定的 Z 轴值更为简便。
- 可见性：指定该层最初是否是可见的，有以下选项：
  - “默认”：不指定可见性属性。当未指定可见性时，大多数浏览器都会默认为“继承”。
  - “继承”：使用该层父级的可见性属性。
  - “可见”：显示这些层的内容，而不管父级的值是什么。
  - “隐藏”：隐藏这些层的内容，而不管父级的值是什么。
- 背景图像：指定层的背景图像。单击其文件夹图标可浏览到一个图像文件并将其选定。
- 背景颜色：指定层的背景颜色。如果将此选项留为空白，则可以指定透明的背景。
- 溢出：用来设置当层的内容超过层的指定大小时，对层内容的显示方法。有以下选项：
  - visible：当层的内容超过指定大小时，层的边界会自动延伸以容纳这些内容。
  - hidden：当层的内容超过指定大小时，将隐藏超出部分的内容。
  - scroll：浏览器将在层上添加滚动条。
  - auto：当层的内容超过指定大小时，浏览器才显示层的滚动条。
- 剪辑：定义层的可见区域。指定左侧、顶部、右侧和底边坐标，可在层的坐标空间中定义一个矩形（从层的左上角开始计算）。层经过“剪辑”后，只有指定的矩形区域才是可见的。

6.1.4 层的基本操作

1. 调整层的大小

在 Dreamweaver 8 中，调整层的大小的方法有多种。

方法一：选定需要调整大小的层，将鼠标指针移动到控制柄上，拖动该层的边框即可在相应的方向上改变层的大小。水平方向的双向箭头可以改变层的宽度，垂直方向的双向箭头可以改变层的高度，斜向的双向箭头可以同时改变层的宽度和高度。

方法二：选定单个层，按住 Ctrl 键的同时使用键盘上的方向键来调整层的大小。注意：此方法只能移动层的右边框和下边框。

方法三：选定单个层，按住 Ctrl+Shift 组合键的同时使用键盘上的方向键来调整层的大小，每按一次方向键可在相应的方向上调整一个网格单元的大小。

方法四：选定单个层，在层“属性”面板中的“宽”和“高”文本框中直接输入数值，可精确设置层的大小。

2. *移动层*

层可以在页面上任意移动，移动层的方法有多种。

方法一：选定单个或多个层，单击选中层左上角的选择柄，按住鼠标左键并拖动鼠标，当移动到合适位置时释放鼠标即可。

方法二：将鼠标指针移动到层的边框位置，当鼠标指针形状变为四向箭头时，按住鼠标左键并拖动，也可以移动层。

方法三：选定单个或多个层，使用键盘上的方向键也能移动图层，每按下一次则移动一像素的距离。

方法四：在层“属性”面板中，通过设置“左”和“上”的坐标值能精确定位层的位置。如果需要将页面中的某个对象贴合在窗口的左边框或上边框，只需要将该对象放置在层中，然后在层的“属性”面板中设置“左”或“上”为 0 即可。

3. *多个层的对齐*

使用层的对齐命令可以对齐两个或多个层，在对齐多个层时将使用最后被选定的层作为基准。进行层的对齐的具体操作步骤如下：

（1）按住 Shift 键选定需要对齐的多个层，如图 6-3 所示。

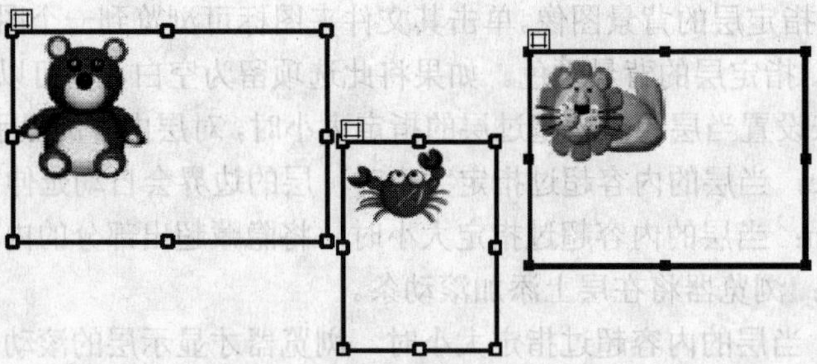

图 6-3　选择层

（2）在 Dreamweaver 8 主窗口中，选择“修改”→“排列顺序”选项，在弹出的级联菜单中选择一个对齐命令，如图 6-4 所示。

4. *更改层的可见性*

当处理文档时，可以使用“层”面板手动显示和隐藏层，若要更改层的可见性，请执行以下操作：

（1）选择“窗口”→“层”命令，打开“层”面板，如图 6-5 所示。

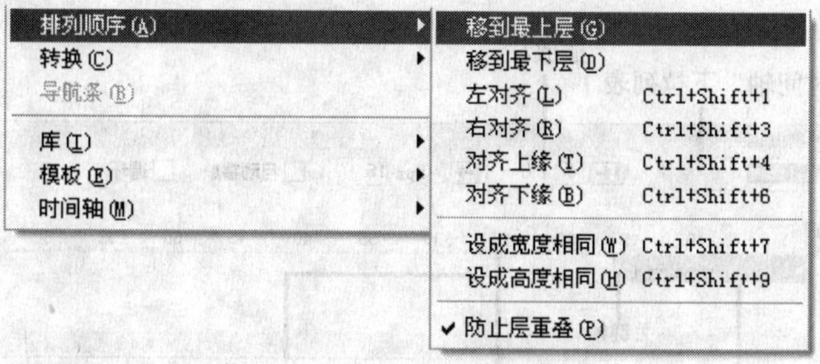

图 6-4　对齐菜单项

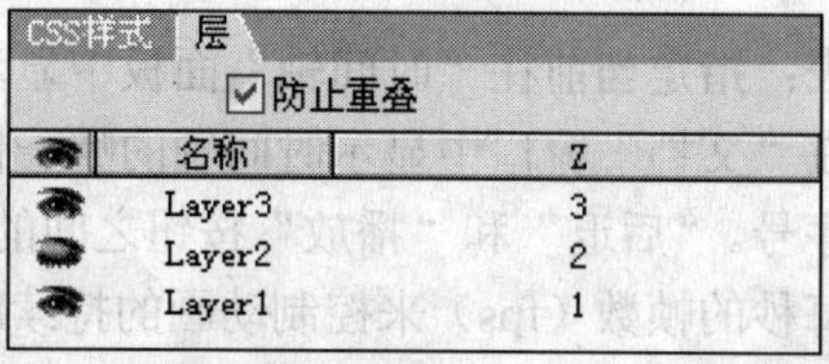

图 6-5　“层”面板

（2）在层的眼睛图标列内单击可以更改其可见性。眼睛睁开表示该层是可见的；眼睛闭合表示该层是不可见的。如果没有眼睛图标，该层通常会继承其父级的可见性（如果层没有嵌套，父级就是文档正文，而文档正文始终是可见的）。另外，如果未指定可见性，则不会显示眼睛图标。例如，从图 6-5 的“层”面板中可以知道，层 Layer2 不可见，而层 Layer3 和 Layer1 可见。

5. *更改层的层叠顺序*

使用“属性”面板或“层”面板可以更改层的层叠顺序。“层”面板列表顶部的层将位于堆叠顺序的顶部，并且会出现在其他层之前。

在 HTML 代码中，层的堆叠顺序或 Z 轴确定层在浏览器中的绘制顺序。层的 Z 轴值越高，该层的堆叠顺序就越高。可以使用“层”面板或“属性”检查器来更改每个层的 Z 轴。

可以通过以下两种方法改变层的堆叠顺序：

（1）在“层”面板中选中一个层，将层向上或向下拖至所需的堆叠顺序。当移动层时会出现一条线，它指示该层将出现的位置。当放置线出现在层叠顺序中的所需位置时，松开鼠标即可。

（2）在“属性”面板中选中一个层，在 Z 轴文本框中键入一个数值。键入一个较大的数值可将该层在层叠顺序中上移；键入一个较小的数值可将该层在层叠顺序中下移。

6.2　制作层动画

利用时间轴可以更改层的位置、大小、可见性和层叠顺序，从而创建层动画。

6.2.1　“时间轴”面板

“时间轴”面板显示层和图像的属性在一段时间内如何更改。可以选择“窗口”→“时间轴”命令，打开“时间轴”面板，如图 6-6 所示。

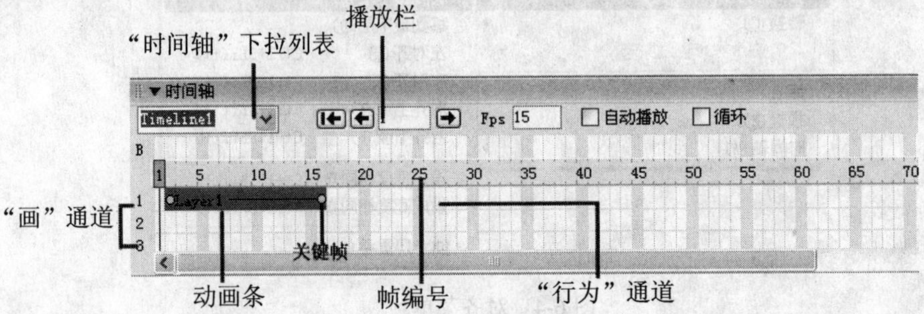

图 6-6　时间轴面板

- “时间轴”下拉列表：指定当前在“时间轴”面板中显示文档的哪些时间轴。
- 播放栏：显示当前在“文档”窗口中显示时间轴的哪一帧。
- 帧编号：指示帧的序号。“后退”和“播放”按钮之间的数字是当前帧编号。可以通过设置帧的总数和每秒的帧数（fps）来控制动画的持续时间。每秒 15 帧这一默认设置是比较适当的平均速率，可用于在通常的 Windows 和 Macintosh 系统上运行的大多数浏览器。
- “行为”通道：在时间轴中特定帧处执行的行为的通道。
- 动画条：显示每个对象的动画的持续时间。一个行可以包含表示不同对象的多个条。不同的条无法控制同一帧中的同一个对象。
- 关键帧：是动画条中已经为对象指定属性（如位置）的帧。Dreamweaver 会计算关键帧之间帧的中间值。小圆标记表示关键帧。
- “动画”通道：显示用于制作层和图像动画的条。

6.2.2　使用时间轴动画移动层

最常见的时间轴动画都涉及沿着一条轨迹移动层。但时间轴只能移动层，若要使图像或文本移动，可以使用“插入”栏上的“绘制层”按钮创建一个层，然后在该层中插入图像、文本或其他任何类型的内容。

若要使用时间轴制作层动画，可以执行以下操作：

（1）在常用面板中选择层图标，在页面内拖动绘制层，在层内单击，定位光标。

（2）向层中插入一幅图像，将层移至它在动画开始时应处于的位置，如图 6-7 所示。

图 6-7　在图层内加入图像

（3）选择“窗口”→“时间轴”命令，打开“时间轴”面板。单击层标记 1 选中层，将层拖动到“时间轴”面板的第 1 帧后面的帧，如图 6-8 所示。

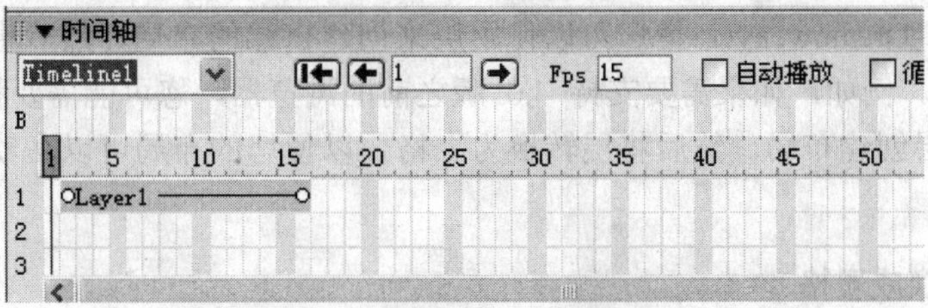

图 6-8　将图像加入时间轴图

（4）选中层，用鼠标将其拖动到另一个位置，在其与原图像之间就会出现一条线，它显示“文档”窗口中动画的轨迹，如图 6-9 所示。单击“时间轴”面板中的“播放”按钮，就可以看到图像移动的动画效果。

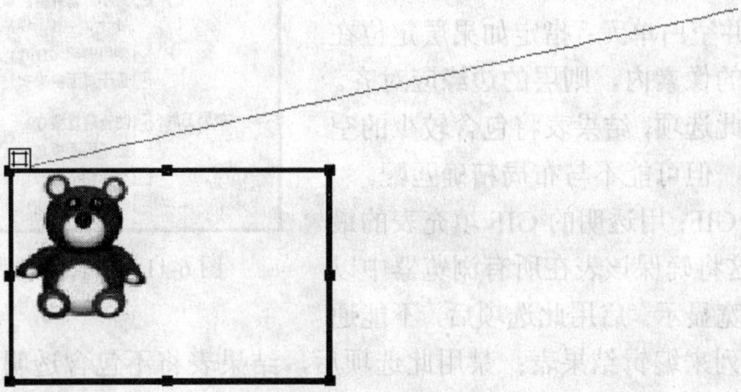

图 6-9　加入动画线

（5）如果要让层沿曲线移动，请选择其动画条，然后按住 Ctrl 键并单击或从右键快捷菜单中选择“增加关键帧”命令，拖动层移动，使运动轨迹呈曲线形状，如图 6-10 所示。

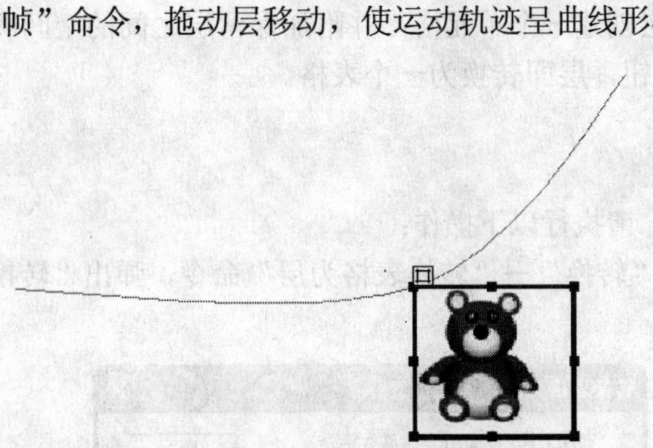

图 6-10　设置曲线动画

（6）单击“播放”按钮，预览页面上的动画。重复此过程，在时间轴上添加其他层和图像并创建更为复杂的动画。

6.3　层和表格的相互转换

一些 Web 设计人员可能不喜欢使用表格或“布局”模式来创建自己的布局，而是喜欢通过层来进行设计。Dreamweaver 使您可以使用层来创建自己的布局，然后将它们转换为表格（如果愿意的话）。例如，如果需要支持 4.0 版之前的浏览器，您可能需要将层转换为表格。

您可以使用层创建布局，然后将层转换为表格，以使您的布局可以在较早的浏览器中进行查看。

6.3.1 层转换成表格

若要将层转换为表格，请执行以下操作：

（1）选择“修改”→“转换”→“转换层为表格”命令，弹出“转换层为表格”对话框，如图 6-11 所示。

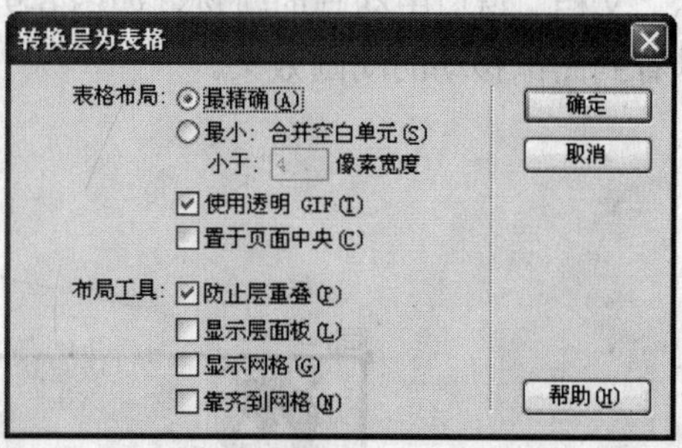

图 6-11 “转换层为表格”对话框

（2）在该对话框中，选择所需的选项。如果将层转换为表格，则层之间是不能有重叠的。

- 最小：合并空白单元：指定如果层定位在指定数目的像素内，则层的边缘应对齐。如果选择此选项，结果表将包含较少的空行和空列，但可能不与布局精确匹配。
- 使用透明 GIF：用透明的 GIF 填充表的最后一行。这将确保该表在所有浏览器中以相同的列宽显示。启用此选项后，不能通过拖动表列来编辑结果表；禁用此选项后，结果表将不包含透明 GIF，但在不同的浏览器中可能会具有不同的列宽。
- 置于页面中央：将结果表放置在页面的中央。如果禁用此选项，表将在页面的左边缘开始。
- 最精确：为每个层创建一个单元格，并附加保留层之间的空间所必需的任何单元格。

（3）单击“确定”按钮，层即转换为一个表格。

6.3.2 表格转换成层

若要将表格转换为层，请执行以下操作：

（1）选择“修改”→“转换”→“转换表格为层”命令，弹出“转换表格为层”对话框，如图 6-12 所示。

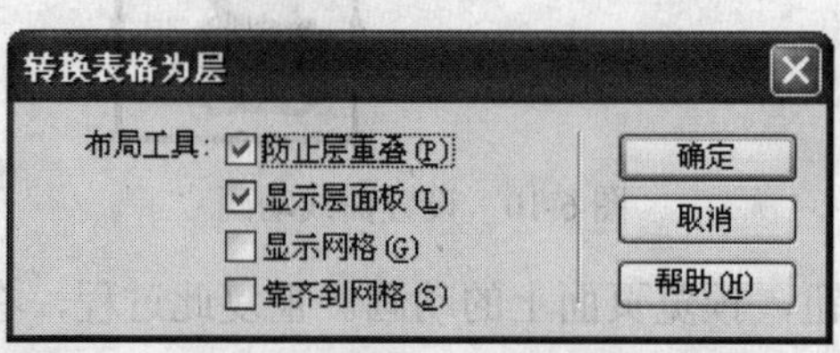

图 6-12 “转换表格为层”对话框

（2）在“转换表格为层”对话框中选择所需的选项。

- 显示网格和靠齐到网格：使您能够使用网格来协助对层进行定位。
- 防止层重叠：在创建、移动层和调整层大小时约束层的位置，使层不会重叠。
- 显示层面板：显示“层”面板。

（3）单击“确定”按钮，表格即转换为层，但空单元格不会转换为层（除非它们具有背景颜色）。

6.4　综合实例

6.4.1　下拉菜单

制作下拉菜单的具体操作步骤如下：

（1）找到本书范例“8\iframe”，在 Dreamweaver 8 中打开 index.html，然后选中“参考资料”几个字，为它设置一个空链接，如图 6-13 所示。

（2）切换到代码窗口，在该链接标签中加入一个行为，代码如下：

```
<a onclick="show(a1)" href="#">参考资料</a>
```

（3）在该链接标签下面新建一个 div 层，命名为 a1，代码如下：

```
<div id="a1"> </div>
```

（4）在 div 标签中新建一个宽度为 100，间距为 1 的 5 行 1 列的表格，如图 6-14 所示。

（5）切换到设计窗口，设置表格的背景色为#32ab9a，前景色为#ffffff，然后编辑下拉菜单的内容并设置为居中，如图 6-15 所示。

图 6-13　选中文字

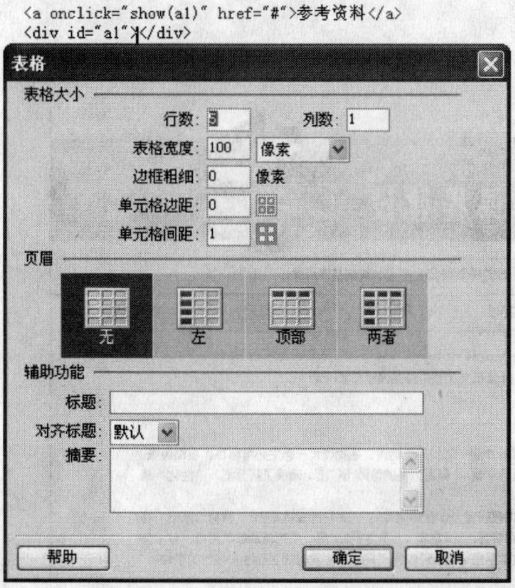

图 6-14　在 div 中新建表格

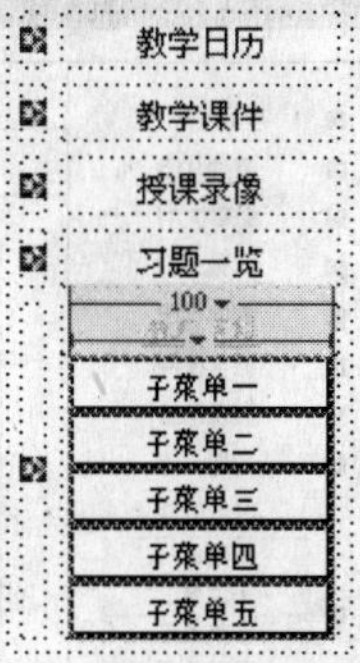

图 6-15　编辑子菜单的内容

（6）返回到代码窗口，将刚才建立的 div 层的样式设置为隐藏，代码如下：

```
<a onclick="show(al)" href="#">参考资料</a>
<div id="al" style="display:none: ">
<tablewidth="100"border="0"cellpadding="0"cellspacing="1"bgcolor="#32ab9a">
  <tr>
    <td bgcolor="#FFFFFF"><div align="center"子菜单一</div></td>
```

```
  </tr>
  <tr>
    <td bgcolor="#FFFFFF"><div align="center"子菜单二</div></td>
  </tr>
  <tr>
    <td bgcolor="#FFFFFF"><div align="center"子菜单三</div></td>
  </tr>
  <tr>
    <td bgcolor="#FFFFFF"><div align="center"子菜单四</div></td>
  </tr>
  <tr>
    <td bgcolor="#FFFFFF"><div align="center"子菜单五</div></td>
  </tr>
</table>
```

（7）在</head>和<body>之间加入如下代码：

```
<script language="JavaScript">
<!--
function show(i)                      //新建一个函数，传递一个参数 i
{
if(i.style.display=="none")           //如果 i 的样式为“隐藏”，条件为真，执行下面的程序
 { i.style.display="";   }            //i 的样式为“显示”
else                                  //否则，执行下面的程序
{  i.style.display="none"; }          //i 的样式为“隐藏”
}
-->
</script>
```

（8）保存并预览效果，如图 6-16 所示。

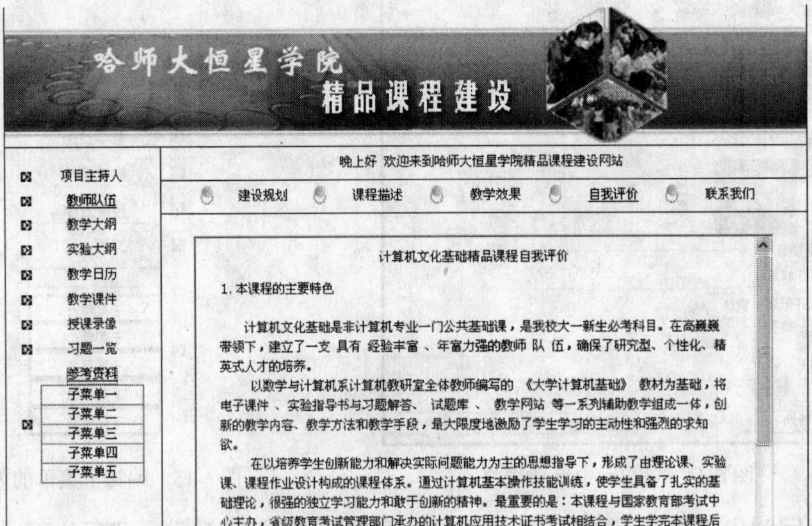

图 6-16 最终效果

6.4.2 DIV+CSS 布局

具体的操作步骤如下：

（1）新建一个文件，切换到代码窗口，会看到如下代码：

```
<!DOCTYPE html PUBLIC "-//W3C//DTD XHTML 1.0 Transitional//EN" "http://www.w3.org/TR/xhtml1/DTD/xhtml1-transitional.dtd">
<html xmlns="http://www.w3.org/1999/xhtml">
<head>
<meta http-equiv="Content-Type" content="text/html; charset=gb2312" />
<title>无标题文档</title>
</head>
<body>
</body>
</html>
```

（2）在<body>和</body>之间加入 5 个 div 标签对，并分别给出 id 值，然后在</head>和<body>之间加入一个内嵌式样式表。代码范例如下：

```
<!DOCTYPE html PUBLIC "-//W3C//DTD XHTML 1.0 Transitional//EN" "http://www.w3.org/TR/xhtml1/DTD/xhtml1-transitional.dtd">
<html xmlns="http://www.w3.org/1999/xhtml">
<head>
<meta http-equiv="Content-Type" content="text/html; charset=gb2312" />
<title>无标题文档</title>
</head>
<style type="text/css">
<!--
-->
</style>
<body>
<div id="a"> </div>
<div id="b"> </div>
<div id="c"> </div>
<div id="d"> </div>
<div id="e"> </div>
</body>
</html>
```

（3）编辑内嵌式样式表，对下面的 5 个 div 标签进行规范，代码范例如下：

```
<!DOCTYPE html PUBLIC "-//W3C//DTD XHTML 1.0 Transitional//EN" "http://www.w3.org/TR/xhtml1/DTD/xhtml1-transitional.dtd">
<html xmlns="http://www.w3.org/1999/xhtml">
<head>
<meta http-equiv="Content-Type" content="text/html; charset=gb2312" />
<title>无标题文档</title>
</head>
<style type="text/css">
<!--
```

```
#a{width:800px;height:20px;background:#000000;}
#b{width:800px;height:100px;background:#666666;}
#c{width:800px;height:25px;background:#cccccc;}
#d{width:800px;height:350px;background:#666666;}
#e{width:800px;height:30px;background:#000000;}
-->
</style>
<body>
<div id="a"> </div>
<div id="b"> </div>
<div id="c"> </div>
<div id="d"> </div>
<div id="e"> </div>
</body>
</html>
```

（4）编辑网页内容，加入导航菜单。代码范例如下：

```
<!DOCTYPE html PUBLIC "-//W3C//DTD XHTML 1.0 Transitional//EN" "http://
www.w3.org/TR/xhtml1/DTD/xhtml1-transitional.dtd">
<html xmlns="http://www.w3.org/1999/xhtml">
<head>
<meta http-equiv="Content-Type" content="text/html; charset=gb2312" />
<title>无标题文档</title>
</head>
<style type="text/css">
<!--
#a{width:800px;height:20px;background:#000000;}
#b{width:800px;height:100px;background:#666666;}
#c{width:800px;height:25px;background:#cccccc;}
#d{width:800px;height:350px;background:#666666;}
#e{width:800px;height:30px;background:#000000;}
-->
</style>
<body>
<div id="a"><div style="padding-top:4px;color:#ffffff;"> 欢迎来到我的小站！
</div></div>
<div id="b"> </div>
<div id="c"><div style="padding-top:6px;text-align:center;">我的相册 我的资料
我的博客 我的文章 我的留言</div></div>
<div id="d"> </div>
<div id="e"><div style="padding-top:9px;color:#ffffff;text-align:center;
">Copyright 2008-2009 www.xiaozhan.com All rights reserved</div></div>
</body>
</html>
```

（5）保存并预览效果，如图 6-17 所示。

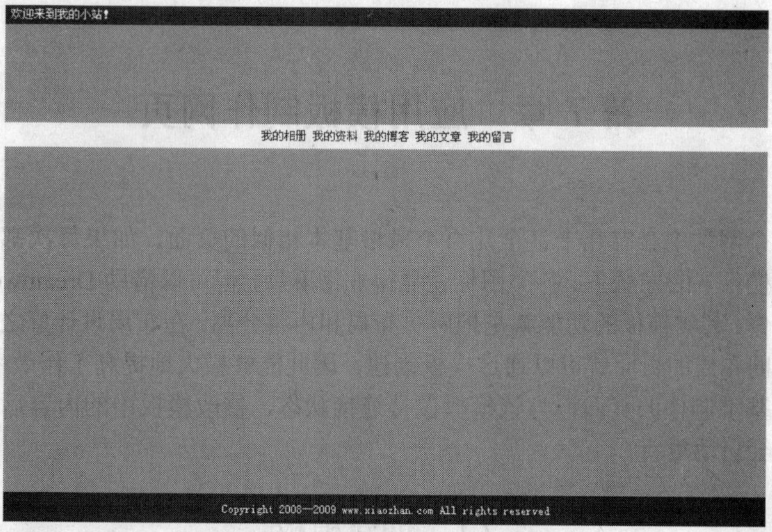
欢迎来到我的小站！
我的相册 我的资料 我的博客 我的文章 我的留言
Copyright 2008—2009 www.xiaozhan.com All rights reserved

图 6-17　最终效果

第 7 章　应用模板制作网页

通常在一个网站中会有几十甚至几百个风格基本相似的页面，如果每次都重新设定网页结构以及相同栏目下的导航条、各类图标就显得非常麻烦，但可以借助 Dreamweaver 8 的模板功能来简化操作。其实模板的功能就是把网页布局和内容分离，在布局设计好之后将其存储为模板，这样相同布局的页面就可以通过模板创建，因此能够极大地提高工作效率。

以模板为基准制作的页面，与该模板保持连接状态，修改模板中的内容后，所有基于该模板的页面都会自动更新。

7.1　创建模板

制作模板和制作一个普通的页面完全相同，只是不需要把页面的所有部分都制作完成，仅需要制作出导航条、标题栏等各个页面的公有部分，而把中间区域用页面的具体内容来填充。

7.1.1　新建模板页面

1. 从空白页开始新建一个模板

选择“文件”→“新建”命令，弹出“新建文档”对话框，选中“类别”栏内的“模板页”选项，再选中“模板页”栏内的“HTML 模板”选项，如图 7-1 所示。单击“创建”按钮，就会出现新模板页。

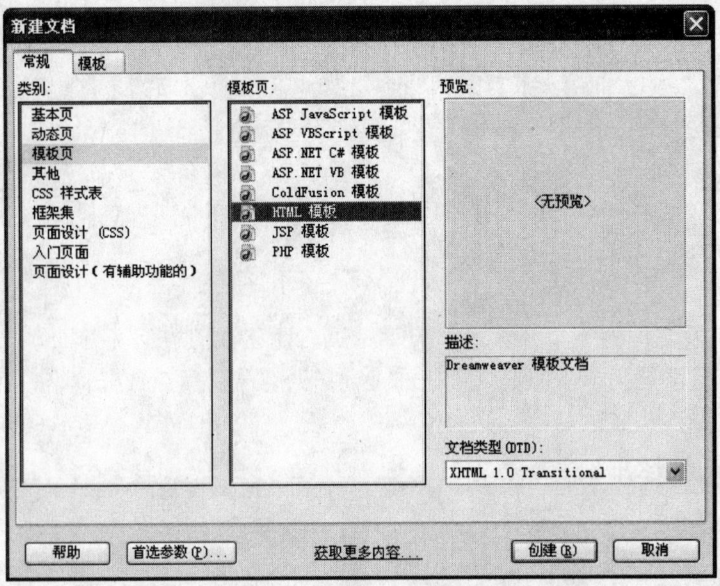

图 7-1　“新建文档”对话框

Dreamweaver 8 将模板文件保存在站点的本地根文件夹中的 Templates 文件夹中，使用文件扩展名.dwt。如果该 Templates 文件夹在站点中尚不存在，Dreamweaver 将在保存新建模板时自动创建该文件夹。

2. 通过“另存为模板”菜单命令

编辑完成后，选择“文件”→“另存为模板”命令，弹出“另存为模板”对话框，如图 7-2 所示。在“另存为”文本框中输入要保存的模板名称后，单击“保存”按钮，即可保存该模板。

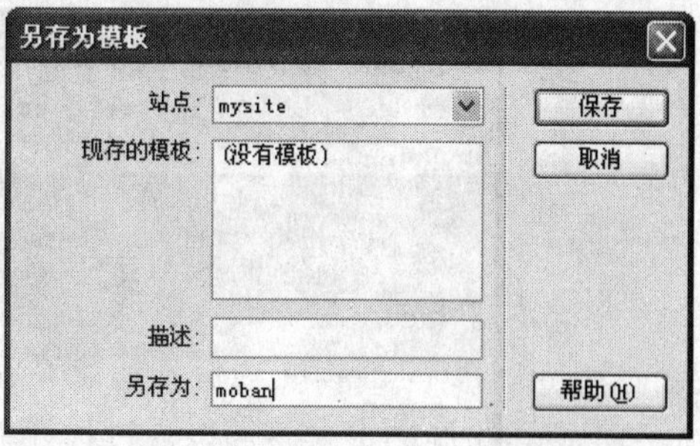

图 7-2　“另存为模板”对话框

7.1.2　模板中的可编辑区域

Dreamweaver 中的模板文档包括可编辑区域和不可编辑区域两部分。将模板中的区域设置为可编辑区域后，就可以基于模板创建新的页面了。在创建的新页面中，可编辑区域是可以编辑的，而其他区域都是不可编辑区域，这些区域是被锁定的，只能回到模板页面去修改，所以模板中的可编辑区域是模板最重要的组成部分。

在插入可编辑区域之前，应该将正在其中工作的文档另存为模板。如果在文档（而不是模板文件）中插入一个可编辑区域，Dreamweaver 会警告该文档将自动另存为模板。

可以将可编辑区域放在页面中的任何位置，定义可编辑模板区域的具体操作步骤如下：

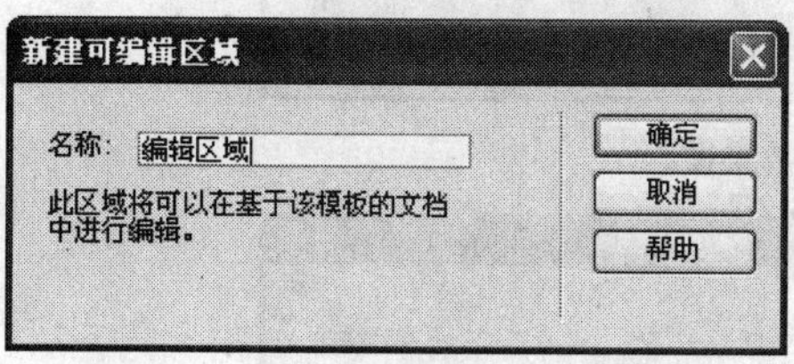

图 7-3　“新建可编辑区域”对话框

（1）在“文档”窗口中，将插入点放在想要插入可编辑区域的地方。然后选择“插入”→“模板对象”→“可编辑区域”命令。或在“插入”“常用”类别中，单击“模板”按钮上的箭头，然后选择“可编辑区域”，打开“新建可编辑区域”对话框，如图 7-3 所示。

（2）在“名称”文本框中为该区域输入唯一的名称，单击“确定”按钮，在光标所在位置即可出现可编辑区域。可编辑区域在模板中由高亮显示的矩形边框围绕，该边框使用在首选参数中设置的高亮颜色。该区域左上角的选项卡显示该区域的名称。如果在文档中插入空白的可编辑区域，则该区域的名称会出现在该区域内部。

7.1.3　删除可编辑区域

如果已经将模板文件的一个区域标记为可编辑，而现在想取消可编辑性，可使用“删除模板标记”命令。方法是：单击可编辑区域左上角的选项卡，然后选择“修改”→“模板”→“删除模板标记”命令。该区域即不再是可编辑区域。

7.2　模板应用实例

使用 Dreamweaver 模板可以轻松创建风格一致的网页，并且使用模板可以方便地维护站点，轻轻松松便能创建并管理大量的网页。

下面通过一个完整的实例说明模板在网站中的应用，如图 7-4 至图 7-7 所示为打开的“公司简介”、“产品介绍”、“最新动态”图和“联系我们”页面效果图。

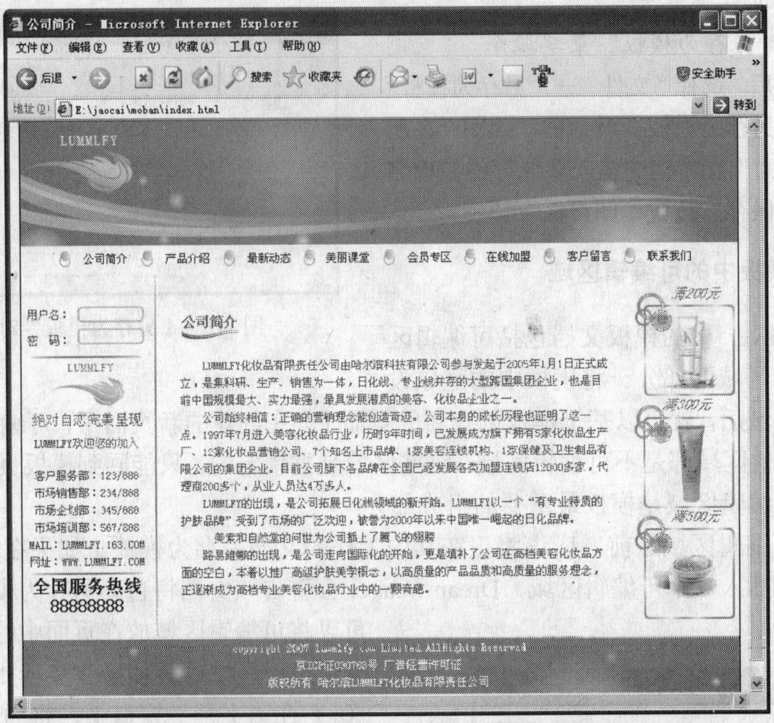

图 7-4 “公司简介”效果图

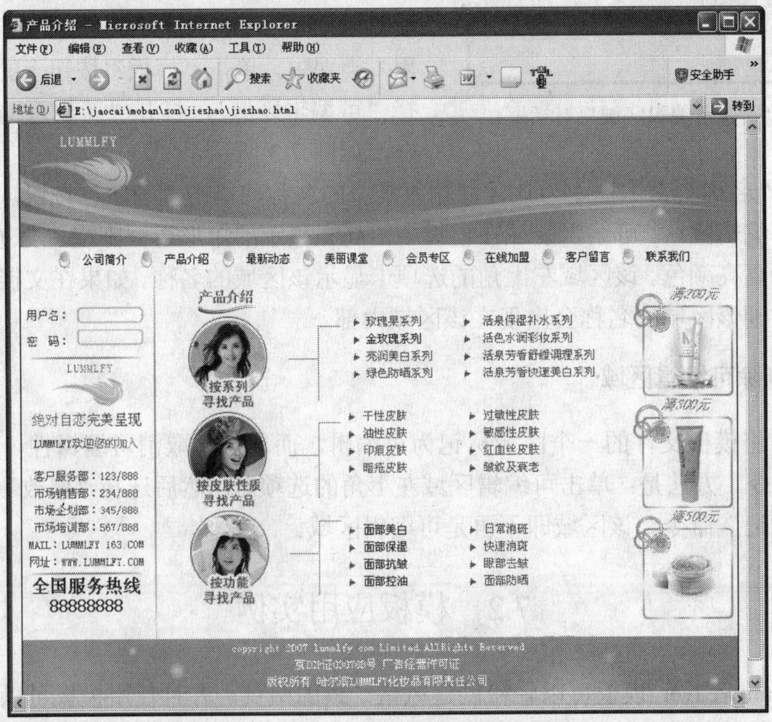

图 7-5 “产品介绍”页面

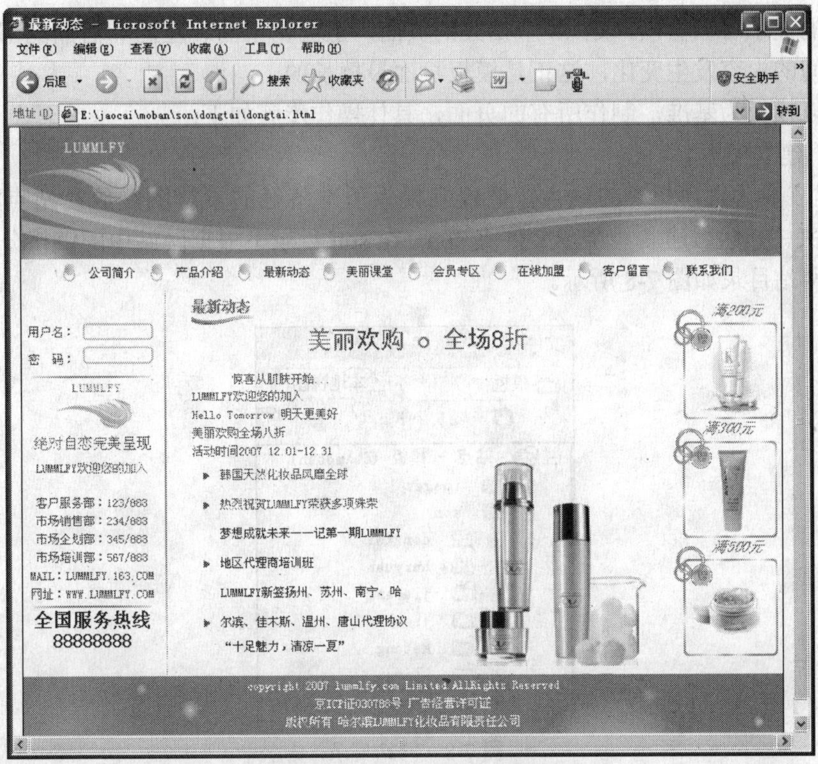

图 7-6　“最新动态”页面

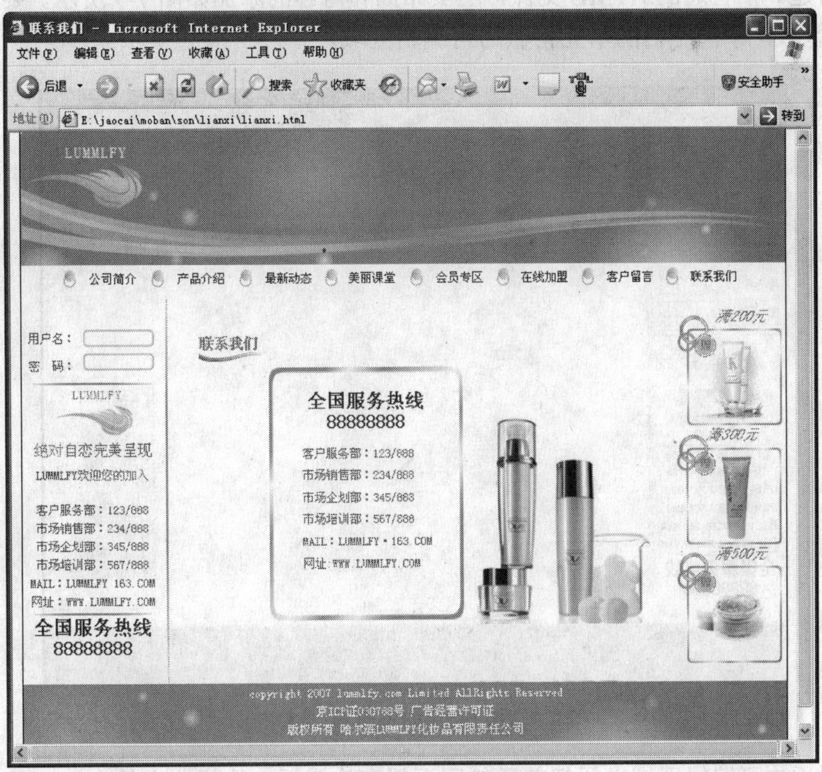

图 7-7　“联系我们”页面

从页面的显示可以看出，这 4 个相关的页面，上面、下面、左面和右面的部分都是一样的，只是中间的内容发生变化，这正是模板页面最擅长的。

本例将以模板为基准，制作所有的页面，具体操作步骤如下：

步骤 1：建立模板。

（1）建立名为“模板”的站点，把建立模板所准备好的素材图片放在站点根目录下的 images 文件夹中，然后建立一个子文件夹 son，在 son 目录下根据网站中的链接分别建立下级子文件夹，网站目录如图 7-8 所示。

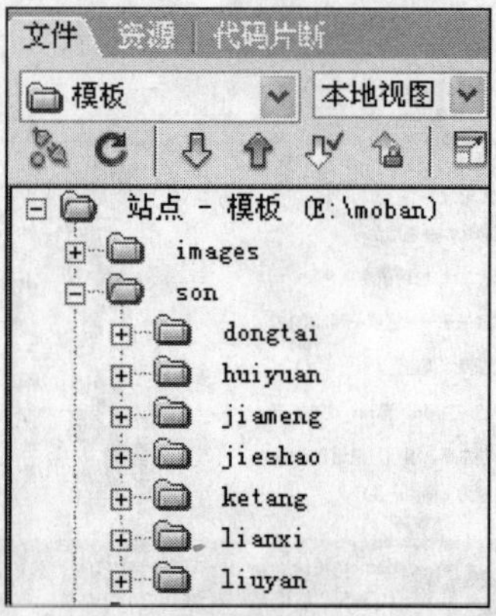

图 7-8 网站目录

（2）新建一个普通的 HTML 文件，网页布局和内容的添加如图 7-9 所示。要将此内容做为不可编辑区域，中间空白的单元格做为可编辑区域。

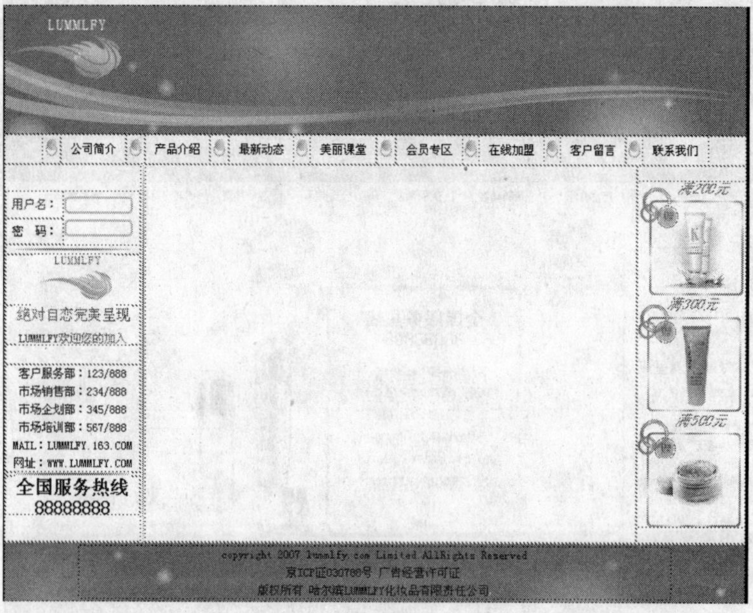

图 7-9 网页布局

（3）要添加可编辑区域必须把普通的网页保存为模板，选择“文件”→“另存为模板”

命令，弹出“另存为模板”对话框，在该对话框中命名所建立的模板为 index.dwt，如图 7-10 所示。

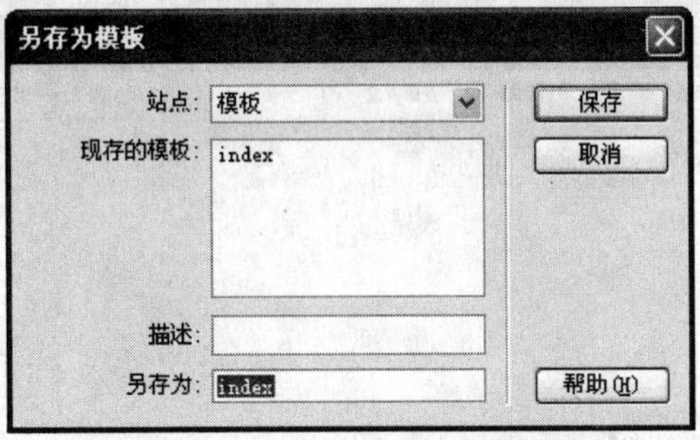

图 7-10　“另存为模板”对话框

（4）单击“保存”按钮，这时，index.dwt 模板会自动保存在站点的 Templates 文件夹中，如图 7-11 所示。

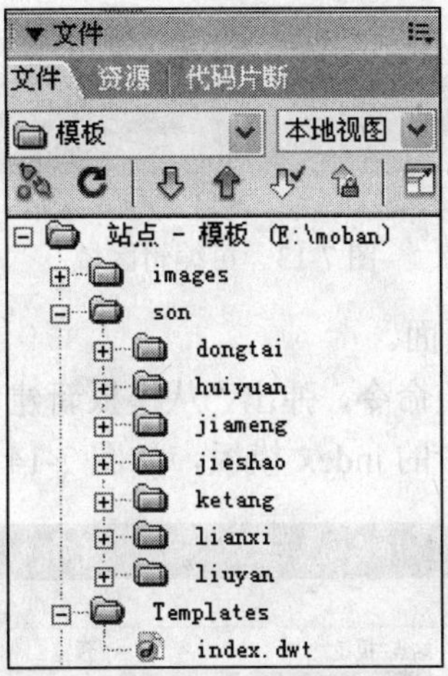

图 7-11　网站目录

（5）单击要建立“可编辑区域”的单元格，然后选择“插入”→“模板对象”→“可编辑区域”命令，打开“新建可编辑区域”对话框，在这里给可编辑区域添加一个名字，如图 7-12 所示。可以用中文命名，也可以用字母命名，或用默认的名字，本例命名为 EditRegion3。

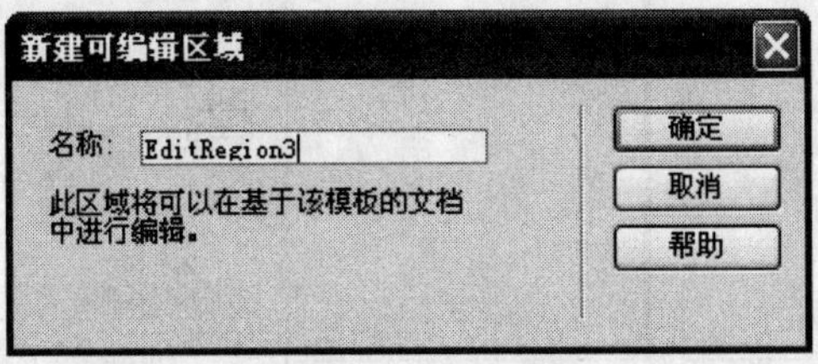

图 7-12　“新建可编辑区域”对话框

（6）单击“确定”按钮，系统会自动确定所选单元格为一个可编辑区域，如图 7-13 所示。这时模板就制作完成了，保存模板，关闭模板编辑界面。

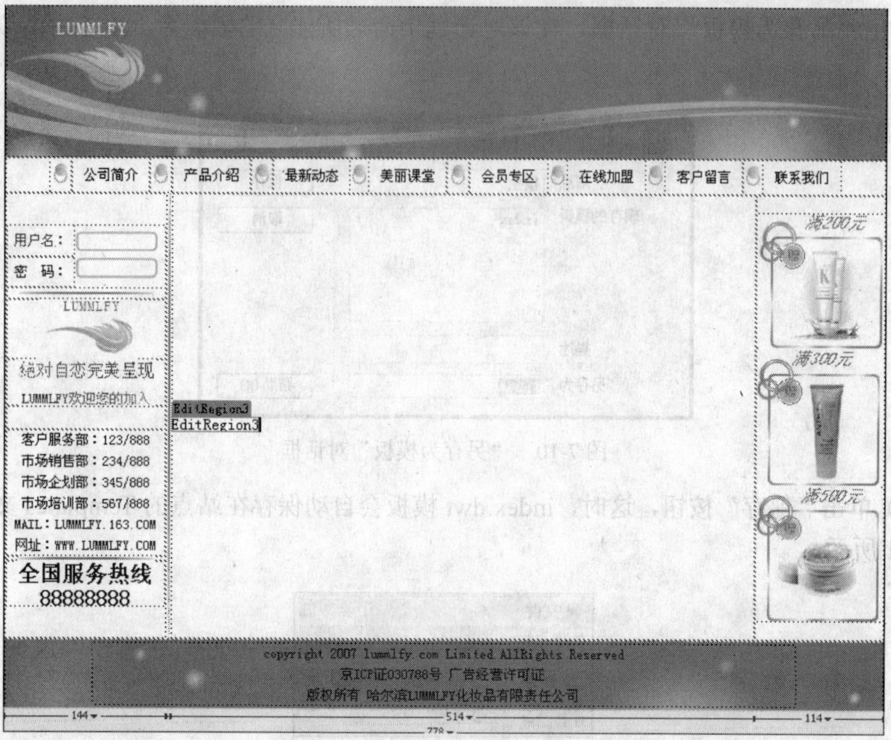

图 7-13 可编辑区域

步骤 2：以模板为基准制作页面。

（1）选择“文件”→“新建”命令，弹出“从模板新建”对话框，在该对话框中选择“模板”选项卡，选择“模板”站点中的 index 模板，如图 7-14 所示。

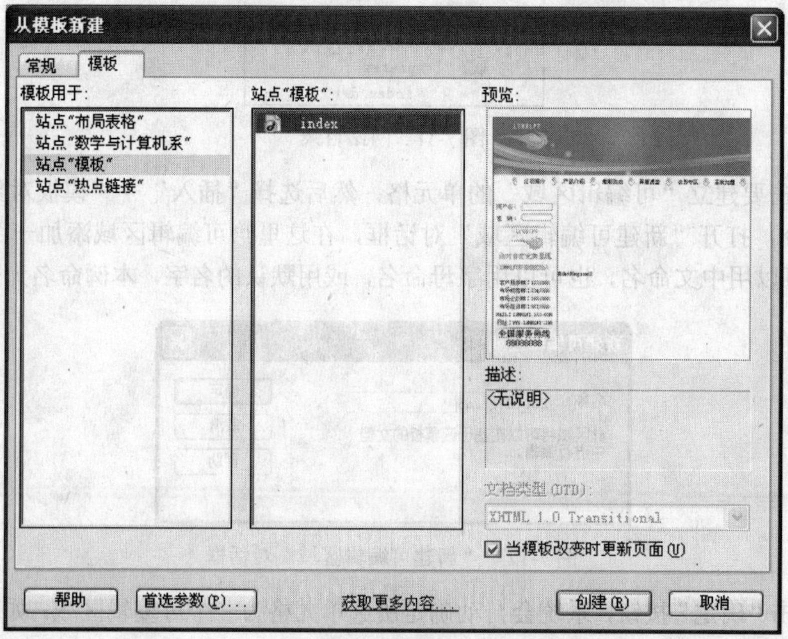

图 7-14 “从模板新建”对话框

（2）单击“创建”按钮，出现一个以模板为基础的无标题文档，将设置的可编辑区域中的文字部分选中，按 Delete 键删除，此时插入点位置在可编辑区域内，如图 7-15 所示。

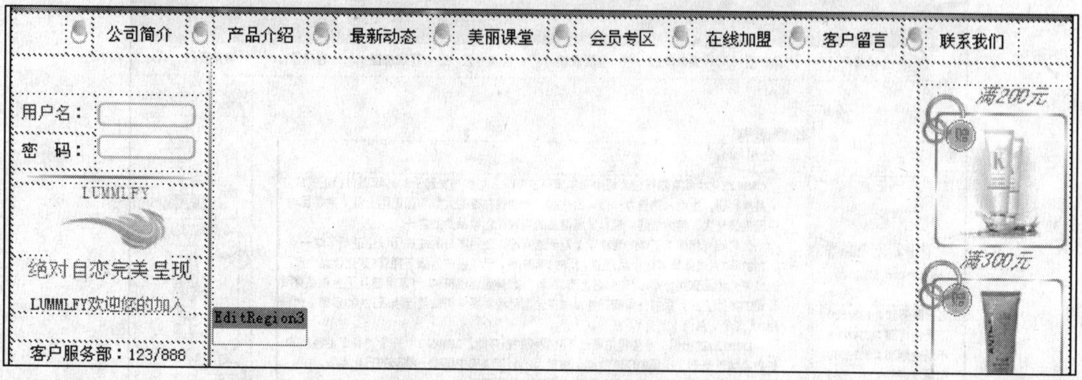

图 7-15　设置可编辑区域的插入点

（3）在可编辑区域域中，可以像原来修饰普通网页一样进行各种操作。首先，在可编辑区域中插入一个 2 行 1 列的表格，设置表格的宽度为 90%，表格的其他设置如图 7-16 所示。

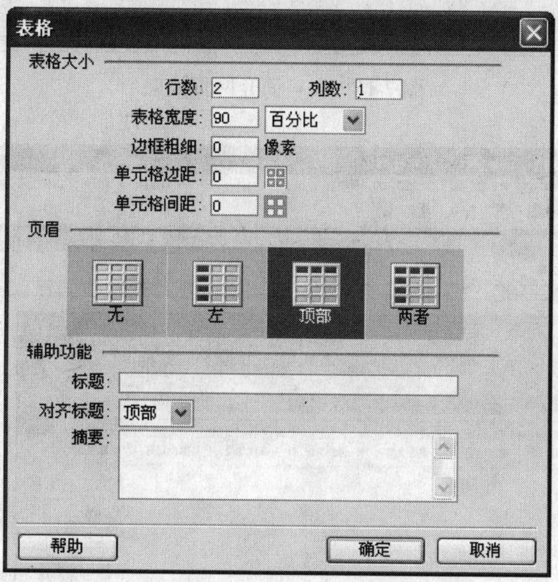

图 7-16　“表格”对话框

（4）向表格中添加图片和文字资料，完成后的效果如图 7-17 所示。编辑完成后，保存网页为 index.html。

（5）用同样的方法做好其他页面，并保存。

步骤 3：修改模板页面。

以模板为基准的页面制作完成后，需要为页面加入链接，链接部分是在模板页面中完成的，所以需要回到模板页面进行设置，具体操作步骤如下：

（1）打开最初制作完成的模板文件，选择第 1 个文字“公司简介”，在属性工具栏中单击“链接”后面的“指向文件”图标，拖动鼠标使其指向 index.html 文件，如图 7-18 所示。

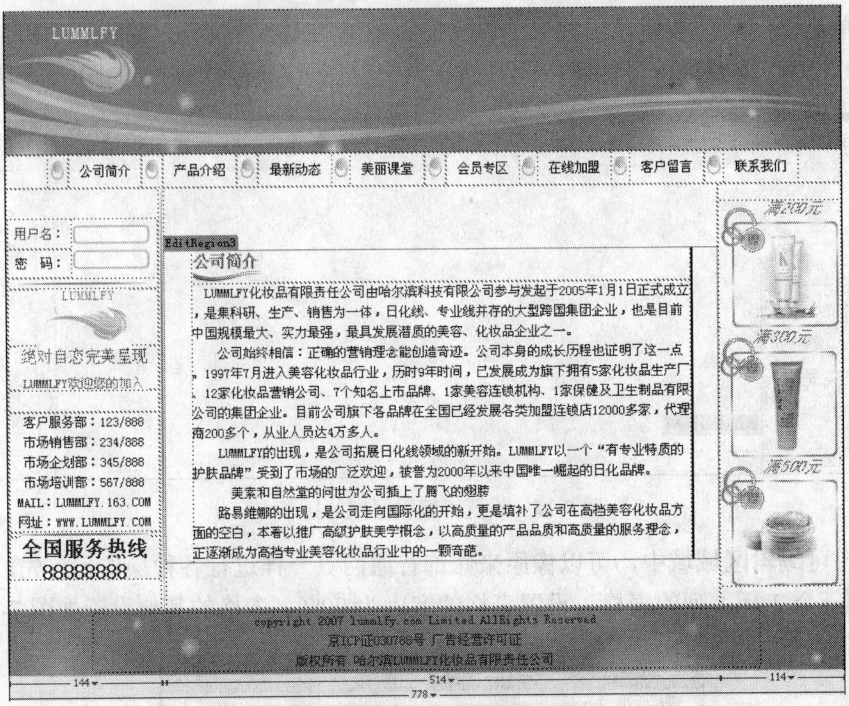

图 7-17　公司简介网页效果

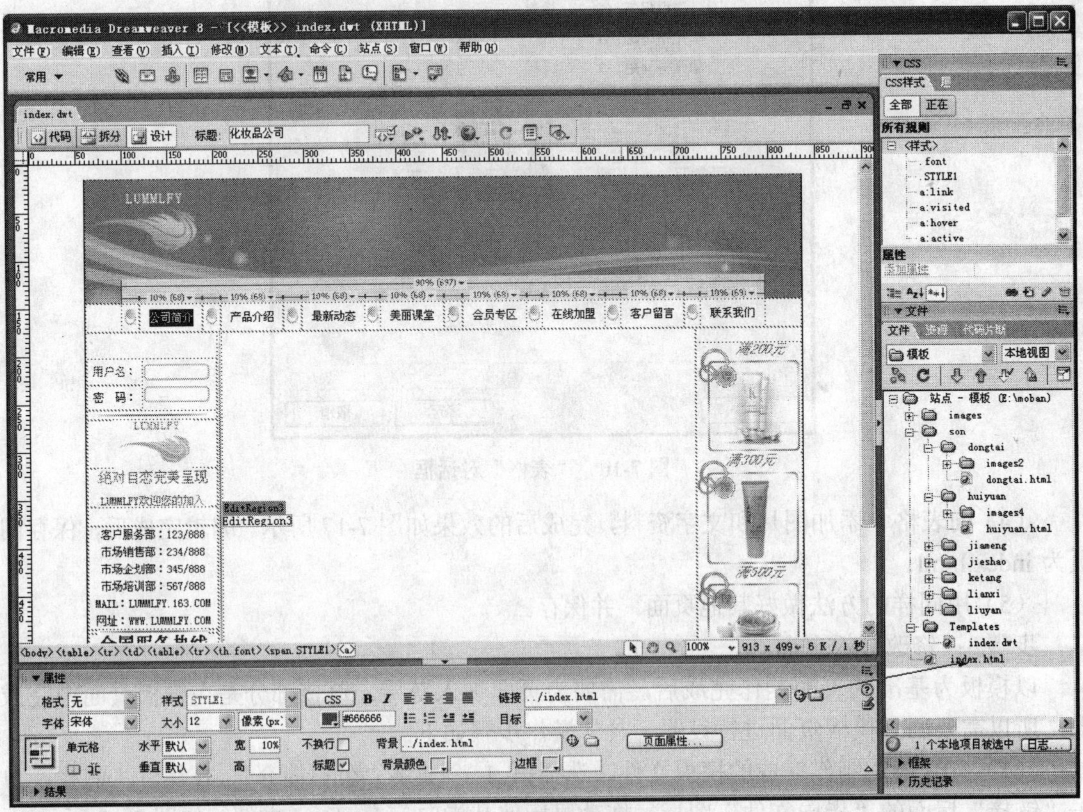

图 7-18　指向要链接的文件

（2）松开鼠标，这时要链接的文件的地址出现在属性面板中“链接”后面的下拉列表中。用同样的方法为其他链接文字设置链接。

（3）选择“文件”→“保存”命令，弹出“更新模板文件”对话框，在列表框中出现所有根据模板制作的页面，如图 7-19 所示。

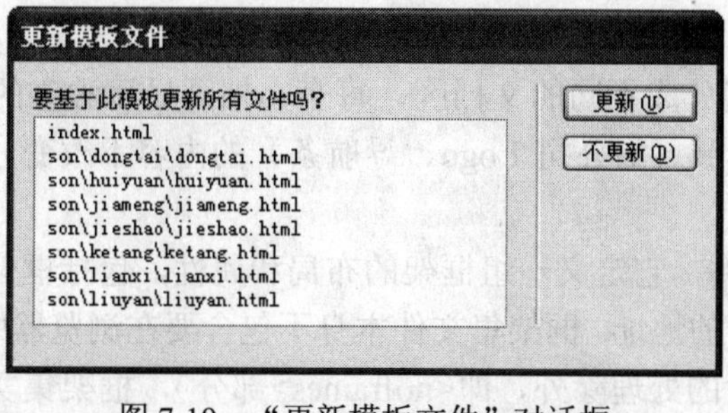

图 7-19　“更新模板文件”对话框

（4）单击“更新”按钮，弹出“更新页面”对话框，如图 7-20 所示。更新结束后，单击“关闭”按钮，结束操作。

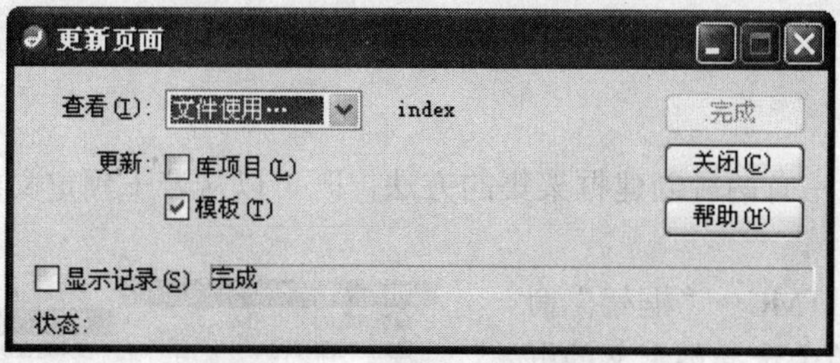

图 7-20　“更新页面”对话框

至此，全部页面制作完成，打开页面后，按 F12 键在浏览器中预览网页。

第 8 章　框架

框架是将一个页面划分成不同的文档区，每个文档区显示独立的内容，其效果是在浏览网页时，网页中一部分区域（如公司 Logo、导航条）的内容不改变，而其他区域的内容在不断发生改变。

框架集是 HTML 文件，它定义一组框架的布局和属性，包括框架的数目、大小、位置以及在框架中初始显示页面的地址。框架集文件本身不包含要在浏览器中显示的网页内容（对不能显示框架的浏览器进行的处理除外，即<noframes>部分），框架集文件只是向浏览器提供应如何显示一组框架以及在这些框架中应显示哪些网页的有关信息。

8.1　设置框架

8.1.1　创建框架

在 Dreamweaver 中有两种创建框架集的方法，既可以从若干预定义的框架集中选择，也可以自己设计框架集。

选择“插入”→HTML→“框架”命令，在“框架”子菜单中选择预定义的框架集，如图 8-1 所示。

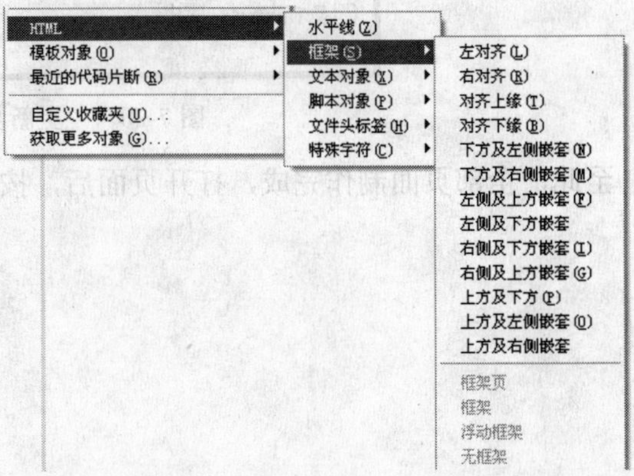

图 8-1　通过菜单插入框架集

也可以通过“插入”工具栏插入菜单，在“插入”工具栏的“布局”类别中，单击“框架”按钮上的下拉箭头，然后选择预定义的框架集，如图 8-2 所示。

在 Dreamweaver 8 中预定义了一些框架集样式，使用时直接插入即可。选择一个框架结构，出现一个新的框架页面，如图 8-3 所示。

8.1.2　保存框架文件

框架页面制作完成后，框架组中包括了多个文档，所以保存时要将所有的文档都保存，在浏览器中才能够正确地显示。保存框架的所有文档的具体操作步骤如下：

（1）选择“文件”→“保存全部”命令，弹出“保存为”对话框，在整个框架集周围都出现了粗边框，为整个框架集命名。

（2）单击“保存”按钮，粗边框切换到左边的框架四周，在“文件名”文本框中为其命名，如图 8-4 所示。

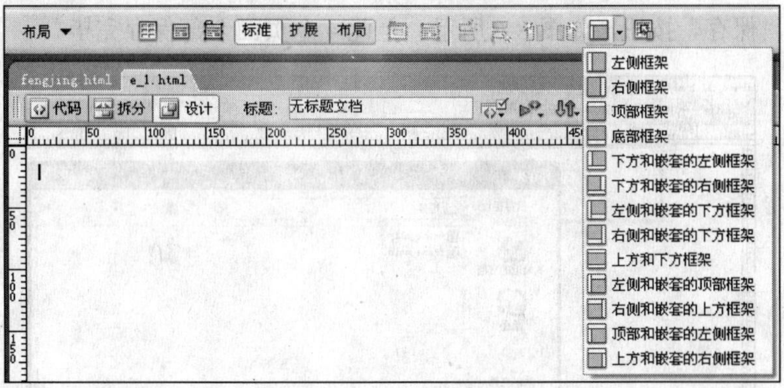

图 8-2　通过工具栏插入框架集

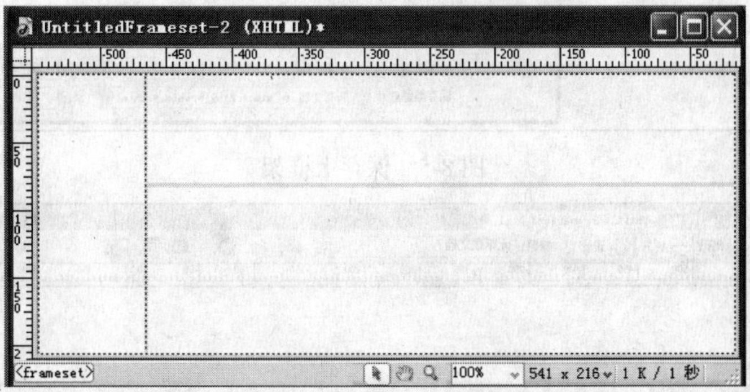

图 8-3　框架页面显示

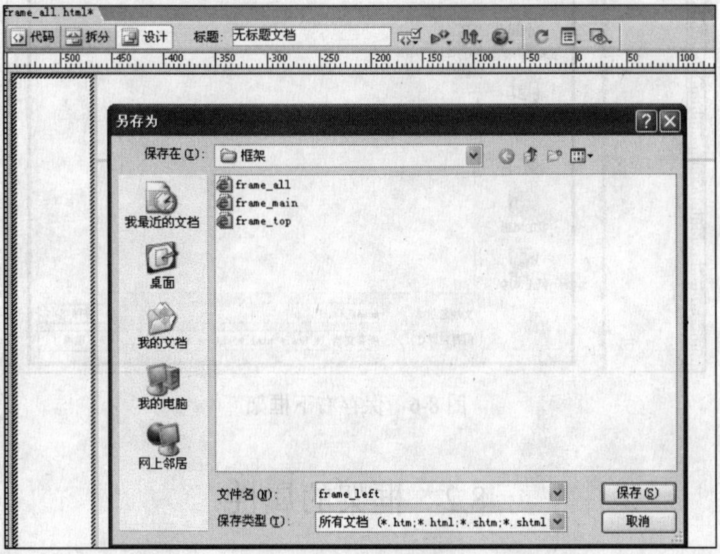

图 8-4　保存左框架

（3）单击“保存”按钮后，粗边框切换到上侧的框架四周，在“文件名”文本框中为其命名，如图 8-5 所示。

（4）单击“保存”按钮后，粗边框切换到右下侧的框架四周，在“文件名”文本框中为其命名，单击“保存”按钮，如图 8-6 所示，至此 4 个页面全部保存完毕。

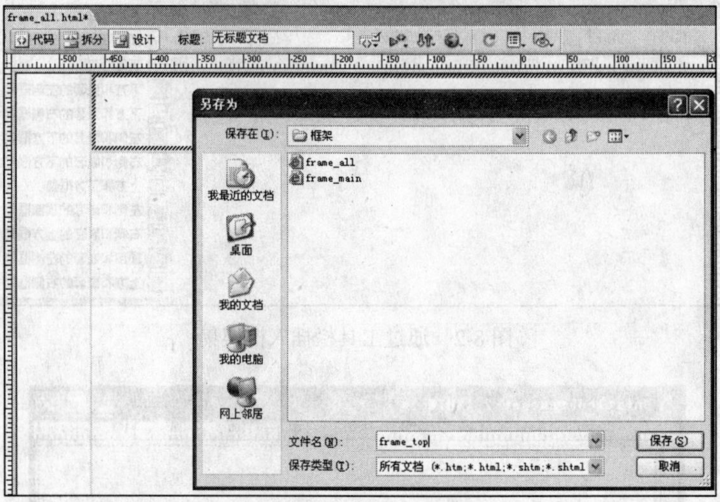

图 8-5　保存上框架

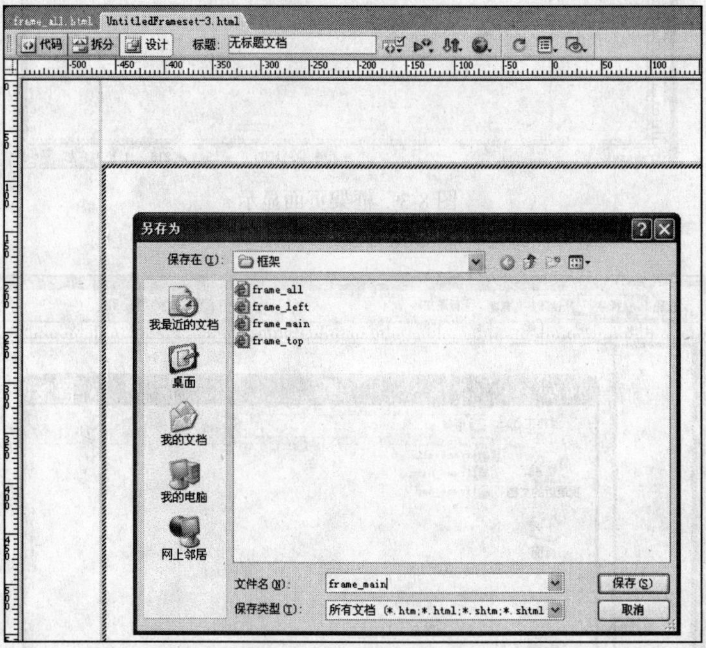

图 8-6　保存右下框架

8.2　框架的属性

8.2.1　设置框架属性

1. 选择框架

在“文档”窗口的“设计”视图中，在按住 Alt 键的同时单击一个框架或在按住 Shift 和

Option 键的同时单击一个框架。或选择“窗口”→“框架”命令，打开“框架”窗口，在“框架”窗口中选择要设置的框架，如图 8-7 所示。

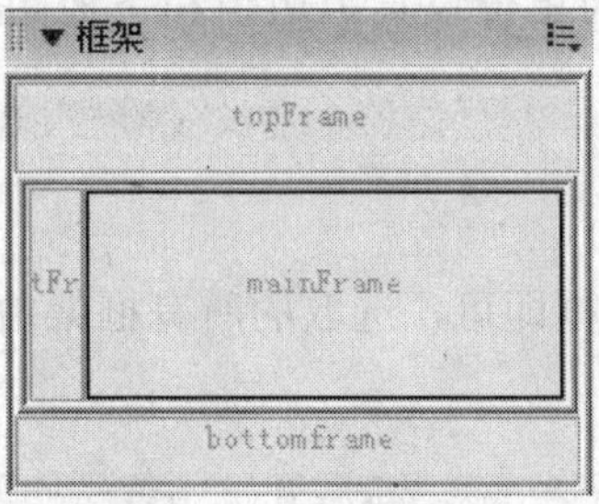

图 8-7 “框架”窗口

2. 设置框架属性

在属性面板中单击右下角的展开箭头▽，查看框架的所有属性，属性面板的显示如图 8-8 所示。

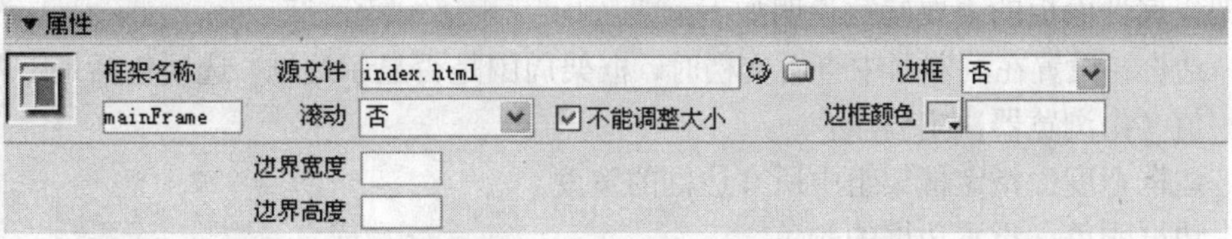

图 8-8 框架的属性面板

主要参数说明如下：

- “框架名称”：是链接的 target 属性或脚本在引用该框架时所用的名称。框架名称必须是单个单词，允许使用下划线，但不允许使用连字符（-）、句点（.）和空格；框架名称必须以字母开头（而不能以数字开头）；框架名称区分大小写；不要使用 JavaScript 中的保留字（例如 top 或 navigator）作为框架名称。
- “源文件”：指定在框架中显示的源文档。单击文件夹图标可以浏览到一个文件并选择一个文件。
- “滚动”：指定在框架中是否显示滚动条。将此选项设置为“默认”将不设置相应属性的值，从而使各个浏览器使用其默认值。大多数浏览器默认为“自动”，这意味着只有在浏览器窗口中没有足够的空间来显示当前框架的完整内容时才显示滚动条。
- “不能调整大小”：令访问者无法通过拖动框架边框在浏览器中调整框架大小。
- “边框”：在浏览器中查看框架时显示或隐藏当前框架的边框。为框架选择“边框”选项将重写框架集的边框设置。“边框”选项包括“是”（显示边框）、“否”（隐藏边框）和“默认值”；大多数浏览器默认为显示边框，除非父框架集已将“边框”设置为“否”。只有当共享该边框的所有框架都将“边框”设置为“否”时，或者当父框架集的“边框”属性设置为“否”并且共享该边框的框架都将“边框”设置为“默认值”时，边框才是隐藏的。
- “边框颜色”：为所有框架的边框设置边框颜色。此颜色应用于和框架接触的所有边框，并且重写框架集的指定边框颜色。

- “边距宽度”：以像素为单位设置左边距和右边距的宽度（框架边框和内容之间的空间）。
- “边距高度”：以像素为单位设置上边距和下边距的高度（框架边框和内容之间的空间）。

8.2.2　框架集

选择框架集时，单击框架边框即可，选取的所有框架边框呈虚线。选择一个框架集后，其属性面板的显示如图 8-9 所示。

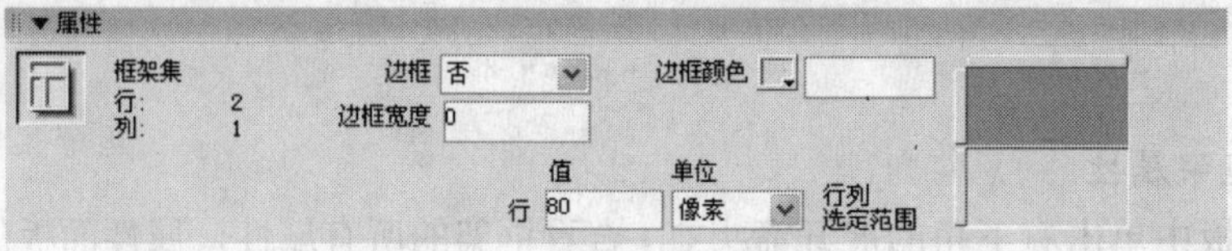

图 8-9　框架集属性面板

框架集属性面板的主要参数说明如下：

- 边框：设置在浏览器中查看文档时，框架周围是否显示边框。选项包括是、否和默认值（由浏览器决定）。
- 边框宽度：指定框架组中所有边框的宽度。
- 边框颜色：设置边框的颜色。
- 在“值”文本框中，输入选定“行”的高度或选定“列”的宽度。

8.3　为框架设置链接

要在一个框架中使用链接打开另一个框架中的文档，必须设置链接目标，具体操作步骤如下：

（1）在“设计”视图中选择要设置链接的文本或图像等对象。

（2）在属性面板中单击“链接”后面的“指向文件”按钮或“浏览文件”按钮，指定要链接的文件。

（3）在“目标”下拉列表中选择链接的文档显示的框架，如图 8-10 所示，如果选择显示目标框架为 mainFrame，那么单击文本时，链接文件将出现在名为 mainFrame 的框架中。

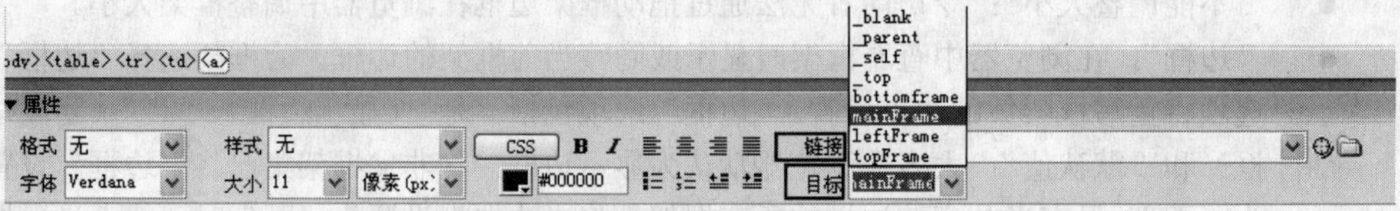

图 8-10　设置目标域

默认情况目标域中共有 4 个目标：

- _blank：单击链接后，指向页面出现在新窗口中。
- _parent：用指向页面替换其所在的框架结构。

- _self：出现在同一框架结构中，例如原来是 left 还是 left。
- _top：跳出所有框架结构，指向的页面直接全屏出现在浏览器中。

8.4　框架实例

8.4.1　框架实例

在网上访问一些论坛或社区时，会发现页面的左侧是一些讨论区的标题和栏目，当单击某一个标题，右侧讨论区的内容就会发生变化，而左侧依然保持原样。

其实这就是使用了框架的原因。框架可以把页面分成相对独立的几个部分，各个部分组合在一起，就构成了这个页面。

本节将制作一个“精品课程”的网站实例，学习如何在网页中制作框架结构的网页。具体的操作步骤如下：

（1）建立站点，并把收集好的素材放在站点文件中，在站点中新建一个页面，选择“查看”→“可视化助理”→“框架边框”命令。有了这一设置，在编辑框架的过程中，就可以清楚地看到框架了。

（2）在“插入”工具栏中选择“布局”选项卡，单击“框架”按钮后面的“展开”按钮，在下拉菜单中选择“顶部和嵌套的左侧框架”命令，如图 8-11 所示。

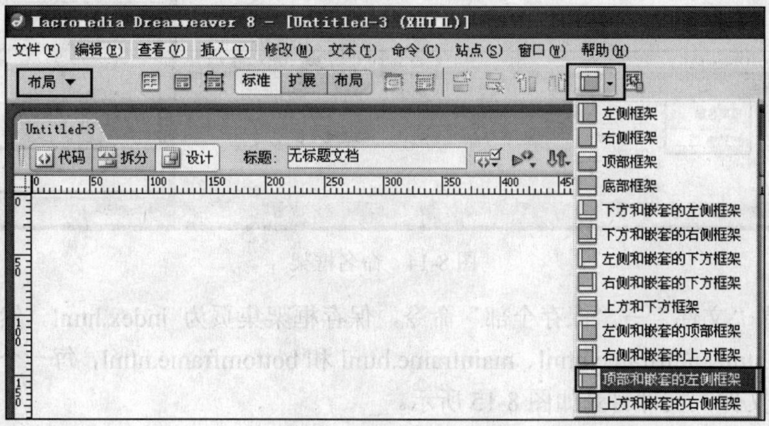

图 8-11　插入框架命令

（3）在弹出的“框架标签辅助功能属性”对话框中指定每个框架的标题，如果想用默认的标题，只需单击“确定”按钮即可，如 mainFrame 框架的标题为 mainFrame，如图 8-12 所示。

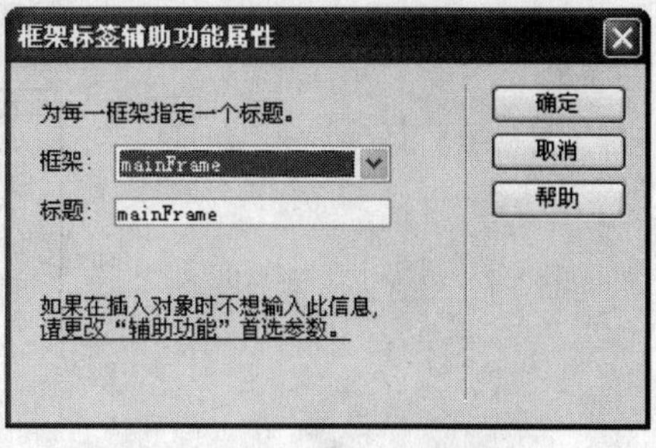

图 8-12　“框架标签辅助功能属性”对话框

（4）这时可以看到编辑窗口中出现了相应的框架结构，把鼠标放在框架的“下边缘”上，当鼠标变成双向箭头时，向上拖动鼠标到合适的位置，这时又形成了一个框架，如图 8-13 所示。

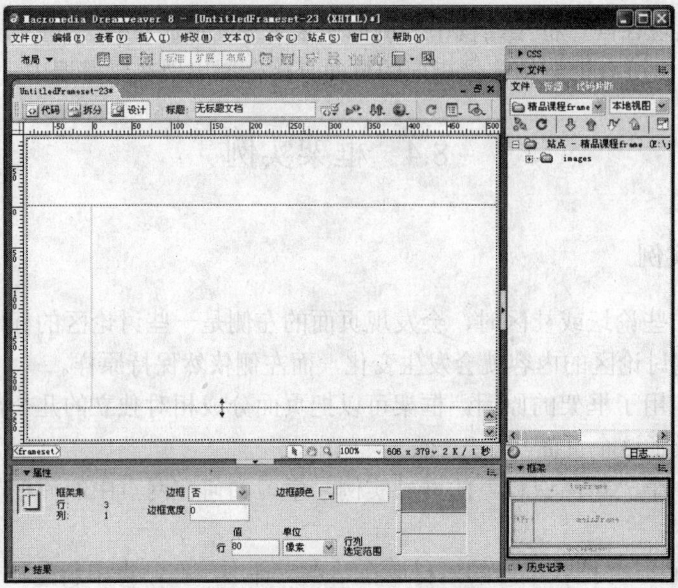

图 8-13　拖动鼠标形成框架

（5）选择“窗口”→“框架”命令，打开“框架”窗口，在窗口中可以看到最后形成的框架还没有名称，选中该框架，在属性面板中为所选框架命名为 bottom，如图 8-14 所示。

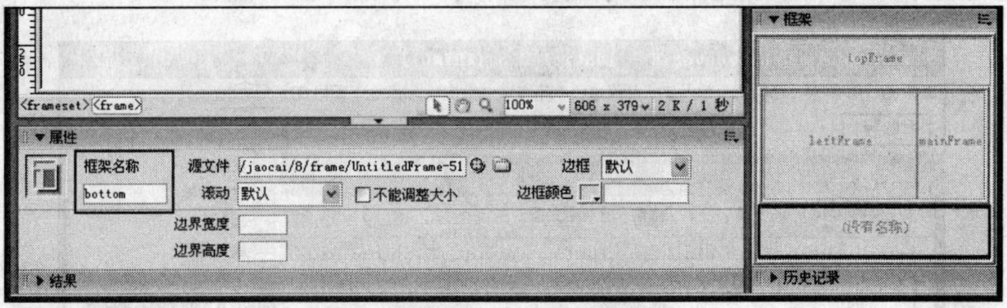

图 8-14　命名框架

（6）选择“文件”→“保存全部”命令，保存框架集页为 index.html。然后依次保存框架为 topframe.html、leftframe.html、mainframe.html 和 bottomframe.html，每一个框架相当于一个独立的网页文件，文件目录如图 8-15 所示。

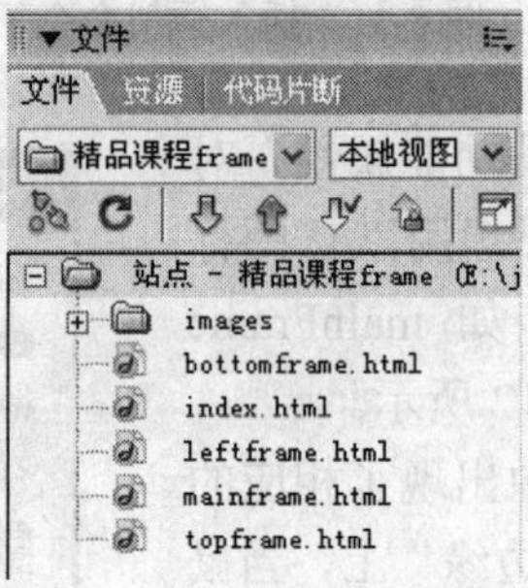

图 8-15　文件目录

（7）选择 topFrame 框架，设置边界宽度和高度均为 0 像素，其他设置如图 8-16 所示。

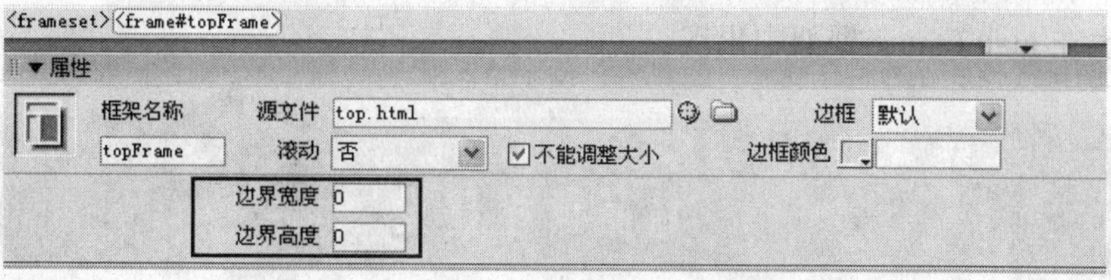

图 8-16　设置 topFrame 框架属性

（8）在 topFrame 框架（topframe.html 网页）中添加如图 8-17 所示的内容并保存。

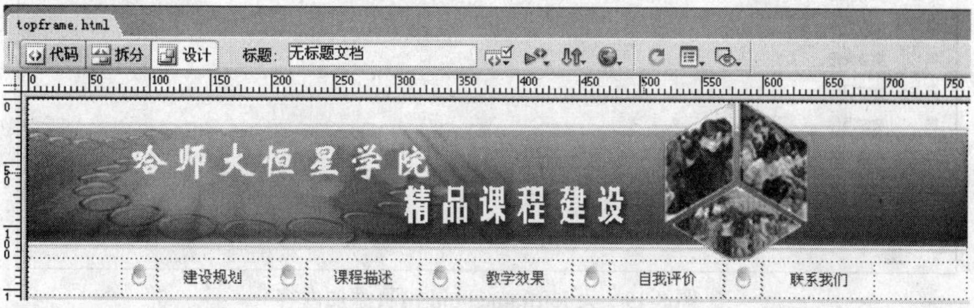

图 8-17　添加顶部框架内容

（9）设置 top.html 网页的“页面属性”，左边距和右边距全为 0 像素，文字大小为 12 像素，如图 8-18 所示。

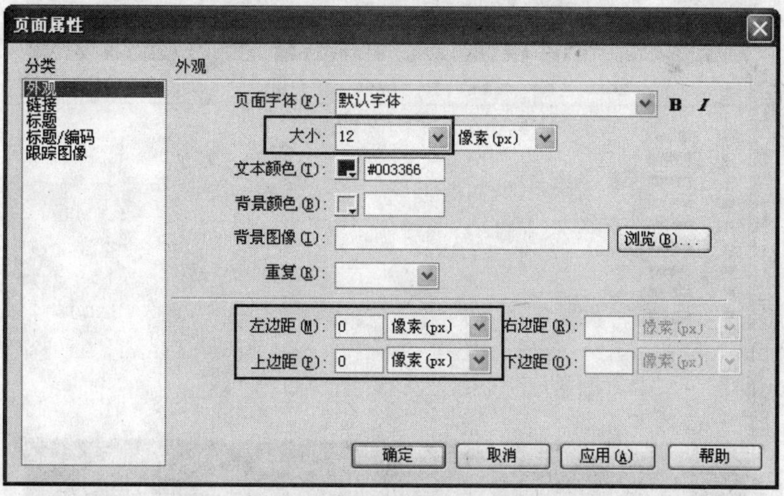

图 8-18　“页面属性”对话框

（10）选择 leftFrame 框架，设置边界宽度和高度均为 0 像素，在该框架中添加如图 8-19 所示的文字内容，在 leftFrame.html 网页的属性面板中设置它的背景图片为 bg.jpg，预览网页并保存。

（11）用同样的方法为 bottomframe.html 网页添加版权信息和联系方式等内容，如图 8-20 所示。

（12）用同样的方法设置 mainFrame 框架网页并保存。接下来，设置横向导航条中的“自我评价”所链接的页面在 mainFrame 框架中出现，设置在 lefteFrame 框架中的“教师队伍”所链接的页面也在 mainFrame 框架中出现。

图 8-19 为 leftframe.html 网页添加内容

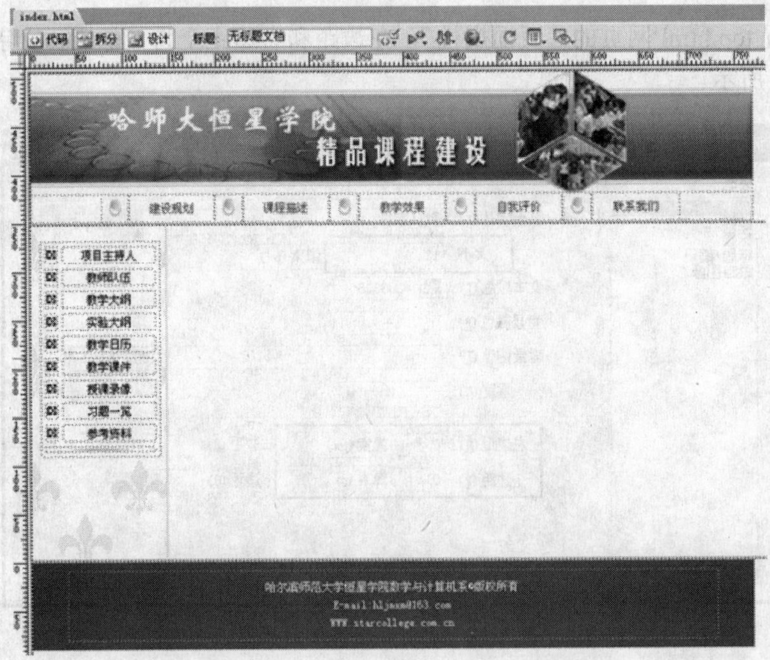

图 8-20 为 bottomframe.html 网页添加内容

方法很简单，首先选中“自我评价”文字，然后在属性面板的“链接”文本框中输入要链接的网页文件，本例中链接的文件为 pingjia.html，然后，设置目标为 mainFrame，过程如图 8-21 所示。

同样选择“教师队伍”文字，设置链接到 teacher.html，链接的目标域为 mainFrame，保存全部，并预览网页，当单击“教师队伍”文字时，teacher.html 页面会出现在 mainFrame 框架中，效果如图 8-22 所示。

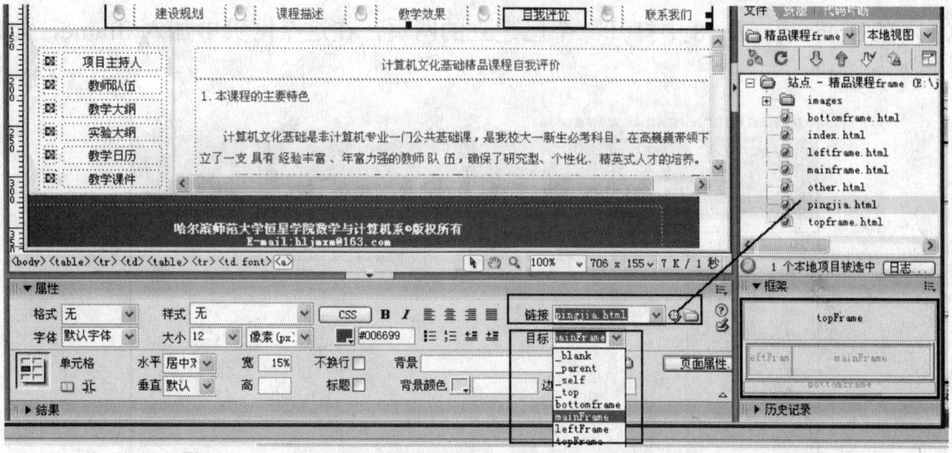

图 8-21　设置目标域为 mainFrame 框架

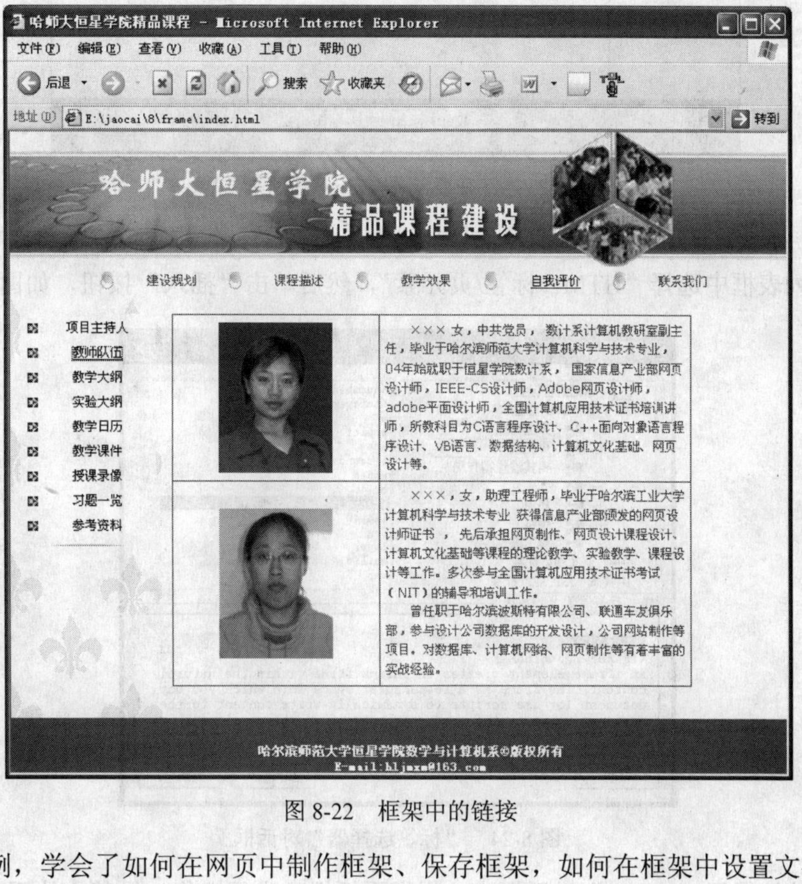

图 8-22　框架中的链接

通过本例，学会了如何在网页中制作框架、保存框架，如何在框架中设置文字的链接。

8.4.2　嵌入式框架实例

嵌入式框架也称作 iframe，嵌入式框架与框架网页类似，它可以把一个网页的框架和内容嵌入现有的网页中。

下面以“精品课程建设”网站为例具体介绍嵌入式框架的操作步骤。

（1）在 Dreamweaver 8 中打开一个已建立的网页，在这个网页中加入 iframe，如图 8-23 所示。

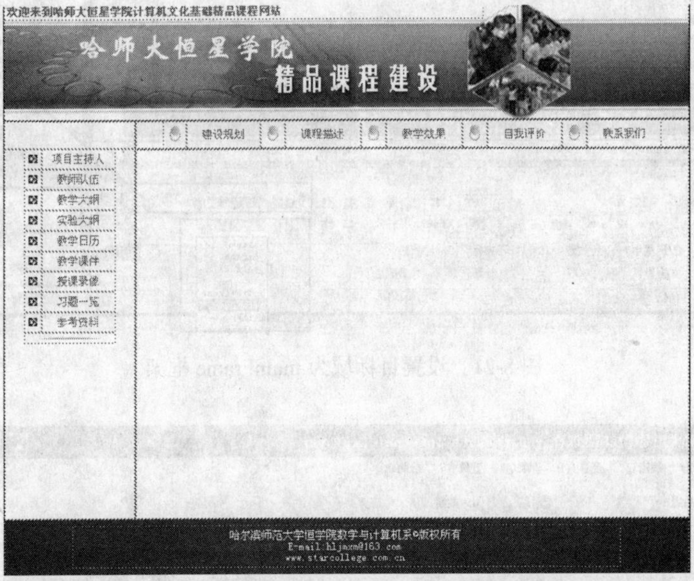

图 8-23　打开要制作 iframe 的网页文件

（2）单击“常用”工具栏上的“标签选择器”按钮，打开“标签选择器”对话框，在左侧的下拉列表框中选择“HTML 标签/页元素”，然后单击“插入”按钮，如图 8-24 所示。

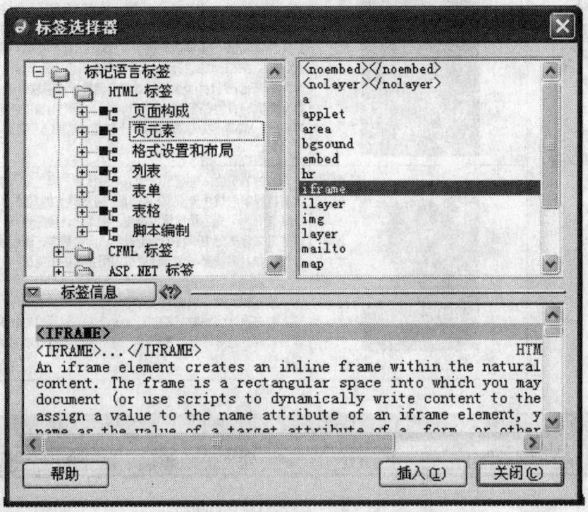

图 8-24　“标签选择器”对话框

在“标签编辑器－iframe”对话框中，根据面板提示进行操作。最基本的两项是“源”和“名称”。

- 源：单击“浏览”按钮，选择要出现在 iframe 中的网页文件。
- 名称：输入的名称，将作为这个 iframe 的标识，其他的链接如果要在这个 iframe 中打开，就需要输入此名称。

- 宽度和高度：可以输入像素值，也可以输入比例值。
- 边距宽度和边距高度：设置与外围标签的边距。
- 对齐：设置对齐方式。
- 滚动：设置是否允许出现滚动条。
- 显示边框：选择是否出现边框。

本例设置如图 8-25 所示，设置在 iframe 中出现的网页是 top/pingjia.html，该 iframe 的名称为 main，它的宽度和高度均为所在单元格的宽度和高度的 90%，宽度和高度边距为 5 像素，居中对齐方式，有滚动条并显示边框。

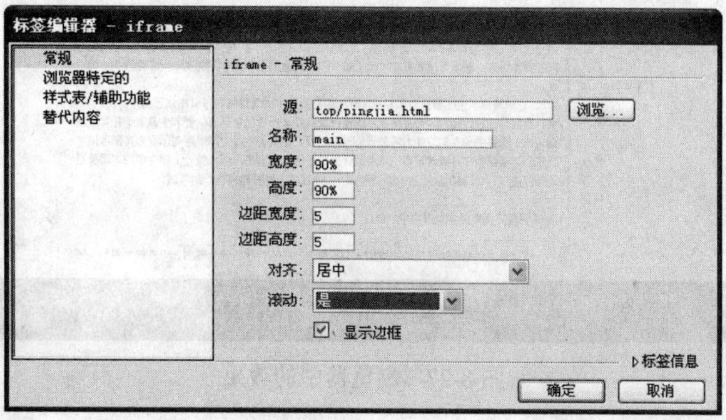

图 8-25　“标签编辑器—iframe”对话框

在标签编辑器中设置相应的代码为：<iframe src="top/pingjia.html" name="main" width="90%" marginwidth="5" height="90%" marginheight="5" align="middle" scrolling="yes" frameborder="1" ></iframe>，所以，在 iframe 所在的单元格代码<td>…</td>之间插入上述代码，同样可以完成插入 iframe 的操作。

注意：制作好的 iframe 在 Dreameaver 8 的编辑窗口中是不会被显示出来的，只有选择了“代码”视图或“拆分”视图后，才可以在代码窗口中看到 iframe 的代码，如图 8-26 所示。

图 8-26　显示 iframe 框架

（3）这样 iframe 框架就制作完成了。按 F12 键预览效果，如图 8-27 所示。

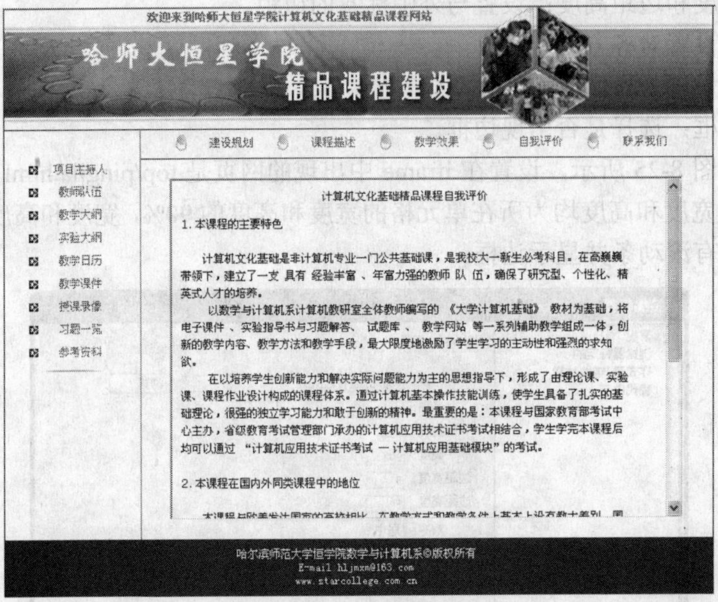

图 8-27 浏览器中的效果

（4）如果使其他的栏目链接的目标文件也出现在 iframe 中，方法很简单：选择要链接的文字，如选择“教师队伍”，然后在属性面板中的“链接”文本框中输入要链接的目标文件路径及文件名“left/teacher.html”；或单击“指向文件”按钮，当出现“箭头”时，在文件面板中指向目标文件即可。

接着在“目标”下拉列表中输入 iframe 的名称 main，如图 8-28 所示。

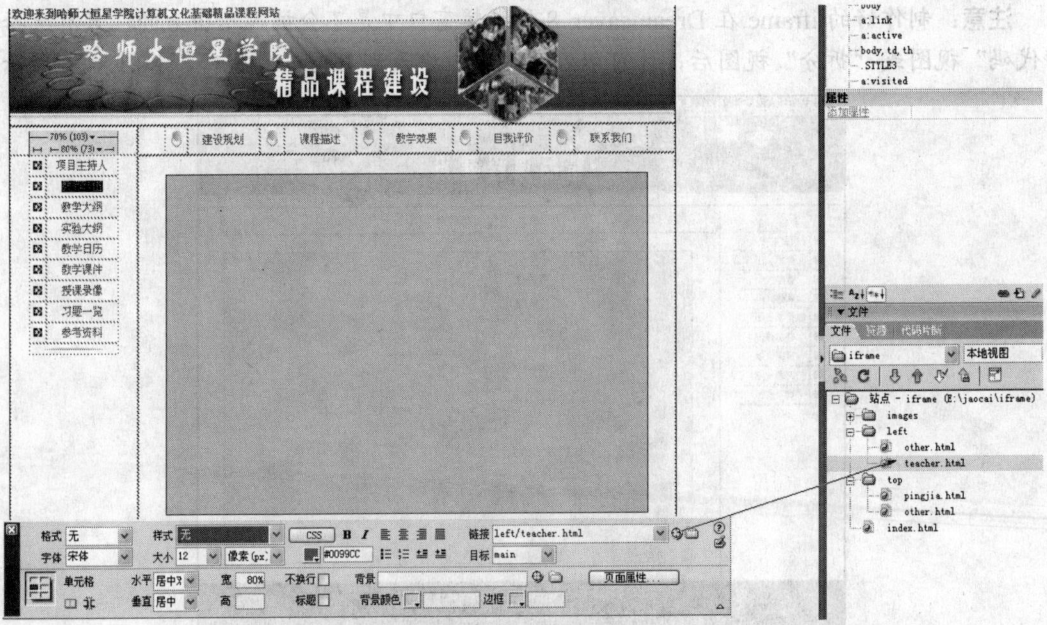

图 8-28 设置其他栏目的链接在 iframe 中出现

（5）浏览网页，单击“教师队伍”超链接，则可以查看制作的效果，如图 8-29 所示。

图 8-29　“教师队伍”页面效果

第 9 章　表单及其应用

9.1　交互式表单概述

在 Internet 上浏览时，会看到许多网站中都有留言簿，它不但为浏览者与主页之间进行交流提供方便，更体现出了网络的互动性。

在 Dreamweaver 8 中，留言簿是通过“表单”功能来实现浏览器和服务器之间的信息传递的，它使网页由单向浏览变成了双向交互。

通常，一个表单中包含多个对象，有时也称为控件或表单元素，例如用于输入文本的文本域、用于发送命令的按钮、用于选择项目的单选按钮和复选框、用于显示列表项的列表框等，如图 9-1 所示是一个插入各种表单的效果。

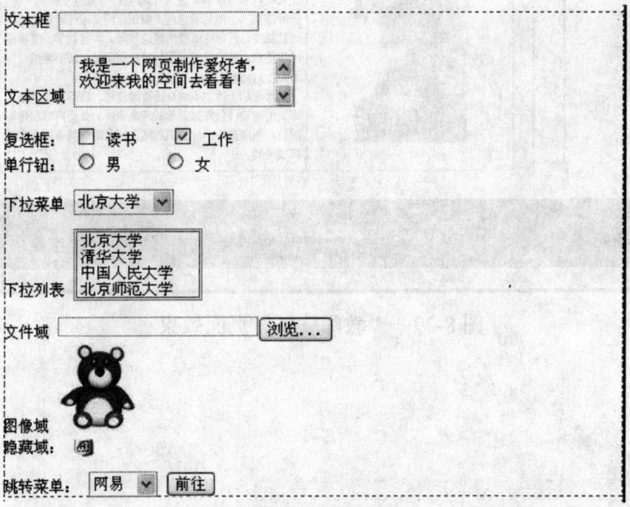

图 9-1　表单对象

具体来讲，可以在表单中添加文本域、隐藏域、下拉列表/菜单、复选框、单选按钮、单选按钮组、列表/菜单、跳转菜单、图像域、文件域、按钮、标签和字段集等表单对象。表单面板如图 9-2 所示。

图 9-2　表单面板

9.2　创建表单

创建表单的具体操作步骤如下：

（1）选择"插入"→"表单"命令或单击表单面板中的"表单"图标▢，将插入一个空的表单。当页面处于"设计"视图中时，用红色的虚轮廓线指示表单，如图 9-3 所示。

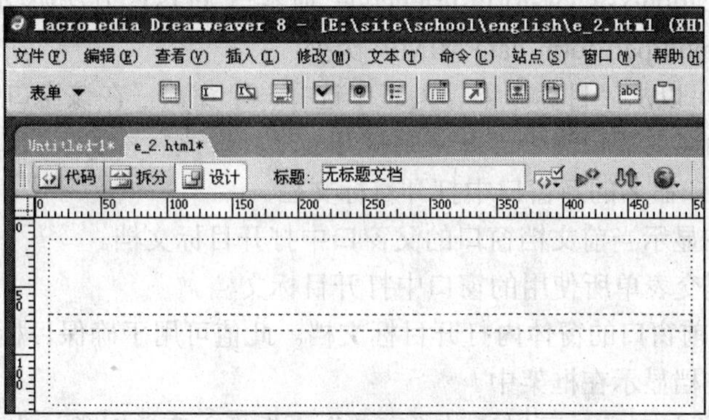

图 9-3　创建的表单

（2）选中表单后可以在属性面板中设置表单的属性，如图 9-4 所示。

图 9-4　表单的属性面板

1）在"表单名称"文本框中键入标识该表单的唯一名称。 命名表单后，就可以使用脚本语言（如 JavaScript 或 VBScript）引用或控制该表单。如果不命名表单，则 Dreamweaver 使用语法 form n 生成一个名称，并在向页面中添加每个表单时递增 n 的值。

2）在"动作"文本框中指定处理该表单的动态页或脚本的路径。可以在"动作"文本框中键入完整的路径，也可以单击文件夹图标定位到同一站点中包含该脚本或应用程序页的相应文件夹。

3）在"方法"下拉列表选择将表单数据传输到服务器的方法。

- POST 方法：将在 HTTP 请求中嵌入表单数据。
- GET 方法：将值附加到请求该页面的 URL 中。
- 默认方法：使用浏览器的默认设置将表单数据发送到服务器。通常，默认方法为 GET 方法。

注意： 不要使用 GET 方法发送长表单。URL 的长度限制在 8192 个字符以内。如果发送的数据量太大，数据将被截断，从而导致意外的或失败的处理结果。

对于由 GET 方法传递的参数所生成的动态页可以添加书签，这是因为重新生成页面所需的全部值都包含在浏览器地址框中显示的 URL 中。与此相反，对于由 POST 方法传递的参数所生成的动态页不可以添加书签。

如果要收集机密用户名和密码、信用卡号或其他机密信息，POST 方法看起来比 GET 方法更安全。但是，由 POST 方法发送的信息是未经加密的，容易被黑客获取。若要确保安全性，请通过安全的连接与安全的服务器相连。

4）如果需要，可以从“MIME 类型”下拉列表中选择提交给服务器进行处理的数据使用的 MIME 编码类型。

默认设置 application/x-www-form-urlencode 通常与 POST 方法协同使用。如果要创建文件上传域，请指定 multipart/form-data MIME 类型。

5）如果需要，可以从“目标”下拉列表中选择一个窗口，在该窗口中显示被调用程序所返回的数据。如果命名的窗口尚未打开，则打开一个具有该名称的新窗口。目标值如下所示：

- _blank：在未命名的新窗口中打开目标文档。
- _parent：在显示当前文档窗口的父窗口中打开目标文档。
- _self：在提交表单所使用的窗口中打开目标文档。
- _top：在当前窗口的窗体内打开目标文档。此值可用于确保目标文档占用整个窗口，即使原始文档显示在框架中。

（3）向表单中添加对象。可以通过“表单”面板插入表单对象，也可以通过菜单方式插入表单对象，方法是单击“插入”菜单下的“表单”，在子菜单中显示如图 9-5 所示的各种表单对象。

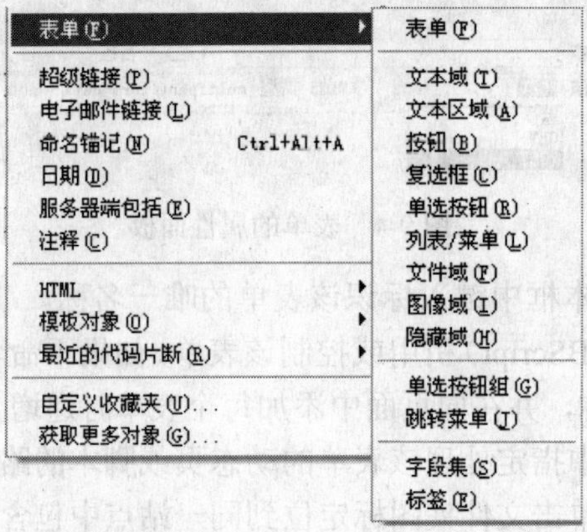

图 9-5 “表单”级联菜单

9.3 表单对象

插入表单对象时一定要首先创建表单域，所有的表单对象都必须包含在表单域中。设置表单对象后，可以在属性面板中设置其属性。

9.3.1 文本域

文本域是一种让访问者自己输入内容的表单对象，可以创建一个包含单行或多行的文本域，也可以创建一个隐藏用户输入的文本的密码文本域。其形式有如下三种：

- 单行文本域：通常被用来填写单个字或者简短的回答，如名字、地址等。
- 多行文本域：被用于让访问者填写较长的内容，如自我介绍、简历等。
- 密码域：是一种特殊的文本域。当用户在密码文本域中键入时，输入内容显示为星号或其他符号，而输入的文字会被隐藏。三种类型的文本域如图 9-6 所示。

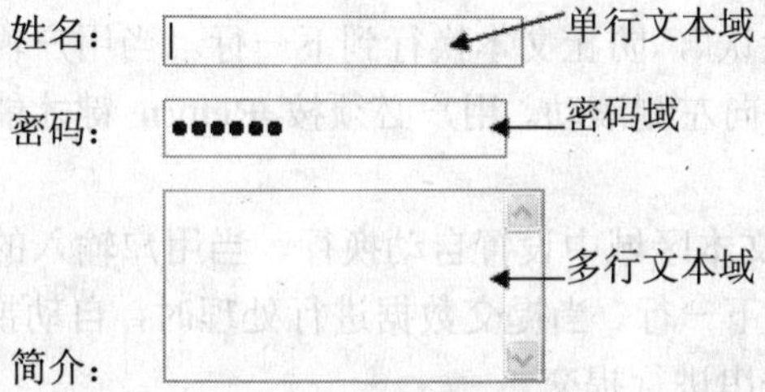

图 9-6　三种类型的文本域

（1）若要插入一个文本域，请执行以下操作：

将插入点放在表单轮廓内。选择表单工具面板上的“文本域”按钮，一个文本域随即出现在文档中。单行文本域的属性面板如图 9-7 所示。

图 9-7　选中“单行”选项时的属性面板

（2）在属性面板中根据需要设置文本域的属性。文本域的属性面板中的主要参数说明如下。

1）在“文本域”文本框中，为该文本域指定一个名称。

每个文本域都必须有一个唯一的名称。所选名称必须在该表单内唯一标识该文本域。表单对象名称不能包含空格或特殊字符。可以使用字母、数字、字符和下划线的任意组合。

2）字符宽度：设置域中最多可显示的字符数。此数字可以小于“最多字符数”，“最多字符数”指定在域中最多可输入的字符数。例如，如果“字符宽度”设置为 20（默认值），而用户输入 100 个字符，则在该文本域中只能看到其中的 20 个字符。注意，虽然无法在该域中看到这些字符，但域对象可以识别它们，而且它们会被发送到服务器进行处理。

3）最多字符数：设置单行文本域中最多可输入的字符数。使用“最多字符数”将邮政编码限制为 5 位数，将密码限制为 10 个字符等。如果将“最多字符数”文本框保留为空白，则用户可以输入任意数量的文本；如果文本超过域的字符宽度，文本将滚动显示。如果用户输入超过最大字符数，则表单产生警告声。

4）行数：在选中了“多行”选项时可用，用来设置多行文本域的域高度，如图 9-8 所示。

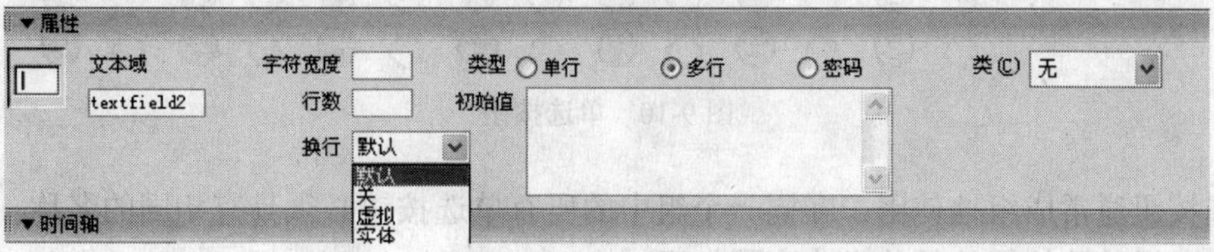

图 9-8　选中“多行”选项时的属性面板

5）换行：在选中了“多行”选项时可用，用来指定当用户输入的信息较多，无法在定义的文本区域内显示时，如何显示用户输入的内容。

换行选项中包含如下选项：

- 选择“关”或“默认”，防止文本换行到下一行。当用户输入的内容超过文本区域的右边界时，文本将向左侧滚动。用户必须按 Return 键才能将插入点移动到文本区域的下一行。
- 选择“虚拟”，在文本区域中设置自动换行。当用户输入的内容超过文本区域的右边界时，文本换行到下一行。当提交数据进行处理时，自动换行并不应用于数据。数据作为一个数据字符串进行提交。
- 选择“实体”，在文本区域设置自动换行，当提交数据进行处理时，也对这些数据设置自动换行。

6）类型：指定域为单行、多行还是密码域。

- 选择“单行”：将产生一个 type 属性设置为 text 的 input 标签。“字符宽度”设置映射为 size 属性，“最多字符数”设置映射为 maxlength 属性。
- 选择“密码”：将产生一个 type 属性设置为 password 的 input 标签。“字符宽度”和“最多字符数”设置映射为的属性与在单行文本域中的属性相同。当用户在密码文本域中键入时，输入内容显示为项目符号或星号，而输入的文字会被隐藏，以保护它不被其他人看到，如图 9-9 所示。

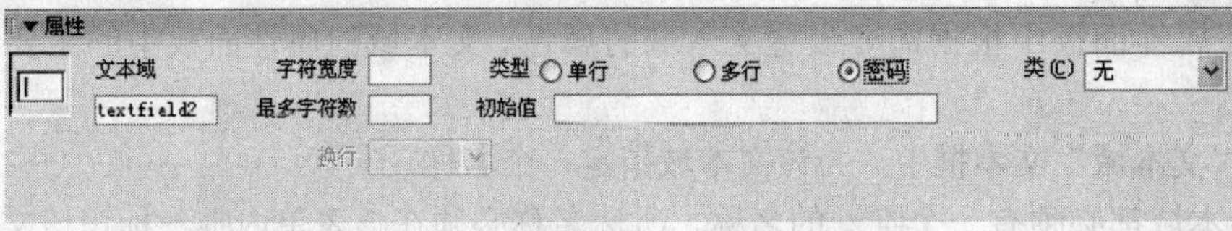

图 9-9　选择“密码”选项的属性面板

- 选择“多行”：将产生一个 textarea 标签。“字符宽度”设置映射为 cols 属性，“行数”设置映射为 rows 属性。
- 初始值：指定在首次载入表单时域中显示的值。例如，通过包含说明或示例值，可以指示用户在域中输入信息。
- 类：使 CSS 规则可以应用于对象。

9.3.2　单选按钮

当需要访问者从一组选项中选择唯一的答案时，就需要用到单选按钮了，如图 9-10 所示。

图 9-10　单选按钮

单选按钮通常成组地使用，在同一个组中的所有单选按钮必须具有相同的名称。

插入一组单选按钮的具体操作步骤如下：

（1）将插入点放在表单轮廓内。单击“表单工具栏”上的“单选按钮组”图标▤。弹出“单选按钮组”对话框，如图 9-11 所示。

（2）“单选按钮组”对话框的主要参数如下：

- 在“名称”文本框中输入该单选按钮组的名称。如果希望这些单选按钮将参数传递回服务器，则这些参数将与该名称相关联。例如，如果将组命名为 myGroup，并将表单方法设置为 GET（即希望当用户单击“提交”按钮时，表单传递 URL 参数而不是表单参数），则会在 URL 中将表达式“myGroup="选中的值"”传递给服务器。

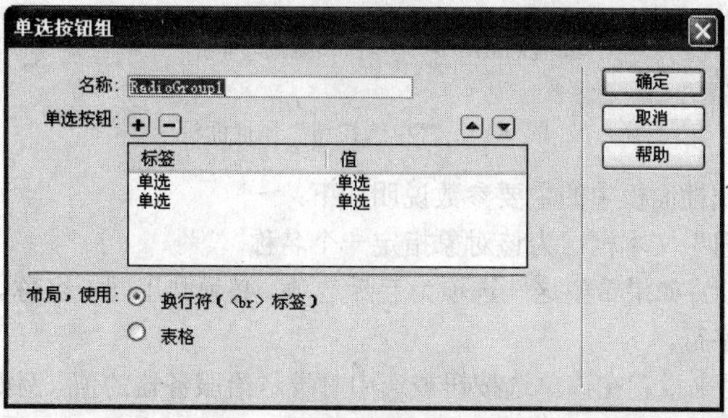

图 9-11　“单选按钮组”对话框

- 单击加号按钮向组添加一个单选按钮。如果需要，可以为新按钮输入标签和选定值。
- 单击向上或向下箭头重新排序这些按钮。
- 选择希望 Dreamweaver 对这些按钮进行布局时使用的格式。

Dreamweaver 可以使用换行符或表格来设置这些按钮的布局。如果选择“表格”选项，则 Dreamweaver 创建一个单列表，并将这些单选按钮放在左侧，将标签放在右侧。

（3）设置完成后，单击“确定”按钮，如图 9-12 所示为两组单选按钮组的示例。

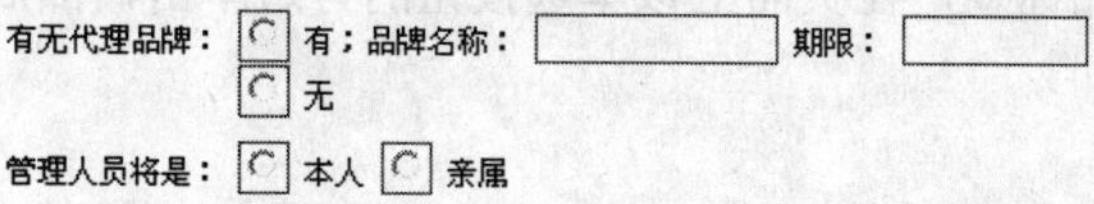

图 9-12　单行按钮组

若要逐个插入单选按钮，请执行以下操作：

（1）将插入点放在表单轮廓内。单击“表单工具栏”上的“单选按钮”图标，弹出“输入标签辅助功能属性”对话框，如图 9-13 所示。

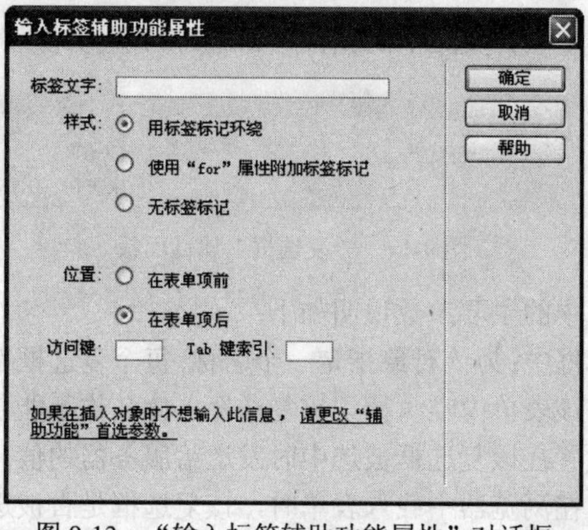

图 9-13　“输入标签辅助功能属性”对话框

（2）在该对话框中，输入单选钮标签文字、模式和位置等信息，最后单击“确定”按钮，即在文档中出现一个单选按钮。

（3）在属性面板中，根据需要设置单选按钮的属性，如图 9-14 所示。

图 9-14 “单选按钮”属性面板

“单选按钮”属性面板中的主要参数说明如下：

- “单选按钮”文本框：为该对象指定一个名称。
- 单选按钮组：如果希望这些选项为互斥选项，必须共用同一名称。此名称不能包含空格或特殊字符。
- 选定值：用来设置在该单选按钮被选中时发送给服务器的值。例如，可以在“选定值”文本框中键入“学习”，指示用户选择“学习”。
- 初始状态：确定在浏览器中载入表单时，该单选按钮是否被选中，如图 9-15 所示“女”单选按钮被选中。

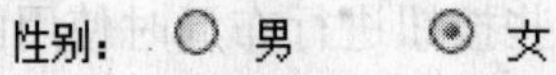

图 9-15 单选按钮状态

- 类：使您可以将 CSS 规则应用于对象。

若要为单选按钮添加标签，在页面上该单选按钮的旁边单击，然后键入标签文字即可。

9.3.3 复选框

如果让用户可以从一组选项中选择多个选项，可以使用表单工具栏上的“复选框”按钮来添加复选框。复选框允许在待选项中选中一项以上的选项，如图 9-16 所示。

图 9-16 复选框

在复选框的属性面板中设置复选框的属性，如图 9-17 所示。

图 9-17 “复选框”属性面板

“复选框”属性面板中的主要参数说明如下：

- 复选框名称文本框中：为该对象指定一个名称。每个复选框都必须有一个唯一的名称。所选名称必须在该表单内唯一标识该复选框。此名称不能包含空格或特殊字符。
- 选定值：用来设置在该复选框被选中时发送给服务器的值。
- 初始状态：确定在浏览器中载入表单时，该复选框是否被选中。

● 类：使您可以将 CSS 规则应用于对象。

若要为复选框添加标签，在页面上该复选框的旁边单击，然后键入标签文字即可。

9.2.4　列表/菜单

可以使用表单工具栏上的“列表/菜单”按钮来添加列表或菜单。其属性面板如图 9-18 所示。

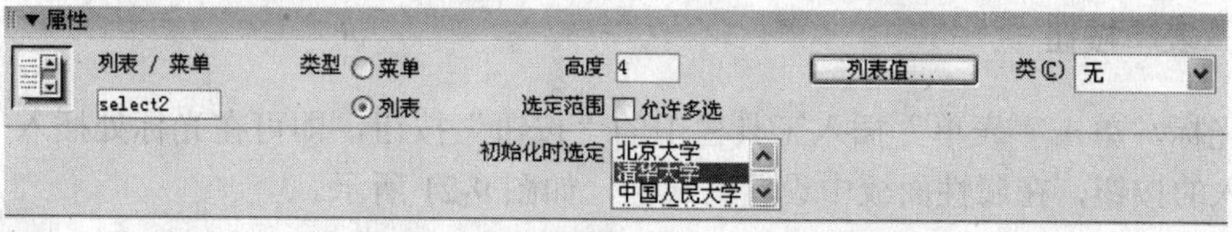

图 9-18　“列表/菜单”属性面板

“列表/菜单”属性面板中的主要参数说明如下：

- 列表/菜单：为该菜单指定一个名称。该名称必须是唯一的。
- 类型：指定该菜单是单击时下拉的菜单，还是显示一个列有项目的可滚动列表，如图 9-19 所示。如果希望表单在浏览器中显示时仅有一个选项可见，则选择“菜单”选项。若要显示其他选项，必须单击向下的箭头。如果希望表单在浏览器中显示时列出部分或全部选项，或者打算允许用户选择多个菜单项，则选择“列表”选项。

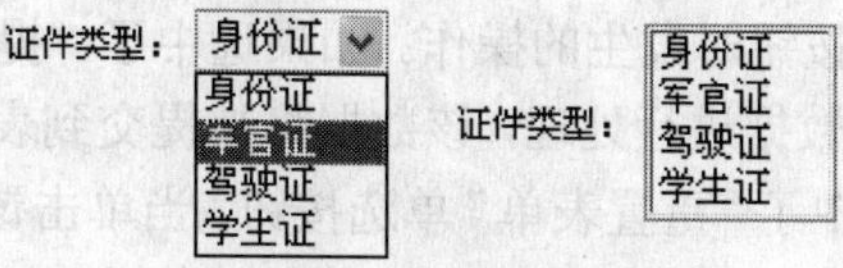

图 9-19　菜单和列表示例

- 高度：（仅“列表”类型）设置菜单中显示的项数。
- 选定范围：（仅“列表”类型）指定用户是否可以从列表中选择多个项。
- 列表值：打开一个对话框，可以在该对话框中向菜单中添加菜单项。
- 类：使您可以将 CSS 规则应用于对象。
- 初始选定：设置列表中默认选择的菜单项。

9.2.5　图像按钮

在表单中也可以插入图像，使表单更加美观。单击“表单”工具栏中的“图像区域”按钮，打开“选择图像源文件”对话框，在该对话框中选择一幅图像，然后单击“确定”按钮，即可在光标处插入一个图像区域。图像区域的属性面板如图 9-20 所示。

图 9-20　“图像域区”属性面板

“图像按钮”属性面板中的主要参数说明如下：

- 图像区域：为该按钮指定一个名称。
- 源文件：指定要为该按钮使用的图像。
- 替代：用于输入描述性文本，一旦图像在浏览器中载入失败时将显示这些文本。
- 对齐：设置对象的对齐属性。
- 编辑图像：启动默认的图像编辑器并打开该图像文件进行编辑。
- 类：使您可以将 CSS 规则应用于对象。

9.2.6 表单按钮

定位光标，单击“表单”插入工具栏中的“按钮”按钮，即可在光标处插入一个按钮。选中所插入的按钮，在属性面板中设置其属性，如图 9-21 所示。

图 9-21 “按钮”属性面板

“按钮”属性面板中的主要参数说明如下：

- 按钮名称：为该按钮指定一个名称。Submit 和 Reset 是两个保留名称，Submit 通知表单将表单数据提交给处理应用程序或脚本，Reset 将所有表单域重置为其原始值。
- 值：确定按钮上显示的文本。
- 动作：确定单击该按钮时发生的操作。如果选中了“提交表单”单选按钮，当单击该按钮时将提交表单数据进行处理，该数据将被提交到表单的“动作”属性中指定的页面或脚本；如果选中了“重置表单”单选按钮，当单击该按钮时将清除该表单的内容；选择“无”选项，指定单击该按钮时要执行的操作。
- 类：使您可以将 CSS 规则应用于对象。

9.2.7 插入文件上传域

可以为表单创建文件上传域，文件上传域使用户可以选择其计算机上的文件，如字处理文档或图形文件，并将该文件上传到服务器。文件域的外观与其他文本域类似，只是文件域还包含一个“浏览”按钮。用户可以手动输入要上传的文件的路径，也可以使用“浏览”按钮定位并选择该文件。

文件域要求使用 POST 方法将文件从浏览器传输到服务器。该文件被发送到表单的“动作”文本框中所指定的地址。

若要在表单中创建文件域，请执行以下操作：

定位光标，单击“表单”插入工具栏中的“文件域”按钮，即可在光标处插入一个文件域，如图 9-22 所示。

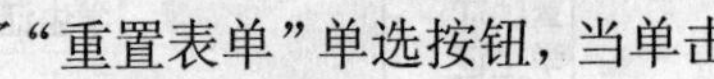

图 9-22 文件域

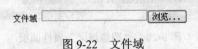

选中所插入的文件域，在属性面板中设置其属性，如图 9-23 所示。

图 9-23　"文件域"属性面板

"文件域"属性面板中的主要参数说明如下：

- 文件域名称：指定该文件域对象的名称。
- 字符宽度：指定希望该域最多可显示的字符数。
- 最多字符数：指定域中最多可容纳的字符数。如果用户通过浏览来定位文件，则文件名和路径可超过指定的"最多字符数"的值。但是，如果用户尝试键入文件名和路径，则文件域仅允许键入"最多字符数"值所指定的字符数。

9.4　创建表单实例制作

在浏览网页时会遇到很多不同类型的表单，表单具有交互性和实效性，现在的网站是离不开表单的。究竟表单是怎么制作出来的，需要哪些步骤呢？

9.4.1　制作表单创建留言簿

下面介绍一款基于 E-Mail 回复的留言簿，以第 7 章制作的"模板"站点中的"客户留言"为例，制作一个简单的表单实例，表单的最终效果如图 9-24 所示。

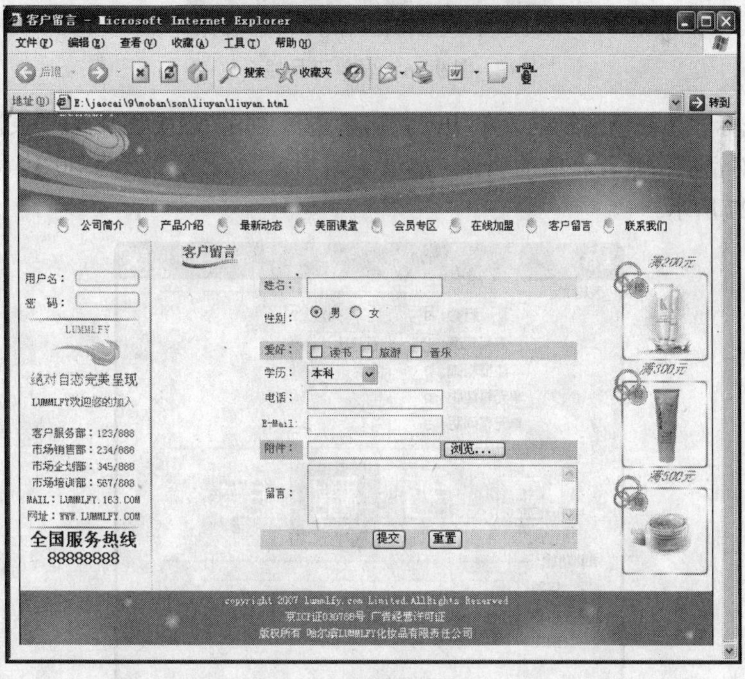

图 9-24　表单网页的效果

制作表单页面的步骤如下：

（1）新建一个普通的网页文件，或者打开一个需要制作表单的网页文件，然后把光标移动到想要添加表单的位置，如图 9-25 所示。

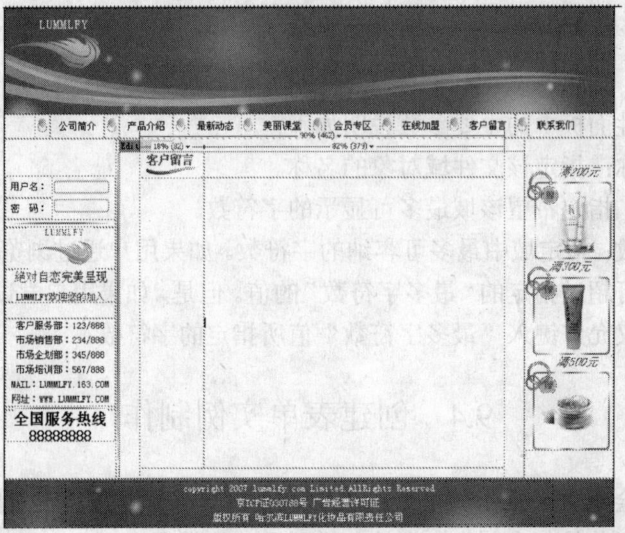

图 9-25 打开网页

（2）选择“插入”→“表单”命令或单击表单面板中的“表单”图标▢，将插入一个空的表单。如图 9-26 所示，这时会在网页中出现一个红色的虚线的边框，这就是表单。

图 9-26 表单工具栏

（3）将光标放在红色虚线的表单中，然后单击“常用”工具栏中的“表格”按钮，在弹出的“表格”对话框中设置表格的属性，设置表格为 8 行 2 列，宽为 90%，单元格间距为 5 像素，如图 9-27 所示。

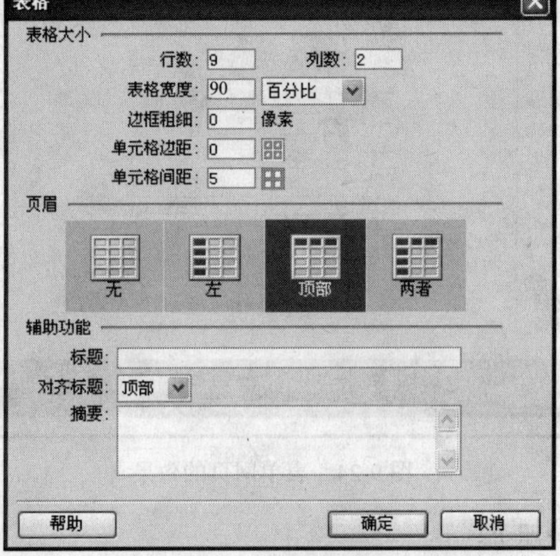

图 9-27 设置表格属性

（4）在编辑界面中设置表格第 1 列的列宽为 30%，第 2 列的列宽为 70%，在表格左侧的单元格中输入要提交的文字内容，如图 9-28 所示。

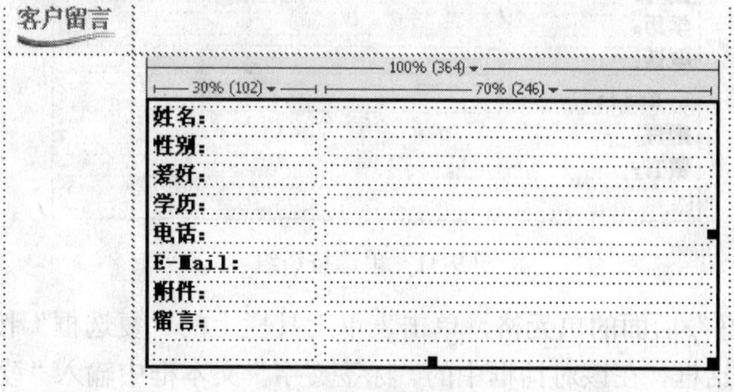

图 9-28　输入文字

（5）在第 1 行右侧的单元格中单击表单工具栏上的“文本”按钮，在打开的“输入标签辅助功能属性”对话框中单击“确定”按钮，这时，在编辑界面出现了一个文本域。用同样的方法为“电话”和 E-Mail 添加文本域，效果如图 9-29 所示。

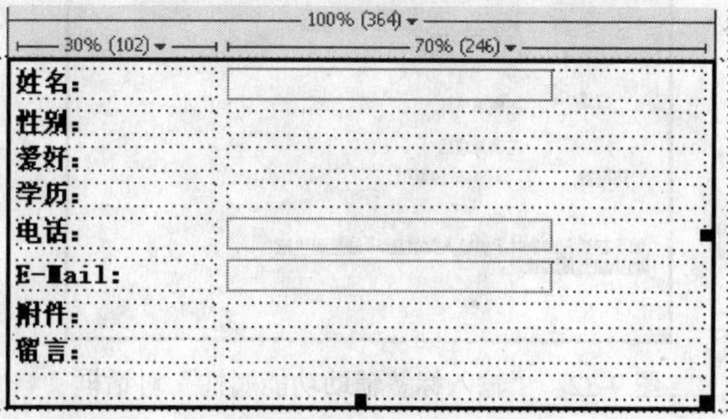

图 9-29　插入文本域后的效果

（6）选择“性别”后面的单元格，单击表单工具栏上的“单选按钮组”按钮，在弹出的“单选按钮组”对话框中设置单选按钮标签分别为男、女，如图 9-30 所示。

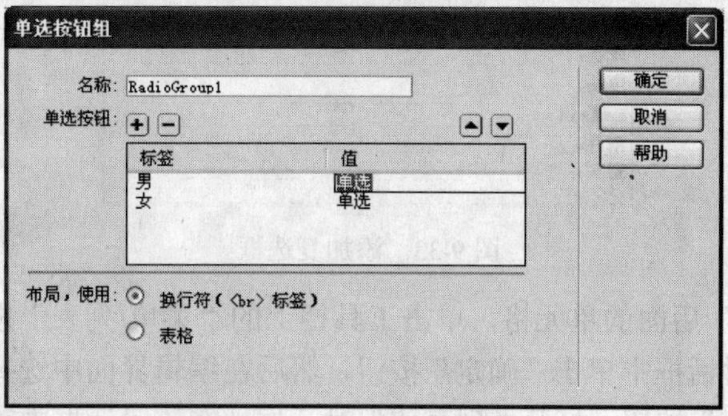

图 9-30　单选按钮组

单击“确定”按钮返回编辑界面，选择“男”单选按钮，在属性面板中设置“男”单选按钮的初值为“选中”状态，如图 9-31 所示。

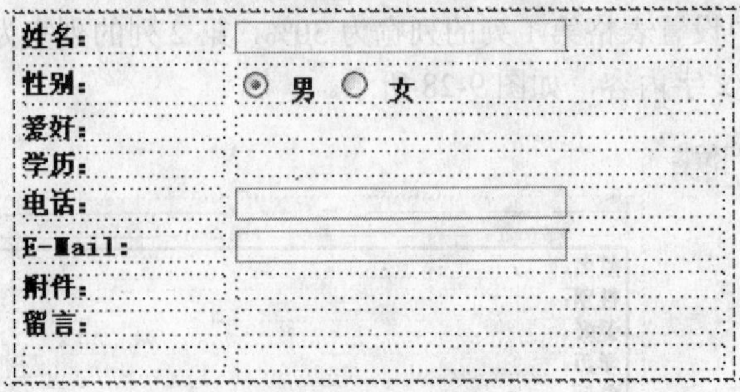

图 9-31　单选按钮组

（7）单击“爱好”后面的单元格，单击表单工具栏上的“复选框”按钮，弹出“输入标签辅助功能属性”对话框，在该对话框中的“标签文字”文本框中输入“读书”，然后单击“确定”按钮，如图 9-32 所示。

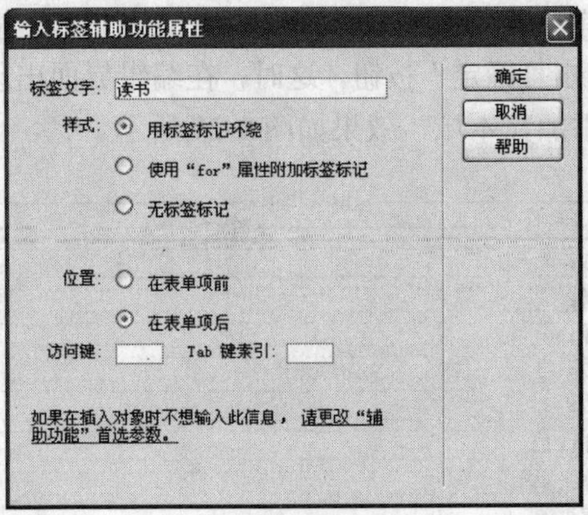

图 9-32　“输入标签辅助功能属性”对话框

这时，在单元格中会出现“读书”复选框。同样的方法，再添加“旅游”和“音乐”两个复选框，效果如图 9-33 所示。

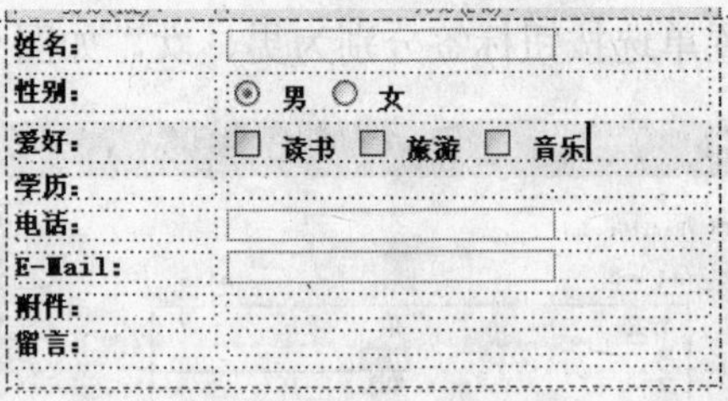

图 9-33　添加复选框

（8）选择“学历”后面的单元格，单击工具栏上的“菜单/列表”按钮，在打开的“输入标签辅助功能属性”对话框中单击“确定”按钮，然后在编辑界面中选择所插入的菜单，在属性面板中单击“列表值”按钮，打开“列表值”对话框，在该对话框中输入列表的标签，如图 9-34 所示。

（9）选择“附件”后面的单元格，在表单工具栏中单击“文件域”按钮，插入一个“文件浏览”按钮，如图 9-35 所示。

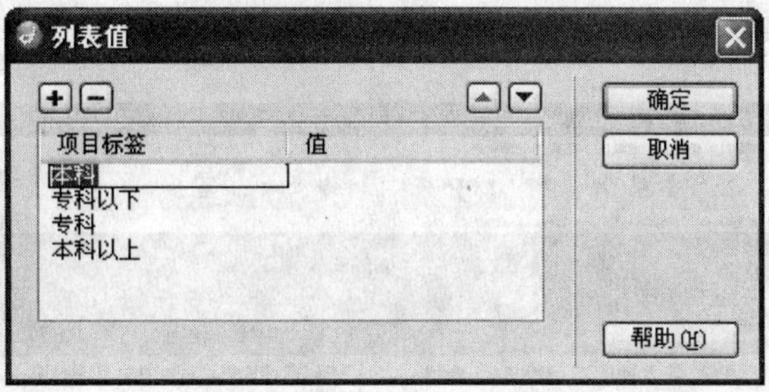

图 9-34　“列表值”对话框

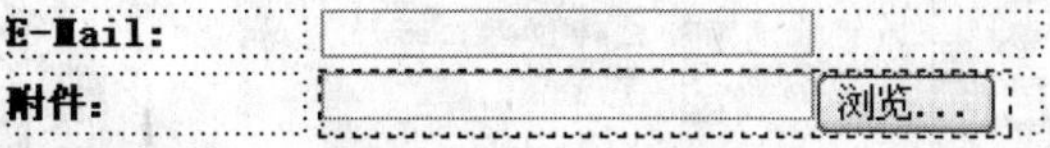

图 9-35　文件浏览

（10）在“留言”后面的单元格中插入一个多行文本，设置该文本域的字符宽度为 40，行数为 4，如图 9-36 所示。

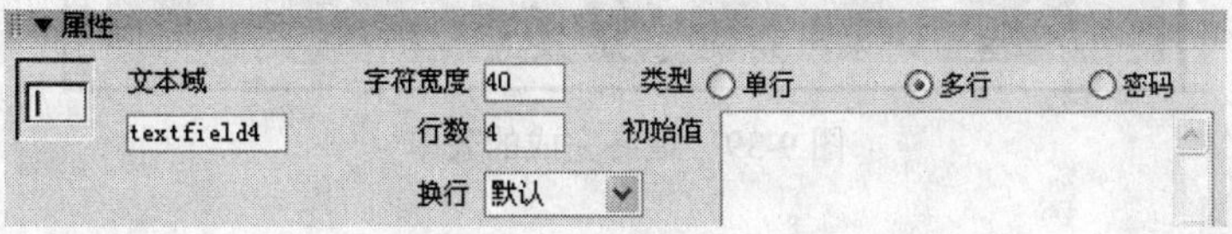

图 9-36　设置多行文本属性

（11）合并最后一行单元格，以便接下来制作“提交”和“重置”按钮。将光标定位在最后一行，单击工具栏上的按钮图标，为表单添加两个按钮，在属性面板中设置它们的属性，如图 9-37 所示。其中，一个按钮的动作是“提交表单”，另一个按钮的动作是“重设表单”。

图 9-37　改变按钮的属性

（12）选中文档左下角“标签选择器”上的 form 标签，在属性面板的动作中输入“mailto:任意的电子信箱地址”，在“方法”中选择 POST，如图 9-38 所示。

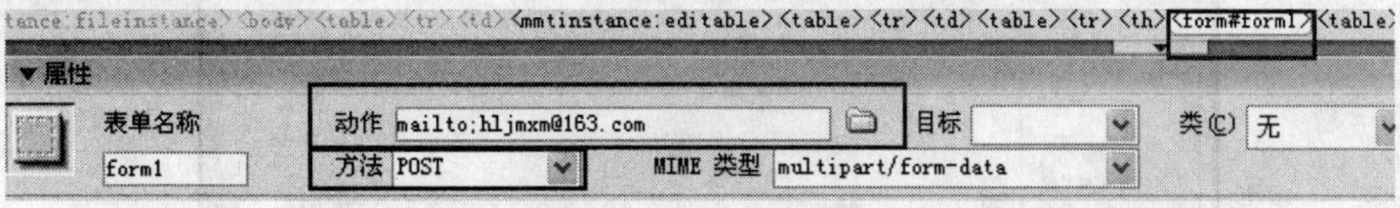

图 9-38　设置邮箱地址

最后，为表格和表单设置 CSS 样式，E-Mail 反馈表单就制作好了。在表单中输入内容以后，单击“提交”按钮，系统就会把表单以文字的方式通过邮件传送出去了，如图 9-39 所示。

反馈表单在使用 Outlook Express 的计算机上使用 E-Mail 方式发送，接收到的是一些文本。需要注意的是，使用 E-Mail 表单的条件是：需要在计算机的 Outlook 或者 OutlookExpress 中事先设置好邮箱，这样在填好反馈表单，然后提交的时候计算机才会把邮件通过 Outlook 或者

Outlook Express 发送出去。至此实例制作完毕。

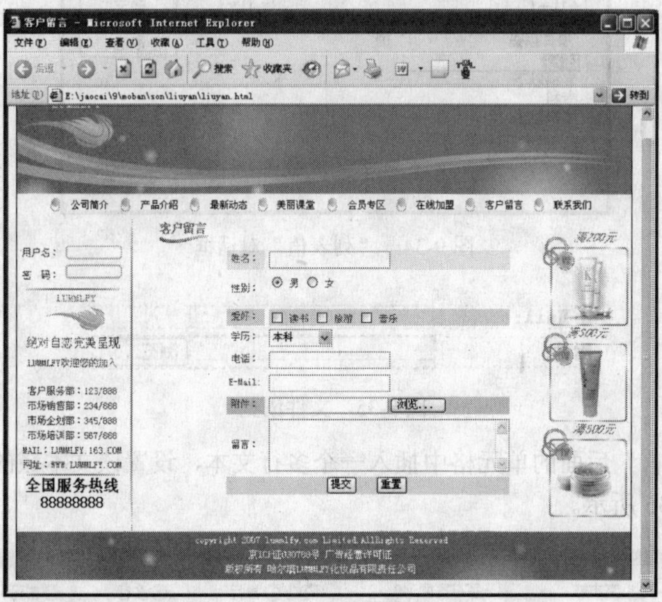

图 9-39 最终完成的表单

9.4.2 检查表单内容

为了提高留言簿表单的作用，接下来为表单添加检查功能，使浏览者不能提交空的留言，也不能输入无效的电子邮件地址。

以上节制作的留言簿表单为例，完成检查表单内容的任务。在设置验证之前，首先要确定哪些表单对象需要验证，如图 9-40 所示。

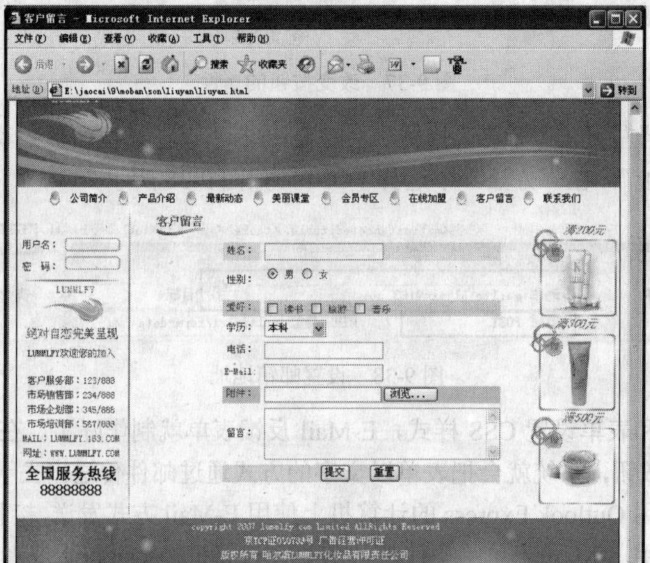

图 9-40 表单

在留言簿表单中，“姓名”、“电话”、E-Mail 和“留言”都需要检查。在 E-Mail 项中，需要检查输入内容是否为合法的电子邮件格式；而其余两项则需要检查内容是否为空，如果为空，则不能提交表单的内容。

具体制作步骤如下：

（1）在“留言簿”网页中，单击选中“姓名”后面的文本框，然后打开属性面板，将“文本域”下面框中的名称改为 name，这样便于设置该文本域的属性，如图 9-41 所示。

同理，设置“电话”文本域的名称为 tel，设置 E-Mail 文本域的名称为 e-mail，设置“留言”文本域的名称为 liuyan。

（2）打开“行为”面板，然后单击按钮，在弹出的菜单中选择“检查表单”命名，如图 9-42 所示。

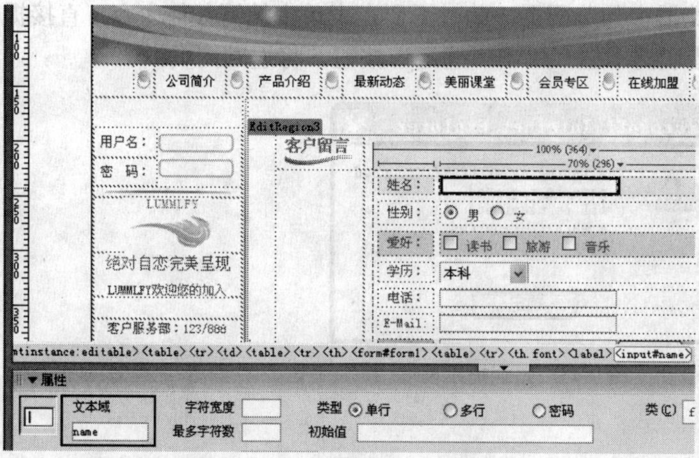

图 9-41　更改文本域的名称

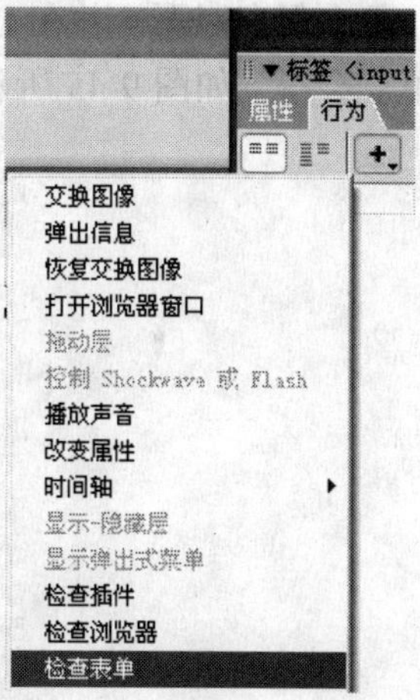

图 9-42　检查表单命令

（3）打开“检查表单”对话框，如图 9-43 所示。在“命名的栏位”列表中单击第 1 行，然后单击选中“值”后面的“必需的”复选框；单击选中“可接受”后面的“任何东西”复选框。即在提交表单时，“姓名”文本框中必须有内容，内容可以为任何值。

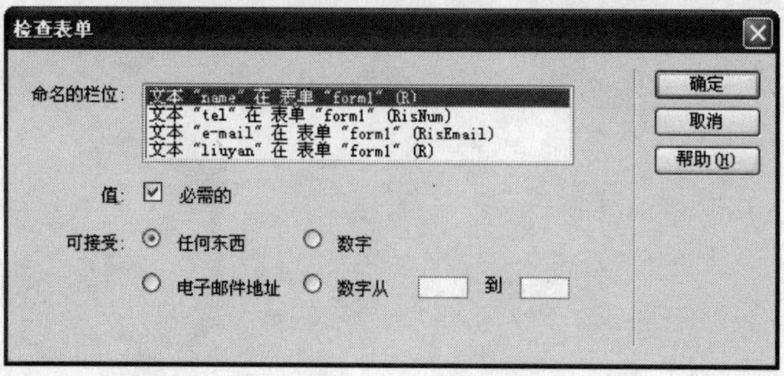

图 9-43　设置 name 文本框

选中第 2 行，同样将“值”设置为“必需的”，然后在“可接受”中选择“数字”。这样，浏览者在输入“电话”后面的文本框时只能输入数字。

选中第 3 行，将“值”设置为“必需的”，然后在“可接受”中选择“电子邮件地址”。这样，浏览者在输入“地址”后面的文本框时，Dreamweaver 会自动检查输入的内容是否为合法的电子邮件格式，如图 9-44 所示。

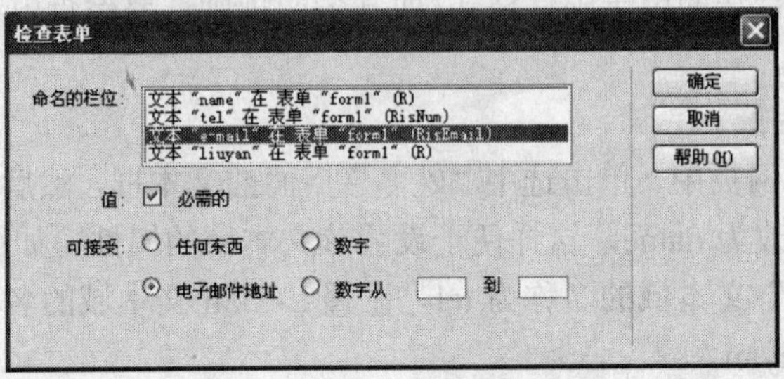

图 9-44　设置 e-mail 文本框

（4）单击“确定”按钮，关闭对话框，完成验证设置。

现在保存网页，并在 IE 浏览器中预览网页，此时不要在表单中填写任何内容，直接提交表单，会得到如图 9-45 所示的错误提示框。单击“确定”按钮，将返回网页。

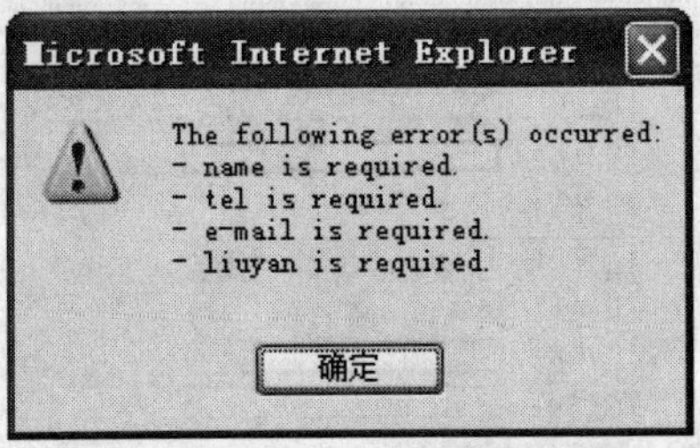

图 9-45　错误提示框

第 10 章　行为

行为（Behavior）是在 Dreamweaver 8 中预置的 JavaScript 程序，由事件（event）和对应动作（actions）组成。它能实现用户与网页间的交互，通过某个动作来触发某项计划。如当用户在页面中将鼠标移动并单击某一个链接后载入了一幅图像，这就产生了两个事件：onMouseOver 和 onClick，同时触发了一个动作载入图像。

浏览器都会提供一组事件，事件与动作相关联。当访问者与网页进行交互时，浏览器生成事件，但并非所有的事件都是交互的，如设置网页每 10 秒自动重新载入。

根据所选对象和在“显示事件”子菜单中指定的浏览器的不同，显示在“事件”下拉列表框中的事件将有所不同。

10.1　行为的使用

10.1.1　打开“行为”面板

在使用行为前要先了解行为的具体操作场所——“行为”面板，在 Dreamweaver 8 右侧的浮动面板组中打开“标签”面板，在其中单击“行为”选项卡打开“行为”面板，如果没有“行为”选项卡，可以选择“窗口”→“行为”命令，也可以按 Shift+F4 组合键打开“行为”面板。“行为”面板如图 10-1 所示。

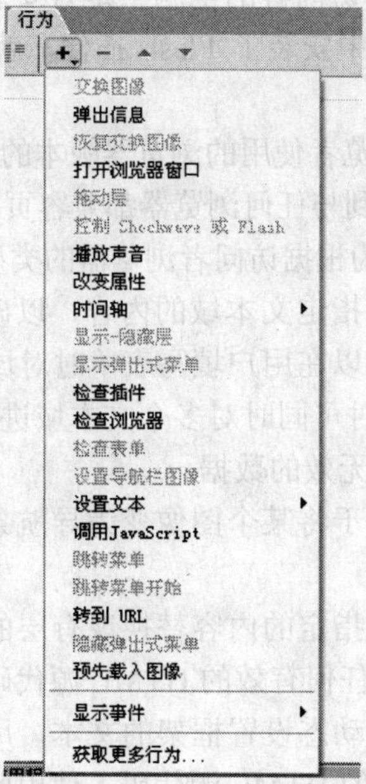

图 10-1　“行为”面板

1. 主要动作

“交换图像”行为：可将一个图像替换为另一个图像，这是通过更改 scr 属性来实现的，此动作一般用来创建翻转按钮以及同时替换多个图片。

“弹出信息”行为：将用于显示一个指定的 JavaScript 提示信息框。该提示信息是提供给浏览者信息的，浏览者不能做出选择，也不能控制信息框的外观，只有一个“确定”按钮，其外观取决于浏览器的属性。

“恢复交换图像”行为：用于将替换的图像恢复为原始的图像文件。

“打开浏览器窗口”行为：在其中显示所指定的内容，网页设计者可以指定该新窗口的尺寸、是否可调节大小、是否有菜单等属性。

“拖动层”行为：使网页中层的位置不再是固定不变的，而是可以随着浏览者的鼠标运动而运动，层在拖动过程中还可以调用 JavaScript 代码或函数，从而实现一些特殊效果。

“控制 Shockwave 或 Flash”行为：用来播放、停止、倒带或转到 Macromedia Shockwave 或 Macromedia Flash SWF 文件中的帧。

“播放声音”行为：用来播放声音和音乐文件，页面背景音乐和鼠标单击时的声音都可以用此行为设置。

“改变属性”行为：用于改变网页元素的属性（例如表格的背景颜色或表单的动作）值。

“显示—隐藏层”行为：用于改变一个或多个层的可见性。此行为可以用于交互时显示信息。如当鼠标光标滑过一个图像时，则显示该图像的相关信息，当鼠标光标离开这个图像时，提示信息则消失。

“弹出式菜单”行为：用于在网页中实现类似于 Windows 系统中的菜单效果，在设计网页时可以把一个类别的页面都放在菜单中，这样就能从主页直接访问到需要的子页，以方便浏览者。

“检查插件”行为：用于检查访问者的电脑中是否安装了特定的插件，而决定将浏览者带往不同的页面，如果浏览者电脑中安装了 Flash 插件，就播放 Flash；如果没有安装，就直接将浏览者带往没有 Flash 的页面。

“检查浏览器”行为：根据浏览者使用的浏览器版本的不同来决定访问的不同网页，以提高网页的兼容性。可将此行为添加到与任何浏览器都兼容页面的<body>标签上，也可以将此行为添加到一个空链接上，并让该行为根据访问者浏览器的类型和版本确定链接的目标页面。

“检查表单”行为：用于检查指定文本域的内容，以确保用户输入了正确的数据类型。使用 onBlur 事件添加到文本域，可以在用户填写表单时对域进行检查，若使用 onSubmit 事件将其添加到表单，在用户提交表单时可同时对多个文本域进行检查。使用该行为可以防止表单提交到服务器后指定的文本域包含无效的数据。

“设置导航栏图像”行为：用于将某个图像变为导航条图像，也可以更改导航条中图像的显示和动作。

“设置层文本”行为：可以用指定的内容替换现有层的内容和格式设置，但将保留层的属性，包括颜色。该内容可以包括任何有效的 HTML 源代码。

“设置框架文本”行为：可以动态设置框架的文本，用指定的内容替换框架的内容和格式设置。该内容可以包含任何有效的 HTML 源代码。使用此行为可以动态显示信息。

“设置文本域文字”行为：可以用指定的内容替换表单文本域的内容。

“设置状态栏文本”行为：可在浏览器窗口底部左侧的状态栏中显示消息。如可以使用此行为在状态栏中说明链接的目标而不是显示链接的 URL。

“调用 JavaScript”行为：用于执行“行为”面板中某个特定事件时调用自己编写的 JavaScript 代码和函数。

“跳转菜单”行为：用于修改已经创建好的跳转菜单。

“跳转菜单开始”行为：与“跳转菜单”行为密切相关，它允许将“前往”按钮和一个“跳转菜单”行为关联起来。

“转到 URL”行为：可在当前窗口或指定框架内打开一个新的页面。此行为在一次单击改变两个或更多框架的内容时特别有用，它也可以在时间轴内被调用，在特定时间间隔后跳转到新的页面。

2. 事件

事件就是在浏览器工作过程中的某种状态的变化。

onAbort：当前浏览器正载入一幅图像，用户停止了浏览器的运行时，该事件就发生。

onAfterUpdate：当页面上被选中的数据元素完成更新数据源后，引发该事件。

onBeforeUpdate：当页面上被选中的数据元素已经改变并且将要丢失焦点时，引发该事件。

onBounce：当一个框架元素的内容已经到了该框架边缘时引发该事件。

onChange：当改变了页面上的一个值，如在菜单中选择了一个项目，或者先改变了文本区域的值，然后单击页面以外的部分时，会引发该事件。

onClick：单击网页上特定元素后所引发的事件。

onDblClick：双击特定元素后所引发的事件。

onError：载入一个页面或者图像过程中，浏览器有错误产生时，引发该事件。

onFinish：当所选内容完成了一个循环以后引发该事件。

onFoucs：特定元素成为用户交互的焦点时引发该事件。

onHelp：单击浏览器的“帮助”按钮或者从浏览器的菜单中选择“帮助”命令时引发该事件。

onKeyPress：按下一个键并将其释放时引发这个事件。这个事件就像是 onKeyDown 和 onKeyUp 两个事件的组合。

onLoad：当一幅图像或页面完成载入时引发的事件。

onMouseDown：当用户按下鼠标键时引发该事件。

onMouseMove：移动鼠标就引发该事件。

onMouseOut：当光标离开特定元素时引发该事件。

onMouseOver：当光标移动到特定元素上时引发该事件。

onMouseUp：按下的鼠标键被释放时引发的事件。

onMove：窗口或框架移动时引发的事件。

onReadyStateChange：当特定元素的状态改变时引发该事件。可能的元素状态包括 uninitialized（未初始化）、loading（载入中）和 complete（完成）。

onReset：当一个表单被重置为默认信息时引发该事件。

onResize：调整浏览器窗口大小或者框架大小时引发该事件。

onRowEnter：所选中数据源的当前记录指针改变所引发该事件。

onRowExit：所选中数据源的当前记录指针将要改变时引发该事件。

onScroll：上翻滚动条或下翻滚动条时引发的事件。

onStart：当一个框架元素的内容开始一个循环时引发的事件。

onSubmit：提交一个表单时引发的事件。

onUnload：离开当前页面时引发的事件。

10.1.2 行为的编辑

1. 添加行为

在不同类型的浏览器中可以根据需要将行为附加到整个文档、链接、图像、表单对象或任何其他的 HTML 元素中。

方法是：选择要添加行为的对象，然后在“行为”面板中添加一种行为，最后确定该行为的事件即可。

2. 修改行为

首先选择修改行为的对象，然后按 Shift+F4 组合键打开“行为”面板，在其“动作”列表中双击要修改的行为动作或将其选择并按 Enter 键；也可以右击，在弹出的快捷菜单中选择“编辑行为”命令，在打开的对话框中进行修改，然后单击“确定”按钮。

3. 删除行为

在“行为”面板中选择要删除的行为，然后单击“行为”面板上的 **−** 按钮，如图 10-2 所示，或在行为上右击，在弹出的快捷菜单中选择“删除行为”命令，还可以直接按 Delete 键。

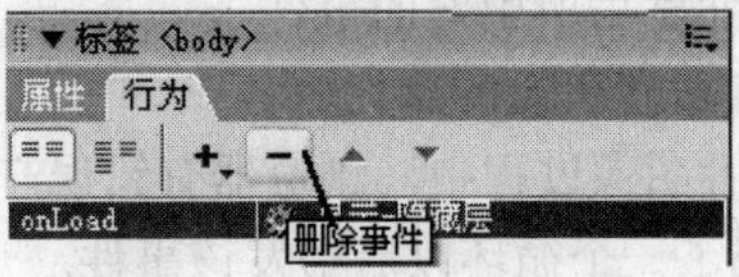

图 10-2 删除事件按钮

4. 获取更多的行为

Dreamweaver 8 自带的行为比较少，如果想获取更多的行为可以从 Macromedia 公司（现为 Adobe 公司）和其他第三方的开发网站下载。在“行为”下拉列表中选择“获取更多的行为”选项，则会打开官方网站提供的行为下载页面。

10.2 行为的具体应用

10.2.1 层设置

很多时候，在网站上当鼠标从一张图片或文字上移动的时候，图片或文字的旁边会出现一些提示性的文字，或者当鼠标指向一个小图片时，旁边出现一张相同图案的大图片，这对我们是有很大帮助的。

以上所述的功能是怎样制作出来的呢？通过下面的实例进行介绍。

“显示—隐藏层”行为用于改变一个或多个层的可见性。此行为常用于交互时显示信息。如当鼠标光标滑过一个图像时，则显示该图像的相关信息；当鼠标光标离开这个图像时，提示信息则消失。

下面用“显示—隐藏层”行为，制作一个实例，当我们单击图中的小图时，就会在窗口中间显示一个大图，完成效果如图10-3所示。

图10-3　最终效果

（1）在编辑窗口中打开将要编辑的网页，如图10-4所示。

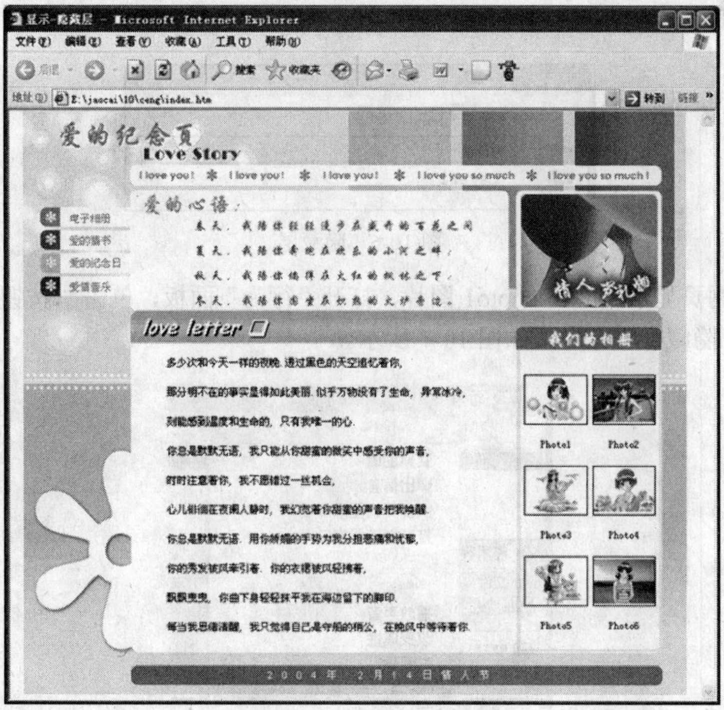

图10-4　插入层Layer1

（2）在窗口的合适位置插入一个层，设置层的大小为 400 像素×300 像素，然后在层中插入一个需要设置的图片，如图 10-5 所示。

图 10-5　插入一个层

（3）对层的属性进行设置，按 F12 键打开“层”面板，可以看到里面的一个层 Layer1，设置该层为隐藏（闭合的眼睛），如图 10-6 所示。也可以在属性面板中将“可见性”属性设置为 hidden 来隐藏该层。

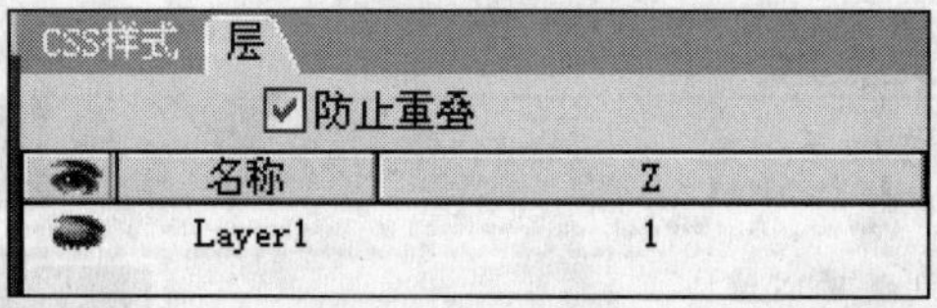

图 10-6　隐藏层

（4）选择网页显示相应的 photo1 图片，打开“行为”面板，单击+按钮，在弹出的菜单中选择“显示—隐藏层”命令，如图 10-7 所示。

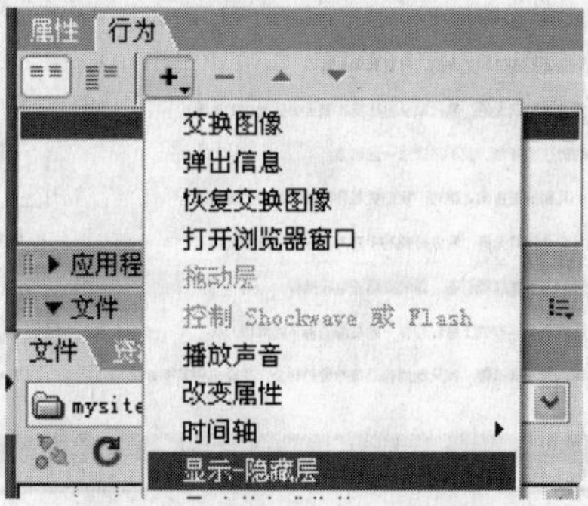

图 10-7　设置“行为”面板

（5）在打开的“显示—隐藏层”对话框中单击“显示”按钮，然后单击“确定”按钮，如图 10-8 所示。

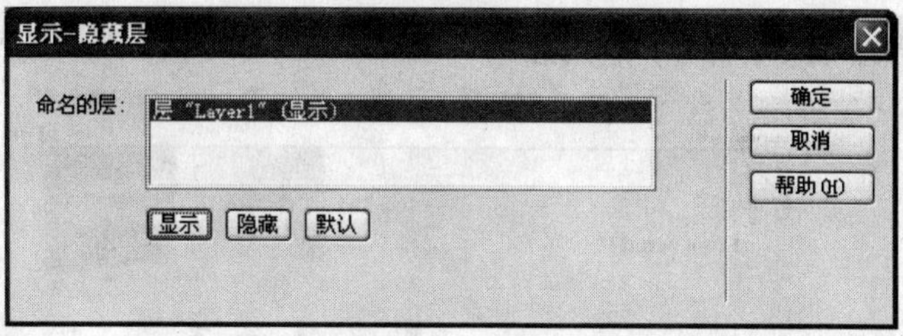

图 10-8 “显示—隐藏层”对话框

（6）显示或隐藏行为设置完成后，在“行为”面板中设置事件，在这里设置成 onMouse-Over 事件，如图 10-9 所示。即当鼠标指向所选对象 photo1 图片时，显示 layer1 中的内容。

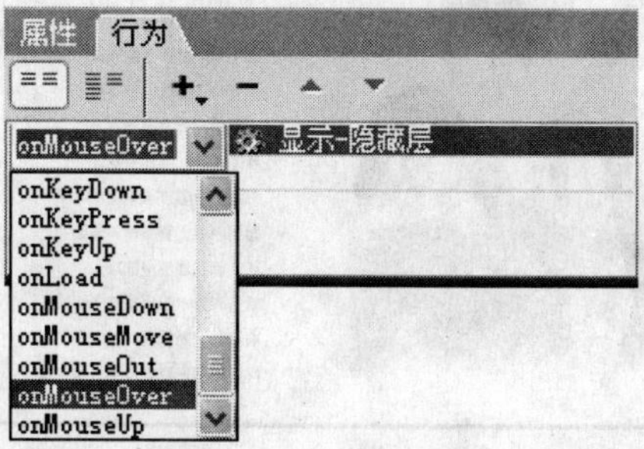

图 10-9 设置动作

（7）也可以为 photo1 设置另一个行为，当鼠标离开 photo1 对象以后，该 Layer1 层的属性变为“隐藏”。方法是：选中 photo1 图片对象，在“行为”面板中选择“显示—隐藏层”命令，在打开的“显示—隐藏层”对话框中单击“隐藏”，然后将该行为的事件设置成 onMouseOut（鼠标离开），如图 10-10 所示。

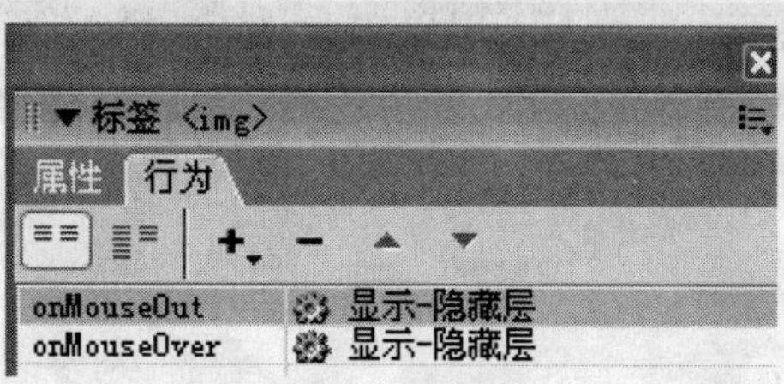

图 10-10 设置动作

（8）保存网页文档，然后浏览网页，观察其效果。

同样的方法，也可以在层中添加文字，当鼠标移动到这些图片上时会出现预先设置好的提示字样，而鼠标移开图片时字样自动隐藏。

10.2.2 添加背景音乐

音乐是我们日常生活中不可缺少的一部分，现在很多网站或个人主页中也添加了背景音乐。当我们浏览网页时，听着优美动听的音乐，是不是很惬意呢！

Dreamweaver 8 提供了非常方便的插入背景音乐的方法。本例将学习如何在网页中添加背景音乐，最终效果如图 10-11 所示。

图 10-11 最终效果

下面就来学习在网页中添加背景音乐的方法。

操作步骤如下：

（1）在 Dreamweaver 中新建一个空白文档并保存，也可以直接打开需要插入背景音乐的网页。这里打开一个设计好的网页文件，如图 10-12 所示。

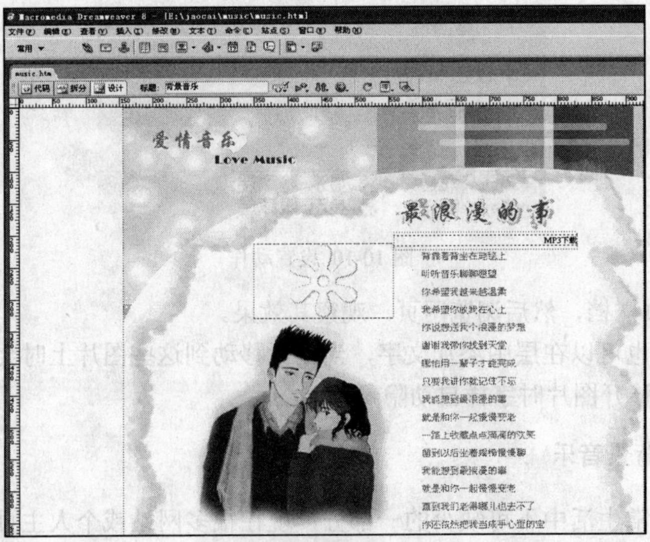

图 10-12 打开的网页文件

（2）选择“窗口”→“行为”命令或按 Shift+F4 组合键，调出“行为”面板，如图 10-13 所示。

（3）单击“行为”面板中中+按钮，从弹出的下拉菜单中选择“播放声音”行为，如图 10-14 所示。

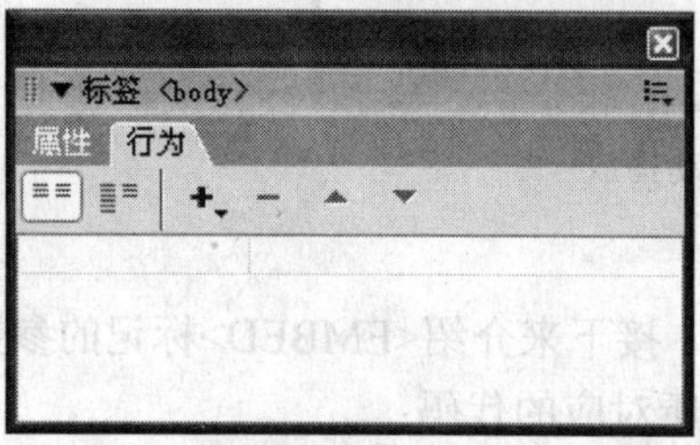

图 10-13 “行为”面板

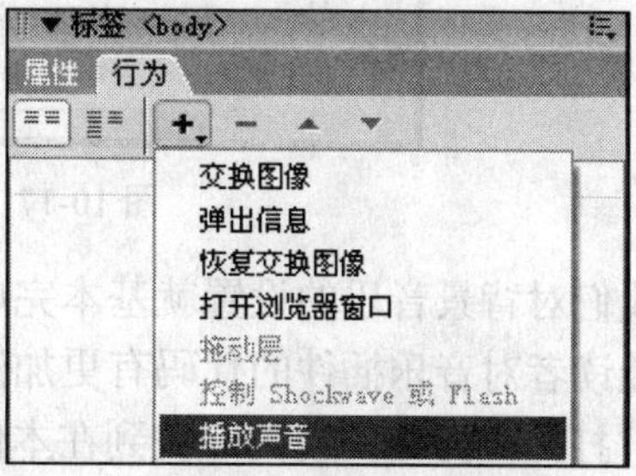

图 10-14 新建一个行为

（4）此时 Dreamweaver 8 会弹出“播放声音”对话框，在该对话框中输入音乐文件的路径和名称，或者单击“浏览”按钮找到所需的音乐文件。音乐文件必须是浏览器支持的音乐文件格式，如 mid、wav、AIFF、AU 等。然后单击“确定”按钮关闭对话框，如图 10-15 所示。

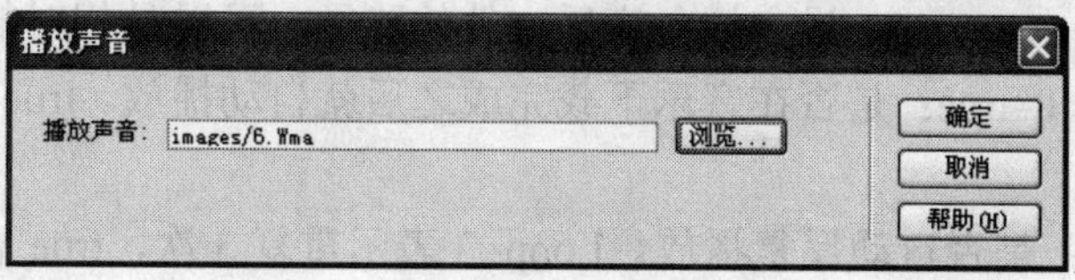

图 10-15 “插入声音”对话框

（5）插入声音之后网页里面会显示一个插件图标，如图 10-16 所示。但还需要做进一步的调整。因为 Dreamweaver 8 自动插入了一段控制代码，方便我们定制激活背景音乐。但此功能用不到，可以将它删除。

图 10-16 插件图标及图标的属性面板

（6）单击编辑窗口工具栏上的“拆分”按钮，可以看到 Dreamweaver 8 编辑窗口被拆分成“代码编辑区”和“设计编辑区”两部分。

（7）设置音乐的播放形式。单击已经插入的音乐，可以看到如图 10-16 所示的属性面板。单击“参数”按钮，在弹出的“参数”对话框中进行修改，把参数 autostart 后面的“值”由默认值 false 改成 true，如图 10-17 所示，这样就达到打开网页背景音乐就响起的效果。如果想要循环播放音乐，把 LOOP 的值也改为 true 即可。

图 10-17 设置音乐自动播放

这样我们对背景音乐的设置就基本完成了。

为了让读者对音乐插件的代码有更加深入的了解，接下来介绍<EMBED>标记的参数。选中标记，打开“拆分”视图，找到在本例中该标记所对应的代码：

```
<EMBED NAME='CS1209984247250' SRC='images/6.Wma' LOOP=true
AUTOSTART=true MASTERSOUND HIDDEN=true WIDTH=0 HEIGHT=0></EMBED>
```

下面简单介绍<EMBED>标记的主要参数：

<EMBED>用来插入各种多媒体，格式可以是 mid、wav、AIFF、AU 等，新版的 IE 和 Netscape 都支持。其参数设定较多，例如：

- SRC='images/6.Wma'：设定插入音乐文件的路径，可以是相对的或绝对的。
- AUTOSTART=true：是否在音乐下载完成之后就自动播放。true 表示是，false 表示否（默认值）。
- LOOP=true：是否自动反复播放。Loop=3 表示重复 3 次，true 表示是，false 表示否。
- HIDDEN=true：是否完全隐藏控制画面，true 表示是，false 表示否（默认值）。
- WIDTH=0 HEIGHT=0：设定控制面板的高度和宽度（如 HIDDEN="no"）。
- STARTTIME="分:秒"：设定歌曲开始播放的时间。如 STARTTIME="00:30"表示从第 30 秒处开始播放。
- ALING="center"：设定控制面板和旁边文字的对齐方式，其值可以是 top、bottom、center、baseline、left、right、texttop、middle、absmiddle、absbottom。
- CONTROLS="smallconsole"：设定控制面板的外观。预设值是 console，其他取值如下：
  - console：一般正常面板。
  - smallconsole：较小的面板。
  - playbutton：只显示播放按钮。
  - pausebutton：只显示暂停按钮。
  - stopbutton：只显示停止按钮。
  - volumelever：只显示音量调节按钮。

10.2.3 弹出消息

“弹出信息”行为将用于显示一个指定的 JavaScript 提示信息框。该提示信息是提供给浏览者信息的，浏览者不能做出选择，也不能控制信息框的外观，只有一个“确定”按钮，其外观取决于浏览器的属性。

具体操作步骤如下：

（1）打开一个网页，如图 10-18 所示，我们要在这个网页上添加一个“弹出消息”对话框。

图 10-18　打开一个网页

（2）在设计视图主窗口左下角的标签选择器中单击<body>标记，选中整个 body 对象。

（3）打开“行为”面板，在“行为”面板中单击+按钮，然后在弹出的菜单中选择“弹出信息”行为，弹出“弹出信息”对话框。

（4）在“弹出信息”对话框中输入“欢迎来到我的网站，听我诉说最浪漫的事”，如图 10-19 所示。

图 10-19　“弹出信息”对话框

（5）输入完成后，单击“确定”按钮关闭对话框。

（6）设置行为的事件为 onUnload，如图 10-20 所示。

图 10-20　设置事件

（7）保存网页文档，然后浏览网页，观察其效果，如图 10-21 所示。

图 10-21　最终效果

10.2.4　制作自动弹出的网页窗口

添加自动弹出对话框有不少缺点，首先这种形式对浏览者来说不算友好，因为不关闭对话框就无法完全浏览网页内容；其次它的表现方式较为单一，只能包含文本内容，不够生动。我们在浏览新浪、网易等网站时，打开主页的同时有时会自动弹出一些小窗口，例如有动画广告也有通知等内容，样式丰富、色彩艳丽。其实这种窗口就是一个小的网页。

利用 Dreamweaver 8 提供的“打开浏览器窗口”行为，我们可以在自己的网页中轻松实现此项功能。

在上个实例“爱情音乐”网站中，新建一个名为 hello 的网页，将网页标题设置成“爱的心语”。在网页中插入如图 10-22 所示的图片和文字，编辑网页的内容并保存它。

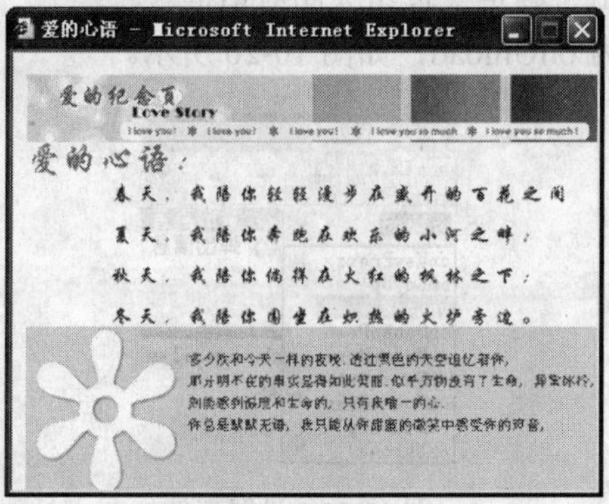

图 10-22　准备一个网页

下面通过“打开浏览器窗口”行为，把这个 hello 网页添加到“爱情音乐”网站的主页中。

具体操作步骤如下：

（1）打开“爱情音乐”网页，单击窗口左下方的“标签选择器”中的<body>，选中整个网页。如图 10-23 所示，打开“行为”面板，在“行为”面板中单击+按钮，然后在弹出的菜单中选择“打开浏览器窗口”命令。

图 10-23　选择“打开浏览器窗口”命令

（2）在弹出的“打开浏览器窗口”对话框中，单击“浏览”按钮，在打开的“选择文件”对话框中选择网站文件夹下的 hello.html 文件。此时在“要显示的 URL”文本框中出现了 hello.html 文件，如图 10-24 所示。

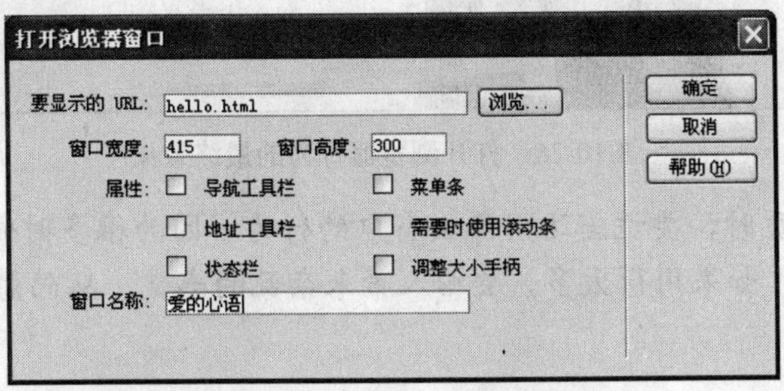

图 10-24　“打开浏览器窗口”对话框

（3）在“窗口宽度”和“窗口高度”文本框中分别输入弹出窗口的宽度及高度值，本例输入宽度为 415（像素）、高度为 300（像素）；在“窗口名称”文本框中输入这个弹出的网页窗口的名称，本例输入“爱的心语”。然后单击“确定”按钮，关闭该对话框。

（4）返回 Dreamweaver 工作窗口，在“行为”面板中为“打开浏览器窗口”行为选择一种“事件”，如图 10-25 所示，本例选择 onLoad，即在打开该网页页面的同时就打开指定的浏览器窗口。

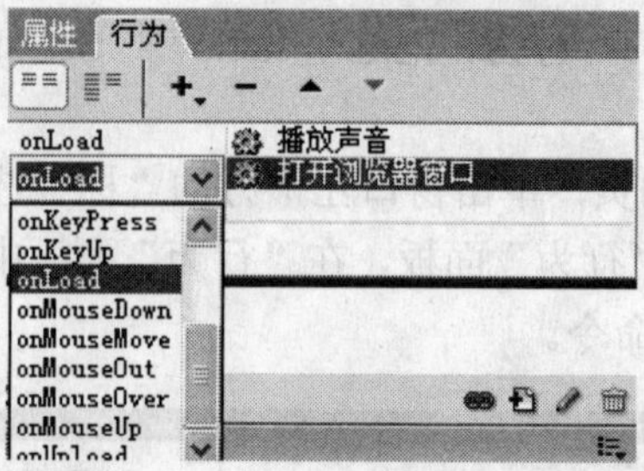

图 10-25　设置 onLoad 事件

（5）保存网页，然后在浏览器中预览。在打开网页后，就会弹出一个小窗口 hello.html、，如图 10-26 所示。

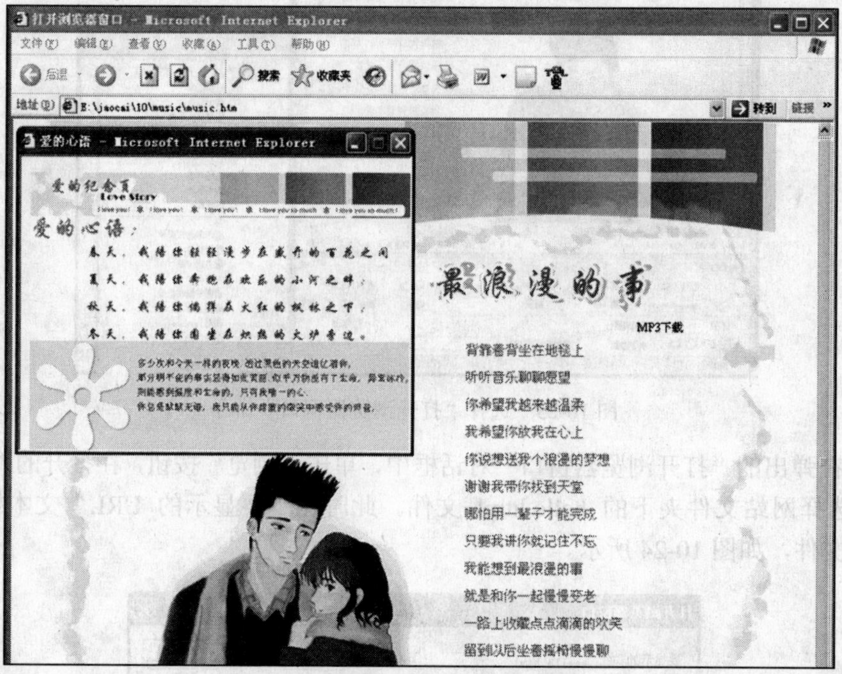

图 10-26　打开浏览器行为的最终效果

说明：在制作网页时，要适当运用弹出窗口的行为，因为很多时候这些弹出的窗口是不能被浏览者所接受的。如果用得太多，会给人带来杂乱的感觉，从而影响页面的美观。

第 11 章　JavaScript

JavaScript 语言的前身叫作 LiveScript，自从 Sun 公司推出著名的 Java 语言之后，Netscape 公司引进了 Sun 公司有关 Java 的程序概念，将自己原有的 LiveScript 进行重新设计，并改名为 JavaScript。

JavaScript 是一种基于对象（Object）和事件驱动（Event Driven），并具有安全性的脚本语言。JavaScript 的编程与 C++、Java 非常相似，只是提供了一些专有的类、对象和函数。对于已经具备了 C++或 C 语言，特别是 Java 语言编程基础的人来说，学习 JavaScript 脚本语言是一件非常轻松的事情。

JavaScript 代码并不被编译为二进制代码文件，而是作为 HTML 文件的一部分由浏览器解释执行，维护和修改起来非常方便，可以直接打开 HTML 文件来编辑修改 JavaScript 代码，然后通过浏览器立即看到新的效果。

学习 JavaScript 不需要掌握一些复杂开发工具，只要使用许多操作系统自带的文本编辑器和浏览器就可以了。另外，JavaScript 技术难度不大，对学习者的基础要求不高，学习 JavaScript，很容易立竿见影做出一些令人感兴趣的、有成就感的、具有实际用途的作品。兴趣是学习的动力和成功的重要因素，而有了实践环境和用途，这样就能够学得很快。所以，对于新手来说，学习 JavaScript 可以说是一种挑战自我和进军编程领域的良好开端。

11.1　JavaScript 的基本语法

11.1.1　脚本代码的位置

1．放置在<script></script>标签对之间

在<script></script>标签对之间编写脚本程序代码，是用得最多的情况。<script></script>的位置并不是固定的，可以出现在<head></head>或<body></body>中的任何地方。在一个 HTML 文档中可以有多个<script></script>标签对来嵌入多段 JavaScript 代码，每段 JavaScript 代码可以相互访问，这同将所有的代码放在一对<script></script>中的效果是一样的。例如，下面的一段内容：

```
<script>
var str = "hello JavaScript! ";
</script>
<p>这是一个 HTML 段落</p>
<script>
alert(str);
</script>
```

与下面这段内容的效果是一样的。

```
<p>这是一个 HTML 段落</p>
```

```
<script>
var str = "hello JavaScript! ";
alert(str);
</script>
```

旧版的浏览器并不能识别<script>标签，会直接向用户显示其中的内容，而不是当作脚本语言去解释执行。为了让那些不支持<script>标签的浏览器忽略<script></script>标签对中的内容，防止它们把 JavaScript 代码与 Web 页面的其他文本内容一起显示在屏幕上，可以将<script></script>标签对中的内容用 HTML 起始和结束注释标记（<!--和-->）括起来，如下所示：

```
<script language="javascript">
<!--
alert("hello JavaScript! ");
-->
</script>
```

支持<script>标签的浏览器会忽略嵌入在<script></script>标签对中的注释符，也就是它会继续执行注释符之间的脚本程序。

2. 将 JavaScript 代码放置在一个单独的文件中

可以将脚本代码放置在一个单独的文件中，这个文件以 js 为扩展名，称为 JavaScript 脚本文件。假设编写了一个名为 script.js 的脚本文件，文件中只有一句如下的脚本代码：

```
alert("hello JavaScript! ");
```

接着在同一个目录下编写一个 HTML 文件，文件内容如下：

```
<html>
<script src="script.js" language="javascript"></script>
</html>
```

上面的应用演示了在 HTML 网页中引入 JavaScript 脚本文件的方式，只需将<script>标签的 src 属性设置为脚本文件的 URL 地址即可。在 HTML 文件中引入 JavaScript 脚本文件，与将该脚本文件中的所有内容直接插入到一对<script></script>标签中的执行效果是一样的。如果一些脚本内容要在多个网页中被引用，将这些脚本内容放在一个脚本文件中，然后由各个网页来引入这个脚本文件，这就非常便于实现网站的模块化设计。当然，修改所有网页中的脚本内容时，只需到脚本文件中修改一次即可。

3. 将脚本程序代码作为属性值

超链接标签<A>的属性值除了 http 和 mailto 等协议外，还可以使用 JavaScript 协议，如下所示：

```
<a href="javascript:alert('hello javascript! '); ">javascript</a>
```

单击这个超链接，浏览器将会执行“javascript:”后面的脚本程序代码。

JavaScript 扩展了标准的 HTML，为 HTML 标签增加了各种事件属性，例如，对于 Button 表单元素，可以设置一个新的属性 onclick，onclick 的属性值就是一段 JavaScript 程序代码，当单击这个按钮后，onclick 属性值中的 JavaScript 代码就会被浏览器解释执行。如下所示：

```
<input type=button value=test onclick="alert('hello javascript! '); " />
```

注意：用作 URL 的 JavaScript 代码前要增加“javascript:”，以说明使用的是 JavaScript 协议，但事件属性中的 JavaScript 程序代码前不用增加“javascript:”进行说明。

11.1.2 JavaScript 程序的注释

为程序添加注释可以用来解释程序的某些部分的作用和功能，提高程序的可读性，否则三个月以后你不一定还能够轻松地读懂自己编写的程序代码。此外，还可以使用注释来暂时屏蔽某些程序语句，让浏览器暂时不要理会这些语句，等到需要时，只需要简单地取消注释标记，这些程序语句就又可以发挥作用了。

JavaScript 有两种注释：第一种是单行注释，就是在注释内容前面加双斜线（//）；第二种是多行注释，就是在注释内容前面以单斜线加一个星形标记（/*）开头，并在注释内容末尾以一个星形标记加单斜线（*/）结束，当注释内容超过一行时一般使用这种方法。这两种注释的示例如下：

```
//这是单行注释
/*这是多行注释
……*/
```

注意：“/*……*/”中可以嵌套“//”注释，但不能嵌套“/*……*/”，例如，下面的注释是非法的：

```
/*
/*int c = 10;*/
Int x = 5;
*/
```

因为第一个“/*”会以在它后面第一次出现的“*/”作为与它配对的结束注释符。

11.1.3 常量

1. 整型常量

整型常量可以使用十六进制、八进制和十进制表示。十六进制以 0x 或 0X 开头，如 0x8a。八进制必须以 0 开头，如 0123。十进制的第一位不能是 0（数字 0 除外），如 123。

2. 实型常量

实型常量是由整数部分加小数部分表示，如 12.32、193.98 等，实型常量也可以使用科学计数法来表示，如 5E7、4e5 等。

3. 布尔值

布尔常量用于区分一个事物的正反两面，不是真就是假，其值只有两个：true 和 false。

4. 字符串型常量

JavaScript 中没有单独的字符常量，而只有表示由若干字符所组成的字符串型常量。字符串型常量使用单引号（''）或双引号（" "）引起来的若干字符，如"hello javascript!"、'abc'、'a'等。一个字符串中不包含任何字符也是可以的，其形式为" "，表示一个空字符串。字符串中的特殊字符需要以反斜杠（\）后跟一个普通字符来表示，反斜杠（\）在这里就成了一个转义字符。下面是这些特殊字符的列表：

\r：表示接受键盘输入，相当于按下了回车键。

\n：表示换行。

\t：表示制表符，相当于 Tab 键。

\b：表示退格键，相当于 Backspace。

\'：表示单引号。

\"：表示双引号。

\\：表示一个斜杠“\”。

注意：在 JavaScript 程序中，一个连续的字符串不能分开在两行中编写。如果一个字符串太长，为了便于阅读，想将这个字符串分在两行上书写，可以先将这个字符串分成两个字符串，再用加号（+）将这两个字符串连起来，然后在加号（+）后断行。

5. null 常量

JavaScript 中有一个 null 常量，表示一个变量所指向的对象为空值。

6. undefined 常量

undefined 常量用于表示变量还没有被赋值的状态或对象的某个属性不存在。null 表示赋给变量的值为“空”，“空”是一个有特殊意义的值；而 undefined 则表示还没有对变量赋值，变量的值还处于未知状态。

11.1.4 变量

在程序运行期间，程序可以向系统申请分配若干内存单元，用来存储各种类型的数据。系统分配的内存单元要使用一个标识符来标识，并且其中的数据是可以更改的，所以称之为变量。标记内存单元的标记符就是变量名，内存单元中所装载的数据就是变量值。定义一个变量，系统就会为之分配一块内存，程序可以用变量名来表示这块内存中的数据。

由于 JavaScript 采用弱类型的变量形式，因而声明一个变量时不必确定类型，而是在使用或赋值时自动确定其数据类型。在 JavaScript 中，声明变量要使用 var 关键字，例如：

```
var name;
```

上面这条语句定义了一个 name 变量，但没有对它赋值，这时变量的值为 undefined。也可以在声明变量的同时为其赋值，例如：

```
var name = "zhangsan";
```

这样，不仅定义了一个名为 name 的变量，同时还对它赋予了一个字符串类型的值。还可以在程序运行过程中对已赋值的变量赋予一个其他类型的数据，例如，下面的语句：

```
name = 123;
```

又将一个整数赋给变量 name，变量 name 也就自动变成整数类型的了。

在 JavaScript 中也可以不事先声明变量而直接使用，例如："x = 1234;" 解释器在执行到这条语句时，会自动产生一个数值型的变量 x。

标识符：标识符是指 JavaScript 中定义的符号，如变量名、函数名、数组名等。标识符可以由任意顺序的大小写字母、数字、下划线（_）和美元符号（$）组成，但标识符不能以数字开头，不能是 JavaScript 中的保留关键字。

11.1.5 运算符

1. 算术运算符

+：加法运算符或正值运算符，如 x+5、+6。

-：减法运算符或负值运算符，如 7-3、-8。

*：乘法运算符，如 3*6。

/：除法运算符，如 9/4。

%：求模运算符，如 5%2。

++：将变量值加 1 后再将结果赋给这个变量。有两种用法，即++x，x++。前者是变量在参与其他运算之前先将自己加 1 后，再用新的值参与其他运算，而后者是先用原值参与其他运算后，再将自己加 1。例如，b = ++a 是 a 先自增，即 a 的值加 1 后，才赋值给 b；而 b = a++ 是先将 a 赋值给 b 后，a 再自增。

--：将变量值减 1 后再将结果赋给这个变量，与++的用法一样。

2. 赋值运算符

=：将一个值或表达式的结果赋给变量，例如，x = 3。

+=：将变量与所赋的值相加后的结果再赋给该变量，例如，x += 3 等价于 x = x + 3。

-=：将变量与所赋的值相减后的结果再赋给该变量，例如，x -= 3 等价于 x = x - 3。

*=：将变量与所赋的值相乘后的结果再赋给该变量，例如，x *= 3 等价于 x = x * 3。

/=：将变量与所赋的值相除后的结果再赋给该变量，例如，x /= 3 等价于 x = x / 3。

%=：将变量与所赋的值相除取整后的结果再赋给该变量，例如，x %= 3 等价于 x = x % 3。

3. 比较运算符

>：当左边操作数大于右边操作数时返回 true，否则返回 false。

<：当左边操作数小于右边操作数时返回 true，否则返回 false。

>=：当左边操作数大于等于右边操作数时返回 true，否则返回 false。

<=：当左边操作数小于等于右边操作数时返回 true，否则返回 false。

==：当左边操作数等于右边操作数时返回 true，否则返回 false。

!=：当左边操作数不等于右边操作数时返回 true，否则返回 false。

注意：不要将比较运算符“==”误写成“=”，如果少写了一个“=”就不是比较操作了，整个语句就变成了赋值语句。初学者务必重视这个问题，在刚开始的时候，极有可能会犯这样的错误，但不要过分自责，只要能最终找出这个问题并下不为例就行。

4. 逻辑运算符

&&：逻辑与，当左右两边操作数都为 true 时，返回值为 true，否则返回 false。

||：逻辑或，当左右两边操作数都为 false 时，返回值为 false，否则返回 true。

!：逻辑非，当操作数为 true 时，返回值为 false，否则返回 true。

11.1.6 流程控制

1. if 条件选择语句

if 语句是使用最为普遍的条件选择语句，每一种编程语言都有一种或多种形式的 if 语句，在编程中总是避免不了要用到它。if 语句有多种形式的应用。

（1）单分支的 if 选择语句。

```
if(条件)
{
执行语句
}
```

其中的条件语句可以是任何一种逻辑表达式，如果条件语句的返回结果为 true，则程序先执行后面大括号对{}中的执行语句，然后接着顺序执行它后面的其他代码。如果条件语句的返回结果为 false，则程序跳过条件语句后面的执行语句，直接去执行程序后面的其他代码。大括号的作用就是将多条语句组合成一个复合语句，作为一个整体来处理，如果大括号中只有一条语句，这对大括号对{}也可以被省略，例如：

```
var x = 0;
if (x = = 1)
alert ("x= =1");
```

上面的条件语句先判断 x 的值是否等于 1，如果条件成立，则弹出“x == 1”的对话框，否则什么也不做。由于 x 的值等于 0，所以“alert ("x == 1");”语句不会执行。为了让程序代码具有易读、易维护性，即使 if 从句部分只有一条语句，也不要省略其中的大括号对，这是一个良好的编程习惯。

（2）双分支的 if 语句。

```
if(条件)
{
执行语句块 1
}
else
{
执行语句块 2
}
```

这种格式在 if 从句的后面添加了一个 else 从句，在第一种格式的单一 if 语句的基础上，在 if 条件语句的返回结果为 false 时，执行 else 后面部分的从句，如：

```
var x = 0;
if(x ==1)
alert("x == 1");
else
alert("x != 1");
```

如果 x 的值等于 1，则弹出“x == 1”的对话框，否则将弹出“x != 1”的对话框。

注意：对于 if…else…语句，还有一种更简单的写法：

变量 = 布尔表达式?语句 1:语句 2;

例如下面的程序代码：

```
if(x > 0)
    y = x;
else
    y = -x;
```

可以简写成：

```
y = x > 0 ? x:-x;
```

这是一个求绝对值的语句，如果 x 大于 0，就把 x 赋值给变量 y；如果 x 不大于 0，就把 -x 赋值给前面的 y。这就是：如果问号“?”前的表达式结果为真，则计算问号和冒号中间的表达式，并把结果赋值给变量 y；否则将计算冒号后面的表达式，并把结果赋值给变量 y，这种写法的好处在于代码简洁，并且有一个返回值。

（3）多分支的 if 语句。

```
If(条件 1)
{
执行语句块 1
}
else if(条件 2)
{
执行语句块 2
}
…
else if(条件 n)
{
执行语句块 n
}
else
{
执行语句块 n+1
}
```

这种格式用 else if 语句进行更多的条件判断，不同的条件对应不同的执行代码块，例如：

```
if(x<1)
    alert("x < 1");
else if(x >=1 && x < 10)
    alert(" x >=1 && x < 10");
else if(x >=10 && x < 100)
    alert(" x >=10 && x < 100");
else
    alert("x >= 100");
```

程序首先判断 x 是否小于 1，如果是，就执行 alert("x < 1")语句；如果不是，程序将继续判断 x 是否大于等于 1 且小于 10，如果是，则执行 alert("x >= 1 && x < 10")语句；如果还不是，程序将判断 x 是否大于等于 10 且小于 100，如果是，则执行 alert("x >= 10 && x<100")语句；如果上面的条件都不满足，则执行 else 从句。最后的 else 语句部分也可以不要，这样，当所有的条件都不满足时，就什么也不做。

2. switch 选择语句

switch 语句用于将一个表达式的结果同多个值进行比较，并根据比较结果来选择执行语句，switch 语句的使用格式如下：

```
switch(表达式)
{
case 取值 1：语句块 1; break;
…
case 取值 n：语句块 n;break;
default：语句块 n+1;
}
```

case 语句只是相当于定义了一个标记位置，程序根据 switch 条件表达式的结果，直接跳转到第一个匹配的标记位置处，开始顺序执行后面的所有程序代码，包括后面的其他 case 语句下的代码，直到遇到 break 语句或函数返回语句为止。default 语句是可选的，它匹配上面所有的 case 语句定义的值以外的其他值，通俗地讲，就是谁也不要的都归它。要将 1～3 对应的星期几的英文单词打印出来，程序代码如下：

```
var x = 2;
switch (x)
{case 1:  alert("星期一");break;
case 2:   alert("星期二");break;
case 3:   alert("星期三");break;
default:  alert("Sorry I don't know");
}
```

3. 循环结构

（1）while 循环语句。while 语句是循环语句，也是条件判断语句，while 语句的语法结构如下所示：

```
while(条件)
{
执行语句块;
}
```

当条件表达式的返回值为 true 时，则执行{}中的语句块，当执行完{}中的语句块后，再次检测条件表达式的返回值，如果返回值还为 true，则重复执行{}中的语句块，如此往复，直到返回值为 false 时，结束整个循环过程，接着往下执行 while 代码段后面的程序代码。请看下面的代码：

```
var x = 1;
while(x < 3)
{ alert("x="+x);
x++;
}
```

程序运行的结果是打开两个对话框，上面显示的内容分别是：x = 1 和 x = 2，等于 3 时，循环结束。

注意：while 表达式的括号后一定不要加“;”，例如：

```
while(x < 3);
{…}
```

这样，一条空语句就被作为 while 循环体，而大括号中的代码不再是 while 语句的一部分，while 语句将进入无限循环。

（2）do while 循环语句。do while 语句的语法结构如下所示：

```
do
{ 执行语句块;}
while(条件表达式);
```

do while 语句的功能和 while 语句差不多，只不过它是在执行完第一次循环之后才检测条件表达式的值，这意味着包含在大括号中的代码块至少要被执行一次。另外，do while 语句结尾处的 while 条件语句的括号后有一个分号（;）。

上面的例子代码中，while 语句与 do while 语句的比较条件一开始都不成立，while 循环里面的代码块就没有机会被执行，但 do while 循环中的代码块至少执行一次。

（3）for 循环语句。for 循环语句的基本使用格式如下：

```
for(初始化表达式;循环条件表达式;循环后的操作表达式)
{
执行语句块;
}
```

下面是使用 for 循环语句的例子代码：

```
<script language = "javascript">
var str = "";
for(var x = 1;x < 10;x++)
{
str = str + " x = " + x;
}
alert(str);
</script>
```

程序运行结果如图 11-1 所示。

图 11-1　循环语句的用法

for 关键字后面的小括号中的内容被“;”分隔成三部分，其中第一部分 x = 1 是给 x 赋一个初值，只在刚进入 for 语句时执行一次；第二部分 x < 10 是一个条件判断语句，条件满足就进入 for 循环，循环体中的代码执行完成后又返回来执行这一条判断语句，直到条件不成立时结束循环；第三部分 x++是对变量 x 的操作，在每次循环体代码执行完成，即将进入下一轮条件判断语句执行。

4. break 与 continue 语句

只有循环条件表达式的值为 false 时，循环语句才能结束循环。如果想提前中断循环，可以在循环体语句块中添加 break 语句。也可以在循环体语句块中添加 continue 语句，跳过本次循环要执行的剩余语句，然后开始下一次循环。

（1）break 语句。break 语句可以中止循环体中的执行语句和 switch 语句。一个无标号的 break 语句会把控制传给当前循环（while、do、for 或 switch）的下一条语句。如果有标号，控制会被传递给当前方法中的带有这一标号的循环语句，例如：

```
st:while(true)
{
    while(true)
    {
    break st;
    }
}
```

执行完“break st;”语句后，程序会跳出外面的 while 循环，如果不使用 st 标号，程序只会跳出里面的 while 循环。

（2）continue 语句。continue 语句只能出现在循环语句（while、do、for）的循环体语句块中，无标号的 continue 语句的作用是跳过当前循环的剩余语句，接着执行下一次循环。

下面是一个打印 1~10 之间的所有奇数的例子程序，当 i 是偶数时就跳过本次循环后的代码，直接执行 for 语句中的第三部分，然后进入下一次循环的比较，是奇数就打印出来。

```
<script language="javascript">
var str = "";
for(var x = 1;x < 10;x++)
{
if(x%2 == 0)
{
    continue;
    str = str + "x="+x;
}
alert(str);
}
<script>
```

程序打印的结果如图 11-2 所示。

图 11-2　continue 的用法

11.1.7　函数

假设有一个游戏程序，它在运行的过程中，需要不断地发射炮弹。发射炮弹的动作由一段一百行左右的程序代码来完成，显然，在每次发射炮弹的地方，都要重复加入这一段一百行左右的程序代码，程序因此会变得非常臃肿，可读性也就非常差。假如要修改发射炮弹的程序代码，需要修改每个发射炮弹的地方，很可能就会发生遗漏。几乎所有的编程语言中都会碰到这个问题，因此，各种编程语言都可以将发射炮弹的程序代码从原来的主程序中单独拿出来，做成一个子程序，并为这个子程序安排一个名称，在主程序中需要使用到子程序功能的每个地方，只要写上子程序的名称，计算机便会去执行子程序中的程序代码，当子程序中的代码执行完成后，计算机又会回到主程序中接着往下执行，这种子程序就叫函数。

在进行一个复杂的程序设计时，总是根据所要完成的功能，将程序划分为一些相对独立的部分，每部分用一个函数来完成，从而使各部分充分独立、任务单一、程序清晰、易懂、易读、易维护。一个函数中的代码平均不要超过 100 行，最长不要超过 200 行，否则，这个函数就会比较难读、难懂、难理解。或者是你要在这个函数中查找某条语句时，就很可能需要翻动好几屏代码，这也会干扰编程时的思路。所以，如果程序代码很长，应将程序代码中完成某一特定功能的部分代码放在一个单独的函数中编写，然后在原来的程序中调用这个函数名。

1. 函数的定义

在 JavaScript 中定义一个函数，必须以 function 关键字开头，函数名跟在关键字后，接着是函数的参数列表和函数所执行的程序代码段。定义一个函数的格式如下：

```
function 函数名(参数列表)
{
    程序代码;
    return 表达式;
}
```

对上面的定义，首先要解释什么是参数列表。在程序中调用某个函数、执行其中的程序代码时，有时需要给函数传递一些参数，例如，有一个实现两个数相加的函数，在调用这个函数时，就必须给这个函数传递那两个要相加的数。函数要接收调用程序传递进来的参数，必须为每个传递进来的参数定义一个变量。这些变量在函数名后面的一对小括号中进行定义，各个变量之间以逗号（,）隔开，在小括号中定义的这些变量就叫参数列表。有的函数并不需要接收任何参数，即使这样，在定义函数时也不能省略函数名后面的那对小括号，当函数不接收参数时，保留小括号中的内容为空。函数中的程序代码必须位于一对大括号之间，如果主程序要求函数返回一个结果值，例如要将两个数相加的结果返回到调用程序中，就必须使用 return 语句后面跟上这个要返回的结果。return 语句后面可以跟一个表达式，返回值将是表达式的运算结果。如果在函数程序代码中省略了 return 语句后面的表达式，或者函数结束时根本没有 return 语句，这个函数就会返回一个为 undefined 的值。

下面的程序演示了函数的定义与调用方式，其中 square 函数用于求两个整数的平方和，show 函数用于显示一个内容为“中国加油！”的对话框。

```
<script language="javascript">
function square(x,y)
{
var sum;
sum = x*x+y*y;
return sum;
}

function show()
{
var msg="中国加油!";
alert(msg);
}
</script>
```

2. 函数的调用

如果函数没有返回值或调用程序不关心函数的返回值，可以用下面的格式调用定义的函数：

```
函数名(传递给函数的参数 1,传递给函数的参数 2,…)
```

如果调用程序需要函数的返回结果，要用下面这样的格式调用定义的函数：

```
变量 = 函数名(传递给函数的参数 1,传递给函数的参数 2,…)
```

对于有返回值的函数调用，也可以在程序中直接使用返回的结果。

11.2 综合实例

11.2.1 自动分时问候的网页

本例主要说明 JavaScript 实现动态显示“问候语”的功能，通过本实例要学会如何制作、如何保存、如何在 HTML 文件中调用等知识。

具体制作过程如下：

（1）启动 Dreamweaver 8，选择“文件”→“新建”命令。

（2）这时弹出“新建文档”对话框，在“基本页”中选择 JavaScript 选项，然后单击“确定”按钮，新建一个 JavaScript 文件，如图 11-3 所示。

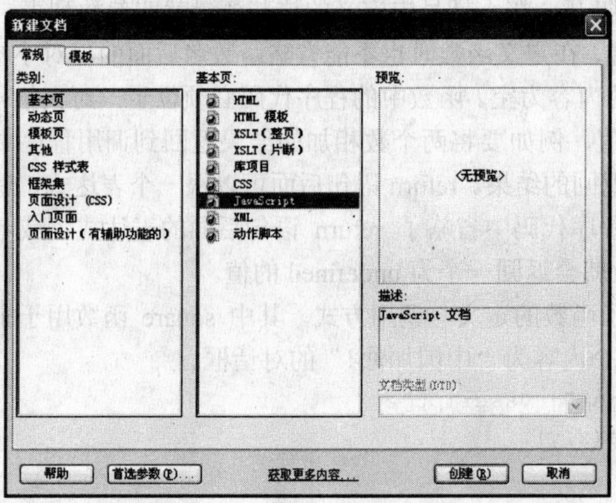

图 11-3 新建 JavaScript 文件

（3）在窗口中输入如下代码：

```
var now = new Date(); //定义一个变量now，将现在的时间赋给该变量
var hour = now.getHours(); //定义一个变量hour，将现在的小时数赋给该变量
if(hour<4)
{document.write("凌晨好"); } //如果现在的小时数小于 4 时打印输出“凌晨好”。
else if(hour<8)
{ document.write("早上好"); }//如果现在的小时数小于 8 时打印输出“早上好”。
else if(hour<12)
{document.write("上午好");} //如果现在的小时数小于 12 时打印输出“上午好”。
else if(hour<13)
{document.write("中午好"); }//如果现在的小时数小于 13 时打印输出“中午好”。
else if(hour<17)
{document.write("下午好"); }//如果现在的小时数小于 17 时打印输出“下午好”。
else if(hour<22)
{document.write("晚上好"); }//如果现在的小时数小于 22 时打印输出“晚上好”。
else
{document.write("深夜好");} //如果上面的条件都不符合，打印输出“深夜好”。
```

效果如图 11-4 所示。

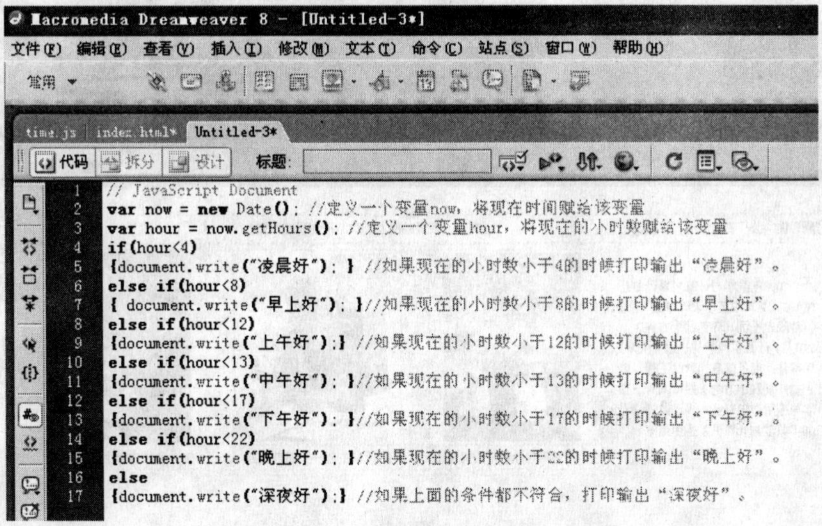

图 11-4　在 JavaScript 窗口中输入代码

（4）选择"文件"→"另存为"命令，弹出"另存为"对话框，在"文件名"文本框中输入 time，在"保存类型"下拉列表框中选择 JavaScript 文档（*.js），如图 11-5 所示。

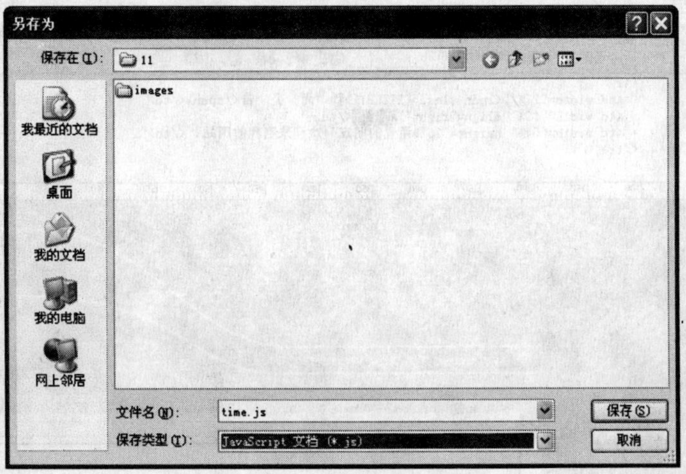

图 11-5　储存文件

（5）制作并保存 JavaScript 文件。接下来，在一个已制作好的网站中调到此文件。打开以前制作的"数学与计算机系"网站，打开 index.html 文件，选中网页某单元格中的"上午好"几个字，如图 11-6 所示。

（6）单击"拆分"按钮，转到"拆分"视图窗口，这时将看到代码中的"上午好"被高亮显示，如图 11-7 所示。

（7）将"上午好"这三个字替换成如下代码：

```
<script src="time.js" language="javascript"></script>
```

图 11-6 打开文件

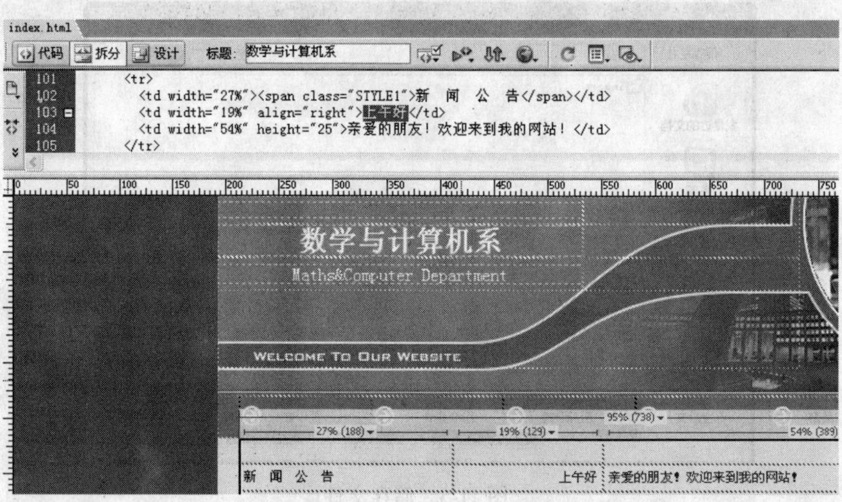

图 11-7 “拆分”视图

注意：src 后面跟的是 JavaScript 文件的路径，所以一定要保持 time.js 和 index.html 文件处于同一目录下。

替换后，单元格中的“上午好”就不见了，只有在浏览的状态下才显示。

如图 11-8 所示。

（8）保存文件并预览效果，设置在单元格中的代码会根据浏览者访问网站的时间，自动出现“上午好”、“下午好”、“晚上好”等信息，效果如图 11-9 所示。

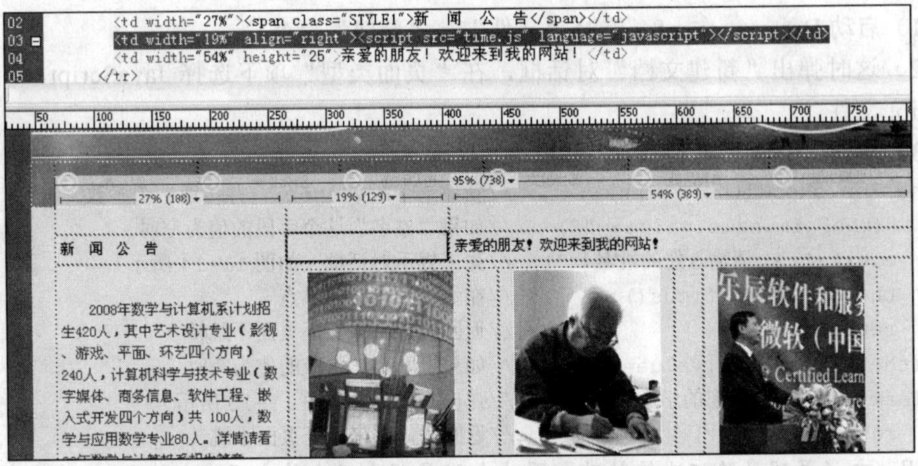

图 11-8　将文字替换成代码

图 11-9　最终效果

11.2.2　表单的验证

本实例主要说明 JavaScript 可以实现 Web 访问时的表单验证，可以对文本框中输入的内容进行验证。通过本实例可以知道 JavaScript 可以用简单的程序完成很复杂的功能，并且实现了 Web 的交互性及动态性。

具体制作过程如下：

（1）启动 Dreamweaver 8，选择“文件”→“新建”命令。

（2）这时弹出“新建文档”对话框，在“页面类型”项下选择 JavaScript，新建一个 JavaScript 文件。

（3）在窗口中输入如下代码，并把该文件保存为 check.js。

```
function check(theForm)          //新建一个函数 check，并传递一个参数
{  if(theForm.name.value=="")    //如果“姓名”这个字段的值为空时
{    alert("    请输入您的姓名！"); //弹出提示对话框（如图 11-14 所示）
     theForm.name.focus();       //在这个字段插入焦点
     return false;  }            //返回假，用来保证页面不跳转
 if(theForm.select.value=="")    //如果“学历”字段的值为空时
 {alert("    请选择您的学历！");    //弹出对话框（如图 11-15 所示）
     return false; }             //返回假，用来保证页面不跳转
```

说明：电话号码的验证比较特殊，因为电话号码中只允许出现 0～9 共 10 个阿拉伯数字和中划线“-”，所以这里用到了两个 JavaScript 的字符串函数 charAt()和 indexOf()。具体解释如下：

charAt 方法：返回字符串对象中的指定位置处的字符。

indexOf 方法：返回某个子字符串在一个字符串对象中第一次出现的字符位置。搜索从左向右执行，如果未找到子字符串，则返回-1。

```
if (form1.tel.value!=0)          //如果该字段填写了内容，就执行大括号中的程序
{    var no="0123456789-";       //定义一个变量 no，并把 0123456789-的值赋给该变量
for(i=0;i<form1.tel.value.length;i++)    //已输入该字段的字符长度为条件做一个循环
{
var str=form1.tel.value.charAt(i);  //定义一个变量 str，并把每次循环取出来的单个字
符赋给该变量
     if(no.indexOf(str)==-1) //如果在变量 no 中找不到本次循环出来的单个字符
       {
          alert("您输入的电话号码不正确！");  //弹出提示对话框（如图 11-16 所示）
          form1.tel.focus();                 //在这个字段插入焦点
          return false;                      //返回假，用来保证页面不跳转
       }}}
```

电子邮件地址的验证也比较复杂，首先来分析一下电子邮件地址都是由什么因素构成的：

- 所有的邮件地址中都含有“@”和“.”。
- 必须保证“@”和“.”不能出现在邮件地址的最开始和最结尾的位置。

```
if (form1.email.value!=0)  //如果该字段填写了内容，就执行大括号中的程序
{  if(form1.email.value.charAt(0)=="." || form1.email.value.charAt(0)=="@" ||
     form1.email.value.indexOf('@',0)==-1 || form1.email.value.indexOf
('.',0)==-1 ||
     form1.email.value.lastIndexOf("@")==form1.email.value.length-1 ||
form1.email.value.lastIndexOf(".")==form1.email.value.length-1  )  }
```

这是一个比较复杂的条件，由三个部分组成：

- 如果“@”和“.”出现在邮件地址最开始的位置，条件为真。
- 如果“@”和“.”在邮件地址中没有出现，条件为真。
- 如果“@”和“.”出现在邮件地址最结尾的位置，条件为真。

```
{  alert("您输入的邮箱地址不正确！");    //弹出提示对话框（如图 11-17 所示）
   form1.email.focus();                 //在这个字段插入焦点
   return false;                        //返回假，用来保证页面不跳转
}
}
if(theForm.conn.value.length>100)     //如果该字段填写的内容长度大于 100，就执行大括号中的程序
{
   alert("输入内容不能大于 100 个字节！");    //弹出提示对话框（如图 11-18 所示）
   theForm.conn.focus();                   //在这个字段插入焦点
   return false;                           //返回假，用来保证页面不跳转
}
return true; //如果上面的条件都不满足，也就是说表单填写的没有问题，那么提交表单，跳转页面
}
```

由于每个部分都由逻辑运算符||（或）联系在一起，所以这三个部分只要有一个条件为真，其结果就为真。

代码的整体效果如图 11-10 所示。

```
// JavaScript Document
function check(theForm)                          //新建一个函数check，并传递一个参数theForm
{  if(theForm.name.value=="")                    //如果姓名这个字段的值为空的时候
{   alert("    请输入您的姓名！");                //弹出对话框
    theForm.name.focus();                        //在这个字段插入焦点
    return false;  }                             //返回假，用来保证页面不跳转
if(theForm.select.value=="")                     //如果学历这个字段的值为空的时候
{alert("    请选择您的学历！");          //弹出对话框
    return false; }                              //返回假，用来保证页面不跳转
if (form1.tel.value!=0)            //如果该字段填写了内容，就执行大括号中的程序
{   var no="0123456789-";       //定义一个变量no，并把0123456789-的值赋给该变量
for(i=0;i<form1.tel.value.length;i++)    //已输入该字段的字符长度为条件做一个循环
{
var str=form1.tel.value.charAt(i); //定义一个变量str，并把每次循环取出来的单个字符赋给该变量
    if(no.indexOf(str)==-1) //如果在变量no中找不到本次循环出来的单个字符
        {
            alert("您输入的电话号码不正确！");  //弹出对话框
            form1.tel.focus(); //在这个字段插入焦点
            return false; //返回假，用来保证页面不跳转
        }
      }
}
if (form1.e-mail.value!=0)  //如果该字段填写了内容，就执行大括号中的程序
{   if(    form1.e-mail.value.charAt(0)=="." || form1.email.value.charAt(0)=="@" ||
           form1.e-mail.value.indexOf('@',0)==-1 || form1.email.value.indexOf('.',0)==-1 ||
           form1.e-mail.value.lastIndexOf("@")==form1.email.value.length-1 ||
           form1.email.value.lastIndexOf(".")==form1.email.value.length-1
      )
{   alert("您输入的邮箱地址不正确！"); //弹出对话框
        form1.e-mail.focus(); //在这个字段插入焦点
        return false; //返回假，用来保证页面不跳转
    }
}
if(theForm.conn.value.length>100) //如果该字段填写的内容长度大于100，就执行大括号中的程序
{
    alert("输入内容不能大于100个字节！");  //弹出对话框
    theForm.conn.focus(); //在这个字段插入焦点
    return false; //返回假，用来保证页面不跳转
}
return true; //如果上面的条件都不满足，也就是说表单填写的没有问题，那么提交表单，跳转页面
}
```

图 11-10 check.js 代码

（4）打开本章所用到的实例，如图 11-11 所示。

（5）在 Dreamweaver 8 的编辑界面选择“标签选择器”上的“<form#form1>”标签，然后单击“拆分”按钮，在“拆分”视图窗口中找到 form 的代码，如图 11-12 所示。

图 11-11 打开所用网页

```
<form action="mailto:hljmxm@163.com"
```

图 11-12 找到 form 标签

（6）在 form 标签前插入<script src="check.js" language="javascript"></script>代码，在 form 标签中插入 onsubmit="return check(this)"，当表单提交后调用函数 check(this)，如图 11-13 所示。

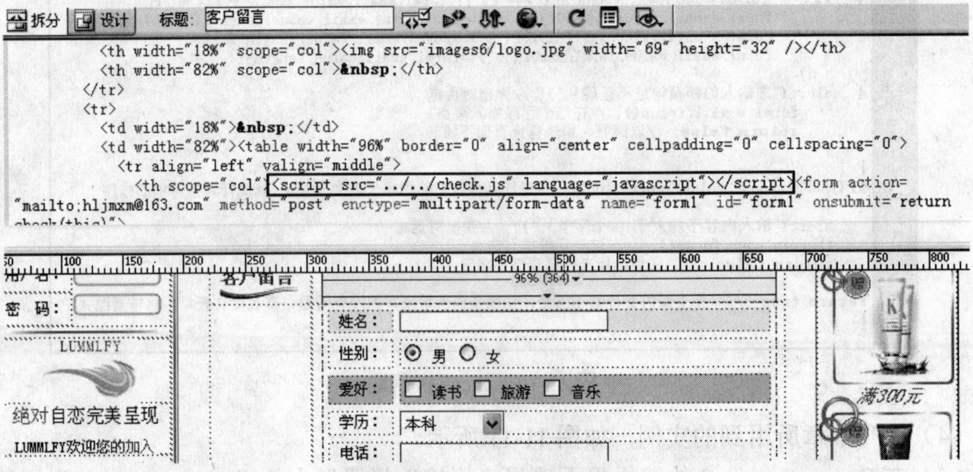

图 11-13 插入代码

(7)保存文件并预览网页，在添加了效果的表单中会对所输入的内容进行验证，如图 11-14 所示，如果“姓名”文本框输入为空，则弹出提示对话框。

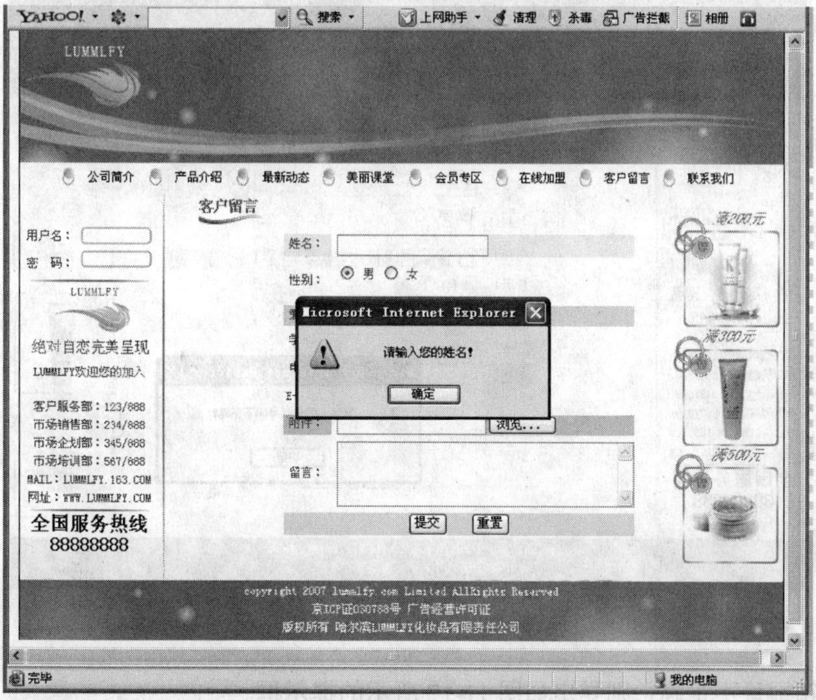

图 11-14　验证姓名文本框

如果学历下拉列表为空，则弹出如图 11-15 所示的提示框。

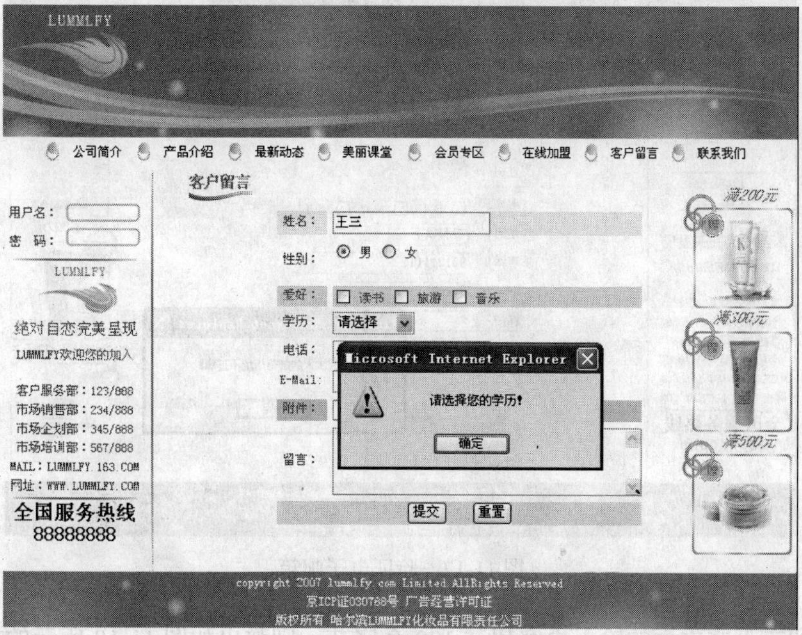

图 11-15　验证下拉列表

如果电话号码不正确，则弹出如图 11-16 所示的提示框。

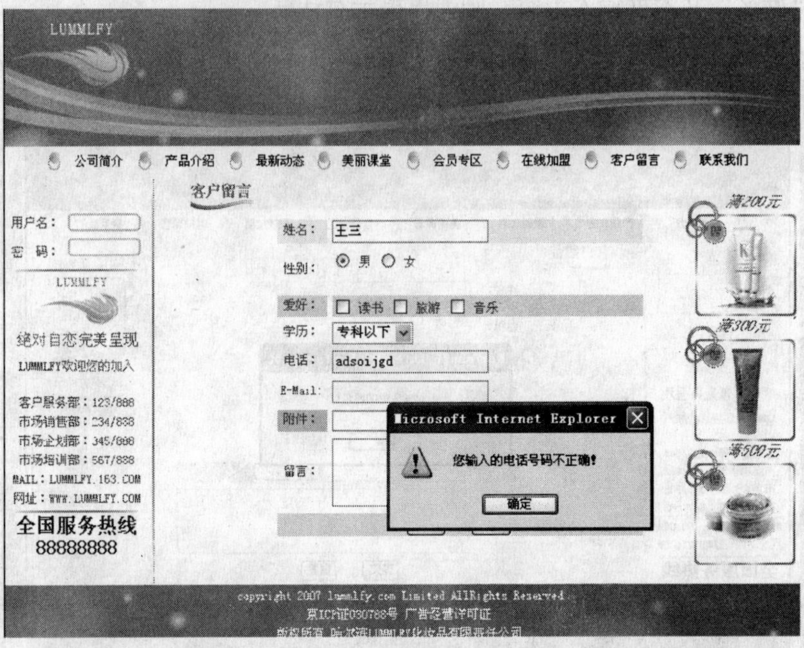

图 11-16 验证电话号码

如果邮箱地址不正确，则弹出如图 11-17 所示的提示框。

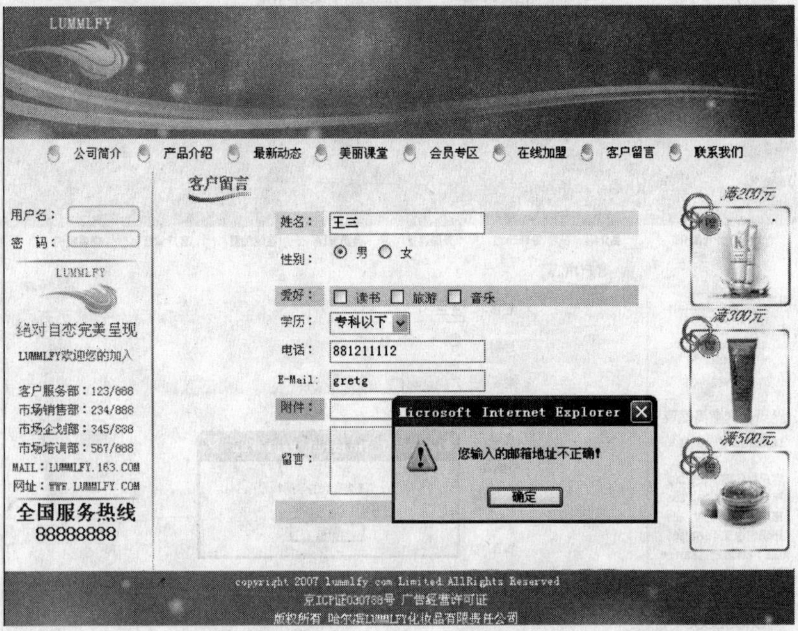

图 11-17 验证电子邮箱

如果“留言”文本框的输入内容超过 100 个字节，则弹出如图 11-18 所示的提示框。

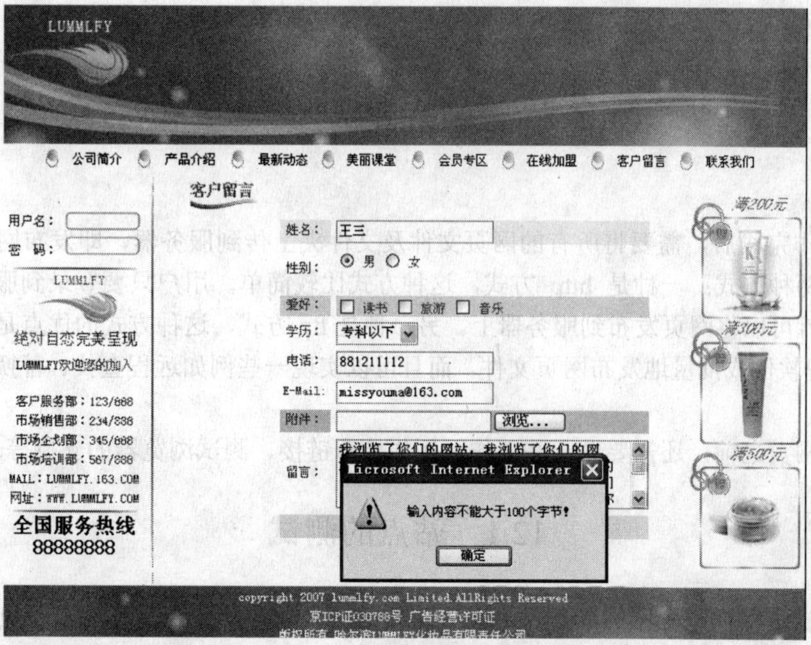

图 11-18　验证电子邮箱

第 12 章　站点的测试与发布

网页制作完成后，需要将所有的网页文件及文件夹上传到服务器，即发布网站。网页的发布通常有两种方式：一种是 http 方式，这种方式比较简单，用户只要登录到服务器的指定管理页面，就可以将网页发布到服务器上。另一种是 ftp 方式，这种方式的优点是用户可以使用 ftp 等管理软件成批量地发布网页文件，而且可以实现一些例如远程查找、替换和修改文件等功能。

在上传网页之前，还需要做一些工作，例如检查链接、测试浏览器的支持等。

12.1　站点的测试

站点测试是保证整个网站能正常、高效运转的必要阶段，包括保证在目标浏览器中页面的内容能正常显示、其超链接能正常跳转等。

12.1.1　目标浏览器测试

测试目标浏览器主要是检查文档中是否有目标浏览器所不支持的任何标签或属性，当有元素不被目标浏览器所支持时，网页将显示不正常或部分功能不能实现。

（1）打开需测试的页面，选择“窗口”→“结果”命令，打开“结果”面板，切换至“目标浏览器检查”选项卡，如图 12-1 所示。

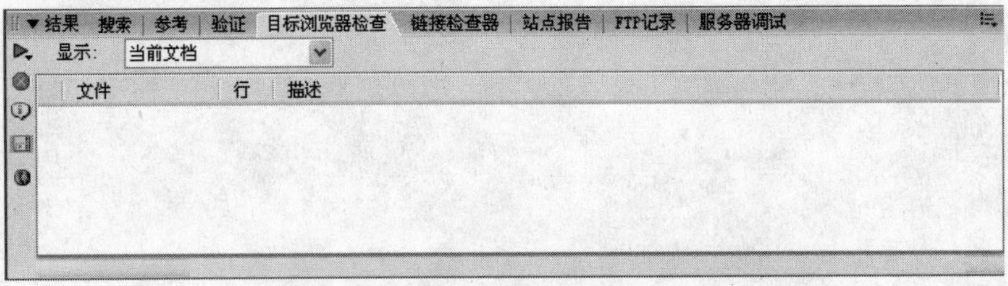

图 12-1　“目标浏览器检查”选项卡

（2）单击左侧的“检查目标浏览器”按钮，在下拉菜单中选择“设置”选项，如图 12-2 所示。

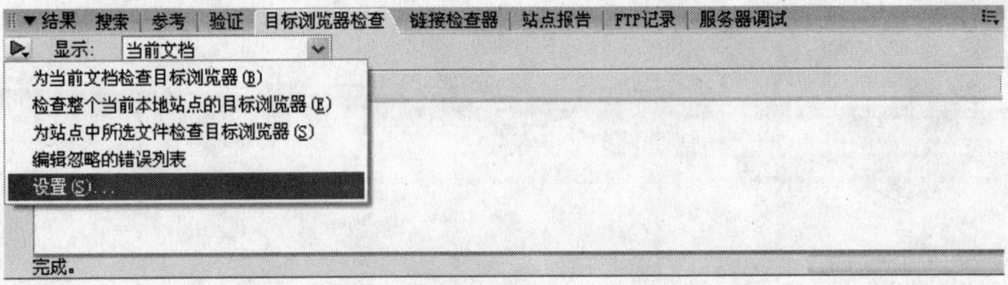

图 12-2　选择“设置”选项

（3）打开“目标浏览器”对话框，选中每个要检查的浏览器前的复选框，在其右侧的下拉列表框中选择要检查的浏览器的最低版本，如图 12-3 所示。单击“确定”按钮，完成目标浏览器的设置。

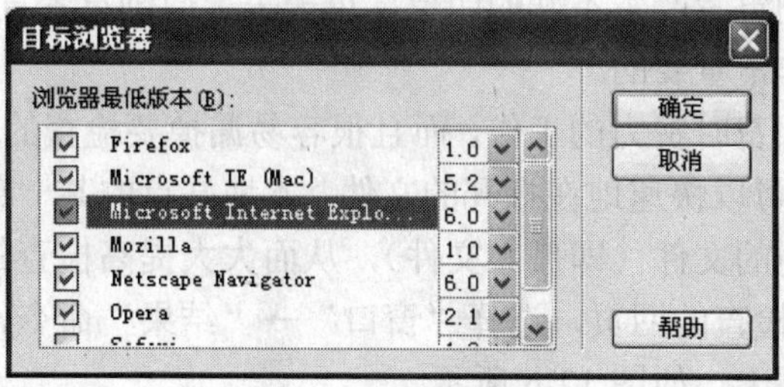

图 12-3　目标浏览器设置

（4）单击左侧的“检查目标浏览器”按钮，在下拉菜单中选择“为当前文档检查目标浏览器”选项，在面板中就会显示对当前文档的检查结果，如图 12-4 所示。

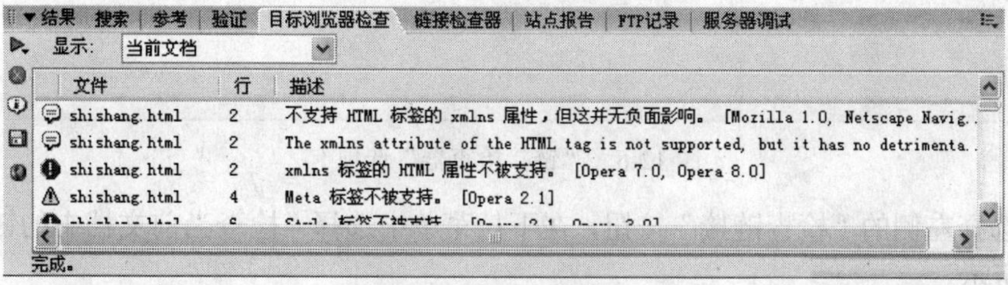

图 12-4　显示检查结果

目标浏览器检查可提供告知性信息、警告和错误 3 个级别的潜在问题信息，其含义分别如下：

- 告知性信息：表示代码在特定浏览器中不被支持，但没有可见的影响。
- 警告：表示某段代码将不能在特定浏览器中正确显示，但不会导致任何严重的显示问题。
- 错误：指示代码可能在特定浏览器中导致严重的、可见的问题，如导致页面的某些部分消失。如果是这种错误，一定要检查并修复。

（5）如图 12-5 所示，双击错误信息列表中的错误信息，在“拆分”视图中系统自动选中不支持的标记，根据需要将不支持的代码更改为目标浏览器能够支持的其他代码或将其删除即可修正错误。

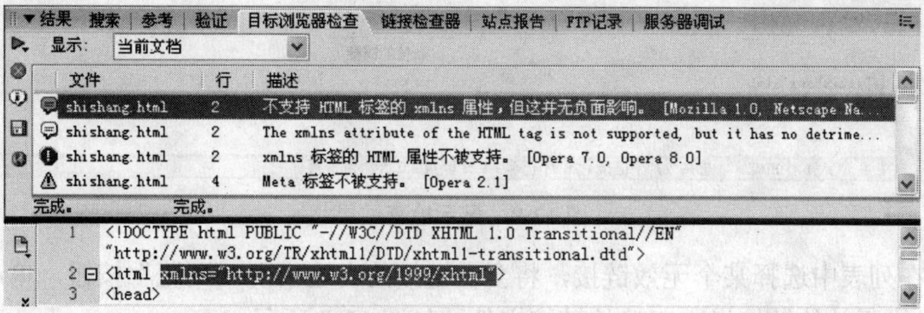

图 12-5　修正代码

12.1.2 检查链接

超链接使网站中的各个页面有机地联系在一起，如果某些链接不正确，就不能正常跳转到相应页面，这样会让浏览者产生不好的印象，也失去了向浏览者宣传自己网站内容的机会，因此，超链接的测试是非常重要的。

手动检查链接是一项费时费力的工作，而且很容易漏掉要检查的项目。利用 Dreamweaver 8 中的“检查链接”功能可以快速地在打开的文件、本地站点的某一部分或整个本地站点中搜索断开的链接和未被引用的文件（即孤立文件），从而大大提高检查的速度及质量。

（1）打开需要进行检查的网页，选择“窗口”→“结果”命令，打开“结果”面板，切换到“链接检查器”选项卡，如图 12-6 所示。

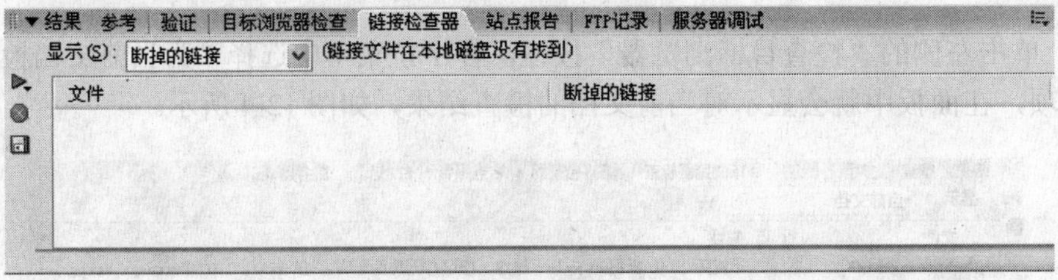

图 12-6 “链接检查器”选项卡

（2）选择左侧的“检查链接”按钮，在下拉菜单中选择“检查当前文档中的链接”选项，如图 12-7 所示。

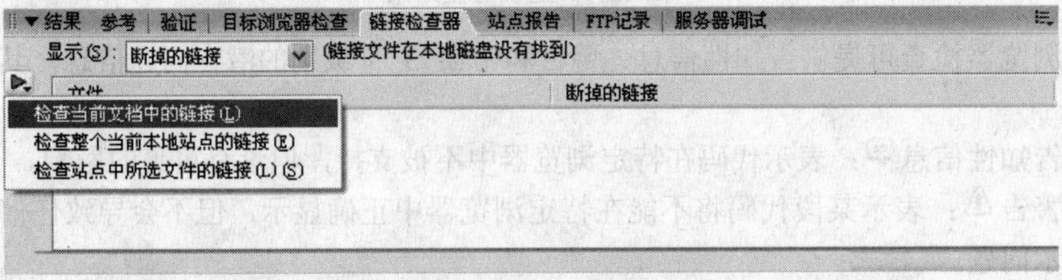

图 12-7 选择“检查当前文档中的链接”

（3）链接检查器就会检查当前文档中的链接，并将结果显示出来，如图 12-8 所示。在链接检查器中显示的是文档内断掉的链接，最下端显示检查后的总体信息，如共多少个链接文件，以及正确链接和无效链接的数量。

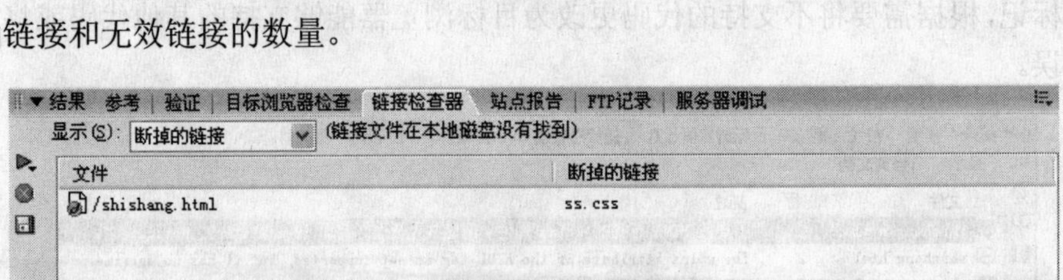

图 12-8 显示检查结果

（4）在列表中选择某个无效链接，将会在链接的右边出现“浏览”按钮，单击“浏览”按钮，可以为无效的链接指定正确的链接文件，如图 12-9 所示。

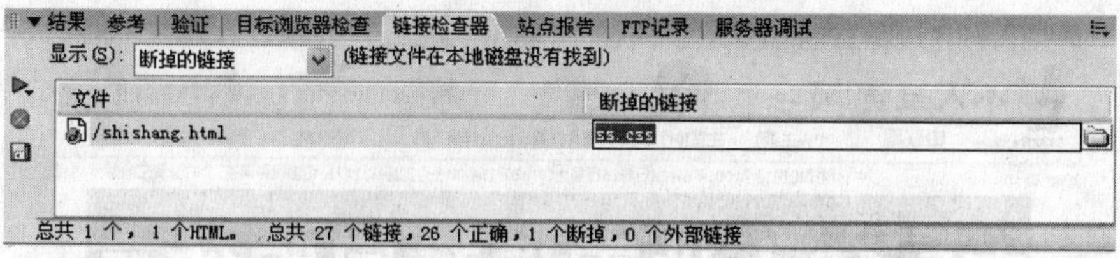

图 12-9　修改无效链接

链接检查器显示的结果分为断掉的链接、外部链接、孤立文件 3 种类型，可以在“显示”下拉列表中查看，如图 12-10 所示。

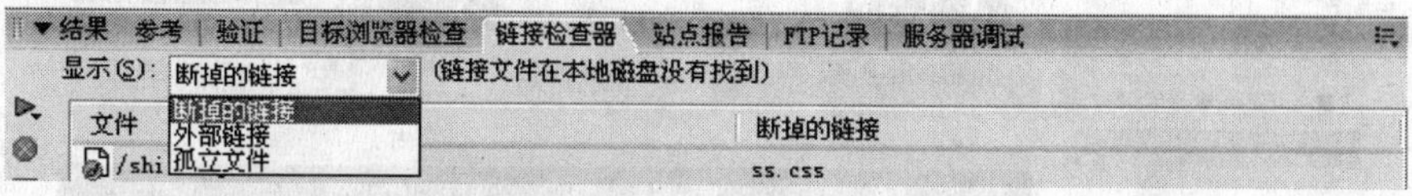

图 12-10　链接分类

- 断掉的链接：链接文件在本地磁盘中没有找到。
- 外部链接：链接到站点外的页面无法检查。
- 孤立文件：没有进入链接的文件。

如果需要对站点内的部分文件或整个站点进行链接的检查，只需点击“结果”面板左侧的“检查链接”按钮，选择下拉菜单中相应的命令即可。

12.2　申请主页空间及域名

通过 Internet 访问做好的网站，首要的前提是将网站发布到 Internet 中。许多 ISP 服务商提供存放网页的空间，在发布网站之前，就需要先申请主页空间。主页空间有收费和免费两种。一般的个人网站可选择免费域名和网站空间；而企业最好选择收费的主页空间，因为收费空间往往更稳定。通常申请主页空间的同时会获得相应的域名。

12.2.1　申请主页空间

免费主页空间大小和运行的条件会受一定限制（通常只支持静态网页，不支持 ASP、PHP、JSP 等动态网页技术），且稳定性也欠佳，有的还有广告条，这样会影响网页的显示效果。收费主页空间一般由网站托管机构提供，其空间大小及支持条件可根据用户的需要进行选择，稳定性非常好，数据一般不会丢失。

1. 申请免费主页空间

提供免费主页空间的网站很多，其申请过程基本相同。

下面以在中联网（http://3326.com）网站上申请免费主页空间为例进行讲解。

（1）打开申请页面如图 12-11 所示，单击“100M 免费空间”超链接。

（2）在打开的用户服务条款页面中仔细阅读条款，如无异议，单击“我同意”按钮同意服务条款，如图 12-12 所示。

（3）在打开的用户注册信息页面中输入个人信息，如图 12-13 所示，单击“提交”按钮进行确认。

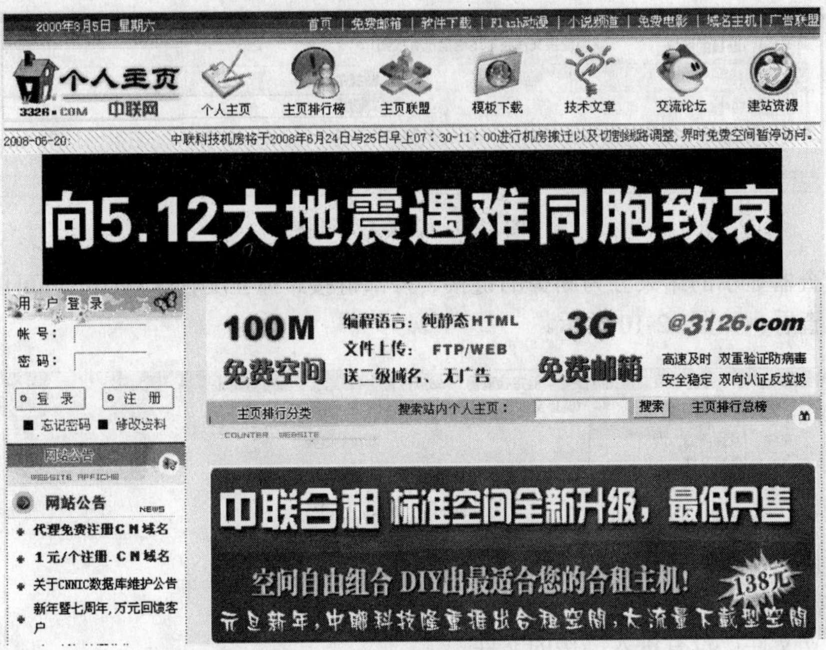

图 12-11 中联网

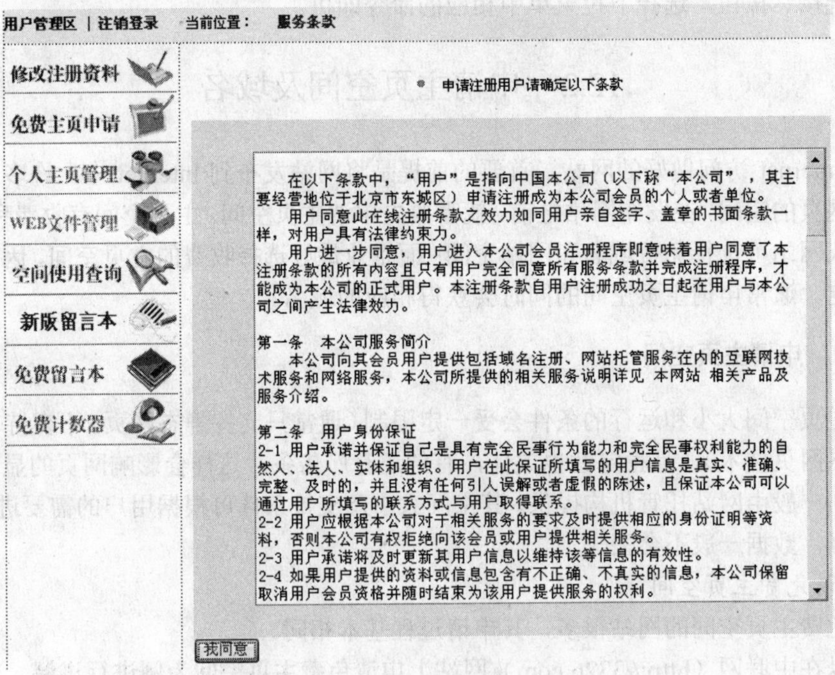

图 12-12 服务条款

（4）如果该用户名未被注册，则会显示如图 12-14 所示的注册成功页面。在页面中单击“请登录用户管理区自助开通您的个人主页空间”链接。在弹出的页面中输入用户名和密码，登录后即可看到欢迎页面，如图 12-15 所示，显示你的用户名、登录时间和登录 IP 等。

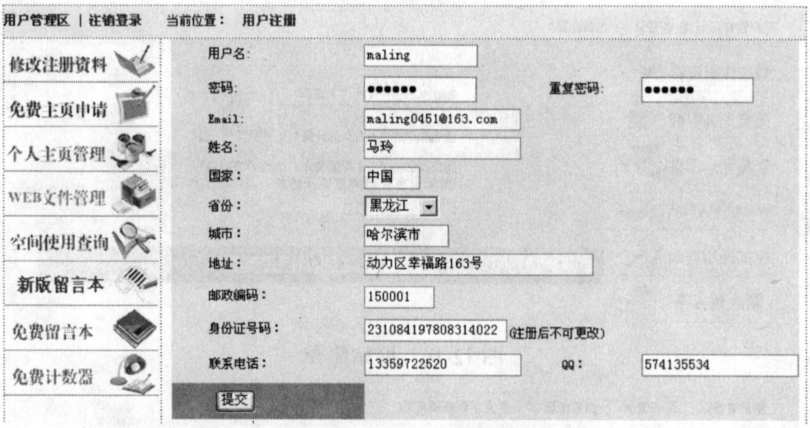

图 12-13　填写个人信息

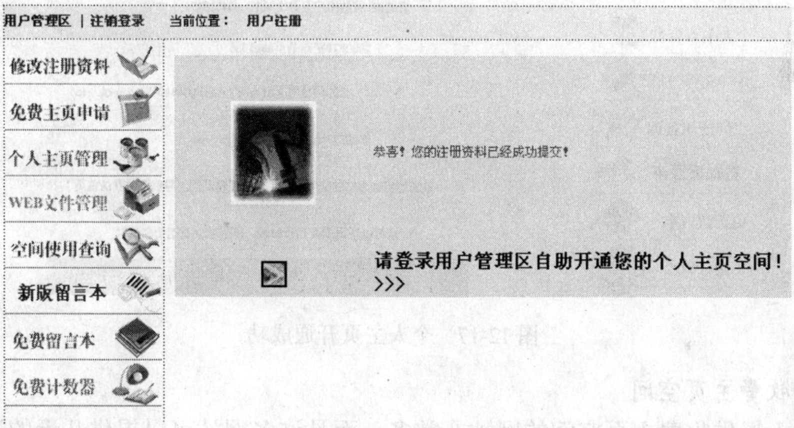

图 12-14　注册成功

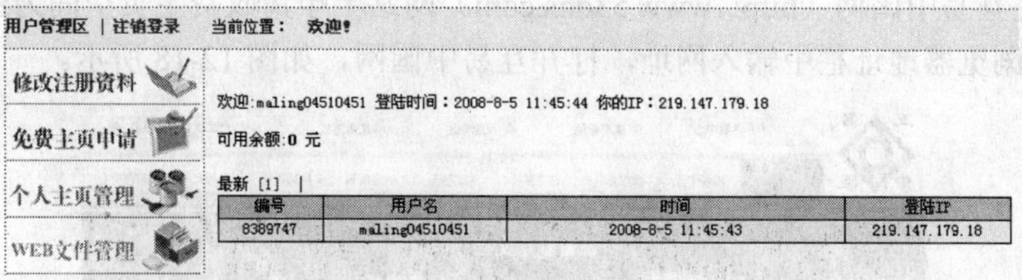

图 12-15　欢迎页面

（5）单击页面左侧的“免费主页申请”，单击“马上开通”，在页面中输入网站的名称、分类和简介等，如图 12-16 所示。单击“马上申请，即时生效”按钮。

（6）个人主页成功开通。页面中将显示空间的相关信息，如“FTP 用户名”、“ FTP 密码”、“网址”及“FTP 地址”等，如图 12-17 所示。

个人主页成功开通后，可以登录查看网站的相关信息，以及对个人主页空间进行管理，需要仔细阅读里面的说明，如应该如何上传你的网站、上传到什么文件夹中、网站主页应该设置为什么名称等。

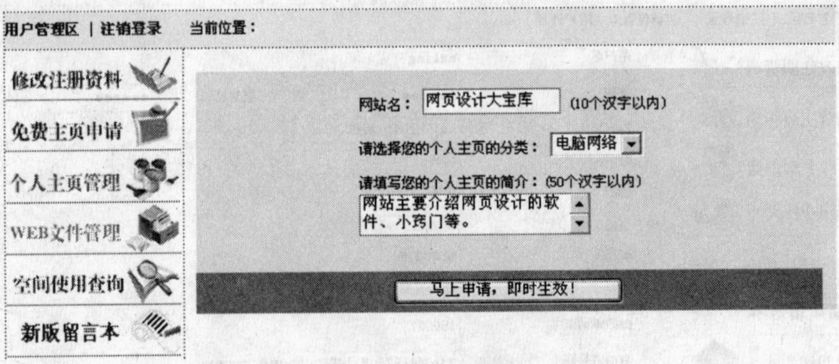

图 12-16 网站简介

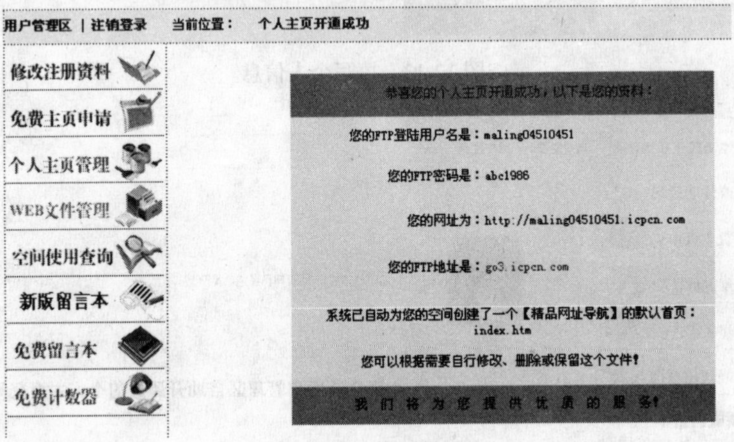

图 12-17 个人主页开通成功

2. 申请收费主页空间

Internet 上提供收费主页空间的网站非常多，而且许多网站可以提供几天的试用，如果试用满意再付款，正式开通网站。

下面以在互易中国网（http://www.53dns.com）网站上申请收费主页空间为例进行讲解。

（1）在浏览器地址栏中输入网址，打开互易中国网，如图 12-18 所示。

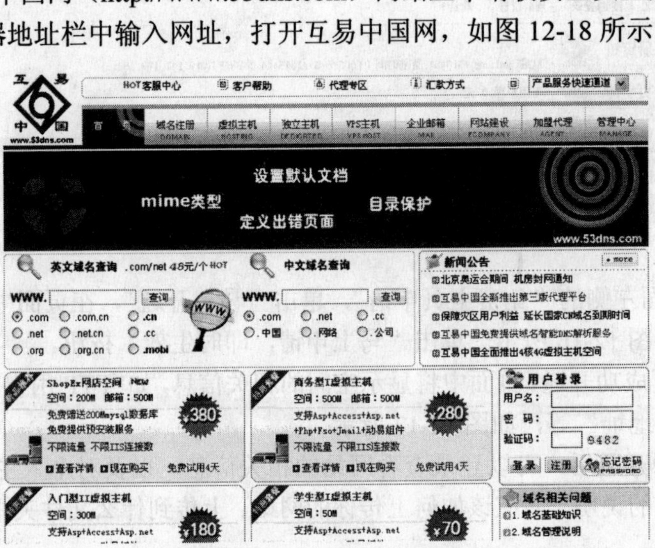

图 12-18 互易中国网

（2）根据需要选择一种空间类型，选择“免费试用 4 天”，提示需要先注册一个用户再登录后才能申请空间，故先申请一个用户（申请过程很简单，这里不再赘述），然后进行登录。

（3）在打开的网页中选择“虚拟主机”→“免费试用空间”类型，在如图 12-19 所示的页面中输入“FTP 用户名”、“FTP 密码”、“绑定域名”等相关信息。单击“确定开通空间”按钮。

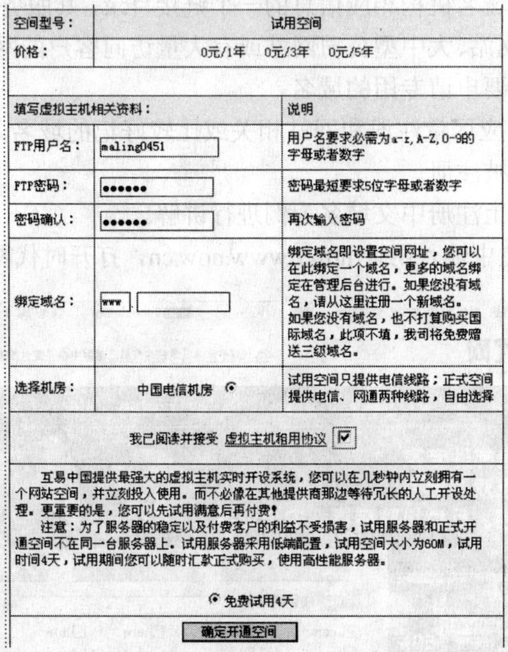

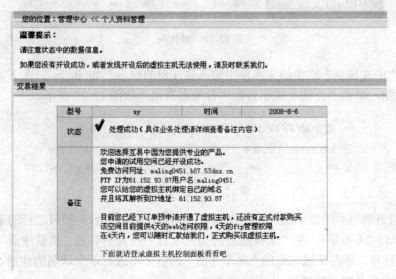

图 12-19　申请免费试用空间

（4）交易成功，在打开的页面中将显示空间的相关信息，如图 12-20 所示，如“网址”、“FTP IP”、“FTP 用户名”等。单击“下面就请登录虚拟主机控制面板看看吧”超链接将打开新页面显示更详细的信息。

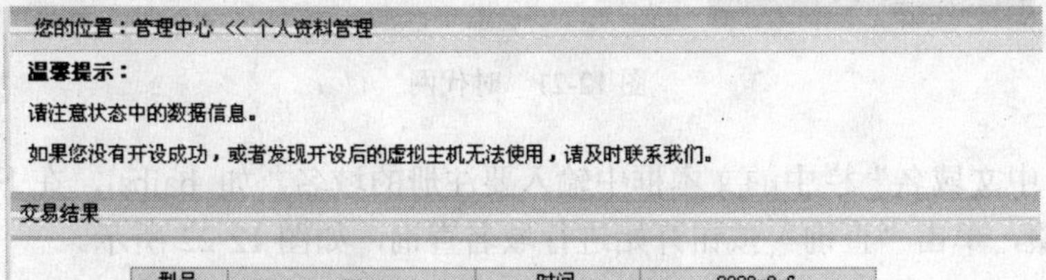

图 12-20　试用空间开通成功

（5）如果用户试用满意，则可以单击管理面板页面中的“购买虚拟主机”超链接进行购买。

12.2.2 申请域名

在申请个人主页时，提供主页空间的机构会同时提供一个免费的域名，但是，免费的域名都是二级域名或带免费域名机构相应信息的一个链接目录，其服务没有保证，随时可能被删除或停止，如果是专业性网站、大中型公司网站或有大量访问客户的网站则需申请专用的域名；若是个人网站则不一定非要申请专用的域名。

用户在注册域名时，应尽量注册和网站相关或比较好记的域名。在申请域名前应多想几个域名，以防这些域名已被注册。

下面以在时代网网站上注册中文域名为例进行讲解。

（1）在浏览器地址栏中输入网址 http://www.now.cn，打开时代网网页，如图 12-21 所示。

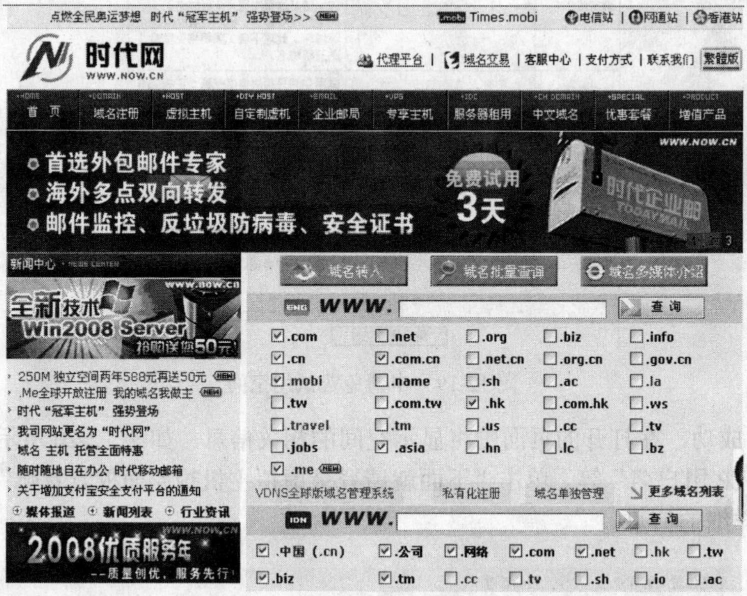

图 12-21　时代网

（2）在“中文域名”栏中的文本框中输入要注册的域名，如 baibai，在下方的复选框中选择需要的后缀，单击“查询”按钮开始进行域名查询，如图 12-22 所示。

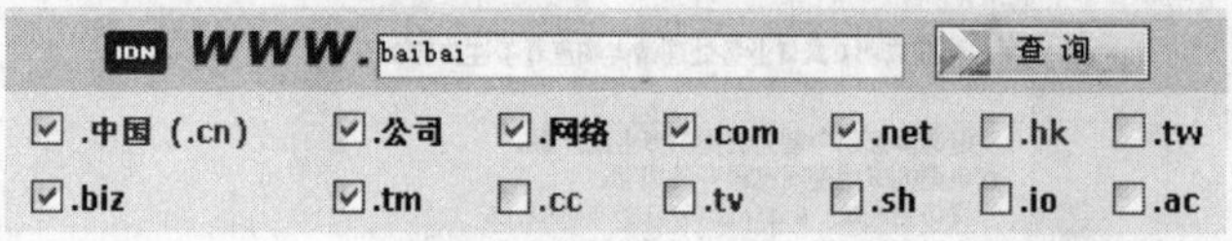

图 12-22　域名查询

（3）在打开的网页中显示已被注册的域名（如图 12-23 所示）和可选择的未被注册的相关域名（如图 12-24 所示）。在“未被注册的相关域名”列表中单击“批量注册”按钮可将所选的域名同时注册。单击某域名后的“单个注册”超链接将进行单个域名的注册。根据网页提示即可轻松完成域名的注册操作。

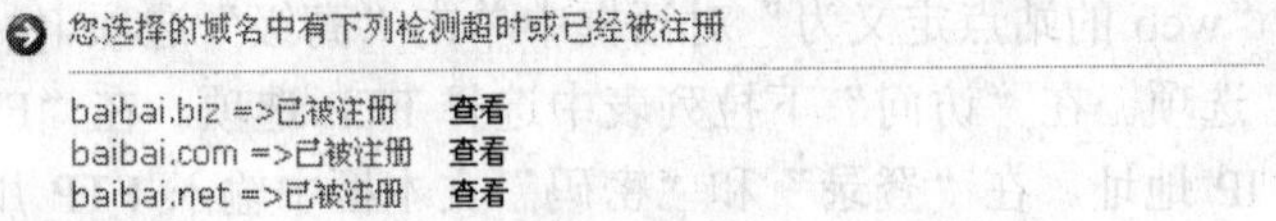

图 12-23　已被注册的域名

图 12-24　未被注册的域名

（4）如果没有合适的域名，可以重新进行查询，直到满意为止。

12.3　发布站点

一切准备就绪，接下来即可发布站点了。可以使用 Dreamweaver 8 的远程站点功能来发布站点，也可以使用专门的上传下载工具（如 LeapFTP、CuteFTP、FlashFXP 等）进行发布，也可以直接在浏览器中使用 FTP 协议进行发布。

专门的上传下载工具通常支持断点续传，且上传速度快且稳定，是发布站点的首选。但这些软件都需要另外下载并安装，稍显麻烦，下面讲解在 Dreamweaver 8 中发布站点的操作。

在发布站点过程中，配置 FTP 服务器的相关信息是非常重要的，如 FTP 服务器的地址、用户名及密码等，有些服务器还要求设置相应的端口才能进行连接，通常这些信息在申请主页空间时即可得到。因此申请主页空间后，一定要记住这些信息，否则就不能发布站点，也不能对站点进行更新、维护了。

12.3.1　配置远程信息

在 Dreamweaver 8 中发布站点需先配置远程站点。

（1）选择“站点”→“管理站点”命令，打开“管理站点”对话框，选择要发布的站点名称，单击“编辑”按钮，如图 12-25 所示。

图 12-25　“管理站点”对话框

（2）在打开的“web 的站点定义为”对话框中单击“高级”选项卡，在“分类”列表框中选择“远程信息”选项。在“访问”下拉列表中选择 FTP 选项。在“FTP 主机”文本框中输入 FTP 服务器的 IP 地址。在“登录”和“密码”文本框中输入 FTP 用户名及密码，如图 12-26 所示。

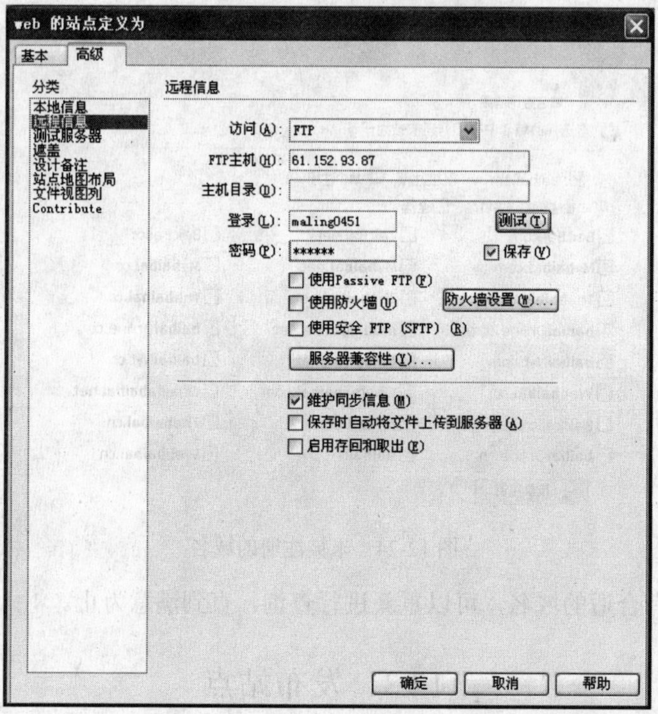

图 12-26 web 的“站点定义为”对话框

（3）设置完成后，单击“测试”按钮，如果连接成功将弹出提示对话框，如图 12-27 所示。

图 12-27 测试成功的提示信息

在进行远程信息配置时，FTP 主机名、用户名及密码都不能错，而且主机目录也不能错，通常主机目录为“/”，但也有个别的服务商要求将其放到某一个文件夹中，则主机目录就应是“/www/”类似的形式。关于这些信息，通常服务商都会告之用户，需要严格按照其要求进行设置，否则不能正常连接到 FTP 服务器上。

12.3.2 上传或下载文件

配置好远程信息并测试成功后就可以传或下载网页文件了。

1. 上传文件

（1）在“文件”面板中选择站点根文件夹或要上传的一个或多个文件。单击“上传文件”

按钮开始上传文件，如图 12-28 所示。

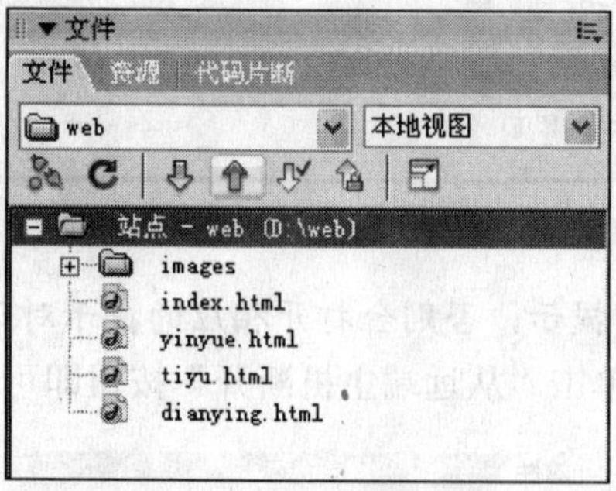

图 12-28　“文件”面板

（2）在如图 12-29 所示的对话框中单击“确定”按钮开始上传整个站点文件。上传过程中会弹出如图 12-30 所示的对话框显示上传的进度。

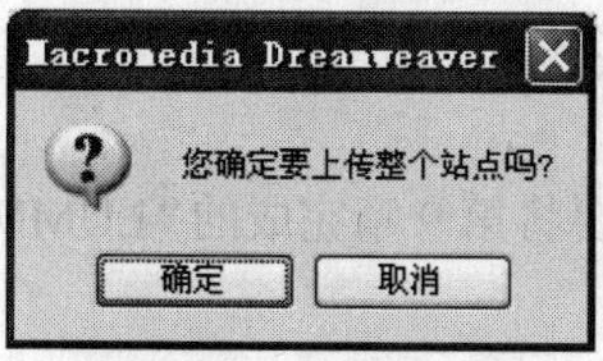

图 12-29　确认对话框

图 12-30　“后台文件活动”对话框

提示：如果上传成功则不显示任何提示，否则会显示错误提示框，需要对错误进行检查。

（3）在“文件”面板的“本地视图”下拉列表框中选择“远程视图”选项，可以看到已上传的文件和文件夹，如图 12-31 所示。

2. 下载文件

（1）在“远程视图”文件面板中选择要下载的一个或多个文件或文件夹。单击“获取文件”按钮开始下载文件，如图 12-32 所示。

图 12-31　远程视图

图 12-32　远程视图

（2）在弹出的如图 12-33 所示的对话框中单击“是”按钮确认下载文件。

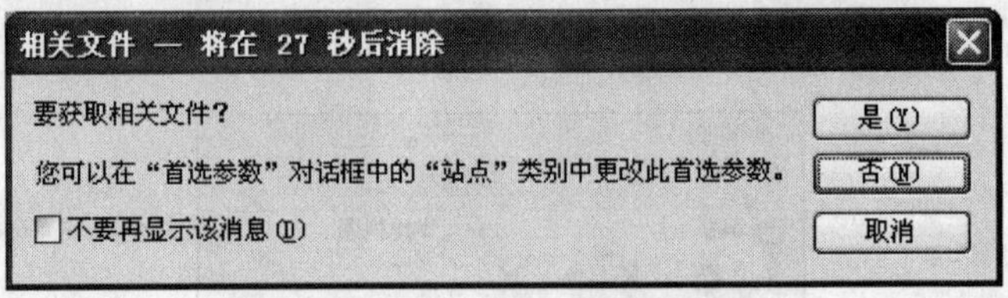

图 12-33 确认下载文件对话框

提示：成功下载后也没有提示，否则会打开相应的提示对话框。

（3）在“文件”面板中单击“从远端主机断开”按钮即可断开连接，如图 12-34 所示。

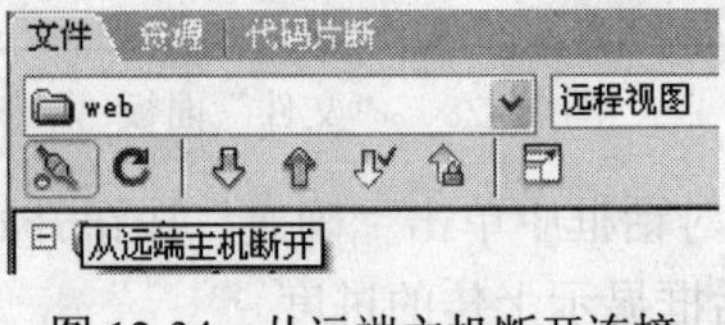

图 12-34 从远端主机断开连接

12.4 网站的测试和上传实例

本节通过实例讲述网站测试和上传的具体操作过程，我们要将第 9 章完成的“LUMMLFY 化妆品有限责任公司”网站检查并上传到互联网上去。

1. 检查超链接

（1）在 Dreamweaver 8 中，打开“LUMMLFY 化妆品有限责任公司”网站的主页（index.html）。选择“窗口”→“结果”命令，打开“结果”面板，如图 12-35 所示。

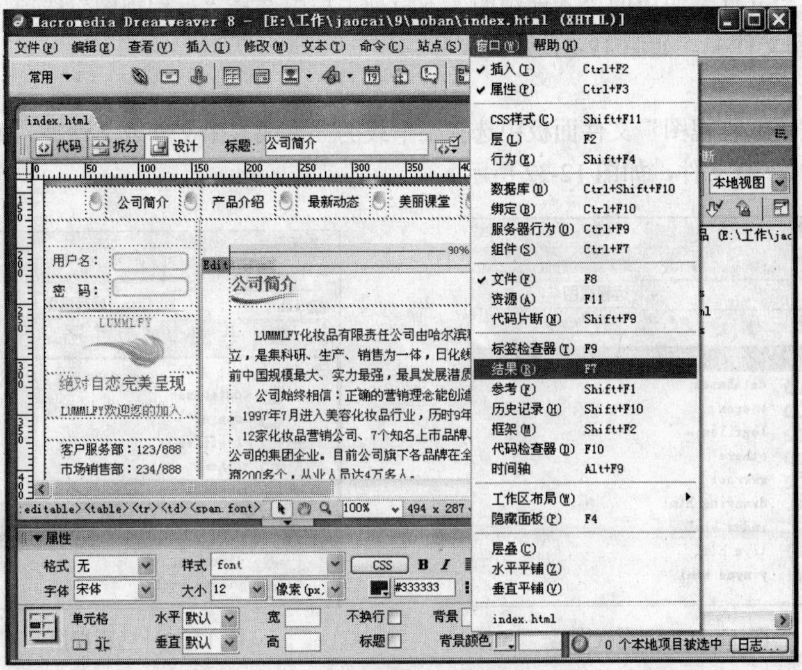

图 12-35 打开结果面板

（2）切换到“链接检查器”选项卡，单击按钮，在弹出的菜单中单击“检查整个当前本地站点的链接”命令。如图 12-36 所示。检查后的结果如图 12-37 所示。

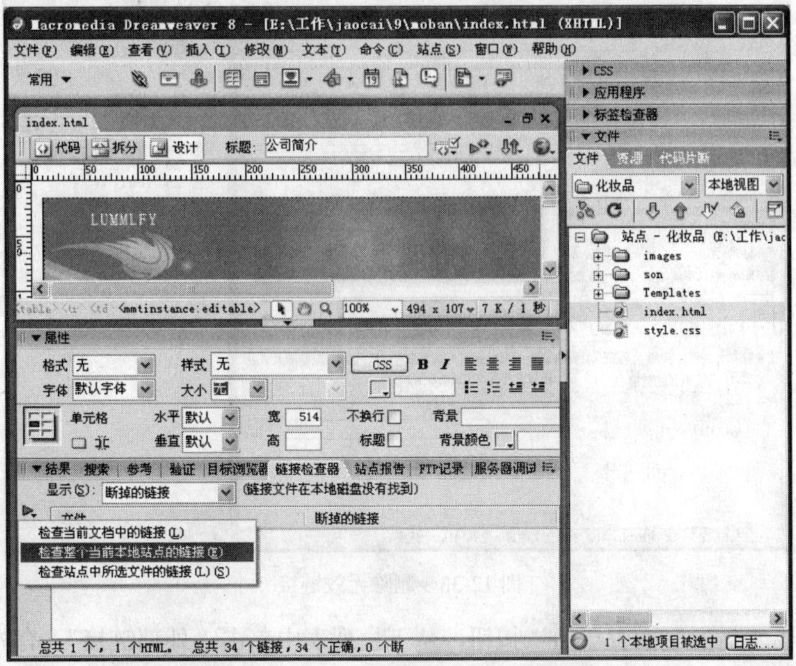

图 12-36　检查整个当前本地站点的链接

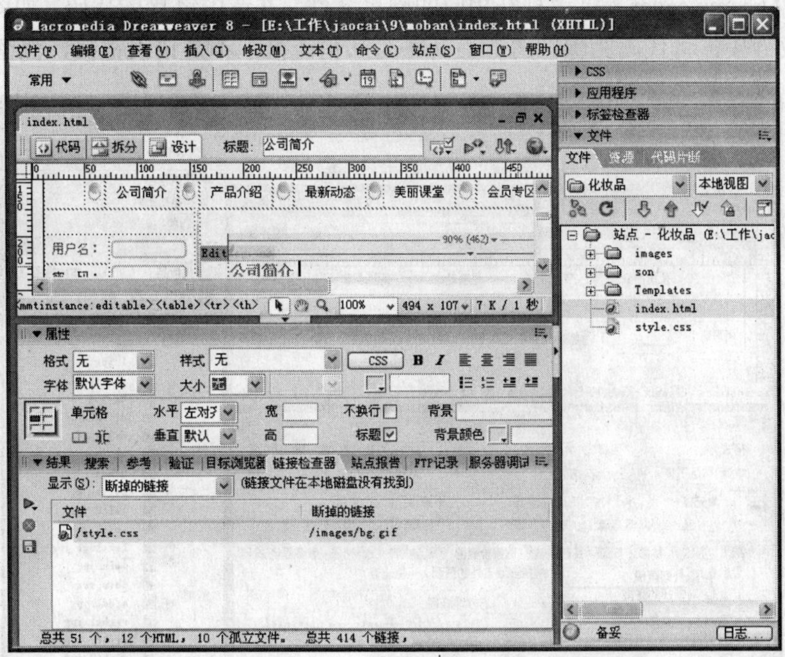

图 12-37　检查后的结果

（3）经过检查该链接为无效链接，可以在列表中选中该链接，在右边出现的文本框中删除链接地址即可，如图 12-38 所示。

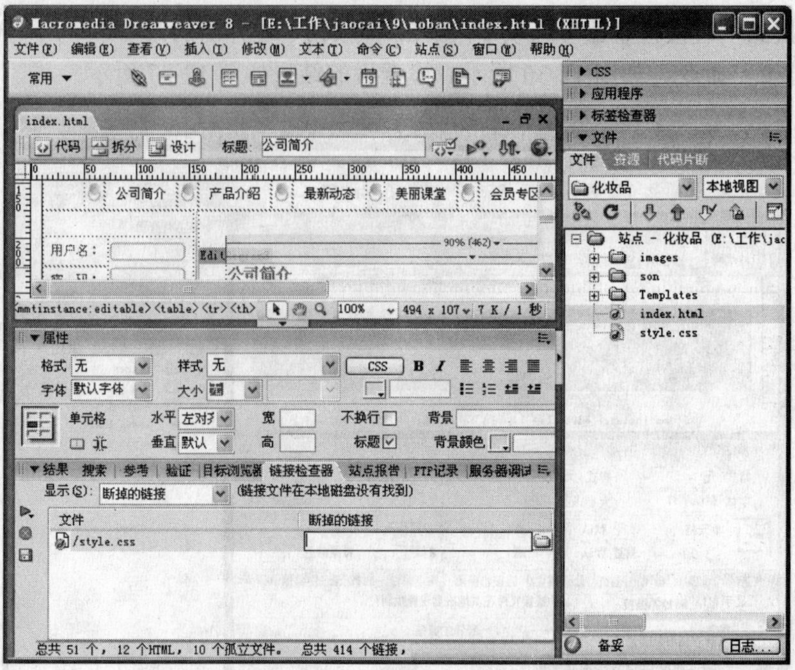

图 12-38 删除无效链接

（4）单击“显示”栏右端的 按钮，从下拉列表中单击“外部链接”，有外部链接的网页即显示在下面的列表中，如图 12-39 所示。显示共有三条外部链接，双击列表中的第一条记录的文件名，Dreamweaver 8 自动打开相应的网页文件，并选中链接的代码，如图 12-40 所示。经查看为无效链接，将代码删除即可。后两条为邮箱链接，不是错误链接，保留。

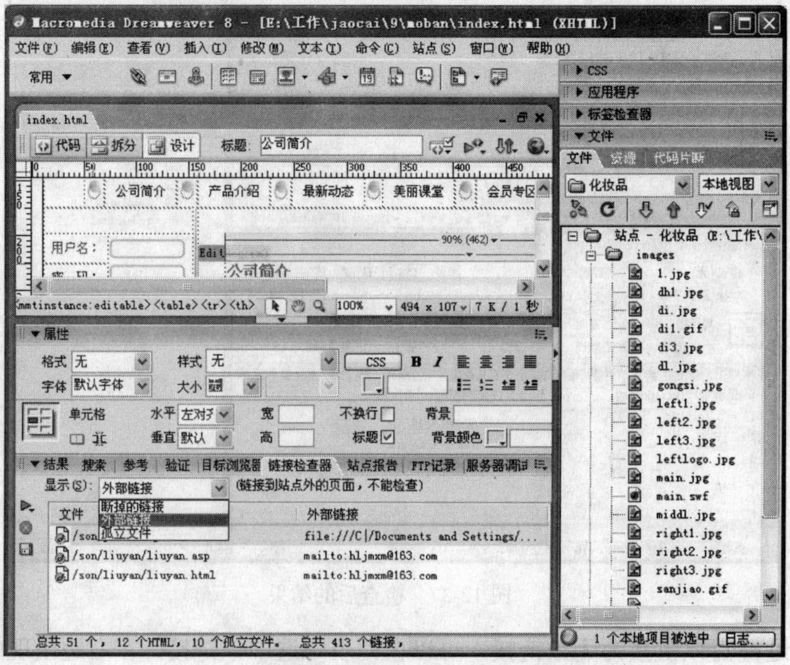

图 12-39 显示外部链接

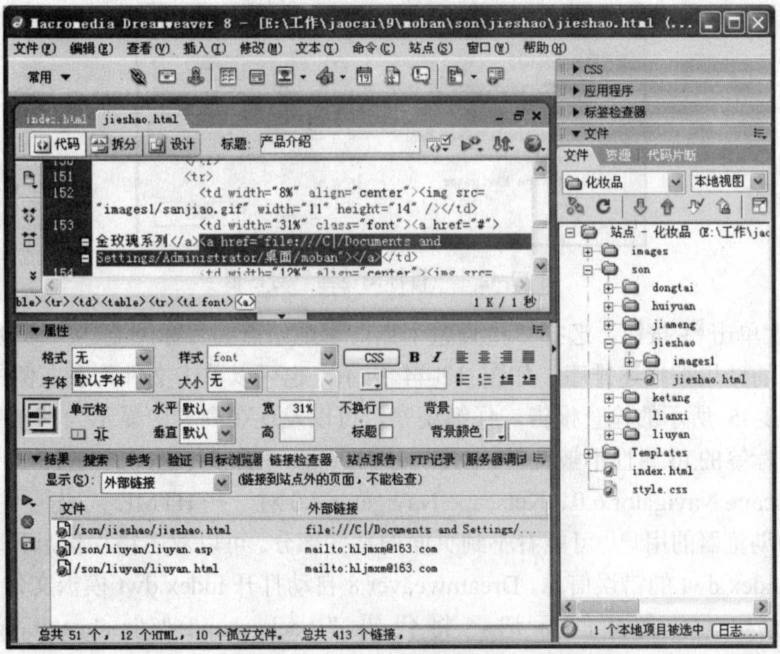

图 12-40　删除无效链接代码

2. 检查浏览器的兼容性

（1）在“结果”面板中切换至“目标浏览器检查”选项卡，单击▶，在下拉菜单中选择“设置”，如图 12-41 所示。弹出“目标浏览器”对话框，选中常见的浏览器复选框，并在其右侧的下拉列表框中选择要检查的最低版本。如图 12-42 所示，设置为 Firefox 1.0、Microsoft Internet Explorer 6.0、Netscape Navigator 6.0，这些是常见浏览器的常用版本。

图 12-41　设置目标浏览器

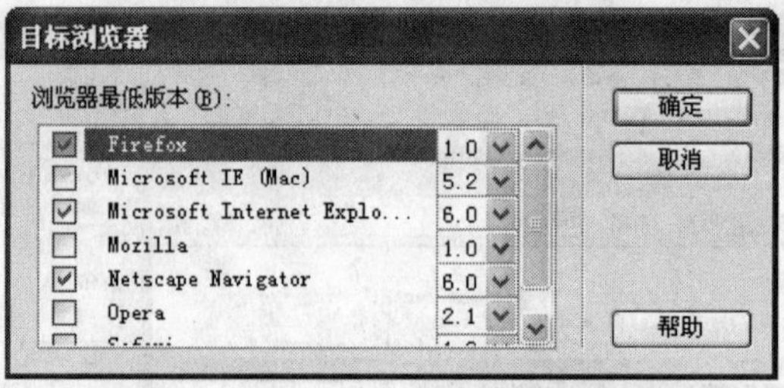

图 12-42 “目标浏览器”对话框

（2）再次单击▶按钮，选择“检查整个当前本地站点的目标浏览器”命令，如图 12-43 所示。检查后的结果按描述排序，如图 12-44 所示。也可以单击文件列表左侧的按钮，可以生成如图 12-45 所示的检查报告。仔细观察，可以发现在列表中显示为的错误问题都是“background 标签的 td 属性不被支持。[Netscape Navigator6.0 Netscape Navigator7.0]”，这类问题是由于 Netscape Navigator 6.0、Netscape Navigator 7.0 对一些 HTML 代码是不支持的，如果有使用这两种浏览器的用户，可能看不到页面的某些部分。可以双击错误信息列表中的文件名为 Templates\index.dwt 的错误信息，Dreamweaver 8 自动打开 index.dwt 模板文件，并在“拆分”视图中自动选中不支持的标记，将代码“background="../images/di.jpg"”修改为“style="background:URL(..image/di.gif)"”即可。对于一些特殊的问题，可以查阅相关书籍或上网查询。

图 12-43 检查整个当前本地站点的目标浏览器

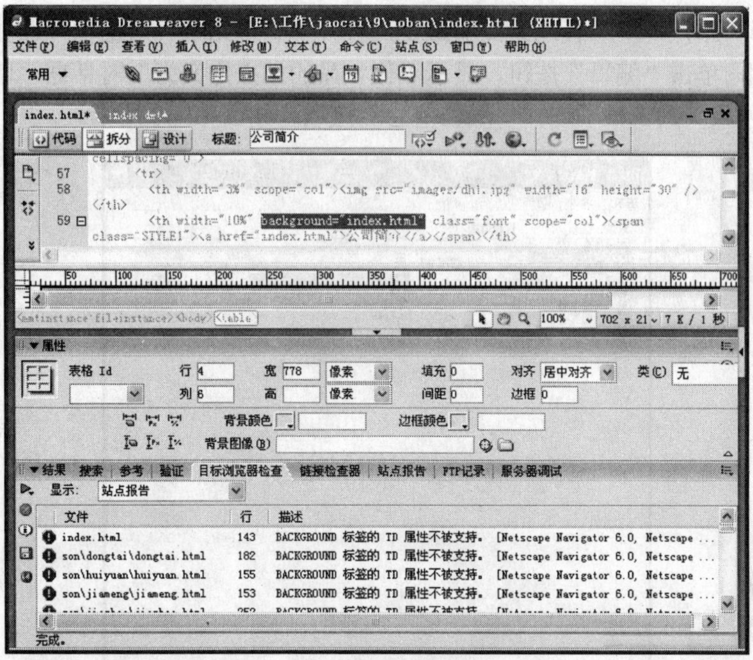

图 12-44　检查结果按描述排序

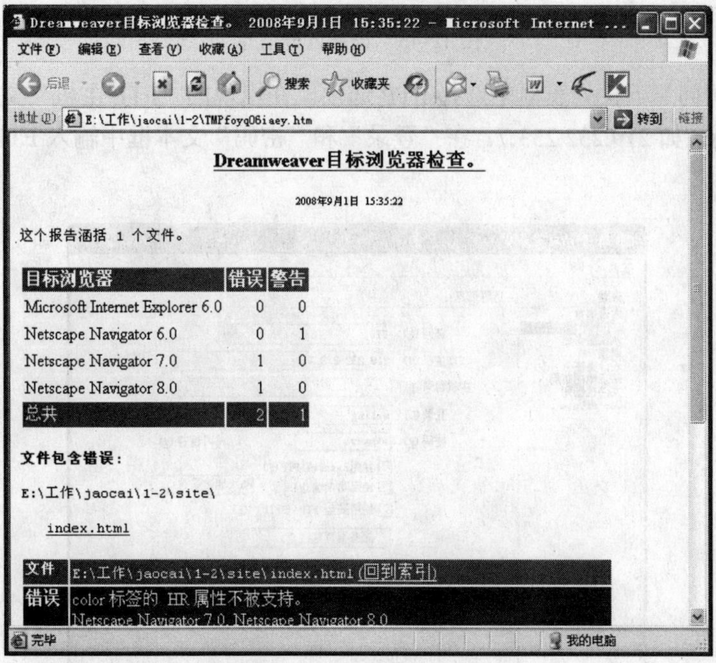

图 12-45　生成检查报告

3. 将网站上传到服务器

检查完毕，就可将制作好的网站内容上传到服务器上，上传之前应该申请好主页空间和域名，并取得服务商提供给你的 FTP 服务器的地址、用户名及密码等，否则上传请求将被拒绝。当然，也可以上传到自己单位的服务器上，服务器的用户名和密码可从管理员处取得。

（1）选择“站点”→“管理站点”命令，打开“管理站点”对话框，选择要发布的站点名称“化妆品”，单击“编辑”按钮，显示“化妆品的站点定义为”对话框，切换到“高级”选项卡，在“分类”列表框中选择“远程信息”选项，如图 12-46 所示。

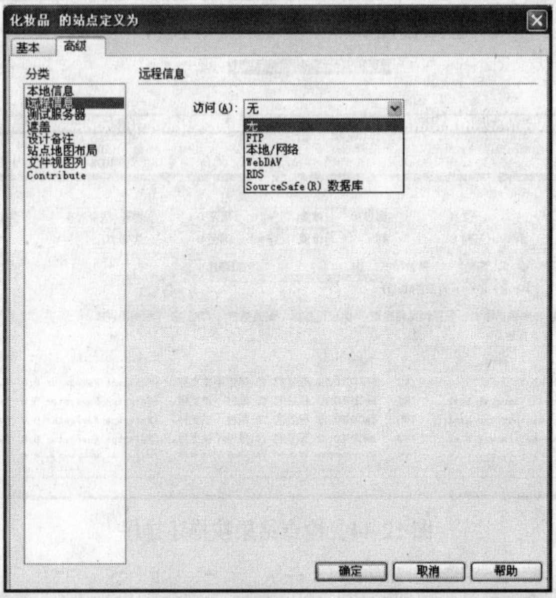

图 12-46　设置远程信息

（2）在“访问”下拉列表框中选择 FTP 选项。在出现的“FTP 主机”文本框中输入有效的 FTP 主机地址，如 219.232.233.7。在“登录”和“密码”文本框中输入 FTP 用户名及密码，如图 12-47 所示。

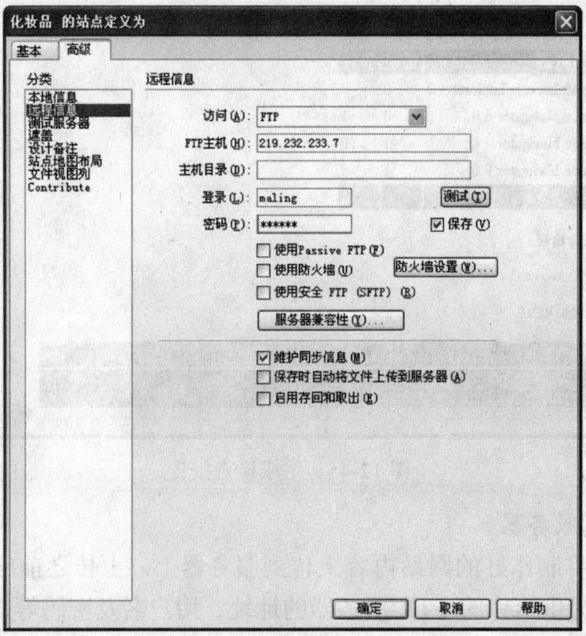

图 12-47　设置 FTP 信息

如果网站内容就放在根目录下，那么“主机目录”可以默认，空着不填；文本框下面的各复选框一般根据需要来设置，其中：

- “使用 Passvise FTP”：是某些防火墙要求让本地软件创建 FTP 连接，而不是请求远程服务器来建立远程连接。
- “使用防火墙”：如果 FTP 服务器使用了防火墙，对服务器起安全防护作用。
- “使用安全 FTP（SFTP）”：对所有传输的文件完全加密，并阻止越权存取你的信息、文件内容、用户名和口令。

设置完成后，单击“测试”按钮，连接成功则弹出如图 12-48 所示的提示框。

图 12-48　链接成功提示框

（3）在“文件”面板中，选择站点根文件夹，单击“上传文件”按钮开始上传文件，没有任何错误提示则表示上传成功。现在可以在浏览器的地址栏输入网址 http://maling.1010zz.com/来欣赏我们的网站了，如图 12-49 所示。

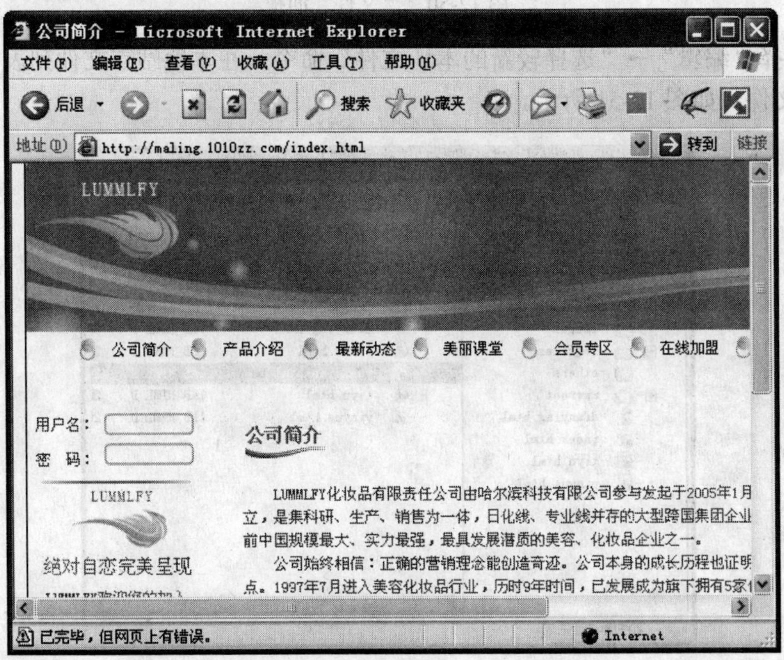

图 12-49　在互联网上浏览到的网站

12.5　管理站点

将站点上传后，还需要对站点进行管理。

12.5.1 使用同步功能

由于在本地站点和远端站点都可以对文档进行编辑，因此可能出现相同的文件出现不同版本的情况，而且很容易将新旧文件并混。使用 Dreamweaver 8 的同步功能就能保证本地站点和远端站点中的文件都是最新且相同的文件。

1. 确定新文件

在进行文件同步之前需先确定哪些文件是新文件。下面以确定本地是新文件为例讲解其操作方法。

（1）在“文件”面板中单击“展开以显示本地和远程站点”按钮，如图 12-50 所示。

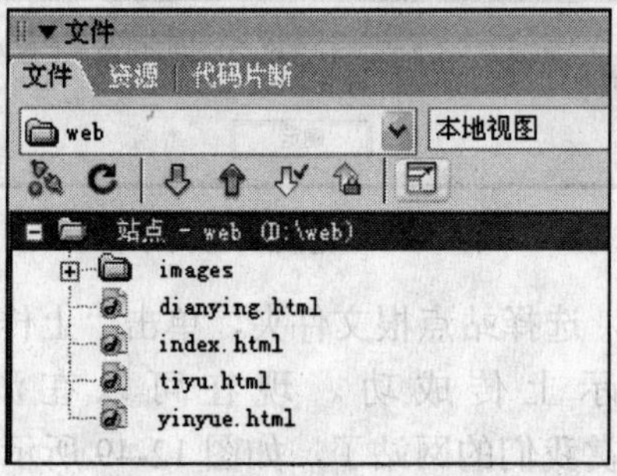

图 12-50 “文件”面板

（2）选择“编辑”→“选择较新的本地文件”命令，在本地站点文件列表中将自动选中较新的本地文件，如图 12-51 所示。

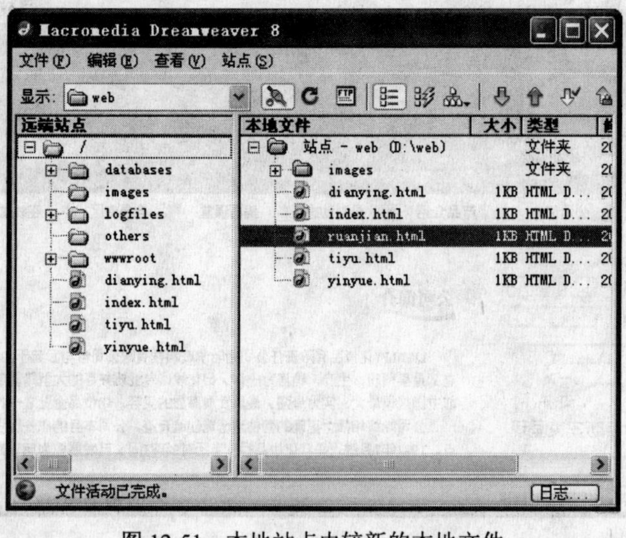

图 12-51 本地站点内较新的本地文件

2. 同步新版本文件

选中较新的文件后即可进行同步操作。

（1）选中较新的、需进行同步的文件或文件夹，如图 12-52 所示，选择“站点”→“同步”命令。

图 12-52　选中需同步的文件

（2）弹出如图 12-53 所示的“同步文件”对话框，在“同步”下拉列表中选择要同步哪些文件（整个站点、仅选中的远端文件还是仅选中的本地文件）。在“方向”下拉列表中选择如何进行同步（从远程获得较新的文件、放置较新的文件到远程、获得和放置较新的文件）。单击“预览”按钮将打开“同步”对话框显示同步的情况。

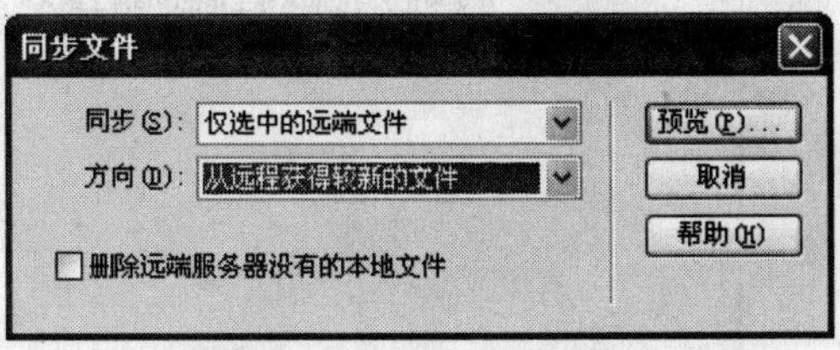

图 12-53　同步文件对话框

（3）单击“确定”按钮正式进行同步，如图 12-54 所示。

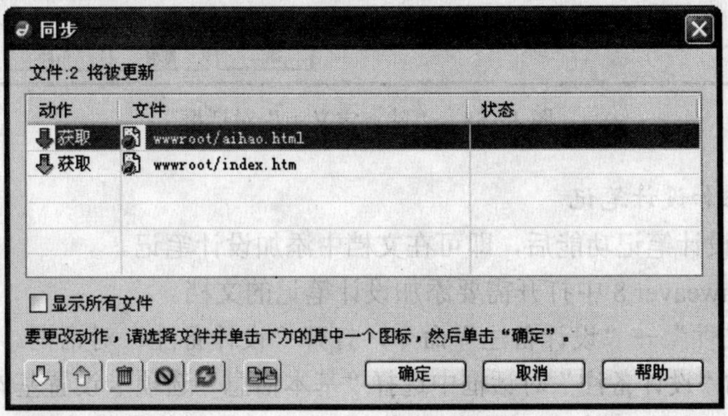

图 12-54　同步对话框

12.5.2　使用设计笔记

为网页代码添加注释或使用设计笔记记录一些需要自己或其他同组设计人员注意的事项是

非常必要的，利用 Dreamweaver 8 的设计笔记功能可以方便地记录保存在设计笔记中的文档。

1. 开启站点的设计笔记功能

在使用站点设计笔记功能前，需要先将它开启。

（1）选择“站点”→“管理站点”命令，打开“管理站点”对话框，在“管理站点”列表框中双击要添加设计笔记的站点。

（2）弹出“web 的站点定义为”对话框，如图 12-55 所示，在“高级”选项卡的“分类”列表框中选择“设计备注”选项，然后在右侧选中“维护设计备注”复选框，启动站点中的设计笔记功能。如果要使其他设计人员能同时看到设计笔记，需选中“上传并共享设计备注”复选框。单击“确定”按钮关闭对话框，完成设计备注功能的开启操作。

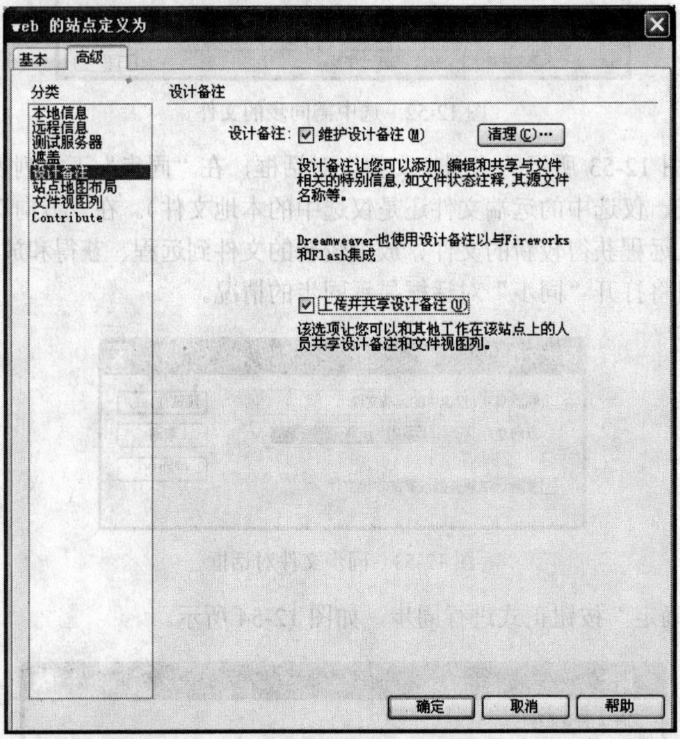

图 12-55 “站点定义为”对话框

2. 在文档中添加设计笔记

开启了站点的设计笔记功能后，即可在文档中添加设计笔记。

（1）在 Dreamweaver 8 中打开需要添加设计笔记的文档。

（2）选择“文件”→“设计备注”命令，打开“设计备注”对话框。

（3）在打开的“设计备注”对话框中选择“基本信息”选项卡设置基本信息，如图 12-56 所示。其中，“状态”下拉列表中可以选择要添加的设计笔记信息的选项，包括“草稿”、“保留 1”、“保留 2”、“保留 3”、alpha、beta、“最终版”、“特别注意”等选项。在“备注”列表框中可以输入设计笔记的内容。选中“文件打开时显示”复选框将在打开该网页时打开“设计备注”对话框，显示设计备注的内容。完成后单击“确定”按钮即可。

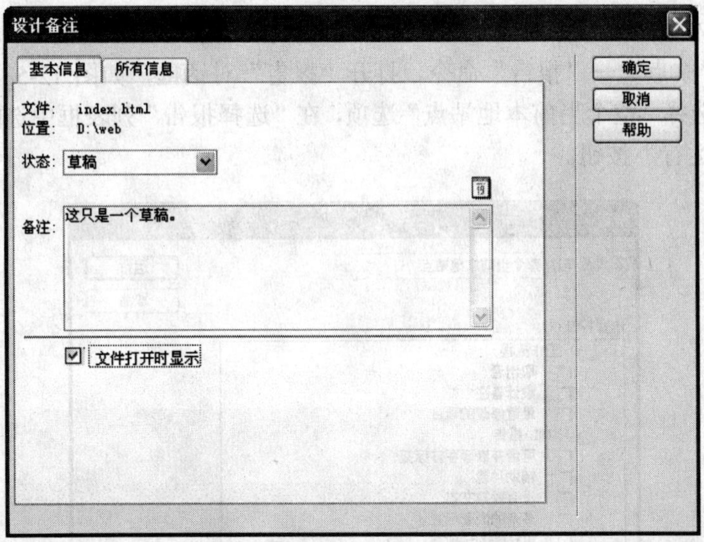

图 12-56　“设计备注”对话框

（4）如果需要设置更多的备注信息，可以切换到“所有信息”选项卡中，如图 12-57 所示，该选项卡中显示了已添加的备注信息。单击“+”按钮可以新增加一条备注信息，在“名称”文本框中可以输入备注信息的名称，在“值”文本框中可以输入该备注信息的内容，单击“-”按钮可以将选中的备注信息删除。

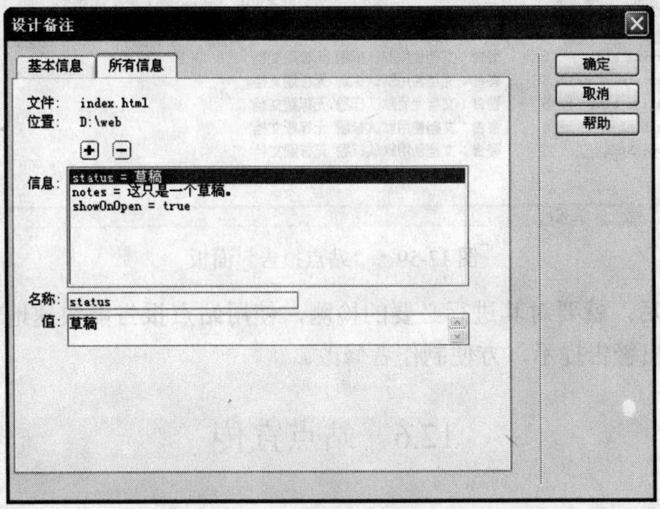

图 12-57　“所有信息”选项卡

12.5.3　使用站点报告

利用 Dreamweaver 8 的站点报告功能可以提高站点开发人员和维护人员之间合作的效率。站点报告器包括查看哪些文件的设计笔记与这些被隔离的文件有联系；获知站点中的哪个文件正在被哪个维护人员进行隔离编辑；通过制定姓名参数和值参数进一步改善设计笔记报告等功能。在使用站点报告前用户必须事先定义一个远端站点链接来运行工作流程报告。

下面以查看本地站点文件夹中无网页标题的站点报告为例进行讲解。

（1）选择“站点”→“报告”命令，打开“报告”对话框，如图 12-58 所示。在“报告在”下拉列表中选择“整个当前本地站点”选项，在“选择报告”列表框中选中“无标题文档”复选框，单击“运行”按钮。

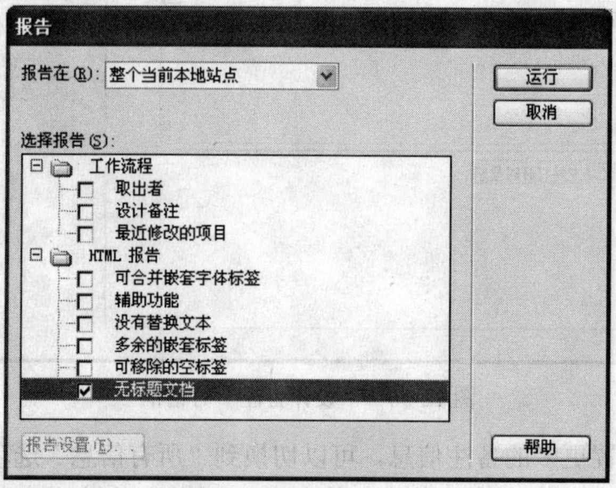

图 12-58 “报告”对话框

（2）打开“站点报告”面板，如图 12-59 所示，面板中自动显示了网页中的错误。

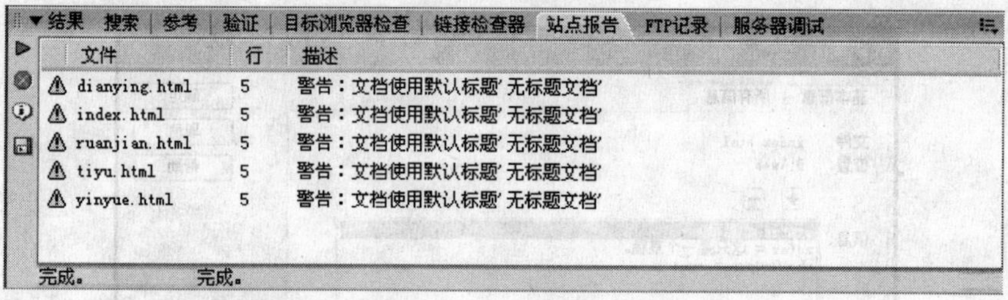

图 12-59 “站点报告”面板

网站制作好以后，就要对其进行必要的检测，使用站点报告能快速地对站点中未标明的地址或其他错误作出警告提示，方便制作者修改。

12.6 站点宣传

站点的访问量是衡量网站成功与否的一个重要指标，进行站点宣传是提高站点访问量必须进行的操作。这就犹如为商品打广告，广告宣传到位了，购买该商品的人就会增多，商家的收益也会增大。进行站点宣传的方法很多，下面分别进行讲解。

1. 设置关键字信息

进行站点宣传可以首先从自身的网页入手，即设置足够多、足够精确的关键字，以便网页被搜索引擎搜索并记录下来。具体操作如下：

（1）打开要设置关键字的网页，选择“插入→HTML→文件头标签→关键字”命令或将插入栏切换到 HTML，单击“文件头”按钮旁的下拉按钮，在弹出的快捷菜单中选择“关键字”命令。

（2）打开“关键字”对话框，如图 12-60 所示，在“关键字”文本框中输入各关键字，各关键字间用逗号隔开，关键字的数目没有限制。单击“确定”按钮完成关键字的设置。

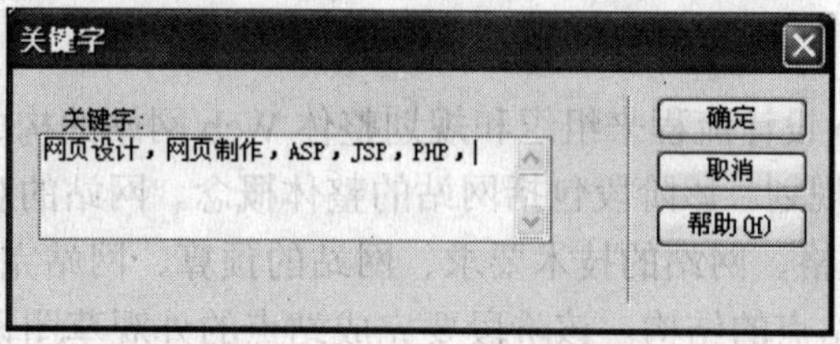

图 12-60　“关键字”对话框

提示：一个网页中可以多次添加关键字。

2. 在搜索引擎上注册和登记

百度、谷歌、搜狐、新浪、网易等网站都提供专业的搜索服务，将自己的网站注册到这些大型的搜索引擎网站中，将可以大大提高自己网站被搜索并记录的机会，从而提高网站的访问量。一个一个地到各网站去注册十分麻烦，可以使用“登录奇兵”类的软件进行批量注册。

3. 媒体宣传

现在的广告宣传覆盖面很广，可以在电视、报纸、户外广告或其他印刷品等传统媒介中对自己的网站进行宣传，这是一种花费较大的宣传方式，适合大型的网站和商业网站。

4. 在留言板、BBS、聊天室、社区上做宣传

在人气比较旺的留言板、BBS、聊天室、社区上发表一些引人注目的文章，并留下网址，别人看到你的文章后如果有兴趣就会访问你的网站。

5. 与其他网站互作链接

这种方法就是利用友情链接来相互推广彼此的网站，这种站点推广方式通常出现在合作网站或兄弟网站之间。

第 13 章　制作网站的完整流程

可以根据下面的 Web 设计流程来组织和规划整体 Web 网站的构成：

阶段 1：站点定义和规划。该阶段包括网站的整体概念、网站的观众定位、网站的内容和组织方式、网站的视觉风格、网站的技术要求、网站的预算、网站完成的时间期限等。

阶段 2：建立 Web 站点的结构。该阶段要完成站点的外观草图设计，完成所有的关键页面的整体风格设计以及这些页面的相互关系的设置。还要制作或收集相关的素材。

阶段 3：网页外观的设计制作。在 Web 网站目标和导航要求都已确定的情况下，该阶段是 Web 页面制作的开始。在该阶段中，应根据 Web 页面的设计规律来处理版面设计的各种元素。

阶段 4：推广和宣传网站。将站点推向市场非常重要，可以利用的宣传途径有公司印刷器、户外媒体（如灯箱广告等）、电视节目广告、口头传播和搜索引擎等。

本章就这几个阶段中比较重点的内容进行简单介绍。

13.1　站点定义和规划

13.1.1　定位你的网站主题

设计一个站点，首先遇到的问题就是定位网站主题。

所谓主题也就是网站的题材。网络上的网站题材千奇百怪，琳琅满目。只要你想到的，就可以把它制作出来。不久前，美国《个人电脑》杂志评选了排名前 100 位的全美知名网站，人气旺盛的是以下十类题材：

第 1 类：网上求职。

第 2 类：网上聊天/即时信息/ICQ。

第 3 类：网上社区/讨论/邮件列表。

第 4 类：计算机技术。

第 5 类：网页/网站开发。

第 6 类：娱乐网站。

第 7 类：旅行。

第 8 类：参考/资讯。

第 9 类：家庭/教育。

第 10 类：生活/时尚。

每个大类都可以继续细分，比如娱乐类再分为体育、电影、音乐几大类，音乐又可以按表现形式分古典、现代、摇滚等。

网站的主题就是网站所要表达的主要内容，站点应该主题明确，在网站的主页中一定要告诉浏览者，这个网站是关于哪方面的网站。

主题定位是关系网站成败的关键。在规划网站的结构和内容时，始终要以主题为核心，加大主题内容的渲染，在页面顺序上应优先考虑主题内容的排列。

网站的主题确定，与网站的定位密切相关，也就是在网站规划时制订的网站实现的目的。确定网站主题的原则主要有以下几点：

（1）主题定位要准确、鲜明。

（2）主题要有特色和个性。

（3）主题要小而精。定位要小，内容要精。

13.1.2　定位你的网站 CI 形象

所谓 CI（Corporate Identity），意思是通过视觉来统一企业的形象。现实生活中的 CI 策划比比皆是，杰出的例子如可口可乐公司，其全球统一的标志、色彩和产品包装，给我们的印象极为深刻。

一个杰出的网站，和实体公司一样，也需要整体的形象包装和设计。准确的、有创意的 CI 设计，对网站的宣传推广有事半功倍的效果。在网站主题和名称确定下来之后，需要思考的就是网站的 CI 形象。

1．设计网站的标志（logo）

logo 是标志、徽标的意思，首先需要设计制作一个网站的标志（logo）。就如同商标一样，logo 是站点特色和内涵的集中体现，看见 logo 就让大家联想起你的站点，如图 13-1 所示。

图 13-1　优秀的 logo

标志可以是中文、英文字母，也可以是符号、图案，还可以是动物或人物等。比如：soim 用 soim 的英文作为标志，新浪用“sina+眼睛”作为标志。标志的设计创意来自你网站的名称和内容。

（1）网站有代表性的人物、动物、花草，可以用它们作为设计的蓝本，加以卡通化和艺术化，例如迪斯尼的米老鼠、搜狐的卡通狐狸、鲨威体坛的篮球鲨鱼。

（2）网站有专业性的，可以以本专业有代表的物品作为标志。如中国银行的铜板标志、奔驰汽车的方向盘标志。

（3）最常用和最简单的方式是用自己网站的英文名称作标志。采用不同的字体、字母的变形或字母的组合可以很容易制作好自己的标志。

2. 设计网站的标准色彩

网站给人的第一印象来自视觉冲击，确定网站的标准色彩是相当重要的一步。不同的色彩搭配产生不同的效果，并可能影响到访问者的情绪。

“标准色彩”是指能体现网站形象和延伸内涵的色彩。举个例子：IBM 的深蓝色、肯德基的红色条型、Windows 视窗标志上的红蓝黄绿色块，都使我们觉得很贴切，很和谐。如果将 IBM 改用绿色或金黄色，我们会有什么感觉呢？

一般来说，一个网站的标准色彩不超过 3 种，太多则让人眼花缭乱。标准色彩要用于网站的标志、标题、主菜单和主色块。给人以整体统一的感觉。至于其他色彩也可以使用，但只是作为点缀和衬托，绝不能喧宾夺主。

一般来说，适合于网页标准色的颜色有：蓝色、黄/橙色、黑/灰/白色三大系列色。

3. 设计网站的标准字体

和标准色彩一样，标准字体是指用于标志、标题、主菜单的特有字体。一般网页默认的字体是宋体。为了体现站点的“与众不同”和特有风格，也可以根据需要选择一些特别的字体。例如，为了体现专业可以使用粗仿宋体，体现设计精美可以用广告体，体现亲切随意可以用手写体等。当然这些都是个人看法，可以根据自己网站所表达的内涵选择更贴切的字体。目前常见的中文字体有二三十种，常见的英文字体有近百种，网络上还有许多专用英文艺术字体下载，要寻找一款满意的字体并不算困难。

提示：使用非默认字体只能用图片的形式，因为很可能浏览者的 PC 里没有安装你的特别字体，那么你的辛苦设计制作便付诸东流啦。

4. 设计网站的宣传标语

网站的宣传标语也可以说是网站的精神、网站的目标。用一句话甚至一个词来高度概括。类似实际生活中的广告句。例如：雀巢的“味道好极了”；麦斯威尔的“好东西和好朋友一起分享”；Intel 的“给你一颗奔腾的心”。

以上四方面（标志、色彩、字体、标语）是一个网站树立 CI 形象的关键，确切地说是网站的表面文章，设计并完成这几步，你的网站将脱胎换骨，整体形象有一个提高。

13.2 建立 Web 站点的结构

前面学习了定位网站主题和确立网站的 CI 形象。下面是否该进入实质性的设计制作阶段呢？答案是：不能。经验告诉我们，建立一个网站好比写一篇文章，首先要拟好提纲，文章才能主题明确、层次清晰；也好比造一座高楼，首先要设计好框架图纸，才能使楼房结构合理。

在动手制作网页前，一定要考虑好以下三方面：

- 确定栏目和版块。
- 确定网站的目录结构和链接结构。
- 确定网站的整体风格创意设计。

13.2.1 确定网站的栏目和版块

网站的题材确定后，相信你已经收集和组织了许多相关的资料内容。你一定认为这些都是最好的，肯定能吸引网友们来浏览网站。但是你有没有将最好的、最吸引人的内容放在最突出的位置呢？有没有让好东西在版面分布上占绝对优势呢？

栏目的实质是一个网站的大纲索引，索引应该将网站的主题明确显示出来。在制定栏目时要仔细考虑，合理安排。一般的网站栏目安排要注意以下几方面：

（1）要紧扣你的主题。一般的做法是：将你的主题按一定的方法分类并将它们作为网站的主栏目。

（2）设置一个“最近更新”或“网站指南”栏目。如果你的首页没有安排版面放置最近更新的内容信息，就有必要设立一个“最近更新”的栏目。这样做是为了照顾常来的访客，让你的主页更有人性化。

如果你的主页内容庞大（超过 15MB），层次较多，而又没有站内的搜索引擎，建议设置“本站指南”栏目，可以帮助初访者快速找到他们想要的内容。

（3）设置一个可以双向交流的栏目。双向交流的栏目不需要很多，但一定要有。如论坛、留言本、邮件列表等，可以让浏览者留下他们的信息。有调查表明，提供双向交流的站点比简单地留一个“联系我”的站点更具有亲和力。

（4）设置一个下载或常见问题回答栏目。网络的特点是信息共享。如果你看到一个站点有大量的优秀的、有价值的资料，你肯定希望能一次性下载，而不是一页一页浏览存盘。

至于其他的辅助内容，如关于本站、版权信息等可以不放在主栏目里，以免冲淡主题。总结以上几点，我们得出划分栏目需要注意如下几点：

1）尽可能删除与主题无关的栏目。

2）尽可能将网站最有价值的内容列在栏目上。

3）尽可能方便访问者的浏览和查询。

上面说的是栏目，我们再看看版块设置。版块比栏目的概念要大一些，每个版块都有自己的栏目，如图 13-2 所示是华夏的网页。举个例子：网易的站点分新闻、体育、财经、娱乐、教育等版块，每个版块下面又各有自己的主栏目。一般的个人站点内容少，只有主栏目（主菜单）就够了，不需要设置版块。

图 13-2　华夏网

如果你觉得的确有必要设置版块，应该注意各版块要有相对的独立性，又要有相互关联，版块的内容要围绕站点主题。

13.2.2 网站的目录结构

网站的目录是指你建立网站时创建的目录。目录的结构是一个容易忽略的问题，大多数人都是未经规划，随意创建子目录。目录结构的好坏对浏览者来说并没有什么太大的感觉，但是对于站点本身的上传维护、内容未来的扩充和移植却有着重要的影响。下面是建立目录结构的一些建议。

1. 不要将所有文件都存放在根目录下

有些网友为了方便，将所有文件都放在根目录下，这样做造成的不利影响在于：

（1）文件管理混乱。你常常弄搞不清哪些文件需要编辑和更新，哪些无用的文件可以删除，哪些是相关联的文件，从而影响工作效率。

（2）传速度慢。服务器一般都会为根目录建立一个文件索引。当将所有文件都放在根目录下，那么即使你只上传更新一个文件，服务器也需要将所有文件都检索一遍，建立新的索引文件。很明显，文件量越大，等待的时间也将越长。

2. 按栏目内容建立子目录

子目录的建立，首先按主菜单栏目建立。例如：网页教程类站点可以根据技术类别分别建立相应的目录，如 Flash、html、JavaScript 等；企业站点可以按公司简介、产品介绍、价格、在线定单、反馈联系等建立相应的目录。

其他的次要栏目、友情链接内容较多，需要经常更新的可以建立独立的子目录。而一些相关性强，不需要经常更新的栏目，例如：关于本站、关于站长、站点经历等可以合并放在一个统一目录下；所有需要下载的内容也最好放在一个目录下。

3. 在每个主目录下都建立独立的 images 目录

默认地，一个站点根目录下都有一个 images 目录。刚开始学习主页制作时，习惯将所有图片都存放在这个目录里。可是后来发现很不方便，当我需要将某个主栏目打包供网友下载，或者将某个栏目删除时，图片的管理相当麻烦。最好的方法是为每个主栏目建立一个独立的 images 目录，而根目录下的 images 目录只是用来放首页和一些次要栏目的图片。

4. 目录的层次不要太深

目录的层次建议不要超过 3 层。原因很简单，这样维护管理起来会很方便。

5. 其他注意事项

不要使用中文目录，使用中文目录可能对网址的正确显示造成困难；不要使用过长的目录，尽管服务器支持长文件名，但是太长的目录名不便于记忆；尽量使用意义明确的目录。

13.2.3 网站的链接结构

网站的链接结构是指页面之间相互链接的拓扑结构。它建立在目录结构基础之上，但可以跨越目录。形象地说：每个页面都是一个固定点，链接则是在两个固定点之间的连线。一个点可以和一个点连接，也可以和多个点连接。更重要的是，这些点并不是分布在一个平面上，而是存在于一个立体的空间中。

一般地，建立网站的链接结构有两种基本方式：

（1）树状链接结构（一对一）。类似 DOS 的目录结构，首页链接指向一级页面，一级页面链接指向二级页面。立体结构看起来就像蒲公英。这样的链接结构浏览时，一级级进入，一级级退出。优点是条理清晰，访问者明确知道自己在什么位置，不会“迷路”。缺点是浏览效率低，一个栏目下的子页面到另一个栏目下的子页面，必须绕经首页。

（2）星状链接结构（一对多）。类似网络服务器的链接，每个页面相互之间都建立有链接。立体结构像东方明珠电视塔上的钢球。这种链接结构的优点是浏览方便，随时可以到达自己喜欢的页面。缺点是链接太多，容易使浏览者迷路，弄不清自己在什么位置，看了多少内容。

这两种基本结构都只是理想方式，在实际的网站设计中总是将这两种结构混合起来使用，最好的办法是：首页和一级页面之间用星状链接结构，一级和二级页面之间用树状链接结构。举个例子：一个新闻站点的页面结构如图 13-3 所示。

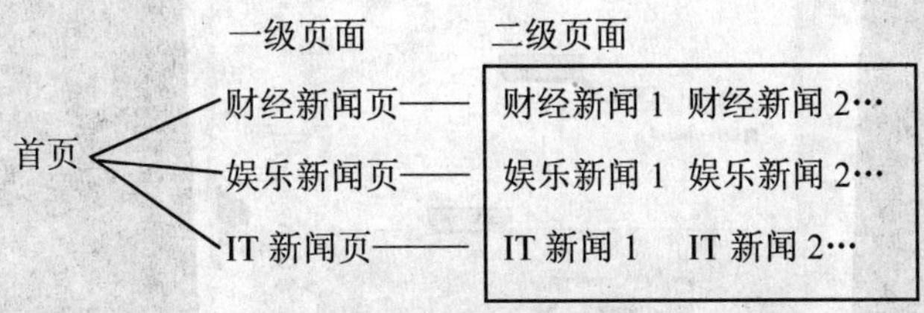

图 13-3　链接结构

其中，首页、财经新闻页、娱乐新闻页、IT 新闻页之间是星状链接，可以互相点击，直接到达。而财经新闻页和它的子页面之间是树状连接，浏览“财经新闻 1”后，你必须回到财经新闻页，才能浏览“IT 新闻 2”。所以，有站点为了免去返回一级页面的麻烦，将二级页面直接用新开窗口（POP Up Windows）打开，浏览结束后关闭即可。

注意：以上都是用的三级页面举例。如果你的站点内容庞大，分类明细，需要超过三级页面，那么建议在页面里显示导航条，可以帮助浏览者明确自己所处的位置。可以看到许多网站页面顶部有类似这样“您现在的位置是：首页->财经新闻->股市信息->深圳股”。

关于链接结构的设计，在实际的网页制作中是非常重要的一环。采用什么样的链接结构直接影响到版面的布局。例如你的主菜单放在什么位置，是否每页都需要放置，是否需要用框架，是否需要加入返回首页的链接。

13.2.4　确定网站的整体风格

网站的整体风格及其创意设计是网站设计人员最希望掌握，也是最难以学习的。难就难在没有一个固定的程序可以参照和模仿。给你一个主题，任何人都不可能设计出完全一样的网站。

风格（Style）是抽象的，是指站点的整体形象给浏览者的综合感受。

这个“整体形象”包括站点的 CI（标志、色彩、字体、标语）。版面布局、浏览方式、交互性、文字、语气、内容价值、存在意义，站点荣誉等诸多因素。举个例子：我们觉得“门户网站”是平易近人的，“个人主页”是生动活泼的，“学校主页”是专业严肃的。这些都是网站给人们留下的不同感受。

风格是独特的，是站点不同于其他网站的地方。或者色彩，或者技术，或者是交互方式，能让浏览者明确分辨出这是你的网站独有的。例如新世纪网络（www.century.2000c.net）的黑白色、网易壁纸站的特有框架，即使你只看到其中一页，也可以分辨出是哪个网站的。

风格是有人性的。通过网站的外表、内容、文字、交流可以概括出一个站点的个性情趣：是温文儒雅，是执着热情，是活泼易变，还是放任不羁。你可以用人的性格来比喻站点，就像诗词中的“豪放派”和“婉约派”。

有风格的网站与普通网站的区别在于：在普通网站你看到的只是堆砌在一起的信息，你只能用理性的感受来描述，比如信息量大小、浏览速度快慢。但浏览过有风格的网站后你能有更深一层的感性认识，比如站点有品位，和蔼可亲，是老师，是朋友。

看了以上描述，对风格是什么你可能依然模糊。其实风格就是一句话：与众不同，如图13-4和图13-5所示。

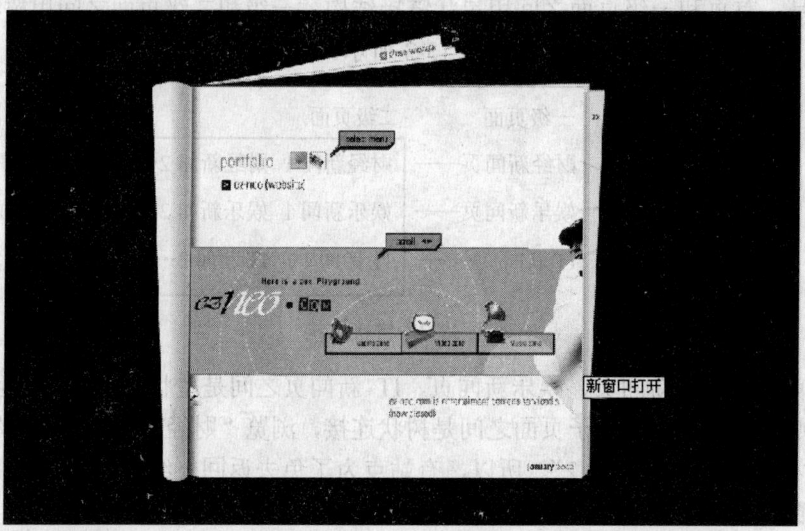

图 13-4 个性化的网页

图 13-5 个性化的网页

如何树立网站风格呢？我们可以分这样几个步骤：

第一，确信风格是建立在有价值的内容之上的。一个网站有风格而没有内容，就好比绣花枕头一包草，好比一个性格傲慢却目不识丁的人。你首先必须保证内容的质量和价值性。这是最基本的，毋庸置疑。

第二，你需要彻底弄清楚自己希望站点给人的印象是什么。可以从这几方面来理清思路：

如果只用一句话来描述你的站点，应该是什么？参考答案：有创意，专业，有（技术）实力，有美感，有冲击力，如图 13-6 所示。

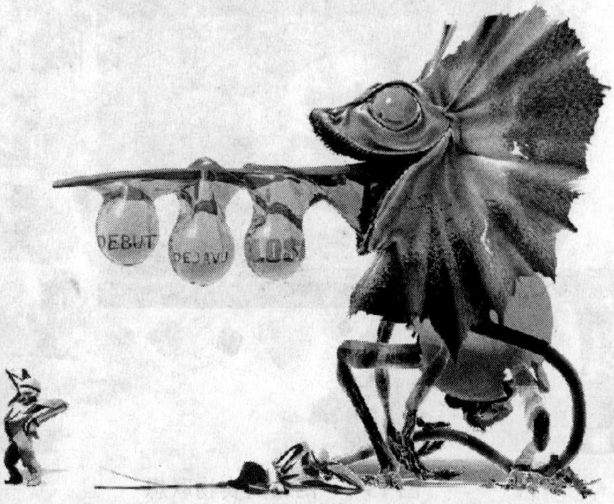

图 13-6　有创意的网站

想到你的站点，可以联想到的色彩是什么？参考答案：热情的红色，幻想的天蓝色，聪明的金黄色，如图 13-7 所示。

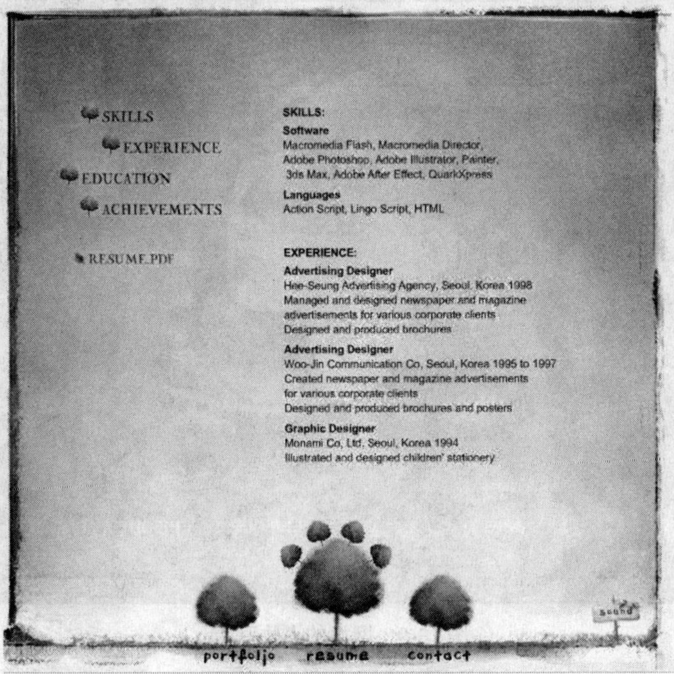

图 13-7　网站的色彩联想

想到你的站点，可以联想到的画面是什么？参考答案：一份早报，一辆法拉利跑车，人群拥挤的广场，杂货店，如图 13-8 所示。

图 13-8　网站的实物联想

如果网站是一个人，他拥有的个性是什么？参考答案：思想成熟的中年人，狂野奔放的牛仔，自信憨厚的创业者，如图 13-9 所示。

图 13-9　网站的人物联想

作为设计者，你希望给人的印象是什么？参考答案：敬业，认真投入，有深度，负责，纯真，直爽，淑女，如图 13-10 所示。

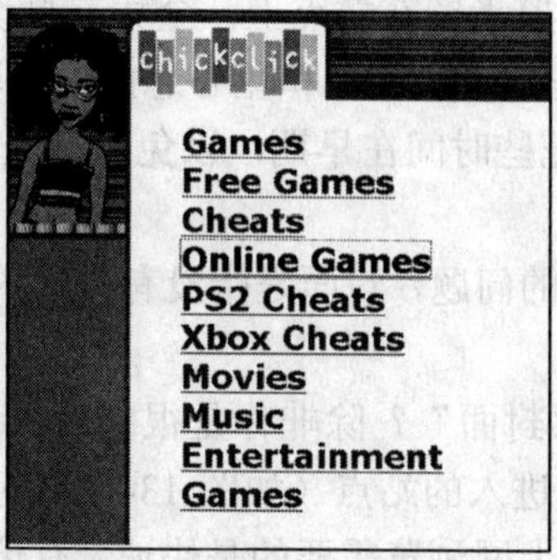

图 13-10　网站形象

浏览者觉得你和其他网站的不同是什么？参考答案：可以信赖，信息最快，交流方便，内容易找，如图 13-11 所示。

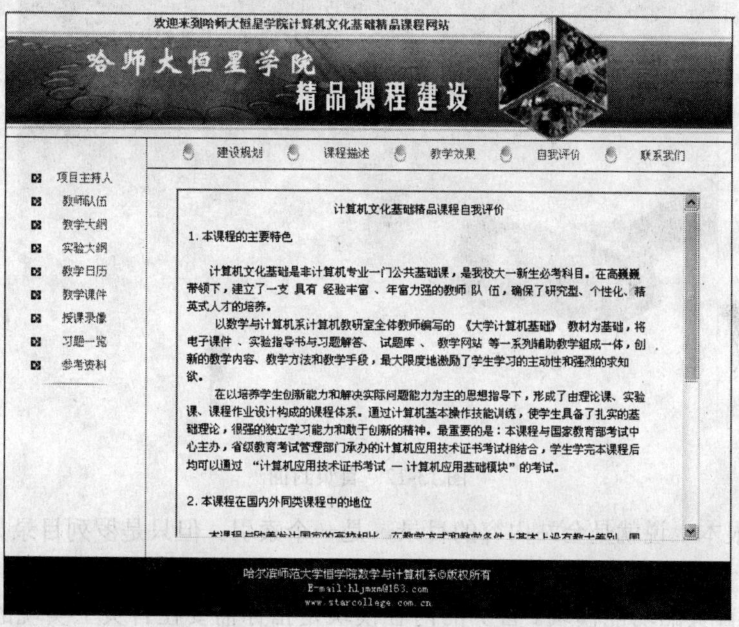

图 13-11　可读性强的网站

第三，在明确自己的网站印象后，开始努力建立和加强这种印象。

经过第二步印象的“量化”后，你需要进一步找出其中最有特色、有特点的东西——最能体现网站风格的东西，并以它作为网站的特色加以重点强化，宣传。

13.3　网页外观的设计制作

13.3.1　首页的设计

“良好的开端是成功的一半”。在网站设计上也是如此。首页的设计是一个网站成功与否的关键，人们往往看到第一页就已经对你的站点有一个整体的感觉了。是否能够促使浏览者停继续点击进入，是否能够吸引浏览者留在站点上，全凭首页设计的“功力”了。

所以，首页的设计和制作是绝对要重视和花心思的。经验是：一般首页设计和制作占整个制作时间的 40%。你宁可多花些时间在早期，以免出现全部做好以后再修改，那将是最浪费精力的事情。

这里，先插入一个“封面”的问题，封面是指没有具体内容，只放一个 logo 点击进入或者只有简单的图形菜单的首页。

是否需要为站点设计一个“封面”？除非你是很艺术类的站点，或者可以确信是内容独特，可以吸引浏览者进一步点击进入的站点（如图 13-12 所示），否则，封面式的首页并不会给你的站点带来什么好处。我们上网浏览需要的是快速，有价值的信息，如果等待几分钟，只显示出一个粗劣的 ENTER 图标，那么相信没有人会再耐心等待进入下一页。

图 13-12　首页封面

首页，从根本上说就是全站内容的目录，是一个索引。但只是罗列目录显然不够，设计好一个首页的一般步骤如下：

（1）确定首页的功能模块。首页的内容模块是指你需要在首页上实现的主要内容和功能。一般的站点都需要这样一些模块：网站名称（logo）、广告条（banner）、主菜单（menu）、新闻（new）、搜索（search）、友情链接（links）、邮件列表（maillist）、计数器（count）、版权（copyright）。

选择哪些模块，实现哪些功能，是否需要添加其他模块都是首页设计首先需要确定的。

（2）设计首页的版面。在功能模块确定后，开始设计首页的版面。就像搭积木，每个模块就是一个单位积木，如何拼搭出一座漂亮的房子，就看你的创意和想象力了。

设计版面的最好方法是：找一张白纸，一支笔，先将你理想中的草图勾勒出来，然后再用网页制作软件实现。

（3）处理技术上的细节。常见问题是：我制作的主页如何能在不同分辨率下保持不变形，如何能在 IE 和 NC 下看起来都不至于太丑陋，如何设置字体和链接颜色等。

13.3.2 版面布局的原理

当我们轻点鼠标，在网海中遨游，一幅幅精彩的网页就会呈现在我们面前。那么，网页精彩与否的因素是什么呢？色彩的搭配、文字的变化、图片的处理等，这些当然是不可忽略的因素，除了这些，还有一个非常重要的因素——网页的布局。下面就有关网页布局进行介绍。

经常用到的版面布局有如下几种形式。

1. T 结构布局

所谓 T 结构，就是指页面顶部（或底部）为导航条，下方左面为主菜单，右面显示内容的布局，因为菜单背景较深，整体效果类似英文字母 T，所以称之为 T 形布局。这是网页设计中用得最广泛的一种布局方式，如图 13-13 所示。

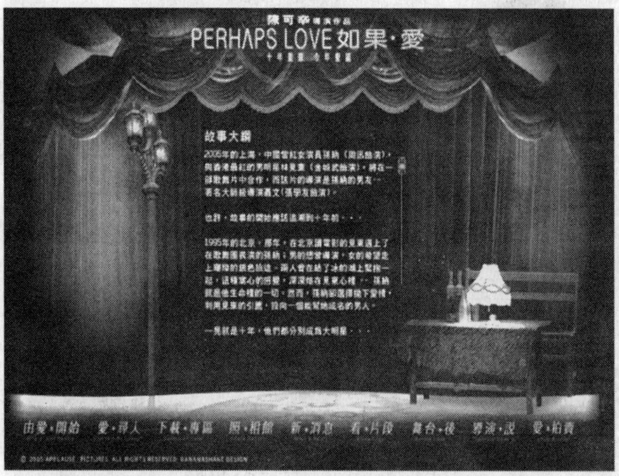

图 13-13　“T”结构布局

这种布局的优点是页面结构清晰，主次分明，是初学者最容易上手的布局方法。缺点是规矩、呆板，如果细节色彩上不注意，很容易让人“看之无味”。

2. “口”型布局

这是一个象形的说法，就是页面一般上下各有一个广告条，左面是主菜单，右面放友情连接等，中间是主要内容，如图 13-14 所示。

图 13-14　“口”型布局

这种布局的优点是充分利用版面，信息量大。缺点是页面拥挤，不够灵活。也有将四边空出，只用中间的窗口型设计，例如网易壁纸站。

3. “三”型布局

这种布局多用于国外站点，国内用的不多，如图 13-15 所示。特点是页面上横向的两条色块将页面整体分割为三部分，色块中大多放广告条。

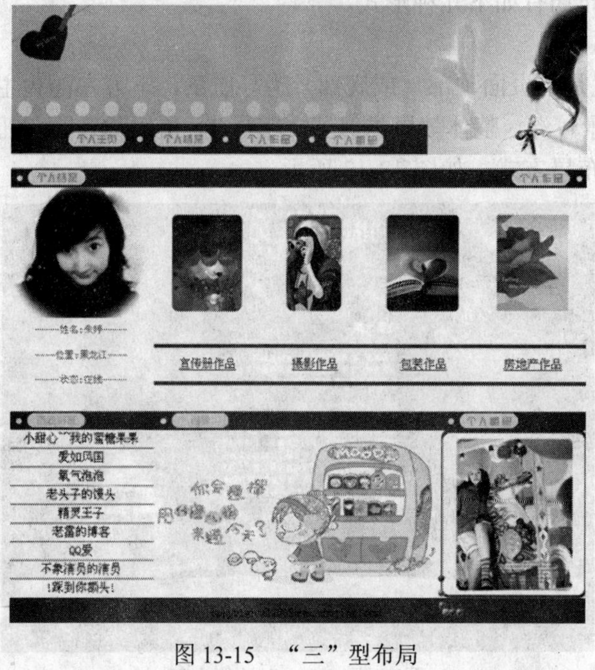

图 13-15 “三”型布局

4. 对称布局

顾名思义，对称布局即采取左右或者上下对称的布局，一半深色，一半浅色，一般用于设计型站点，如图 13-16 所示。

图 13-16 对称布局

优点是视觉冲击力强，缺点是将两部分有机地结合比较困难。

5. POP 布局

POP 引自广告术语，就是指页面布局像一张宣传海报，以一张精美图片作为页面的设计中心，常用于时尚类站点，如图 13-17 所示。

图 13-17　POP 布局

优点显而易见：漂亮吸引人，缺点就是速度慢，不过作为版面布局还是值得借鉴的。

以上总结了目前网络上常见的布局，其实还有许多别具一格的布局，关键在于你的创意和设计。

13.3.3　网页色彩的搭配

1. 色彩的基本知识

颜色是因为光的折射而产生的。红、黄、蓝是三原色，其他的色彩都可以用这三种色彩调和而成。网页 html 语言中的色彩表达即是用这三种颜色的数值表示的，例如：红色(255,0,0)十六进制的表示方法为(FF0000)，白色为(FFFFFF)，我们经常看到的"bgColor=#FFFFFF"就是指背景色为白色。

颜色分非彩色和彩色两类。非彩色是指黑、白、灰系统色，彩色是指除了非彩色以外的所有色彩。

网页制作用彩色还是非彩色好呢？根据专业的研究机构研究表明：彩色的记忆效果是黑白的 3.5 倍。也就是说，在一般情况下，彩色页面较完全黑白的页面更加吸引人。

我们通常的做法是：主要内容文字用非彩色（黑色）、边框、背景、图片用彩色。这样页面整体不单调，看主要内容也不会眼花。

- 非彩色的搭配。黑白是最基本和最简单的搭配，白字黑底、黑底白字都非常清晰明了。灰色是万能色，可以和任何彩色搭配，也可以帮助两种对立的色彩和谐过渡。如果你实在找不出合适的色彩，那么用灰色试试，效果绝对不会太差。
- 彩色的搭配。色彩千变万化，彩色的搭配是我们研究的重点。下面进一步学习一些色彩的知识。

（1）色环。我们将色彩按“红→黄→绿→蓝→红”依次过渡渐变，就可以得到一个色彩环。色环的两端是暖色和寒色，中间是中型色，如图 13-18 所示。

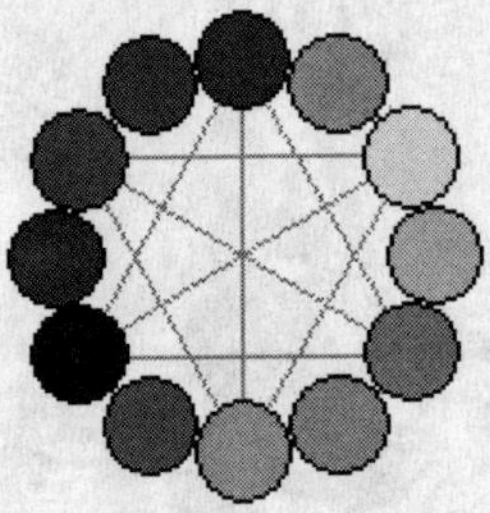

图 13-18　色环

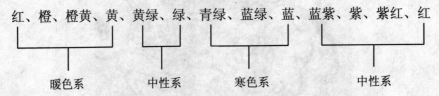

红、橙、橙黄、黄、黄绿、绿、青绿、蓝绿、蓝、蓝紫、紫、紫红、红

暖色系　中性系　寒色系　中性系

（2）色彩的心理感觉。不同的颜色会给浏览者不同的心理感受。

红色：是一种激奋的色彩。具有刺激效果，能使人产生冲动、愤怒、热情、活力的感觉。

绿色：介于冷暖两种色彩之间，使人有和睦、宁静、健康、安全的感觉。它和金黄、淡白搭配，可以产生优雅、舒适的气氛。

橙色：也是一种激奋的色彩，具有轻快、欢欣、热烈、温馨、时尚的效果。

黄色：具有快乐、希望、智慧和轻快的个性，它的明度最高。

蓝色：是最具凉爽、清新、专业的色彩。它和白色混合，能体现柔顺、淡雅、浪漫的气氛（像天空的色彩）。

白色：具有洁白、明快、纯真、清洁的感受。

黑色：具有深沉、神秘、寂静、悲哀、压抑的感受。

灰色：具有中庸、平凡、温和、谦让、中立和高雅的感觉。

每种色彩在饱和度、透明度上略微变化就会产生不同的感觉。以绿色为例，黄绿色有青春，旺盛的视觉意境，而蓝绿色则显得幽宁、阴深。

2. 网页色彩搭配的原理

（1）色彩的鲜明性。网页的色彩要鲜艳，容易引人注目。

（2）色彩的独特性。要有与众不同的色彩，使得大家对你的印象强烈。

（3）色彩的合适性。就是说色彩要与你表达的内容气氛相适合。如用粉色体现女性站点的柔性。

（4）色彩的联想性。不同色彩会产生不同的联想，蓝色想到天空，黑色想到黑夜，红色想到喜事等，选择色彩要与你网页的内涵相关联。

3. 网页色彩搭配的技巧

（1）用一种色彩。这里是指先选定一种色彩，然后调整透明度或者饱和度（说得通俗些就是将色彩变淡或则加深），产生新的色彩，用于网页。这样的页面看起来色彩统一，有层次感。

（2）用两种色彩。先选定一种色彩，然后选择它的对比色（在 Photoshop 里按 Ctrl+Shift+I 组合键）。

（3）用一个色系。简单地说就是用一个感觉的色彩，例如淡蓝、淡黄、淡绿，或者土黄、土灰、土蓝。

（4）用黑色和一种彩色。比如大红的字体配黑色的边框感觉很“跳”。

（5）在网页配色中忌讳的是：不要将所有颜色都用到，尽量控制在三种色彩以内。背景和前文的对比尽量要大，绝对不要用花纹繁复的图案作背景，以便突出主要的文字内容。

参考文献

[1] 信息产业部电子教育中心组编．网页设计与网站开发基础教程．陕西：西安电子科技大学出版社，2005．

[2] 马赫．Dreamweaver MX 2004 网页设计经典 108 例．北京：中国青年出版社，2005．

[3] 陈颖．Dreamweaver 8 网页设计经典 108 例．北京：中国青年出版社，2006．

[4] 计算机教育图书研究室．超炫网页设计（MX 2004 版）基础与实例全科教程．北京：航空工业出版社，2005．

[5] 教育部考试中心，中英教育测量学术交流中心组编．网页制作 Dreamweaver．陕西：西安交通大学出版社，2004．

[6] 张春虎，童伟．中文版 Dreamweaver 8 网页制作傻瓜书．北京：清华大学出版社，2007．